感谢中山大学学科建设经费对本书出版的资助

中山大学中文系（珠海）
学　术　丛　书

未竟的现代：华语文学研究论稿

杨君宁　著

上海三联书店

中山大学中文系（珠海）学术丛书　出版前言

简称为“中文系”的“中国语言文学系”的称谓与实质到了新的世纪，尤其是21世纪以来似乎也有了新的指涉，如果我们不能及时更新中文系的更宏阔边界与崭新内涵认知，似乎也就变成了冬烘。这里的“中国”显然已经不是单纯的政治、地理限宥，而更该是文化涵容；而语言显然也不是单纯靠纯粹性作为唯一的指标，正如中国性（Chinesenness）的载体与呈现不单纯是中文一样，我们既关注普通话、方言，同时也关涉可能的混杂及其历史语境中的文化演绎；而“文学”的边界也在日益拓展，从传统的文体研读到经典的流行歌词介入，从对文字书写的文本细读到图文并茂的视觉转向，其间的变异令人耳目一新也呼唤新的解读与研究。

创建于2015年10月的中文系（珠海）的现实依据是因应中山大学建设世界一流大学的战略目标，珠海市提升其城市“软实力”、参与“一带一路”倡议实施的需要；而从学理上看，“中文系”的当代包含日益扩大，也日新月异，因此一个国际化、现代化、特色化、跨学科的中文系也势在必行：我们既要建设一个传统意义上完整丰厚的中文系，同时又要特色鲜明引领可能的新传统。

我们朝气蓬勃却又秉承丰厚传统，我们锐意创新却也兼容并蓄，我们“迈步从头越”却也互补融合、错位承接。我们努力打造中山大学珠海校区的人文旗舰系，假以时日必然特色明显、教研俱佳，我们持之以恒开拓奋斗，期冀无愧于中山大学的光荣历史，也助益学校的辉煌未来！

不必多说，我们必须从方方面面建设好我们的新平台，而学术发展与学科建设自然是题中应有之义，中文系（珠海）学术丛书就是基于此目的应运而生，我们期冀经由此道，一方面可以助益我们（年青）同事的学术成长，另一方面也可以向社会汇报我们的逐步壮大和感恩各种各样的关爱。

朱崇科

2018 年盛夏

目录

谨将此书献给外婆韩扶霙女士

忆念共同度过的三十一年（1984—2015）岁月

与最初的完璧世界

代序：小巧与不细工

——致现代主义者

去创造，绚烂之上的绚烂
去发掘，比深邃更粹更纯的黑暗
步到檐廊尽处那最后一扇门
才发现自己没有脚
仍要将之郑重开启　以直面空无
一只小鼠终于可以大声说出
它所见的山色
深水下
海蛇双漩着蜿蜒而过
亘古中又滑落了如斯的一天
我们在水压中感受到
瞳仁与骨骼愉快地变扁
但无论怎样
都要占地球的一部分

如艳色的海葵

千手掩住了千眼

(生如寒光冷电

劈开金石听髓声)

寰宇之外

骑着单车兜圈

随手扳道陨星的错轨

寰宇之内

呼龙耕烟

而瑶草煨在几百架外的册叶内

就猫伏下来

尝尝梅花点舌丹

哀牢山中　藏一谷书　未读

不知几月几日第几层云里

悬一柄剑　未炼

2019 年 4 月 23 日

第一辑　文字因缘：郭松棻、李渝作品四论

手稿·遗作·誊文者：时间的馈赠

——论郭松棻小说《惊婚》的成稿整理及其他*

因早年参与保钓事件而遭列入台湾当局黑名单因而不能回台，被迫长期旅居美国的台湾作家郭松棻，身后留下大量未刊遗稿，且它们基本都是以手稿的形式存在。2012年在台湾出版的《惊婚》一书，即是这些遗稿中较为晚近整理出来的小说作品，也是郭松棻目前为止最晚面世的小说。如果说与此几乎同时现身在读者眼前，一并被清整成文的《落九花》，尚是神驰邈远的近现代传奇故事，《惊婚》则秉承了郭松棻过去为人熟知的一贯写作风格，字里行间呈现出文思精细而绵密的特质，文风沉潜蕴藉，总体篇幅不长，维持在六万余字的中篇体量，可谓量少质精。

《惊婚》全文系由李渝从郭松棻的原始手稿打字誊稿而成的文本。其间身为创作道路上的同行者和生活中的亲密伴侣，李渝在这一从纸质原稿到电子文件的转换过程中，也经历过一些人事心境上的挫折周转。故在书末，她又写下了《誊文者后记》以作记录和说明，此文不仅是给读者以必要的交代，还兼作

---

* 本文的部分内容曾扩展增写为《“射雕回看”和“待鹤归来”：运动与文学相望——试从〈惊婚〉手稿整理与保钓论述看郭松棻的写与不写》，发表于2019年9月华东师范大学传播学院举办的保钓运动五十周年研讨会。特此注明。

一种自证与纪念。在这短短一则的后记之中，李渝先是大致描述了郭松棻手稿的外在形态：“《惊婚》手写本颇完整，页边和文内常有红、蓝笔批注，是作者留给自己的编辑指南，多在调动字句段落，添增补延内容，勾勒下文走向等。”[①] 底本的整体完好无疑给整理稿件的人提供了相当程度的先天便利条件。但是因其毕竟是手稿，具有未完成的半成品性质，不可能完全整饬，故而也遗留下了需要额外费神耗思的其他环节。

“在我的誊稿过程中，更正字面手误不难，按照批注修辑也还可以应付，不容易的是怎么处理留白，怎么根据笔批的提示，和对作者的文体和思路的了解，揣摩出它们若隐若现的原形和原意，而把上下文连贯起来。这部分约占原文的十分之一、二。”[②] 这样应对和处理留白，并补全缺损的部分和贯通文气的程序，从某种程度上说是近似于代续和重构文本的工作。因此《惊婚》中不仅熔铸了郭松棻的心血，也蕴藉着李渝的文心。若非有长期观察和交流作为基础而对作者的笔迹之熟悉，文体和行文思路的深入了解，断难完成对前后文字的辨识，内在文气的接续，并使之清通可解，不失原意。

而于书前附录的数张郭松棻手稿影相也表现了作者良好的书写习惯，极少有涂改的痕迹，字迹清晰雅洁，大体可以视作是定稿的形式。誊文者在此之中对于故人遗物的凝注留恋目光显露无遗，悼亡与不在场的意味于焉浮现出文本的表层，整理成文的小说则表达了誊文者“遗文编就答君心”的深挚情谊。早在此前的《待鹤》一文中，李渝已经借由小说的形式婉曲传达了怀悼的心思：犹有所盼，待鹤归来。她选择相信文字和小说内烁的升华力量：“是的，人间常见的，以‘下坠’为多，包括了日常的自己，这是生活的本性本质，不可能改变到哪里去。无论有意无意，人每天都在边塌陷边过日子。《红楼梦》早就

---

① 李渝：《誊文者后记》，郭松棻《惊婚》，台北：印刻文学生活杂志出版有限公司，2012 年 7 月初版，第 172 页。

② 同上。

说清楚了。上升只有发生在艺术中，这是艺术的虚妄和迷人的地方。”① 以艺术的上升能量来对抗生活的塌陷与自身的沉陷，乃是笃信其内在价值与救赎可能的艺术实践者才会执行的。李渝且言：“唯有艺术宽容异端，唯有艺术追求人的善性和升华的可能。只有在艺术中我们可以让较好的我们，较好的现实出现。”②

清整遗稿之际，她勉力的身心撑持也有所体现：“从触目惊心失魂而毕竟能当作一篇稿件冷静处理，经过了八年，不能算不长。如果说，和文稿的搏斗就是与松棻的记忆搏斗，与自己搏斗，也不为过。”③ 作为文学遗产的《惊婚》手稿，其内在的文化记忆和包含的文学价值都要在被清理成文之后才能被一一发掘和解读出来。这部小说手稿中所蕴藏的信息，所涉范围甚广，内容复杂，如果以“记忆之场”④ 的概念来指称之，也符合它的特点。能被称之为“记忆之场”的典型性文学作品，其特征大概可以概纳如下：“这类文字除了其本身独一无二的价值，还有某种持久的独特性：它牵涉对其他记忆的认识，它既是写作者与行动者的分离，也是个人言说和集体言说的合一、个人理性与国家理性的融合。这么多的理由要求我们在民族记忆的全景画中把它视作记忆之场。”⑤ 文学作品所负载和记录的，与历史性的记忆书写恰可互为补充与印证，

① 李渝：《乡的方向：李渝和编辑部对谈》，《印刻文学生活志》2010 年 7 月号，台北：印刻文学生活杂志出版有限公司，第 85 页。

② 同上。

③ 李渝：《誊文者后记》，郭松棻《惊婚》，台北：印刻文学生活杂志出版有限公司，2012 年 7 月初版，第 173 页。

④ “记忆之场”（Lieux de memoire）为法国文化史学家皮耶·诺哈（Pierre Nora）提出的概念，本来是“场所”和“记忆”两个单独的词生造而成的合成新词，却比其字面的综合意思所包括的内涵远为复杂。它不仅包含了场所的意思，也同时具有位置、身份等含义。它已经被拓展成一个包容广泛的词语，用于指称文化记忆的多个方面之内容。

⑤ 皮埃尔·诺拉：《记忆与历史之间：场所问题》，《记忆之场：法国国民意识的文化社会史》，南京：南京大学出版社，2015 年 8 月第一版，第 25 页。

是从不同路径去接近和诠释各自所持视角下可见之物的两种模式。其包容性有可能互相参照，而文学的独特表现力和保存作用也通过其与历史的对比彰显出来。

以下引录的这段写于2007年6月的散文，也可看出郭松棻逝世后，李渝深陷哀痛之中却也同时试图以写作来重组身心秩序的努力。“世界自然是不会多或少你一篇文章一本书的，只是专心在文字上，斟酌进出字句间，写作是能，可以，应该对写的人有静心宁神的作用。”① 她虽坚持仍有一些论文和小说的产出，但毕竟日常生活状况的巨大改变，给她带来多方面难以接受与调适的困境：“生活本是依松棻而立的，现在必须自立生活而不能面对生活，其工程困难无比，辗转挣扎，狼狈无比。”② “依松棻而立”意谓二人“同修同行，同福同慧”的共同生活和在文学创作上的相互切磋琢磨。台大时代李渝与郭松棻初识时，郭即担任过外文系助教，因此二人谊兼师友。李渝始终都视郭松棻为阅读和创作上的导师，故而此时慨叹：“……像以前，想着小说的下一个情节一样的，在松棻的懂得和爱惜里，再去想——写什么，怎么写吧。”③ 这种依文学伴侣而写作的惯习一旦打破和终止，对身心都是打击和重创。

此时李渝也出现了矛盾对峙的心态：一方面对书写的笃信和从创痛中的自我恢复使得她想要尝试专注于写作；另一方面她又有颇为清晰的认识，即书写并不能作为精神疗愈的手段，相反则是应以身心健康来做正常书写的前提和基础。因为李渝的写作启蒙老师聂华苓也遭受了失去文学同道兼生活伴侣的保罗·安格尔之伤痛，又为她所信任，故而她曾就此问题求助于聂华苓：“怎么活过来的？不止一次求教于老师。写，和写，老师说。”④ 聂华苓也深知李渝在

---

① 李渝：《写作外一章》，《联合报》2007年9月26日。

② 同上。

③ 同上。

④ 同上。

失夫之后的艰困痛苦，因此在李渝意外离世后的纪念文章里认为她这样的选择亦不失为一种解脱身心重创的方式。

李渝认为把书写视作诊疗的手段，是“这样看书写，就小看了书写了”。她且指出自己对于写作和身心状况之间的关联的看法：“写作是一部精密的机器，环节、层次等扣接得颇复杂，要想启动这部机器，身心必须健全。的确有朋友劝我以写作为治疗，或者认为我为了疗伤而写作而出版等，这些都出自好意，但是事实是，写作于我不可能是治疗性的，不可能有任何业余/消闲/非写作功能性的倾向，就是在平时，身心不适在均衡状态，也不能启动这一部精密的仪器。因此于我是身心均衡后诉诸书写，不是用书写来均衡身心，程序正好相反。”① 与一般认为书写可以疗愈身心的观点不同，她觉得只有先维持身心健康、情绪稳定，整体保持在一种均衡的状态，才能够启动书写“这一部精密的仪器”。

李渝处在怀悼伴侣和自己身心失序的伤痛时刻，仍要面对遗稿，痛切与失落的情绪势必影响到工作进度。无论是自我搏斗重回正常秩序，还是抢救郭松棻的文字与记忆，重现作者由文字埋藏的小说世界，都是身为文稿清整者潜在而又必须做到的。其间既有二者可以相互促进达到自我抚慰效果的时刻出现，亦有矛盾撕扯以至于难以为继的时刻，两造拉力中途的延宕时间，形成了对《惊婚》的文本重生之途的再度挣扎和孕育的过程，可谓誊文者的“再创作”亦不为过。其中所寄予的对自我新生和文本再生的双重希望，俱在此焕发出新的情感动量，令这一文本重新呈现给读者的面貌在不知不觉中加入了李渝的参与成分。郭、李二人对文字和书写的共同信仰使得手稿这样的遗物成为了作者生前精神活动的凝结与象征物。文

---

① 李渝：《乡的方向：李渝和编辑部对谈》，《印刻文学生活志》2010 年 7 月号，台北：印刻文学生活杂志出版有限公司。

在即魂在，神思不散。借由这样的悼亡仪式，小说家的文学事业尽可能长久地延展至其身后。

那么李渝除了她自己在后记中所叙写的“誊文者”这一职分之外，还有无潜藏的其他重隐秘身份呢？答案似乎是可堪开掘的。小说家俦侣本身具备的特殊性，影响了他们在日常生活和精神志业上的双重相互扶持效应。即如台湾文坛另一对著名的文学伴侣中，扮演了同样堪称是“誊文者”角色的唐诺所言：“我有点这么看《南都一望》。虽然这已经‘越界’了，不是一个一般读者的角度了，但我不能假装我是一般读者。我做的事可多了，我是这篇小说的誊稿者又是第一个读的人，我是陪在作者旁边一起经历这些事的人，现在我还来扮演谈话者，我的身份可复杂了，对了，还有我还是个福佬人。”① 唐诺在此一一列举了他在朱天心创作与生活世界中担纲的若干不同角色：从誊稿者、第一读者到陪伴人与对话者，以及与外省人身份相对的本省人（福佬人），此中既有辅助者的作用，也有平等个体之间的交流，更有形似对照组般的省籍族群身份差异参照。这些确乎都是身处外场的“一般读者”无法参与的事项，即使作为协助者，并不能直接参与创作者的第一写作现场对实际书写的进程和状态作何改变，却也已经触及到了构思酝酿阶段时的讨论交流。对于通常被认为是由单一个体独立完成的纯思式的精神活动之文学创作而言，这亦是难得的良性介入和辅佐、旁证的做法了。

李渝并未将“誊文者”身份之外的其他职分讲得像唐诺这般如此显豁，却也可从相仿情况的线索中揣度出，她在与之类似的人际关系结构中扮演的角色和发挥的功能当远远不止于“誊文者”这一简单的身份，而是兼任了陪同本事见证者、第一读者（或许也是理想读者）和交流对话者这几重复杂的职能。她

---

① 朱天心：《我不会让任何东西凌驾于文学之上》，《印刻文学生活志》2010 年 7 月号，台北：印刻文学生活杂志出版有限公司，第 32 页。

同样不只是远远站在创作者书写的第一现场遥望和揣摩文本的“一般读者”而已，“虽是虚构小说，虚构建基于私人和众人记忆，二者松棻和我共有而同享”①（这部分在后文涉及到记忆的内容时会再展开论述）。与作者的特殊因缘与联系，令李渝成为了有机会参与到作者生活现实和创作现场的协力人。她所见的景观与起到的作用都较之一般读者为甚。虽然即使身为小说家同业，也不能对另一人的实际写作过程进行任何有效的改变或干预，但作为同路人的支持砥砺，以及提供的近似于文书助理式的援助，都在在发挥了积极促进的效能。

在《惊婚》的手稿中，每一页顶端居中都以红字标出“惊婚”的题目，以求与蓝色字体书写的正文保持区隔感，亦颇为醒目可辨。红字也在每页左侧出现，纵书简要的提示词语，起到概括右侧段落大纲的作用，再有就是有些补缀的段落也是以红色字写就的。

有一页黑色字迹的手稿则是作者构思时写给自己参考的草稿，其中详细开列了写到日本学监与水田围殴事件时的初步设想，其内容还包括了很多在人物、情节和场景方面的细节设置，力求精准合理。在列的细项，譬如日据时期台湾师范学校具体的地址、学制，学生是否住宿，学监的职位和职务等，都被纳入了作者的考虑范围。乃至于学监曾对学生们做的几次“精神讲座”的确切内容（大和魂、叶隐精神等关键词）也都一一开列在侧。就连对于学监的姓也列出了以赤冈为首的六个选项待选，且在旁侧分别附注了日文罗马音的相应写法。可见作者顾虑之精，用心之细。由此也可揣测郭松棻于动笔之先，对于这段需要投注更多设计安排，以求其精准的重要情节，从谨慎求实的考虑去尽可能地顾及了复原历史细节的问题。

对于细节何以如此注意不松手，这与郭松棻持之有故的写作观念有关。在论

---

① 李渝：《誊文者后记》，郭松棻《惊婚》，台北：印刻文学生活杂志出版有限公司，2012 年 7 月初版，第 173 页。

木心散文的一篇座谈会发言中他曾提到过细节之于文章的影响力：“譬如说：木心这位散文家，对细节非常存有敬意。一般作家，开头或有，结尾或有，中间一大片就没有。一般人尊敬主题，对细节不知尊敬，这就注定要失败了。木心则相反，自始至终咬细节咬得非常精密。成功时，那醒豁的效果是巨大的。”① 虽然散文和小说文体有异，但以细节精准来营造艺术真实的做法，则是他坚持实践并一以贯之的文章之道。前述观点中，郭松棻提到的“中间一大片”者正是文章赖以成型的主体部分，而主体部分若要力求达到坚实可信，则又有赖于细节的充实完足来使之立体丰实。倘使“细节咬得精密”，其后表达成功，亦即足量的充实细节对文章主题起到了支撑的作用，故而“那醒豁的效果是巨大的”也便顺理成章。

这一文学观念追本溯源，仍是现代主义文学的本色当行之所在，即是“他和王文兴均以量少示范了现代主义者的质精主义——或可称之为福楼拜主义”②。所谓福楼拜主义者，除了核心的“量少质精”原则，务去赘言，体现出创作者极高的自我要求和艺术追求之外，究其外在表现形式，更本质的做法也是借由精准的用词（“le mot juste”）与大量丰盈的日常细节组织成文，据此形成了典型的现代主义风格的小说文体。郭松棻个人对于写作和出版的态度也相当审慎，向来以甚少出版，甚至于并不主张出版作为旗帜鲜明的观点行世。他曾批评诟病过海峡两岸创作的共同问题就在于文学的过量生产，又曾说过：“关于出版，其实我也一直是有自闭的倾向，老大不情愿要出书，出版干嘛呢！说来说去，这些都牵涉到我整个人的哲学倾向，觉得这些都没意思，做这些对于生命能够安顿的想法，一直非常稀薄。如果最后，能够有一两个读者，是我文学的知音，那我就满足了。”③ 这种“不悲歌者苦，但伤知音稀”的阐述，意在只追求纯粹

① 郭松棻《喜剧·彼岸·知性》，选自 1985 年 5 月 9 日“木心的散文——专题讨论会”会议发言稿。

② 同上。

③ 简义明：《郭松棻访谈》，《台湾现当代作家研究资料汇编·46（郭松棻卷）》，台南：台湾文学馆 2013 年 12 月版，第 133 页。

的文学价值和极少数的“理想读者”，固然是“牵涉到我整个人的哲学倾向”，偏于存在主义的“被抛”之绝望困境，与精神境界的孤独深邃，以致看待人事皆出以消极、不抱希望的眼光。这却也是对自己作品保持精纯的本质，尽量免受读者反应的引导和干扰，以实践绝对自律的美学信条的一则宣言式的表述。

由此可见，郭松棻的哲学认知与文学观念一脉相连，仍是现代主义的，而非后现代主义一再宣扬的“作者已死”，文本完成后即被置于可以由批评家、读者接力诠释的场域之中，从而不断再生产出新的意义，与作者最初意图的联系也就越来越小。然而即使如此，郭松棻也极少对自己的作品作任何出于作者主导的讲解或展示，并不想对作品的意义进行作者垄断式的规定和限制，而是采取了较为自然随意的态度，任由接受者自主去理解消化。

倘若采用对比的观点来看，与郭松棻同属台湾的现代主义世代小说家中，另一位同样以写作戒律精严的王文兴，则讲究每个字的选择，甚至具体而微到连每一个标点的用法也十分考究。他且用铅笔敲打桌面揣摩文字的节奏及应该停顿的长短，对小说书写采用类似诗人苦吟派的操作方式，毋宁说是现代主义精益求精，不拘文体界限，甚至发展出个人独特的变格形式，以诗的象征、隐喻、暗示等种种幽微笔法，逐步成就了其作品的经纬与神髓。

如同论者已然将二者的风格所铺陈对照的：“郭松棻对小说文字的锤炼，与王文兴相同，都是一种现代主义美学原则下对真实的追寻，然而郭松棻的文字走的是诗性化意境的抒情风格，对文字所表现的视觉意象特别注重，而王文兴走的则是彻底打破语言规则的实验风格，对文字所诵读出的听觉及节奏特别注重。郭松棻在手法上喜爱以意识流的形式出入于不同的叙事人称之间，而王文兴则独爱类似戏剧形式的内心独白。”① 这可谓是郭、王两家最为易于辨识的

---

① 黄启峰《战争·存在·世代精神：台湾现代主义小说的境遇书写研究》，台湾秀威出版有限公司，第144页。

外在文体特征。然而这毕竟是统合的现代主义前提下，两者的具体风格之分别，转而推移到了对个人作品的态度和诠释方式方面，则又可见出他们更显著的差异。

多年来王文兴坚持用文本细读的宣讲形式不断地对其代表作《家变》的反复夫子自道，细细诠释分析其对篇章、段落乃至字句选择的安排，之于当年书写时原始的作者意图，甚至于具体到文中建筑布局和原纪州庵家屋的实际联系都做了不厌精细的解读。这体现了作者亲身参与文本解读的努力，及一种带有较为强烈作者意愿导向的经典化意图。虽然《家变》早已成为台湾文学的小说经典之作，但作者亲力亲为的不断诠释无疑使得它跨越了时代，继续延伸到每一世代读者所身处的此时当下，共同领会它在最时新语境中的意涵。

从纪州庵的日式家屋，再转到新店溪的旧居遗迹，《家变》同其小说故事发生的原初场景，已经连同作者本人的引导解读成为一个综合性且多维度的诠释系统。这个系统已经打破了文本和现实的界限，从而成为一种总合了不同时空和情境的表现形态。加上《王文兴手稿集》的整理出版，更使得原本神秘的写作过程有据可凭，兼形成了笔迹（handscript）、文字（character）与身形（figure）的三重共同铭刻作用，从而予以读者多方位的启示与召唤，对文本的难解之处找到了更多可以凭借的路径。此外《他们在岛屿写作》第一辑中之《背海的人》作为王文兴的传记电影，也以影像形式直观地展示了他的手稿和写作过程中酝酿文思的特殊情态，予以读者最直接的呈现与视觉和感知上的冲击。这就令台湾现代文学的经典同时具有了当代性，并且产生了在原有经典化基础上的再度传奇化，形成了多种媒介加成一处的综合效应。

如今台北城南的新兴文学遗迹和现代景观相得益彰，纪州庵成为其中的重点一景，变为了可供当代读者观瞻并置身其中的文化场所，如果移用皮耶·诺哈的“记忆之场”理论来阐释这一文化现象，则它所试图唤起的，并不是简单脉络上的“国家民族”记忆，而是某一特定文化年代的集体记忆和社会氛围的表征。而且过去的家屋功用在新的时代环境中又有了转变，已然被重新利用作为展示性的场馆，由过去的个体私密空间而转换成为公共空间，因而具有了开敞性和产生新的意义之可能。

“破中文”世代的王文兴、七等生勠力为之的是破坏中文惯常的语法结构和修辞形式，使其破碎重组，在拉伸、撕裂和变形的裂隙中迸发出新的意义，测试语言的质性和延展度究竟可达到怎样的境地。而郭松棻在小说文体上的叛逆性和先锋性则志不在此，相反还保持了文字上的优美雅致、流畅可读。他所设置的障碍在于语义的模糊性和多重性，从来不以直白显豁的方式表现小说的主题和隐含的意图，而是在文中留下了丰富的意象和大量的线索，有待读者自己循迹去理解。

与郭松棻为生前友好的李日章教授也引领过在地的旧迹导览活动，他还手绘了过去自己家周围的建筑路线图，包括住屋和学校等主要地点。这也同样是重新召唤台湾在地的历史记忆，以一个人的亲身经历来带动一个区块的再度被关注和认识，将以往沉积搁置的历史人事新作发掘。郭松棻参与过海外保钓运动，而李日章则对轰动一时的“台大哲学系事件”亦亲身实践过。二人分别都躬逢其盛了发生于不同时空的重要社会政治事件，虽然在道路抉择与身份认同上取舍殊异，却因曾为台大哲学系的同学好友，而生发了某种内外应和的微妙联系。因此李日章在另一层面也是郭松棻的对照组，表现了一代学人在接受了相似的早期及高等教育之后，由于个人思考和其后所走上的道路差异，导致了生涯走向的较大差异，尤其是在对于“国族意识”和自我身份认同上的相异选择，也使得他们的人生状况处于两歧化的状态。李日章因有回忆录行世而呈现给他人较为完整的心路转变过程，郭松棻的自述性文字甚少，因此“自我现身”式的传记、回忆录等题材都不是他采取的表达载体，即使是在涉及到一些亲身经历时，也往往以淡化处理的方式，几笔带过，保持了对早年参与重要历史事件的谨慎和沉默。因此即便是亲历过的保钓运动，也从来都不是郭松棻纵笔直书会触及到的书写题材，而是以更隐微间接的观照和描述方式出之，如此也才成就了其别有意趣的文体风格。

被文学史归类于现代主义文学世代的诸位小说家常被相提并论，且被作为集体出现的文学现象加以研讨。但他们身为各自风格鲜明、不可复制的单独文体家，其从性格到文风上的个体差异仍然是远远大于共性。与其说现代主义作为一种集体性的风潮席卷了当时渴求新风洗礼的台湾知识界和文艺界，不如说它作为某种认识的起点，对其时在成长锻炼中的作家和艺术家们进行了颇为启蒙性的形塑，从而后期的分化和各自成长才显现出他们真正的个人特色之所在。

在他们共同成长的岁月中，即便偶有群聚性质的同人活动，也是年轻时被某一理想信念共同驱动，有集合的可能和实践。然而个体的差异性使得这种聚合的时间维持在特定的时段之内，创作者毕竟是独立承担其志业的相异个体。他们于各自内在所涌动着的求新求变的因子，实在要高过维持稳定一致的群体合作，这便令过去的集体行为逐渐分裂崩解。个人风格的产生即以这样的裂变作为起点和出发地。

王文兴将文本与阅读行动两者相互结合起来，无疑具有行为上的演绎性和多元诠释的意味，亦即在传统形式的单纯阅读文本之外，提供了更多给受众理解的讯息和可供辅助想象的线索，以此对作品展开了更为全面立体的认知。

而郭松棻的作品则本就含义复杂，意蕴深隐难解。尽管从文字层面来看，他不曾如王文兴那般横征暴敛，没有刻意设置太多变形的障碍，但隐喻和象征上的含混复义，决定了其小说的主旨意图皆不是直接陈述而出的写法，更不会理念先行而使小说的行文成为概念的图解与附庸。由于他的创作论和访谈数量稀少，甚至直接或间接文学观念的批评类文字也颇为零散，偶尔才得以一见，则又失去了可以提供其他旁证的辅助理解资料，从而加深了理解难度。

无论是以父子决裂为小说经纬之《家变》，抑或以夫妻缔结为主要脉络之

《惊婚》，两书恰好都采取从基本的人际关系和家庭血亲、姻亲的伦理层面入手，编织文本的最表层组成，即人物和情节的部分。这样的处理方式也涵容于家国之间由小见大的联结。《家变》是从现代主义的角度出发对中国传统父子秩序的挑战；而《惊婚》的意义则相形之下更为隐晦难明，其中也有两代台湾人在时代变迁和代际转折中的认同冲突和认识差异所产生的问题，但作者并不将其限于此一端，而是留下更为广阔的空间，以铺陈手法将看似有矛盾冲突的情状一一列举出来，却也不急于下价值判断或是阐明立场，而是尽量体现其复杂多维的本来面貌。

由身处的地理空间及生活环境对写作的影响来看，王文兴长居台湾，从就学、教书和生活都集中在台大多年，始终未有过与写作和身世的原乡隔离之苦。这也使得其作品的书写题材以及要处理的核心问题与郭松棻大异其趣。

然而虽与故地长期两相隔离，不能随时观察台湾社会新的发展变化和脉动，郭松棻仍有其超克阻碍不便，再认识台湾历史事件且将之以文学的眼光和手法重新叙述表达出来。在此之外，他也致力于发掘个人的早年校园和家庭生活中的地景记忆，因应“远大近小”的回忆效应，有些呈现点状（spot）出现的地方/场所在比重并不大的台湾书写中尤其显得形象鲜明可感。

例如《惊婚》正文中屡屡被提及的狮头山，则是现实生活中郭、李二人的共同好友孟祥柯（绝子）曾经避居的所在。郭松棻移用此地作为主人公亚树的隐匿之地，则是虚实相生的写法，且在亚树和倚虹早年相识交往的校园和街道等惯常场景之外，为亚树单另开辟了一个专属他自己的独处和思考之地，由此便在现实场所和虚拟的空间两层意义上都有所拓展。

在时间和空间这两项重要的小说要素处理之外，郭松棻作品中的性别和“国族”议题早为识者所发现并有了相应的论述，并因其作品的数量有限而显现出有重复研究的趋势，此类论述易有理论先行的风险，以作品中涉及的性别因素去嵌套已有的理论，有可能会与作者的本意两相悖谬。郭松棻在使用与国族性别等相关的象征或意象时，通常都显现出一种含义繁丰的表达效果，并不依循某一特定的概念或固定的样式而发。举例来说，以女性的美好、雅致，抚慰人心等种种优秀特质，表达出不无净化、救赎的意味乃至于“永恒女性引领人类飞升”的寓意之写法，固然在郭氏小说中并不罕见；然而他甚至塑造出符合传统审美趣味和道德要求的女性形象还远远更多于所谓“现代进步女性”，意在传递一种着眼于人的复杂属性、结合了传统与现代、兼备中西之长、而不趋时从俗的理念，并非是简单地写出已经被模式化的类型人物了事。

若综观《惊婚》全书，整部小说中真正的重头人物其实是男主人公亚树，在表达手法上则可谓“从对面写来”，即并不将其作为第一人称的私小说写法自述身世，也鲜少正面描写这一人物，却借倚虹的观点和眼光出之，在限制视角下聚焦于“倚虹感知认识之下的亚树”。因其有限，而产生了表达上不完全聚焦的模糊怔忡效果，使得主人公的性情特质没有在简单的定义式描述下被过早抛出并固化，以致有扁平之虞；而是随着叙述者的回忆和描述渐次引带而出，逐层展开，在前后对比之下也有其互相补充和修正的部分。

倚虹探索和揣摩亚树的言行性格，是二人多年相处，其后再遇乃至缔结姻缘的重要铺垫与准备工作。《惊婚》之“惊”的部分题中之义也在此得到了暗示。既是倚虹数度对亚树的认识更新之际所感到的惊，也是两人终成眷属的不可思议之惊。一时的惊奇尽数化作日后相守之脉脉。两位主人公就学经历中亚树的哲学背景和倚虹的艺术史出身设定，不难猜想他们带有现实生活中郭松棻和李渝的自况成分，具有形影般的投射和隐喻关系。

李渝在《誊文者后记》中也写到《惊婚》内文中的数段情景皆有据可考，那是郭、李二人曾经共同见证经历过的，“这是我们一同成长的环境，庭院外的世界尚未扑来，生命尚未暴露真相的少年时光”。

他们所持有的回忆性片段遍及校园中的花木、人事与理想，即“例如五、六〇年代的纯情和乡愁，虚无和失落，例如文学院后门春天最早开的那朵芙蓉，中庭台阶旁的老黄檀树，为院长烧茶水的铝壶在工友室过道旁的小火炉上冒白烟，上课的时候你可以听见欧吉桑在庭院里咳嗽等”，凡此种种细节组织起来的往昔画面，形声俱备，一一复原了特定年代的记忆，以及情感上的联结和牵系。

“好在文学和回忆究竟不同，回忆固然总是伤怀，文学却能拔升回忆，而到底是完成了小说的誊辑工作，无非使我更相信后者而已。”① 这里的文学之升华净化作用说，与《待鹤》时期的访问中相似的观点不谋而合，可见此对于李渝而言，乃是一以贯之并奉行不辍的理念。也足见文本中采用了不少发生于当年的真实场景，也随之渗透了些许真人身上所经历过的“本事”成分，在此寄托了他们对于在台大校园里度过的美好少年时光的追忆之情。

以世俗婚姻的择偶标准而论，亚树并不是惯常意义上（无论将其置身于中国传统抑或是小说隐约涉及《圣经》的脉络之中）可以“仰望终身”之良人，观其性情举止，则是狂气充沛，不同于寻常青年，是颇具个性色彩的存在。

在与亚树相处的过程中，倚虹一直在不断更新自己对他的认识和理解：她从过去相处的往事中重新拣选细节来比对当下重逢的亚树，以此来弥合了断裂的时空和分段的平行记忆，逐渐整合成一个对亚树的较为完整的印象。

她的父亲作为一个连结她与亚树之前的关键中介角色，也在情节和人物关系中都起到了链接调和的角色功能。倚虹的父亲和亚树本来是素不相识的两代台湾知识分子个体，却由倚虹而结交，意外地牵生出一段往年情谊与因缘。论及两人精神交流的深入程度，早就已经超越了一般情况下（准）翁婿可以达及的境地。甚至倚虹对父亲的了解和沟通都远远不如亚树到位透彻。这样微妙的人际关系与因缘缔结成为他们姻缘中意外的羁绊因素，且不无推进的助力作

---

① 李渝：《乡的方向：李渝和编辑部对谈》，《印刻文学生活志》2010 年 7 月号，台北：印刻文学生活杂志出版有限公司，第 85 页。

用。父亲作为这一人际三角形联结的中介式人物，像是催化剂兼黏合剂的角色。

如今思之显得时空遥远的台北记忆与美国生活当下的互相交织与渗透，构成了郭氏小说的时空背景和人物主要活动的情境。但就像郭松棻久居台湾之外的异国，从事域外写作的这种状况，也常常被称为台湾文学的“境外生产”。他这种远离故地的文学产生形式本身就不属于台湾文学书写的主流，容易因其“不在地”和“不在场”的处境而持续被放逐在台湾文坛和文学研究的脉络之外，在他作品尚未被“反输入”回到台湾刊物上发表刊登之前，由于身份限制而缺乏流通和为人所知的管道，甚少得到关注和讨论。这是外在的社会政治环境和出版传播条件综合影响所致，只有当这些限制逐渐解除，作品发表的环境变得宽松并有所改观，才初步具备了被接受的可能性。

且如前所述，他常被论者指出甚少描写后来身处的美国当下时空，并不特别以之为书写对象将其纳入小说，而是以回望台湾岁月的人事为主要书写题材。但由于他旅居美国兼有留学经历，也常被直接划分在“留学生文学”的大类范畴之中。因若以较为宽泛的概念而论，既然作者人在海外，便自然而然地成为了海外流寓的华文文学书写者之其中一员。

台湾于六七十年代出现的留学生文学，以及其他远游作者所创作的广义上的离散文学大都是面对了与原乡之间的遥望和想象关系，呈现外在拉开了松缓的观照距离，而内里的情感张力则长期保持了相当的强度。这种望乡而不得归乡的两难夹缝处境，就是二度离散的海外台湾作者们生活的基本事实。

作为一种情感表征的乡愁，在各自的空间条件下所蕴含的时间向度，根据抒情主体的不同用心也会表现出全然迥异的面貌。离开之后的重新省思塑造出的是想象和追忆中再造的故乡，亦即文学虚构手法下的重新建构结果。

《惊婚》成书于美国，回望的却是少年情志饱满的台北岁月，在其整理重新问世的过程中，可堪发掘之处甚多。其成稿的过程本身就可以看作一个文学伴侣共同的超克现实限制之努力，这种超克的决心既包括他们以文学对抗过的，往昔一起经历过的历史事件和生活日常，甚至也包括了生死之阻隔的不可抗拒界线。他们也展示了如何通过从事某种有延续性的文学志业来传递与延存理想信念的方式，使过往的客观局限有所突破。

拟声与对影

——试论郭松棻《惊婚》中的叙事视角与人物关系

引言

《惊婚》为郭松棻遗稿中目前为止面世最为晚近的篇章。它虽成文于八十年代，却迟至 2012 年才以单行本的形式正式出版。其间经历了从作者未刊的原始手稿之沉寂，到电子文本的整理，最终以书的形式公开出版的清整过程，本身具有文学遗产重被发掘抢救的性质。在作者生前既有将这部小说的手稿交托给文学伴侣李渝，嘱其代为打字清稿之举动，则至少说明了他初步具备将其留存于世的意愿。以郭氏素来淡泊不重视出版的个性而言，这也较为罕见。在舞鹤和简义明先后赴美对其做的两次访问中，郭松棻都强调过自己的无心于发表和出版。“很早以前，我记得有人跟我谈出书，我说我不是一个出书的人。……我常觉得写了东西去出版没什么道理，出书干什么呢？这个行为我本身就怀疑，我不排斥别人出书，可是出不出版实在不重要。”[①] 郭松棻认为自己

① 郭松棻：简义明《郭松棻访谈》，《台湾现当代作家研究资料汇编 · 46（郭松棻卷）》，台湾文学馆 2013 年 12 月版，第 133 页。

“不是一个出书的人”，且怀疑出版行为本身的意义所在，觉得出版与否都无所谓。其后，他也坦诚交代更深层的想法乃是：“关于出版，其实我也一直是有自闭的倾向，老大不情愿要出书，出版干嘛呢！说来说去，这些都牵涉到我整个人的哲学倾向，觉得这些都没意思，做这些对于生命能够安顿的想法，一直非常稀薄。如果最后，能够有一两个读者，是我文学的知音，那我就满足了。”① 郭松棻在这里所谓“整个人的哲学倾向”意指他对以萨特、加缪为代表人物的存在主义哲学之笃信，偏于消极悲观，且不以现世可以获得的事功成就种种为意，对于除写作本身之外附加的声名利益也不在乎。由此观之，可见作者本人对此篇小说的重视程度与别有寄托。

一、晚成的遗作与风格之铸造

从时序上来看，《惊婚》当属郭松棻创作时间轴线的末期之作，但并未因此而呈现出与前期作品风格有所丕变的所谓“晚期风格”②，而是延续和发展了其小说风格成熟期的圆融。这当然是由于客观条件上的天不假年，郭松棻的小说创作之路还处在其盛年期就因病逝而被迫戛然而止，以至于有些暂存于意念中的作品尚来不及写出，其后期再深入探索和风格转变的过程遂同样没有机会展开和得以完成。因此从现存的作品而观，在以设想补足整全的这一作品光谱上，或许目前可见的郭氏小说仅仅收束于处在中后段的位置，却并没有真正完结。由于这一作品大约最终应成稿于作者 2005 年中风之后，与《今夜星光灿烂》和《落九花》属于同一序列中先后出现的个体，故可称之为“左手的小

① 郭松棻：简义明《郭松棻访谈》，《台湾现当代作家研究资料汇编·46（郭松棻卷）》，台湾文学馆 2013 年 12 月版，第 133 页。

② “晚期风格”原本语出萨义德，后来被更广泛地应用于泛指作家在已经形成标志性的艺术风格之后，不甘于就此定型定性，另出机杼的做法。这个时期所产生的作品与代表性风格相去甚远。

说”，是在历经中风、抑郁以后的恢复期中继续书写，且处于身心状况不良的条件下坚持完成的，也是彼一世代的台湾现代主义作家长年信奉现代主义的原则，以生命践行文学创作的见证。

就学、成长于六七十年代的彼一代现代主义作家的用心精诚乃至以身相殉，诚如李渝的阐述：“对我来说，现代主义是我生活上的一部分，我一步一步走过现代主义，可以说我们那个时代对文学是一厢情愿，和后来的时代可能不太一样。文学是我们唯一的爱人，而且对这个爱人我们用情专注、终生相守、至死不渝。我们是献身、我们是殉情性的。我这么说因为这是生活过来的一个感觉。我们不必讲理论，我们就讲实际的情况。如果说到献身，七等生、王文兴、郭松棻等人都献身；如果说到殉情，殉文学的情，我们可以说邱妙津、黄国峻。”[①] 亦如郭松棻本人在《论写作》中所提出过的：“文学要求精血的奉献，而又不保证其成功，因此文学是这样的嗜血。”这几乎是把“文学”当作主动饮血的主体，而投身其中的写作者只是被动献祭，命运未卜的客体，在酷烈程度上又有所层进。这种倾心乃至献身以之的宣言式表述之下，书写不再只是搬字过纸的文字行当，而是需要在感官经验和身体奉献上都有物质性的实际感觉与付出，将肉身转化为语词。如再采取较为平易些的说法，则就像是舞鹤所言：“……在这种情形之下，我将全部的生命力投入写作，所以它并不是经由大脑，而是经由整个人、经由整个肉体。在这样的情况下，我觉得写作基本上不是一个纯粹外在的、所谓表达一个主题的一件事情，而是生命本身的事情。”[②]

既然写作被目为是“生命本身的事情”，那么我们就更有理由追问，在郭

---

① 李渝:《第一部・座谈与访谈：第二场-应答的乡岸：从台大到爱荷华的现代情》，《重返现代——白先勇、〈现代文学〉与现代主义》，麦田出版社 2016 年 1 月版，第 85 页。

② 舞鹤:《第一部・座谈与访谈：第五场-另类现代：从外层空间的科幻世界到原乡部落的田野书写》，《重返现代——白先勇、〈现代文学〉与现代主义》，麦田出版社 2016 年 1 月版，第 147 页。

松棻生命的晚年和小说的盛年，他最后持之握之、孜孜以求者究竟为何？《惊婚》又蕴含和寄托了作者的什么理念与信条？这般勠力为之的小说书写，由之带来的生命启悟又是怎样的呢？带有一定自拟性质的男主人公亚树，以及多少具有自传意味的一些往事变形与重构，都使得这篇小说具备了自叙传和反思的性质。《惊婚》可看作是郭松棻对自己生平与学思经历的文学表述、反思和总结。在此笔者意图探究《惊婚》这篇小说的表与里，尝试通过逐层分析文本的形式、内容和主题，来渐渐了解作者悄然放置于其中的文化意义和历史意识，以求对这一作品有较为透辟的认识与理解。本文选择由表及里，从表层最外在的形式因素入手，逐步深入讨论它们的具体运用手法，及其和题材内容乃至主题表现之间的关系。

二、拟声：《惊婚》中的叙事视角

综观《惊婚》小说全篇，当可发现此篇体量不大，维持在六万字余的中篇之基本篇幅。文字风格上则秉承了郭氏小说一贯的绵密细腻、意象丰赡之貌。叙述语调则冷静持平，甚至淡漠不动声色。笔触简洁圆融，颇具小说成熟期的润泽饱满之美。《惊婚》的主要情节讲述了相隔十几年后重会的青年亚树和倚虹，在经历了各自的孤寂生活和思想磨砺之后，再续前缘，并最终结合为新婚夫妇的故事。小说的遣词造句格外考究，在句式韵律上也似有淡淡和风。

如果将小说本文提炼为这样的故事大纲或曰梗概，很容易误以为这是一则罗曼史。然而作者并未将描写重点放在二人之间的情感纠葛，或彼此的情爱琐事上，只将其作为表层牵连几针的粗略主线来贯通全文；真正着力甚多的是他们的心灵成长史和精神世界的变迁过程。因之这次的姻缘缔结有更高层面上的象喻意义。具体的叙述方法和采取的角度，以及情节和人物布局的方式共同决定了小说的属性质地，即“怎样写”成为关键环节。以最基本的对小说的观念而论，形式和内容之间的配合调度是决定书写成败的重要因素。叙述视角的选择尤其影响情节是否找到了最适切的讲述方式。《惊婚》在叙述上的巧为安排及其与人物、情节间的应和，都显示了作者在叙事方面的用心。

《惊婚》在叙事视角上采用全知视角和第三人称限制视角两相结合的手法，这样的处理方式既拉开了叙述者和叙述内容之间的客观距离，又使得在必要时，可以单独获知某一个人物的所思所感。两种视角的交替转换使用，让文本具备了变焦的灵活视阈，而未陷于一隅。例如小说开篇部分先以全知手法描述牧师的容貌情态和婚礼现场的场面，但未过几行，即快速切入女主角倚虹的内心世界："她从自己的脚尖才微抬起头，闪光灯嚓的一声，照疼了她一夜未眠的眼睛。坐在两边排椅上的一、二十副眼睛转过来，钉在她的身上。那都是无辜，也是无知的眼睛。今天她无心应付这些眼睛啦。"① 即使是这一小段，内里也暗中分层，前两句还是全知视角，而到了"无辜、也是无知"，乃至"今天无心应付啦"的感觉和判断，已然偷渡到倚虹的心理活动，让她得以从众人瞩目的新娘之中心位置，悄悄闪躲回一己求得清净的内心之中。即使是在一生中仅有一次的重要人生场景里，倚虹也不无回避旁人眼光，只求能归返到自己的心灵世界，其兼具内向和省思的性情在开篇未久便已初露端倪。这种由外而内的表达效果是藉由视角的自然过渡切换来完成的。

叙述视角的切换也伴随了意识流手法和自由间接引语的联合运用，小说叙述中不落痕迹地淡出、淡入和闪回，以类似电影镜头的转换形式实现了场景的变化，使人物自由出入于内心和外界、回忆与现实之间而不会有阻滞之感。续举前例，倚虹在逃躲开婚礼上投向她的目光之后，旋即遁入与牧师商定婚期的回忆片段："'那是个好日子。'牧师坐在厢房里说。对于她终于不再选择圣诞节那天举行，牧师舒了一口气，然后瞪着她笑起来。牧师说圣诞节忙不过来，

---

① 郭松棻：《惊婚》，台北：印刻文学生活杂志出版有限公司，2012 年 7 月初版，第 15 页。

日子虽好，怕是照顾不周的，一有疏忽，那就不好了。‘这是一辈子的大事啊。’”[①] 这段回溯性的择期描写内里也包含了情节设置上的矛盾微澜，最终弃选圣诞节而另择吉日，是牧师更加尽职尽责的考虑，为了不让终身大事有疏忽不周。而这与倚虹的初衷虽然有违背，但也最终被她接受了。前后细微的心理变化和小的顿挫起伏都在画面切入以后格外传神。

这里也埋下伏笔引人好奇：倚虹何以起初要坚持选圣诞节完婚，后来又为何接受牧师的建议换成其他的日子？此中的深层缘由有待后文一点点展开叙述。这里叙述视角、叙述的形式和内容三者达到了互利共生、彼此照应的统一效果，这种悄悄转换视角，前后文跳接时空却因处于核心人物的心理平原之上而产生某种新的共时性的写法，散布在这篇小说的全文之中，因此也形成了被论者称之为“举重若轻，真的像编蛛网般，一线一线细细静静地吐”[②] 的风格特色，这种风格让读者不敢怠慢，要认真分辨和解读。“《惊婚》的叙事就是初看千头万绪，时时显出各自抵触相互矛盾的内涵；特别是不同叙事者在上下段落之间随意挪移、口吻你我他自由调度、人物塑造则多向运镜呈现、时空今昔交错、彼此观察感受互动了解也是间杂错落；有如电影的多机灵活运镜，阅读者必须十分仔细跟上变化。”[③]

“也是因为这种织蛛网般必须反复必须专注的力量，才能镇定沉稳地形塑如《惊婚》第一段这样的小说开局，几乎每一句都翻转着时间空间，一句一转，时间转，空间转，人物转，叙述转。小说展现的企图与实验可能是空前绝

① 郭松棻：《惊婚》，台北：印刻文学生活杂志出版有限公司，2012 年 7 月初版，第 15 页。

②《编者按》，《印刻文学生活志》2011 年 7 月《飒飒高处的仰望：郭松棻纪念专辑》，台北：印刻文学出版公司 2011 年 7 月版，第 31 页。

③ 吴达芸：《间杂错落乱针绣——初读郭松棻遗作〈惊婚〉前篇》，《印刻文学生活志》2011 年 7 月《飒飒高处的仰望：郭松棻纪念专辑》，台北：印刻文学出版公司 2011 年 7 月版，第 33 页。

后的，转得不动声色，转得目不暇接。”① 既然这一段处于开头的位置，则也有开场定下全篇基调的叙述功能，小说的语言风格、叙述语调和行文节奏都在这部分中基本确定了，为后文的继续展开做了一次预示和展演。叙述本身的精致形构所需要的专注投入，也使得文体风格显现出沉郁凝重的状态来。

综前所述，《惊婚》中的叙事时间既非单一的线性时间发展，也非简单的倒叙或插叙，而是糅合了多种叙述和人称，综合呈现为一种内在系统精密的复调式小说文体。在其看似纷乱的表面之下，仍然隐伏着清晰的秩序，并不是随意为之，也不会造成读者真正的阅读障碍和缠夹不清。因此它是难读但可解的作品，也为接受者留下了可以遵循理顺的种种线索。“一个创作者终究是要面对这样的必然性：不是在自身意识的领土上，而是在接受者意识的领土上，去建造去构筑艺术性的现实。”② 这一点也说明了郭松棻小说的现代主义性质，即从作者、作品和读者这三者的关系来看，彼此紧密且连续的互动关联对文本形成了一个动态变化着的诠释系统。整个现代主义诗学终究是在指望着读者积极的参与：读的艺术成为如此不可或缺的一环实在地介入其中，这也是由于文本自身先在地提供了一个开放性的召唤结构。其繁复精细的外在形式，个人化极强的风格，虽然难读，但仍然可解，也为读者留下了足够的可循线索。

郭松棻写出了亚树性格中极具冲突激烈的一面，而且也在倚虹的观察中不断地加强这种印象，即使是到了后来，倚虹对亚树有了更多的理解和宽谅之后，无论是实际上，还是在倚虹的观念里，这些互有扞格的部分也没有被完全拆解和平滑化，却是继续保留了其原初的形态。即并不是亚树按一般成长小说的人物发展历程那样在性情言行上有所枝叶修剪，得到明显的改善或化解，而

---

①《编者按》，《印刻文学生活志》2011 年 7 月《飒飒高处的仰望：郭松棻纪念专辑》，台北：印刻文学出版公司 2011 年 7 月版，第 31 页。

② 瓦列里·伊·秋帕：《艺术话语·艺术因素分析法》，北京大学出版社 2016 年 4 月第 1 版，第 97 页。

是取决于倚虹的接受和包容程度，使得这些特质得到了更好的承载。虽然经历了十几年的分离而后重遇，亚树内心所发生的变化，真正外化出来的仍然甚为有限。这也是微妙之处。郭松棻这种塑造人物性格的处理方法，与文中在对若干历史事件的观念和认识上的矛盾并置的处理手法相一致，都不止于追求某一种定型的描述或确定的结论，而是诚实地保留了现实状况的未尽周延之处。

以其作为中篇的繁复内里，文字层次之多，和皱褶的渐次展开以及在意涵上始终保持了一种模糊暧昧的表达效果，综合起来便造成了这篇小说虽然总体篇幅不长，却在阅读感上制造出了近似于长篇的心理感知效果。因其质感沉重，在文本时间跨度上也较大，整体展幅宽阔，所以在接受者的心理时间和感受上也会相应地起到延长的效应。所谓现代主义小说的“量少质精”由此又再次得到了确认和印证，因其致密的文“质”的确经得起反复审读之考验。外在形式的“文”已经具备了丰赡的辞采，而其“质”也实，并不浮华了事。

现代主义的题中之义之一，即在作者自身对内保持戒律精严、恪守苦修的写作原则的同时，在文本产生之后，遂也对接受者（无论是普通还是专业读者）提出了挑战、要求和邀请，期待读者和作者达成协力的同盟，以一并完成文本的诠释工作。作者的编码过程要求读者一同来协助译码。“接受者的审美体验，应当成为用作者的文本那种独一无二的语言来进行的独立自主的、内在的‘表述’，应当显示为独具一格的诠释者——与作者共同的那种‘艺术任务’的诠释者。”①

因而文本是一个“交际性事件”的意涵也就体现在此。只有包含丰富没有直接被传达讯息的文本，才能激发读者去读解这些内在含义的兴趣，并切实参与到文本意义的诠释过程中去，与作者共同去完成这个解读的全部环节。读者被预设为一种理想的，有能力根据作者在文中埋伏的种种线索而获知文本的含

---

① 瓦列里·伊·秋帕：《艺术话语·艺术因素分析法》，北京大学出版社 2016 年 4 月第 1 版，第 98 页。

义所在。这种解读也会与作者的意图形成更为适切的应和关系，读者被吸纳和要求成为整个创作-阅读或曰编码-译码过程中甚为重要的一环，且不是被动接受信息，而是主动处理文本的能动性颇强的一方。

我们还不应该忽略的是，身为实际的第一主人公的亚树在小说中基本是间接出场的，他在文中几乎很少有直接作为叙述者出现的正面场合，在整篇小说之内的真正出场率按篇幅来算也不算高。他的形象塑造方式和描述大半都是经由倚虹的视角望出，并在倚虹的回忆和认识中一点点得以明晰起来的。本来在这段姻缘缔结的前因后果中，倚虹也是思虑更多的那一方，符合其心思细腻的女性形象，以及在下决心建立婚姻关系前的多思和犹豫心理，即一般待嫁之人容易出现的情绪反复、难下抉择。如果我们注意到亚树这个人物带有一定程度的自传色彩这一点，这种写法其实可以看作是从他者的视角中再现自我的尝试。同时以性别分析的角度来看，通常被凝视的一方多为阴性的、客体化的对象，其存在与形象往往要借由他者目光的追索才被发现、建立和完成。亚树身为生理性别的男性却处于这样的位置，看与被看之间的辩证关系也有了微妙的对倒互调。

我们且以类型小说例如推理小说为例，常规的写法是，如果两位同等重要的主人公作为一个组合贯穿始终，往往被选为叙述者的都是相对比较稚嫩，人生历练不那么丰富的一方，比较接近于通常所谓的“天真叙事者”特质。即以常态而论，天真叙事者的具体角色通常是孩童或幼稚天真、世俗经验匮乏的年轻人，因此他们对世界的观察和事件的讲述都会更加细致，会比一般通晓世故人情的人更为多疑和好奇，由此对一些通常为人习焉不察的事物和状况重新揭示和发现，还可能质疑和指出某些不公不义之处，从而形成反讽的效果。

而这一写法在纯文学作品中亦常见，并非受类型和非类型化区别之限而相异，但由于在类型小说中这种对比往往更为典型化和明显，因为人物是相对扁平化的，其性格言行都有一定的模式可遵照，则对比之下，天真叙事者的功能也就愈发明显。亚树和倚虹二人的性格对比之下，倚虹正是相对单纯和外向活跃的那方，因此担任叙事者的角色则可让故事、人物都展现出更多细节性的信息。世故成熟者眼中展现的则应会是线条更为简洁明晰的世界。在天真叙事者有所迟疑有所限制的视阈中，我们反而可以期待线索众多、细节愈发丰盈的叙述。

即如以下这段对于小说文本中潜在的“天真叙述者”之发掘和分析：“白先勇这一段有板有眼的张腔在一副柔软的丝枕上陷落，‘十分舒适’这种用语离了谱——它可以被视作破绽，却更可以被把来发现白先勇小说中隐藏的叙述者（一个看似是全知的叙述者）其实是有限的。白先勇将之限制在往来出入‘尹公馆’的生张熟魏那里，而且明显地是‘初来乍到’的、‘并不世故’的、有几分陌生好奇的，会‘倚在柔软的丝枕上’并不讳言‘十分舒适’的人们身上。惯用天真叙述者观点的白先勇派驻在《永远的尹雪艳》里的可不是什么全知全能的观点，而是犹如《玉卿嫂》中的容哥儿，沾些许青涩、略有点无知的人物——只不过他是个‘不登场的’人物，隐藏的人物，仅能在柔软丝枕半陷的凹痕里默念‘十分舒适’的人物。”①

隐藏的声腔仍在小处细节的透露心曲中被辨识出来，潜在的叙事者亦无所遁形。那么倚虹身为主人公，其穿插在行文中的语调、语气与心情的传达更是无可遮掩，她的情绪变化中隐隐传达着惊婚之“惊”的意外、错愕与不能静定之感。虽然《惊婚》不以情节的跌宕起伏为特色，但叙述语调和人物心理上的几度波折，则也造成了吸引读者专注于跟随文本所营造出的节奏变化之实绩。

作者选择何种声腔和叙述语调去讲述小说的故事主体，与之需要书写的题材和意欲达到的表达效果密切相关。那么一般选择“天真叙事者”或相对意义

---

① 张大春：《踩影子找影子——一则小说的腔调谱》，《小说稗类》，广西师范大学出版社 2010 年 10 月第 2 版，第 101 页。

上的天真叙事者，都因其处世经验尚浅，而牵带出更多的自语，或曰内心独白，以此来抒发叙事者对世界的疑惑不解，显现出一种有距离的观照与生涩感。如前所述，有时叙事者愈是运转不灵，读者所感受到的反差感也就愈发强烈，由此使得读者亦可冲破一贯习焉不察的一些观看方式，重新跟随叙事者的目光和脚步去认识整个文本世界。这实际上就是叙述者的叙事声腔是成熟抑或生涩的问题，同时这也在不同的位置对应或错落关系中间接反映了作者的观点态度。或远或近的观察距离的变化，也使得叙事者的作用在加强和弱化之间转换，体现出了其于不同时期所发挥的不同动能状况。

三、对影:《惊婚》中的人物关系

《惊婚》一文的人物关系安排也与此丝缕相关。倚虹是第三人称限制视角下的主要叙事者，以她的回忆和认识贯穿整篇小说。当然她也是“惊婚”这段情感关系由最初的多年前因缘缔结，逐渐发展成熟为最终姻缘的女主人公。故而以她的重要程度而论，选择倚虹的视角来做基本的观看视域，反而使得亚树获得了某种“从他者的视角下再现自我”的反省方式。

由这样的叙述视角和叙述者关系来看，《惊婚》的人物关系安排也颇有意趣，以倚虹和亚树两人为中心，向外圈辐射发散出去的主要人物数量并不多，却适足以形成一个小的组织结构和关系系统。其中按人物距离的远近亲疏也有分别。这样的人际关系图谱中亦多少能够见出彼此搭配支持、相谐共生的作者用心。

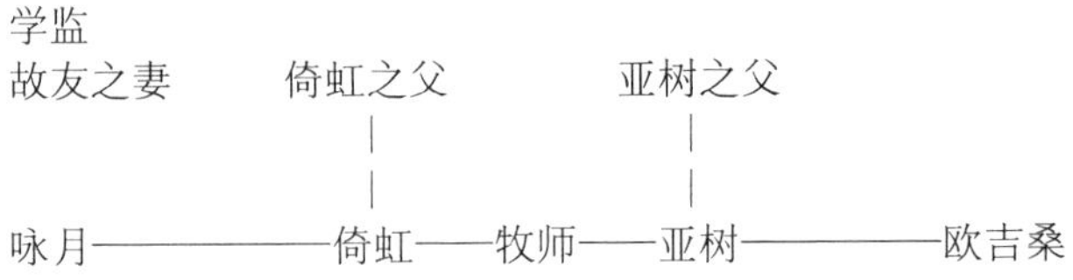

上面的主要人物关系简图中，以亚树、倚虹为中心，则牧师是连结他们的中介式人物和倾听者，而倚虹和亚树又分别有一个交好的友人：倚虹的是室友咏月，亚树的是大学时期的校工欧吉桑。倚虹的父亲则与过去的友人之妻，以及读书时的学监有所羁绊。从倚虹和亚树追溯他们的父辈之人生经历与自身经验交织互证之种种，来探究两代台湾人所遭际的历史情境变迁与代际转折中体现的对比关系与发展变化，都成为值得关注的议题。两位青年的父亲都背负了不同程度的历史重轭，或是为故人旧事所困，萦怀久久不能去之。相形之下，亚树这一代人看似轻松舒朗了不少，却由上一代人的被动接受转变成为迷惘更甚，更难以决定取舍去留的消极自由者。也是由于上一代人所经历的历史已成定局，而今回望面目较为清晰，也比较容易评析其功过得失。而亚树这一代正处于从青年向中年过渡的阶段，即使有所挫折，都还没有被时间足够地沉淀下来，尚悬而未决。

亚树与倚虹的父亲意外在精神层面获得了彼此可以交流的契机，对两人而言都是一种难得的倾诉空间之拓展。而且这一在准翁婿的世俗姻亲关系下展开的心灵对话，所携带的崭新时间向度又是与其他情况下其他人所担负的历史有所不同。其余的困惑难定几乎都是朝向过去，或者注目当下，亚树与倚虹父亲的沟通则具备某种未来性。他们的遇合何其偶然，却又似乎带着命运不可抗拒的必然性因素。他们像是忘年交，又如同异姓父子，未来可能会成为姻亲，无论在精神上的投契，还是在现实中的连结，都使这样的新型人际关系布满了多维度的张力。这种新型人际由于还在尝试阶段，所以表现得并不充分，也对小说中常见的拟父权关系或准姻亲关系都是一种挑战。即如白先勇在短篇 *Tea For Two* 中惊鸿一瞥式提到的对儿子的同志身份和同志恋情都抱着开明达观态度的母亲，叶吟秋（Yvonne Yeh）这一形象，仅止停留在她将儿子托付给其男友，嘱咐对方多加关照的简单情节上面，而未再作更多描写或展开。但这些新式人物和新型人物关系都是对过往传统关系题材的更新，预示着某种新因素的介入和新风潮的起始，是值得期待的。

“倚虹”和“咏月”二人在姓名上也有异姓姊妹式的相携相伴之感，这种有古典小说韵味的命名方式也可能来自郭松棻对通俗言情小说的阅读兴趣，是典型的以自然天候物象为女性取名的方法，形象色彩鲜明，但其实是惯性修辞的成分更重，并不能由名字窥知太多的人物性格。不过这样的名字也表征了浪漫抒情意味，亦可被认为是世俗意义上指涉与情感和女性的自我想象有关的符码。

“倚”和“咏”这二端，分别为有被动和主动意味的动词，似也隐喻了两人的相异性情。她们主要谈论的话题是个人感情，交换了彼此爱人的形象和记忆：“‘他打工时，伤了胸部。’十年前离开时，竟不会要他一张照片。咏月形容不出他的样子，每天难得开口讲话的一个人，宁愿仰望着天花板。”① “她则有亚树的照片。人影已经模糊，站在小学背后的一段短墙前面，细眯着两眼。”② 无论是咏月的爱人还是亚树，对倚虹和咏月而言都是十年或十几年前的往昔印象了。她们都与对方分隔断联久矣，既有主动选择也有被迫接受地来到异国求学，过着独立自强的生活。因此她们成为室友之后，在日常生活和情感支持上都成为彼此可以分享互助的对象，因有相似之处而能够互相体谅心境。“于是她们之间就沉默了下来。两人共赁的公寓曾经有过快乐的时光。她们轮流做晚饭，直到咏月开始忙起她的实验。”③

倚虹与之长期相处，所感受到的咏月之为人性情是：“汽油味渗进来，汽车的轮子在雪地上滑出去，安静和平，这就是咏月。”④ 其人的言行与性格如此高度重合一致，咏月作为难得的倾听者和交流人，在自己不完美的情感结束

---

① 郭松棻：《惊婚》，台北：印刻文学生活杂志出版有限公司，2012 年 7 月初版，第 17 页。

② 同上。

③ 同上。

④ 同上。

后，出于有些代偿寄托的心理，对倚虹和亚树的感情充满了寄托和期待，希望倚虹能够将这段因缘继续下去，而将自己的生活重心完全转移到专业科研上去了。“在德州她记起了那湿闷的夏日的台湾，她似乎可以在这里住下来。至于咏月，她想到了她的实验计划，急着想回去。‘急着想把自己的生命耗尽在实验里面。’咏月说，‘此外，再也找不到可以耗损生命的事情了。’”① 倚虹找到了与故乡情味相近，依稀仿佛可以接受的生命安顿之所，咏月却因难以找到安置自身的所在，而将职业生涯挤压掉了日常生活，并将之视作可能寄托意义的唯一替代性所在。两位女性人物的命运和角色构成了一组对照和对话的关系，在参差对比中凸显了一代知识女性对自身走向的觉悟和抉择。

倚虹很多关于与亚树情事的回忆，都是在同咏月的倾谈中完成的，交流的过程对过去的记忆起到了刺激召唤的作用。若非得咏月的殷勤探问加上循循善诱之助推，可能不会有充分的机会将往事一一拈出重新检视，从而理清与亚树因缘的前因后果，也就此审度了这段感情是否还需要延续过往的前缘，乃至将断掉的线索再次拾起，从而最终缔结了真正的姻缘。在此咏月无意间担当了连结倚虹和亚树的情感中介者，她是一个“在人间”，有实感的女性友伴角色；相对于牧师的远距离，又是沟通人世与天家的信使/媒介身份，咏月对倚虹的切身影响毋宁更为迫近且有效。咏月和牧师的一远一近，也成为了一个辅助角色的对照组，两个人在其不同的位置功能上，都为促进倚虹和亚树的情感关系起到了正面的推动作用。如果说咏月是长期陪伴的知心人，能在内心的了解与共情上更多地与倚虹同调；那么牧师就是在关键时刻出现，为她的姻缘之路做了临近前最后的保驾护航。

他们一个是对倚虹的过去有充分的体谅和了解，因此能在适切的关头对她给予支持；一个则让她感觉到可寄望的未来，在倚虹婚前的犹豫和反复期也是

---

① 郭松棻：《惊婚》，台北：印刻文学生活杂志出版有限公司，2012 年 7 月初版，第 95 页。

帮助她稳定情绪以应对事务。在其中所空隔出的是倚虹必须自己去处理的现实当下的真实境况，两人的协助也有前后夹攻式，迫使她不能逃避之功用。两位庇护者所代表的不同时空维度将倚虹前后的生活经历和罗曼史串联起来，使其有对比也有贯通，且让她由此摆脱了孤单之境，更好地审视与反思人生与情感。

因此《惊婚》中的人物关系设置也是精心安排的，其中主次人物的位置配合所反映出的彼此辅助，有所侧重的综合状态使得主题得以突出，在关系中的主角也因有了周围的交际网络的定位和参照而特色鲜明。作者没有将主要人物孤立出去，而是在营造出的环境里将其塑造得更为真实可感。

结语

《惊婚》作为郭松棻风格成熟时期的中篇小说，在叙事上精微复杂，在语言上则蕴藉圆融，化小说技巧于无形。其中叙事声腔的模拟与叙事角度的多样使得声音多元，关怀立体，以此建构了更为广阔的小说内部叙述和审美空间，使其得到了拓展的可能。由此可见，小说形式技巧的采用对其题材内容的表现效果，往往起到了关键性的决定和点睛作用。通过对叙事声腔和叙事角度以及人物关系的探索梳理，我们可以进一步明了作者结构小说的匠心所在。

故园世梦两依依：位移·变易·重构

——李渝《金丝猿的故事》之前后版本改写涵义初探*

一、朝向那些未完成的——《金丝猿的故事》之写作缘起及其前事

（一）《那些未完成的》

何谓“完成”？通常情况下，它意指文学作品在水平程度上所达及的可被接受者（包括研究者、评论者、读者和作者本人组成的接受和反应系统）承认之面貌状况，今常以“完成度”名之。若只就最浅表的层次而言，作品形式上的首尾具足，即完整成篇，也称之为完成。而出于种种原因不能竟篇的文本，常造成读者的更是书写者本人与文学研究者的长久遗憾。在这种恨其未完成的情绪中，实则包孕了一种朝往未来的时间向度，与颇具希望之愿景。书写之于文本，本就是需要调动起多方面动力和能量的复杂行动，而又较之一般的行动更难以条件齐备。其中尤以作者因书写实践难以符合原先构想的提纲预案，而

* 本文曾以《论李渝〈金丝猿的故事〉的版本改写》为题（有删节）发表于《南方文坛》2018 年第 3 期。

产生犹疑错愕，或者不甘心因循既有的路径而选择暂时搁置为主要成因。由此来看，“未完成”仅仅是其呈现出的表面现象和状态，其后蕴含的可能是作者求新求变、创作风格悄然转换的起始。

在此不妨先试举一个“小说家言”的个案实例：“在创作的实践中，我们自觉已经熟练的技法、我们自觉已经通透的观察、我们自觉已经完整而足以示人的生命体悟，都可能在最短的时间里崩溃。到了那个时候，我们是继续走下去？还是停下来？俗眼所见、俗耳所闻，以为是败笔的，会不会恰是创作者别有所图、勉为攻坚；唯其冷暖自知，故不能完成也就恰恰不足为外人道。”① 这段话尝试分析并描述了创作实践中何以会出现“不能完成”状况的原因：已经拥有的技艺、眼光和经验在面对新情况新问题时可能忽然不敷使用。而“别有所图，勉为攻坚”这八个字意在表达创作者对技艺的追求，不懈探寻风格嬗变的可能，而非前述的熟练技法、通透观察和生命体悟已经被彻底否定。

这里所阐述的意思并未止于单篇文本的开放性与其不稳定性，将之扩大到作为志业的创作整体，可以一再被质疑、拆解甚至重写。“不能完成”这一行为之所以会“不足为外人道”，成为只与书写者（当事人）本人相关的个体化行为，乃是由于它实际指称的是创作在专业技术层面上的探索此际受阻，而致使其暂时中止，是创作者个人书写生涯中的得失寸心知，而并不是单为遗憾不能以完整的成品示人。在这个向内在和“自深深处”回转，力图自证的过程之中，实验的结果有效与否论其重要性已经不是第一顺位的，探索本身所具备的不确定特质，无法保障作品的完成程度和必然达及的某一水平。但不因循既有风格，甚至自我解构，将已具有的优势忽略，另寻路径来应对新的现实情势。唯有如此，创造力与灵感才能重新被激发活化出来。

---

① 张大春：《那些未完成的——而我为甚么还可以接着写下去?》，原文为演讲纲要，载于 http://weibo.com/p/2304186b736b5b0102vi97（2015.4.19）。

“未完成”这一现象也就由原本的遗憾叹惋之举，进而发展转变成为了开启灵感，创造新的可能性之先机。此时的未完往往预兆着他时的另辟新篇。它所带来的停顿是包含着转化生成的意蕴的。面对其境时创作主体的选择还可以不拘于与之一直周旋，而是“而我，总是先写一篇新的”，将未竟之篇暂作搁置，先去试写新篇，借以旁敲侧击激发灵感。如此则也避免了沉滞胶结在一处过久，更可不被一时一地一文拘牵，而是将个体所从事的创作活动拓展为一个规模更大的整体性系统。与其耗时期待本就不可控的创作灵感，则不如先将可以实践的文本继续推进下去以利达成。虽然整体和部分之间的关系未必是确定的：卓越的单篇作品有可能会因其水平过分突出，凸显于整个系统之上，甚至价值大于这个总体之和；同一个系统内也有时充斥了不分伯仲的平庸之作，并不会因其数量之众而充抵质量的可疑。

（二）未完成过去式——外省族群及其“外省人书”的特殊时空困境

《金丝猿的故事》的初版出版于 2000 年，其时代背景乃在 1987 年“解严”之后的十几年，虽然正值台湾岛内政党轮替、风云变幻之关口，但由于李渝长期旅居美国，其“境外写作”的境况则使其实际所触所感与当时的台湾社会都拉开了一定的观察距离，也不必受变化的政治风潮过多影响。就其可能的酝酿期揣想，则它从构想到产生又经历了更为漫长的时段。

从题材内容来看，它书写的是一则颇为典型的外省人生命故事，亦即 1949 年之后渡海赴台的军公教人员，即被惯称为“高阶外省人”者。他们皆因身处较高的社会阶层，具备一定的经济地位，故而在整个离散的大群体里生活境况较佳，来台以后就职也相对顺遂稳定。对于这一称谓的形成，也引发过颇具争议的讨论。

然而在台湾光复初期，正值百废待兴之时，加之初至此地的人们未必能够在一时间之内就适应与过去生活环境相形迥异、气候丕变的新住地，而立即安心地“落地成家”，人地之间的矛盾尚待费时适应与善为调和。这也使得这些出于各自的原因来到陌生之岛屿的人们，注定要与双重时空夹缝中的两难处境长伴始终，同时且形成了介于“双乡之间”这一进退不定的立身位置。外省人的生命故事及其牵带而出的文学类型，在真实的生活领域和虚构的文学界域中并行存在着。二者既互相印证补充，又有交叉错落。

近年以来，外省故事逐渐被发掘，相关的自传性和回忆之作也涌现得越来越多。“外省人”这一在过往已经被赋予过太多分化对立色彩，具有浓厚的族群政治意味的概念，如今在研究者的反省和检视中逐渐脱略了其意识形态层面的意义指涉，而开始往庶民口述史转向，亦即外省人的切身流离经历和在台生活状况已成为这一研究领域所要面对的新的表达和论述重心。由张茂桂主持创办的“外省人在台生命故事协会”所发起的一系列出版和史料收集的努力，目前已初见成果，其中也涉及到不同生命状态、社会位阶和职业身份的外省人，各自根据其亲身经验与个人感受的书写存证。而这一渐次累积沉淀的数据库，尚是一个领域拓荒的起始。

书写者生命长度的不及完成志业，甚或题材之宏大不可为小说这种形式所覆盖，都使得有些书写注定是要全力搏之，而可能结束在中途，或者始终处于酝酿的状态，却难以成形。无论是文本内外的季候温度差异，抑或是叙述时间与真实时间之间所存在的时差，都还有所不及。身为个体的创作者，以一己之身去经历体验的世变情迁，来得更为（不）能够弥合这种落差。例如朱天心从2006年至今屡攻不克，曾经试写过一段的长篇小说《南都一望》，意欲以“五十年来我所在场的台湾”为主题书写她所亲历亲见的台湾社会政治的动荡变迁历史，终于放弃转而以短篇小说集《南国岁时记》的形式出之。白先勇也曾言想要写反映一九四九年前后大动荡大变化的长篇小说：“感动人的很多，我觉得一九四九年前后大波动的题材，好像一直到现在都没有人写出来，我很想写。”

两代杰出作家的“外省人书”之所以悬而未完，或者说“一个世代的完而不了”（王德威语），既有历史的客观因素，也有个体的主观因素。外省人渡海赴台的历史，若从一九四九年的分水线起算，尚未静定沉淀到可以拉开审视距离，而是还在变动和争议之中。亲历者的回忆和许多其他的头绪尚处于有待继续发掘，因此在这样百疑待解、头绪纷繁的状况下，或许还不适合用小说形式来表达和承担如此宏大和尚未稳定下来的题材。如果换以纯纪实性的收集数据和非虚构形式，纵笔直书所亲见亲知的个体历史，反而比再用另一种形式容器来盛装要更为直接可行，且表达效果也随之更佳。何况这种容器还要“无中生有”，重新制造出来，而且可能并不够趁手。

（三）未完成的与被遗忘的

时移事往，一个时代乃至具体到某一时段的风云平息之后，历史潮流之中那些未完成的，如果任其延搁荒置，有时也就形同被遗忘的，从集体记忆中遭除名而后付之阙如。个体凭借一己记忆，耿耿一念尝试将所历所见之事一一交代补全，本身也蕴含了某种对话的意向甚至对抗的意味。尽管不排除个体声音仍被统摄于集体的大背景大环境之中，因而不见得有预设中那般的卓然独立，全然不受主流影响的超脱特质，在很多情形下，个体声音所携带的独特性仍为全面认识历史做出了不可忽视的有益补充。

作为其写作生涯中唯一的长篇小说，作者对《金丝猿的故事》所寄予的深意，及对其重视程度亦由再版前的这次较大规模的修订可以见出——以李渝的文体风格而论，她所擅长者，以及目前存世的文学虚构类作品绝大部分都是短篇小说——从文本所涉及的实际更动变易来看，毋宁称之为重写。作者本人对之的解释则是“再幻想”，构建出了与初版时面貌差异颇大的小说图景。新版中的题旨、章节和重点所在，都随着时代的变迁与作者人文关怀的变化而有所调整。由短而长，其间所经历的变动，绝不仅止于篇幅的增加而已，更重要的是从短篇小说到长篇小说的文类迁移，以及所要表达的题材内容之侧重点的更易。短篇小说所捕捉的还只是片段、横切面、速记速写式的人物故事或生活场景；长篇所要处理的时空背景、人事因素种种的配置调节，更加复杂和难以控制，不可一时尽述。以抒情性为主导，保持了李渝原本就擅长的小说书写风格，也使得《金丝猿的故事》与其其他的前作之间的落差，并不如一般情况下出自同一作者之手的长篇和短篇小说差异那样大："大局变动，细节自然也得随之变动，与其说是修订，不如称之为再幻想。"① 小说的格局虽然未必是时局的直接翻版或投影式反映，此处的"大局"仍语带双关，既是文本的大局，更是历史的大局。在人力不可干预控制的世变情迁之下，小说文本自身便提供了一种潜在的叛逆和反击力量，它尝试补充说明了历史出于凸显主线的目的时或许遭到省却忽略的细节，为其主要脉络所不及者一一绘出形色，且保持了从其支脉上见微知著的一种探索之可能性。个人的经验不但提供了无法复制的个体例证，也留下了生命的独特印记。因此那些未完成的，也携带了直指未来的时间向度，并没有被遗忘。这里可能会出现一个时间上的吊诡，即切切不能忘怀的，亦恰恰是那尚未发生的事情。"再幻想"之下，几近重写的"（重访）金丝猿的故事"，究竟较前版发生了哪些变化更动？作者诚实地将前后两个版本铺排出来，亦说明不避忌对外展露自己的思路更易过程。屡经世变历练之后的诗心，其抒情吟咏的脉络中所坚持不变的又旨归何在呢？这些都是本文试图去挖掘和探讨的问题。

二、心源何起今思源——《金丝猿的故事》之命名原因与缘起

据《太平御览》卷九六一所引《抱朴子》中句："周穆王南征，一军尽化，

---

① 李渝：《（后记）再幻想——金丝猿的故事经典版小注》，《金丝猿的故事》，台北联合文学出版社 2012 年第 2 版，第 206 页。

君子为猿为鹤，小人为虫为沙。”“金丝猿”的取义从古书所见，以及李渝也选择用过的“鹤”之正面意象来看，显然属于前者“猿鹤”的君子贤人序列中的一部分。

李渝的小说中常琳琅铺陈出奇花异卉、珍禽瑞兽，以其芬芳和珍异的熠熠夺目感予人深刻的印象，在《金丝猿的故事》里，也充分表现了作者的这一偏好。小说第一章即以“栀子花”为题，到了具体行文中，也对马将军的私人庭园中的花木一一作了“群芳谱”式的点名开列介绍：“眼睛留连过庭园。山棕、葛藤、雪杉、水柳、金柏、银松、金桂、山茶、相思、忍冬、合欢、草本和木本芙蓉、单瓣和复瓣杜鹃。”① 这里的植物名色在字面上的形象色彩和声音上的平仄交错，形成了互相映衬之感，有声有色，串联下来尤其具清雅可听的韵律。对于将军府第来说，花园或许并不是一个必备的组成部分，但作者在此特地将园中花木拈出，逐一清点陈列，则是藉此来展现了一个具有另一重精神世界和审美空间的人的家宅别致之处。有了这样一个“自己的庭园”，主人的优雅趣味也就自然地被展现出来了。身为一位戎马生涯的将军，在渡海来岛之后，不忘为自己的生活品位寻找寄托，间接地交代了其人的性情气质中浪漫和热爱生活的面向，以此塑形出了将军有血有肉的人格形象。这甚至也可谓是对后文中涉及将军个人情感部分的合理铺垫和预示，是“此人待花木犹如此，则对人又当何如”的一种暗喻与启发的意蕴。这样的起兴模拟，为其后展开对将军所遭遇的情感和人际纠葛的相应情节，预先埋伏下暗示性的线索，并且也留下了一定的悬念。

而在满园植物之外尚有动物。将军的猎获物所留下的可保存部分都成为了纪念品，“象牙、犀角、猴头、熊皮、虎皮、豹皮、老鹰、鸠翎等等，说什么有什么，稀奇珍贵的禽和兽，追逐和杀戮都已经过去了，现在舒舒服服躺在阳

① 李渝：《一、栀子花》，《金丝猿的故事》，台北联合文学出版社 2012 年第 2 版，第 21 页。

光下，面目虽狰狞，神情却悠闲，众兽们到底也是获得了休歇和安宁。”① “追逐和杀戮都已经过去了”语带双关，表面是说猎捕结束，重归平静，野兽们都变成了静物般的存在。而深层的隐喻含义也是动荡的战争和迁移年代已经结束，虽然为此远离故土，来到陌生崭新的岛屿，或许人在新生活开始之际，也可以获得休息与宁静。同猎获物们一齐归于栖止的，还有将军过去的荣光和赫赫战功，连同他狩猎时的英姿皆已留在昔时。无论是已逝由“动物”变成“静物”的禽兽躯体，还是今非昔比的将军本人，都蒙上了一层怀旧伤逝的色彩，而且从其中透出几分悲壮之气，显得这样的物哀之思，不仅是一个家庭内的人事变迁，更是一个特定历史时期的见证与表征。

值得注意的是，她小说里所描写和提及的动植物其实并非自然界中的原形照搬，意在要书写自然生态云云，也与一般意义上“文学中的动物”或动物文学有异。在第二版《金丝猿的故事》修改说明中，她还特地批注了：“原本中有关金丝猿的生态描述，用得上的都转去第一章，由筵席宾客们在酒酣耳热中引介，用不上的索性都舍了。这么改动，一是盼能消除数据汇辑的斧凿之痕，一是想脱离在当代文学中已为人知的生态环保议题。”② 在后半句的说明中，显然李渝是怀抱“不与时人弹同调”的心思，着意解释说明了她写金丝猿的目的另有用意，并非与习见的自然书写、生态论述中所对动物和自然环境的描写取意相同。同时她对于避免数据堆砌的自觉，也是委婉地指出了自然生态书写中可能存在的这类弊病，以不再重蹈覆辙。

李渝对于花草禽兽的拣选抉择，往往参考依照的是中国古代艺术史和古典文学中入画入诗，或存在过于传说故事中的品类，带有雅致高贵气质的一些动植物。它们往往寄予了作者对高洁出尘品格的追求与期待。如《待鹤》中对鹤

---

① 李渝：《一、栀子花》，《金丝猿的故事》，台北联合文学出版社 2012 年第 2 版，第 23 页。

② 同上书，第 40 页。

的描写是："画家自己在跋中记录，壬辰上元节的第二天，近夕时分，突然祥云郁郁然生起，低低掩映在端门的上空，众人都仰望，倏时飞来一群鹤，鸣叫着。其中有两只对立停驻在梁脊的鸠尾，很是闲逸的样子，其余的翱翔在空中，好像顺应了某种韵律似的来来往往，舞出各种美丽的姿势。瞻望着的都城人民莫不惊叹。鹤群盘旋，久久不散，终于向西北天隅迤逦而去。画家很是感动，为此起笔画图，书跋，并附赞诗。"① 这段其实讲述了《瑞鹤图》的成画缘起，画后的跋也是一篇小札记式的短文，记叙了画者眼见的众人观鹤之奇景，以及他被此情此景所感染而触动了创作的灵感与契机。而作者小说中所待之鹤的原型，也就脱胎于宋代《瑞鹤图》，古今同调，用心一致。以此来寓意作者立足当下，却痴心以盼，召唤着古代画图中的祥瑞之禽鸟，也向往回到往昔那样众人可以有所期待，并聚集鹄候和欣赏美的时代。此篇小说中在较后的章节里，也表达了对故去的伴侣郭松棻之缅怀。郭松棻的文字精练、品性高洁于今难再得，因此他也可以被看作是具备独异特质的"今之古人"和已逝之人，与"鹤"这一古代常见，今已稀见（日常中）的禽类，所具备的高贵质量隐然相通。

作者在访问里也明白地讲出这篇小说的深层寄托，以及个人对于文学书写的认识："是的，人间常见的，以'下坠'为多，包括了日常的自己，这是生活的本性本质，不可能改变到哪里去。无论有意无意，人每天都在边塌陷边过日子，《红楼梦》早就说清楚了。上升只有发生在艺术中，这是艺术的虚妄和迷人的地方。"② 以艺术境界的经营来对日常生活的"下坠"感进行抗争，并时时抵御精神堕落的可能。这是作者对自我的严格要求，也是对文学创作这一终身志业的坚信不疑和不懈追求。当然，作者在深层次寄托的对于已逝伴侣的怀

① 李渝：《待鹤》，《九重葛与美少年》，台北：印刻文学出版公司 2012 年月初版，第 6－7 页。

② 李渝：《乡的方向——李渝和编辑部对谈》，《印刻文学生活志》2010 年 7 月号，台北：印刻文学出版公司 2010 年 7 月初版，第 85 页。

悼和悲愿，则是以古典不可再得的鹤的形象来做隐喻的另外一个原因。

除了《待鹤》，即如《九重葛与美少年》这样的书名，李渝所用心撷取的意象也是极尽唯美浪漫之能事，以几乎不可能存在的美丽人事，寄托了作者抽象而邈远的理想。借由这些超越现实的物象（以异色异彩的动植物为主），作者构建起了一个理想的诗意境界，这也是对文学艺术意义上勉力去建立开垦，并保持拓殖出一方“自己的庭园”，使之得以持续经营下去的一种坚持。

《金丝猿的故事》所发生的场景是在中国西南地区，即黔滇一带的深山密林之中。这样的地点设置自有其神秘性、隐蔽性，且它是处于中国“边城”西南地区的边陲地理位置，人迹罕至，天然形成了不少故事与传说诞生的环境。此前，李渝喜爱用历史上具有奇幻色彩的国家和王朝为背景，构建传奇性强烈的故事，并借用异国情调浓郁的场景作为小说的文本环境，在此展开人物命运与性格的辩证交缠。她常会在华丽繁复的背景里安放下品格坚毅、具有古风的人物，而这些人物又具备相当程度的现代品格。如《贤明时代》，以及《待鹤》中所写到的不丹公主故事。这一回，她也在遥望中国大陆时选择了看来奇崛的西南边区，将之作为主要的书写对象，探寻曾在此发生过的故事和出现过的珍异动物。作者小心将此想象为一个可能隐伏着风险危机的乌托邦。在小说开篇，主人公马将军携家带眷，在一九四九年的变局之后离开大陆，远渡岛屿的前提背景下，将金丝猿所居的深山密林认作一个可能的桃花源、希望之乡，其“避秦”之意也昭然可见。除却其间对自己出生之地神异传说的好奇之情，作者托付将军的女儿马怀宁重返西南地区寻访金丝猿的足迹，恐怕不能不说其中有着沈从文的感召之功。

由之《金丝猿的故事》一书，也可谓是对沈从文文本的一次“重访”。尽管题材内容从外在来看都大相径庭，但贯穿小说文本核心的对失落的美与洁净价值的永恒追寻，则颇有相类之处。对李渝而言，之于她最崇敬的文学和小说创作上私淑的导师，也兼有某种致敬和再创造意味的“重访边城”。地理上的

“边城”和精神空间之所守望向往的“边城”，两层不同的意义彼此互文加深。而且这也是隐喻了一条少有人行的写作路径，处于“边城”的边缘位置，然而尚能有如从沈从文到李渝的前后承继之关联，则尤为难能可贵。

因此我们如果注意到《金丝猿的故事》初版中有以“望穿惘川”为名的章节，则不妨也由此谐音双关的用法生发想开去：若此时没有冒太过于深文周纳，甚或是过度诠释的风险，那么“金丝猿的故事”极有可能即是“今思源的故事”的一音之转。也就是立足此时当下，对过去的历史和乡原（李渝的习惯用词，也可理解作“乡源”，即“乡”之源头或原乡之含义）进行一个追寻和溯源的过程。这样推断的依据也还有，“金丝猿”是正式的书面学名，一般的口头俗称，大半会说“金丝猴”，这样的称谓选择亦与李渝本身的行文素来典洁，因之格外注意措辞与整体的语体色彩及风格保持一致有关。“猿”相较之下也是更为古雅的名称，具有一种慎终追远，从现在出发与过去的故事发生连结的寓意。前后两版本之间参差差异的部分，由此就可以看作是两度探访。

从沈从文的文本到李渝的文本，已是第一重的转换生成，反映出的是文学史上先后辈杰出作者之间的自觉前承后继之关联；而李渝小说的二重之身则是在同一个源头基础上的修缮和演进。其间发生的文本位移和情结流转，却是一部小说的再创作，或者说是一种素材的两个投影，两种镜像。李渝在这部小说里寄寓的是之于故乡的遥念，以及对书写的信念。《金丝猿的故事》既是她写作生涯中唯一的长篇之作，又是她两度大规模书写和再创造的“重点所在”的场域，故而具有值得关注的多重意义。与此相对的是，沈从文被认为是仅有的长篇作品之《阿丽思中国游记》也是充满了隐喻和反讽，并发挥出一个性情、人格皆有不同程度中国化以后的英国小女孩在异乡异地，所见且多为前所未知的奇闻怪谈，由此发挥出了“漫游”和“历险”的种种动能来。

沈从文和李渝都是以抒情风格见长的作家，不以经营故事情节和曲折离奇的叙事文体为其要旨，故而在作品的规模篇幅上或许极少见“长”。以抒情为主导的诗性小说，主体没有承载繁重的行动和情节，因此字句上简洁圆融，多采取一行一句，注重文字本身的质感、密度和表达力。这样质地致、思量密耗神的文字注定不会拖曳出太长的轨迹，发展出过大的规模来。

这点或许可以用长篇小说书写中所出现的“离奇与松散”效应来解释：这一效应是指，如果小说以跌宕情节和奇异叙事为重心的话，则会在此过程中不自觉地加长篇幅，逞奇斗勇地将故事发展得越来越广幅，从而使得整体的叙事结构趋于松散。即如以下这句话所论述的：“至于陈世骧先生提出的那个问题：‘要供出这样一个可怜芸芸众生的世界，如何能不教结构松散?’我们只能说，从武侠衍出的中国小说叙事传统从未因循‘形式与内容的统一’而立法，无论是现实、史传或传奇，也都没有一个像建筑物的类喻式结构。结构不是美学上的回答，它只是说话人和小说家为了完成叙述而提出的种种假设。”①

这一现象并非内容对形式的简易单向影响，而是此二者之间的协同和拮抗双重作用同时都在运作之中，由于侧重表现的点不同而发生了或此强彼弱，或此显彼隐的差别。以之来看待《金丝猿的故事》(或《阿丽思中国游记》)，则会较容易理解它们何以在“松散”中渐渐化入“离奇”，又是如何在“离奇”间慢慢变得“松散”的。这两个因素相辅相成之下，共同营造出别具一格的审美效果。

《金丝猿的故事》虽然是作者唯一的长篇创作，“由短入长”并非易事，但在这部长篇里，作者仍保留了她所擅长的抒情手法。虽然小说有鲜明的叙述线索，但并不以曲折离奇的情节为要事，仍然注重文句本身的韵致、辞彩和挖掘人物内心的细致情感脉动。因此可以说是仍以长为短，发挥所长，保持了原有风格的抒情性，使文本意象丰赡，内容繁复，需要用心理解其中的层次和隐喻关系，才能对之做较翔实接近原意的读解。

---

① 张大春：《离奇与松散》，《小说稗类》，广西师范大学出版社 2010 年 10 月版，第 301 页。

三、物的变易·心的位移·文的重生——《金丝猿的故事》中的代际转折

在《金丝猿的故事》中，关于“物”的描写和叙述随处俯拾可见，这也是其一大鲜明的风格特色。这里的“物”除了第一部分所提及过的动植物之外，也包括更多的日常生活中的可见之物。这样“不厌精细”的书写与刻画，是小说家独特的兴趣与关照之所在，也可以说是中国传统抒情中惯于寄情于物之手法，即“物色”之一端，在现代小说文本中的继承和再度发扬。恰如王德威为之所撰的评论标题：“物有尽·色无穷”，现实物质毕竟有其限度，语言文字的物质性也有自己的边界局限，但随之所创造出的艺术境界与审美空间，则有其不可测的深度和有待延展的接续可能。

对“物”之情迷与关注，甚至轻度的耽溺，俨然已经成为李渝的书写偏好及其日常生活实践的一部分。这种偏嗜或者说对题材的处理方法，已不止是在小说文本中的抉择取舍，甚至面对过往政治活动的追忆，她印象中最为鲜明可感的部分，也并不是保钓运动当时场面的如何惊心动魄，而是具体鲜活的日常，乃至于食物的细节描述：“光阴倏忽，激昂青春年代转眼已遥在半个世纪前。回首钓运，于我，是加州靛蓝的天空、明亮的太阳、无邪的人情——这样的日子和关系，不是运动的活动还是道理等，形成了我的保钓记忆。这记忆又常会引出别的记忆，例如阳光的校园草地，晨昏洒在草地上的晶莹的水泉，阴凉干净的总图书馆和东方图书馆，线装书的页角蜿蜒着虫蚀，学校餐厅两块钱的午餐刚够两人合吃饱，在校务大楼广场的石阶上晒太阳，鼓声从广场的底层传过来，南边电报街的漂亮嬉皮们，书店和书店，北边演哥答楚浮维斯康新小林正树小津安二郎的小电影院，霞塔克街上乔法尼的披萨口味最丰富，无名/no name 小吃店让你在摇曳的藤花影下虚坐一下午；墙角的半边莲在黄昏的光

线中颜色特别艳；然而三、四月一下起细雨，就很像台北了，牛津街上的小叶梅就会从打湿了的黑色树干上绽放出一年一度的水红色的五瓣花，从向西的窗口，花树的顶端，海湾遥遥在跟你眨眼闪烁。这一件件清晰又生动的情与景形成如镶彩玻璃一般的记忆的图域，与其说是和保钓有关，不如说它就是柏城求学生活的全部纪录。”[①]

在这样一幅仿佛可以感知到温度、色泽与食物香气扑鼻的画面中，我们不难看出，这里所记叙的李渝的记忆其实是非常私人化、个体化的描述和回溯以往，其中并没有任何关乎宏旨的大哉之言，但却展示了在保钓生活（非常态事件）之外，尚有着运行如常，且对于个人而言弥足珍贵的美好常态生活。这是值得记取和怀念的个人生命史中别具意义的篇章。重大的历史事件即使给当事人带来了持久苦痛的创伤记忆和“运动伤害”，然而却无能磨灭一切真正铭刻性的私密记忆和正面经验。

《金丝猿的故事》中对于历史事件和个人情感的处理，亦颇见巧思。即如两版中之于战役描写部分的改动，将第一版本中所涉的部分整体重新写过，增加了对于战争的回忆和战役场面的具体描写。其根本用意则是为了扩充和坐实将军的实际身份，故而对其戎马倥偬的过往生涯做了有效的补全和交代。这里没有直接把金丝猿的各种活动和出没情况继续渲染铺陈开去，而以相对简省凝练的处理笔法来代替之，则是努力将第一次书写过程中所存在的有炫技逞奇嫌疑的部分去除掉，努力恢复了在战争动荡、历史无情之外，人心真正所孜孜以求的某些温软之事物。于是这样的前后更动，并不仅仅是改写和重述，且也具有洗练与提纯的意味。

故事虽在前半段写到了马将军来台之后的家庭生活和情缘纠缠之种种，但后文的主体部分却是以马将军之女马怀宁重回西南边地，亲身寻访金丝猿的足

---

① 李渝：《射雕回看》，《郭松棻文集：保钓卷》，印刻文学出版公司 2015 年 11 月初版，第 402 - 403 页。

迹为重心的另一段故事。因此若给《金丝猿的故事》再取一个副标题，很大的可能应该将其名之为“将军的女儿”。亦即其内容题材从男性的过往事功，逐渐过渡转入到女性的当下追踪，父亲的经历成为需要有待女儿重新发掘（也是发觉）的历史的一部分。在此文本的性质发生了一度的变调与转折。此两代具有不同身世经历、历史意识和生活现实的人，如何在既有承接又有变化的情况下将一个故事的内部线索转化表现得从容且合理，也是颇费作者思量，考验其化解功力的环节。

这种以两代之人的身世经历转折，来连譬模拟家国之变的写法，可谓以小搏大。其中所展现的既有父女之间的传承影响，更有从父亲到女儿的嬗变与转接。同时在马怀宁的“寻猿之旅”中，也借人物的所行所见，寄托了作者李渝本人对于生身之地慎终追远的情思，还有无限的向往和好奇。而文本中所取的如怀远、怀宁之名的隐喻意义仍不脱过去的战争语境，流露出纪念的意味来。

马怀宁的“寻猿之旅”不仅是为了追索父亲的传奇生涯之“本事”来索隐，更有属于自己的疑问和不平之意。这里所运用的由最初疑惑好奇“心源”（心猿）引诱故而上路，完成这趟寻找旅程的渡引之法，也与李渝曾在小说观念和艺术论述中所提出的“心源”和“多重渡引”这两个概念暗暗相合。对于主人公马怀宁而言，这样的追寻也伴随了自己内心观念的改变，乃至于认识上的成长和新生。

四、心中的森林·流动的地图——《金丝猿的故事》中的认同流转

“银灰色的机身翱旋，以三十度角倾斜，试着定点降落的位置。如同应答引擎的呼唤，从灰绿色的防风林的上层，腾飞起两只白色的大鸟。

它们挺直身子，修长的两腿并成一线，伸展开巨大的翅膀。

马怀宁这才明白，在她无论是升起还是降落的时候，原来故乡田野里的鹭鸶，总是以飞行着的巨大的十字，赐福于她。”①

这是旧版的全书最末几段，而这一结尾，在新版《金丝猿的故事》中变成了如下的叙述：

“从数万尺高空降到数千尺，漂云地下乍现岛屿在海洋中的位置，上涨的潮水正在为岛岸镶打漂亮的花边。机身倾斜滑过绵延的山脉和丘陵，蜿蜒的河流和湖泊，错综的稻田和阡陌，晒谷场晒衣楼，天线电缆电杆，铁路公路街道车辆和行人，还有树林和树林，无处不在的树林，高高低低叠叠重重的绿色接续绿色和绿色的树林。这景象使她长出眼睛，喧哗生出耳朵，气味生出鼻子，然后衍生出手脚，有了骨骼和经络，流动起血液。

一群鹭鸶从林梢腾起，两脚并成一直线，平行展开巨大的双翼，以雪白的人字形和她一起飞行在流动的地图上。”②

同样是以鹭鸶飞临，祝福主人公的情节做结，两版的写法更动比较大。第一版中对飞机降落后的地面场景，并未做太多的着墨，仅以“降落的位置”和“灰绿色的防风林的上层”两处简笔带过。重点放在了末句的“故乡田野里的鹭鸶，总是以飞行着的巨大的十字，赐福于她”，此处鹭鸶所飞翔形成的“十字”应有着不大深厚的宗教意味在其中，有一种笃定坚实之感。而到了第二版重写的结尾中，叙述重点转到了从飞机鸟瞰而下，在高空降落至低空的瞬间中所见的台湾岛全景，不仅有远处整全的自然风物，而且还有迫近可视的城市景观。树林生机盎然的绿色高低重迭，也是此地风光的一大特色。

故而这景象对马怀宁的感官产生了强烈的刺激，甚至是以此重新召唤出了

---

① 李渝：《七、欢宴》，《金丝猿的故事》，台北联合文学出版公司 2000 年 10 月版，第 186 页。

② 李渝：《六、欢宴》，《金丝猿的故事》，台北联合文学出版公司 2012 年 8 月第 2 版，第 204 页。

她本来潜隐着的各类感知。作者以倒因为果的手法，即本应是先有感官去摩挲体味周边的世界，此处却置换成为了因风景的大力冲击，才反激出每一种感官分别的不同的结构和功能来。在这段饱含诗意的语言描写中展现的是，主人公由于受眼下风景的感染和促动，才生出了感官以及与之对应的各种感受，宛如新生。马怀宁的感官乃至于她的感觉结构，都由于探访归来，重见故乡风景而有所丕变。这里不仅是感官全部张开的惊喜激动，对于故乡岛屿也有了全新的认识和拥抱的冲动，昭示着主人公的情感认同在此发生了巨大的更新变化。

这一变化轨迹实际也印证了两版的其他一些相应的更动，例如第一版的第五章《春雨》原本是独立成章的，到了新版中则与第四章合为一体，变成了开篇前的引言，且文句有所简缩。其情感核心也由向内自语的“完成了忧郁的认知过程”转变为“完成了对父亲的承诺”。以及作者在旧版的后记中所写的：“陆上的路，变成心上的路，然而始终蜿蜒，不负心地引领着，总能领向城市上的升华的城市，邦国以外的邦国，一个和落日升月同在的，美丽又丰郁的乡域。”[①] 由此可见，无论是作者的用心，还是主人公的情感转化，都向着更为开阔博大的境界延展而去。

结论

《金丝猿的故事》这部长篇小说既为作者生平硕果仅存的长篇作品，则也凝注了她非同一般的精力心血，投入了作者的所思所感，是经过了比较成熟的思虑和积累之后，才勉力完成的。每一次小说的重新思考，不仅关乎外在的时局变动，更在于内在的观念之转移。文本的变动其实也是生命理路的转折更

---

① 李渝：《心中的森林（序）》，《金丝猿的故事》，台北联合文学出版公司 2000 年 10 月版，第 10 页。

易。在前后两次文本的改写过程中，我们看到了作者变动的意念，以及为了配合这样的观念变化，所发展出来的种种新的表达手法。这不是简单的局部修改，而是整体思路变化较大的一次轨迹。与其说是文本的修缮，不如说是文本的新生。

故事未完：诠释与实践

——由“心源”和“多重渡引”二概念看李渝《温州街的故事》之余篇及其他

绪言

“心源”和“多重渡引”这两个语词，分别首见于李渝的《族群意识与卓越风格》和第二本短篇小说集《应答的乡岸》中的《无岸之河》这篇中。二者一为美术史论文集，一为小说。由于李渝的艺术史背景与其专业视角常常在其小说创作中时有交互渗透，从取材立意到审美造境，她的有些作品都在在受到艺术史知识、取径乃至题材、氛围的影响，因此也属分内之事。它们乃是小说家或灵机借用，或戛戛独造的新词，未必合于习见的文艺理论或一般使用的文学批评概念，但她却以此传达了创造者之于书写的原初动机、内在驱动力和实践方式的特有见解，可谓独具特色的“小说家言”。在李渝具体的艺术论述和小说行文中，它们固然已然得到了较为充分的内涵拓展和印证。论者对之在李渝不同文类文本中的发挥发展，也有过分别拈出的阐释。“心源”一词在李渝的艺术史论述中不止一次地反复出现，显然是作者有意强调，格外看重的核心概念之一：“《族群意识和卓越风格》里几度见到‘心源’，在李渝的其他评论和文学文本中也经常出现，笔者以为这正是作者评论和创作的中心意念，尽管它有时是由别的词汇替代。”① 而“多重渡引”亦因其表述的弹性和具有滑动性包容了与其字面一致的多种含义，有了多种的被诠释可能。但在已见到的相关论述中，它们即使有过被相提并论的时候，也是各自为政，被分开讨论的。那么若将它们合而视之，使其成为一组相关联的概念，乃至于一种整体结构性的思维，这两个概念在李渝的小说创作中又是如何展开和应用的呢？以下试从《温州街的故事》中“心源”和“多重渡引”两者结合的体现对其延展和增补新篇的影响，以及进一步探讨：当这两个概念合二为一的时候，又在李渝的其他方面如重辑旧作，整理郭松棻遗作等行动上起到了何种助力和意义。

一、无尽的续作——《温州街的故事》增补篇中之“心源”和“多重渡引”

（一）概念的缘起：从《温州街的故事》到“也都是温州街的故事”

《温州街的故事》是李渝写于1980年代至1990年代初的短篇小说集，也是作者的第一本文学创作集，在它出版结集时即已成为其结束参与政治活动，回归文学的有力标志，而今这部短篇集已成书写外省题材的经典之作。即使它一度被认为是“过早出现”而被“过晚接受”的著作②，但时至今日，其被确立为台湾现代文学经典的地位已毋庸置疑。

然而在她2012年出版的晚近短篇小说集《九重葛与美少年》中，又有三个短篇（《收回的拳头》、《似锦前程》、《金合欢》）被加上了“温州街的故事”

① 邓安琪：《鹤与鹭鸶的飞行——阅读李渝与郭松棻》，台湾政治大学中文系2013年硕士论文，第39页。

② 郑颖：《由“多重渡引”论李渝小说中的现代性与历史书写》，《郁的容颜》，台北：印刻文学出版社2008年9月初版，第52页。

之副标题，从其成文年代来看，这些短篇中有的篇目是相隔有年对这一系列的补充和续作，有些也是当年未及收于同集中的遗珠。由此可见，在《温州街的故事》已成经典之后，其后续篇目多年以后又再被陆续一一释出的举动，表明了作者并不认为这个系列的书写已在彼时完结，相反却绵亘到了更为久远的时空中去，成为有生长性和可延展的小说题材。“温州街”的内涵和意义于焉得到了继续扩大。在《温州街的故事》初成书之时，这个形成系统的短篇系列，已属于以稍微错后的时间位置和眼光来回望作者成长的 1950 年代直至 1960 年代中期离台赴美之前的少年时代和青年初期的台北生活。其时作者也已然经历了投身保钓运动，后又复归文学的繁复心路，有所取舍抉择，对人生道路进行了艰难的决断和逐渐的调适。“温州街”在作者回转文学之路的起始，再度浮现出记忆的重幕绝非偶然，而是在情感召唤和时空挤压的协同着力下出现得适逢其时，为了弥补和超越种种匮乏缺失，由作者重构和再现出一个专属一己的独异文学世界（或曰小宇宙）。这种“温州街”情结形成的时间之久，后效之巨，致使在若干年后，她对于这一标志性的小说有成之起点仍有不能或已之情，以至于要重掘旧篇再创新篇以为延续。

今昔对比中平行时空的交错催生的复杂感慨，使得作者在集末以饱蘸情感的笔触写下了“于我，温州街的故事说不完，若有其他不标明‘温州街的故事’的故事，也都是温州街故事的延续”① 这句自陈其义的说明，道出了“温州街”及其故事在作者生命中和创作题材中的重要位格。它是一切文学书写发想的起源之地，具有原初场域的和抒情空间的双重意义，不仅是寄托了作者单纯的一时一地的所见所思，而且抽象浓缩为一母题式的存在。尤其在其后，作者身处的另一些温州街并不在场的其他时空之中，温州街依然提供了作者写作的灵感泉源与精神上的望乡怀乡慰藉，成为求得自赎和宽慰的可能。

---

① 李渝：《集前》，《温州街的故事》，台北：洪范出版社 1991 年 9 月版，第 3 页。

李渝对温州街的感情亦并非一成不变，甚至她曾有过截然相反的矛盾心情，毋宁说是在拉开了一定的时空距离，回望之际才对温州街有了真正的认同和随之生出的情感依恋：“少年时把它看作是失意官僚、过气文人、打败了的将军、半吊子新女性的窝聚地，痛恨着，一心想离开它。许多年以后才了解到，这些失散了的生命却以巨大的身影照耀着导引着我往前走在生活的路上。希望有一天，温州街也能成为我的约克那帕托法、我的马康多。如同文艺复兴之城佛罗伦萨的屋顶总是呈现金黄的颜色，温州街的屋顶，无论是旧日的青瓦木屋还是现在的水泥楼丛，无论是白日黄昏或夜晚，醒着或梦中，也会永远向我照耀着金色的温暖的光芒。”①

身为进步青年时，李渝或许曾经觉得温州街的腐朽落后气息为己所不取，也急于脱离家庭的限制束缚，但经历了世变种种之后，却重新发现少年时期滋养自己生长之地和有过荫蔽引导作用的人在生命中的积极意义。且她对自己的温州街书写有着充分的自觉，或可言之曰挑战的自信与野心，将其置放在福克纳、马奎斯等现代主义大家的地方-家乡谱系当中，希望这一系列的书写能制造出与之相类的文学价值。这是对现代主义的文学遗产有意识的继承，对这一文学传统的主动参与。温州街持续冉冉上升为一个象征域的理想形象，而非简单层面上的客观对应物和书写对象。既然作者将之拟作文艺复兴之城佛罗伦萨，即等同于承认了无论温州街之为场所、空间或地景，都在作者的书写系统中形同于小型的文艺复兴起源之地的位置。它遂在作者的忆往怀旧之抒情视野中得到了提炼与升华，获得了具有精神超越性的意义。

“心源”若可视作是触动李渝对温州街书写意念生成和逐渐完善的内在驱力，那么与之相应地，“多重渡引”就是对“心源”所激发的各种写作冲动、

① 李渝：《附录二：台静农·父亲·和温州街》，《温州街的故事》，台北：洪范出版社 1991 年 9 月版，第 233 页。

意图、计划的执行过程的各种实现方式的集合，是途径，也是手段，但又不仅止于此。“温州街”自身既是“心源”，又是渡引之法；而由“心源”出发，经过了“多重渡引”，对其的最初认识也会有所更新变革，即林文月所谓的“从温州街到温州街”。景不徙而物已易之寓意可见一端。李渝曾谈及《应答的乡岸》一书原想以其中《无岸之河》的标题定为同名，但思虑之下仍舍之而取“应答的乡岸”，即是在求渡之中仍不免有希望得到应答的愿心，为了更明朗之故，则选择信其有，以此名之：“本打算用第一篇名，把集子叫做《无岸之河》；水河无岸，不是属于少年的无惧理想和疆域么，这真是梦之画了。黯水沉浮，盼见地面而落脚，毕竟是现实的祈望，于是改名为《应答的乡岸》。”① 隔水呼渡的追寻者，而竟也在觅渡寻岸。“无岸之河”象喻无所依傍的精神求索状态和过程，既然是河则有其源流，“心源”在某种程度上也就是河源，“乡岸”则遥遥呼应了其变形的“乡原”等说法。到了近年回台的2010年，李渝在台大台文所客座之际，以及未久接受《文讯》杂志的访问之时，都自给答案地将之称为“乡在文字中”②，彰显了书写这一行动对疑惑的响应，以文字来为所追寻的“乡”塑形造像，主动捕捉留驻之。

“自有文学以来，没有一种卓越文学不是漂泊的，不是离散的；没有一位优秀作者不是流浪者、异乡人、局外人；没有一种主题不是放逐和王国。漂流并不可怕，更不遗憾可惜或可怜。漂泊不是出于偶然，离散不是出于无奈，两种都是来自不愿苟循常轨，寻找新的航道，和持续航行的意志。”③ 在这段话中，她对离散处境和放逐主题做了风格独特的阐释：不同于过往一般对离散与

① 李渝：《作者序二》，《应答的乡岸》，台北：洪范出版社1999年4月初版，第4页。

② 这“乡在文字中”的五字题赠，手迹见于《那朵迷路的云：李渝文集》（台大出版中心2016年11月版）卷首照片辑录部分，是李渝2011年新春给台湾大学台湾文学研究所的题词。

③ 柯钧龄：《附录：漂流的意愿，航行的意志——作家访谈录》，《李渝小说的艺术性追寻与实践》，台北：台湾师范大学国文学系在职进修专班硕士论文（2009）。

放逐的被动性源头的理解，李渝特意强调了这是创作主体有自觉的能动选择，是为了不与庸常为伍，寻找新的路径和贯彻精神意志的做法。纪大伟曾在论述同志文学时将“diaspora”（离散）谑译为“带饿思泼辣”，意谓匮乏之中，欲求不足时才有所抗击奋起。这也是为“离散”原本先天被动的不由自主之意，又再尝试翻转出了正面积极的含义。

乡岸对河流有所应答和抚慰，足见其有情之处。源、流与岸三者的联动关系也令人省思。如果我们再将这一系列相互关联的隐喻置放于李渝心向往之也勉力从之的沈从文修辞系统中，则河流之重要性也更为显豁，《边城》、《长河》里面对故乡河源的依恋，逝去时间的焦虑感以及文明河源的追溯所讲述的无一不是与古老的河流象喻有关的故事和情思。这是现代文学系谱中李渝自觉心摹手追之的师法对象。

“心源”这一词语的提出，最早见于李渝在《族群意识与卓越风格》中的论述：“或者用传统中国绘画理论来简单的解释，是从‘外相’走回了‘心源’。要说这种改变是知性的演变，由理性研习而促成，不如说它是一种身心的体验，应许了不只是艺术创作，还更是生活的轨导和要求：明白若干艺术真相，竟得用去了十多年时光而仍不能止！”[①] 故而李渝所谓她没有特意注明是温州街故事的故事也是温州街的故事之说，正是破除“外相”的执迷，而专注于“心源”之相通和继续演进的意思。同样在关于《待鹤》的一次访问中，李渝用同质异构的说法来表达了对“心源”的不懈追寻：“年轻时去练十八般武艺，一心以为可以出人头地，改变世界，现在才明白，原来这些充其量不过都是些生存的拙技而已，到时能保全自己，不被世界吞噬掉就已经够幸运的了。”[②] 前

---

① 李渝：《作者序：艺术的共和国》，《族群意识与卓越风格》，雄狮图书股份有限公司 2001 年 10 月版，第 8 页。

② 李渝：《李渝访谈：乡的方向》，《印刻文学生活志》2010 年 7 月号（第 6 卷第 11 期，总第 83 期），第 86 页。

一段论述中所谓“明白若干艺术真相”中的“真相”，也就是后一段论述中所言的专业技艺或许只是最基本的生存之道和自我保全之法，年轻时的天真纯粹，不知世间险恶，要经历了艰辛之变，才能有所领悟，并继续将身心保持同步，艺术和生活并重，不分裂，不伪饰。

而“多重渡引观点”则首见于《无岸之河》的起头部分：“一篇小说吸引人的地方，通常在它的叙述观点或视角。视角能决定文字的口吻和气质。这方面一旦拿稳了，经营对了，就容易生出新颖的景象。”①“多重渡引观点”首先还是一种叙述视角，这是其最基本的意涵。《无岸之河》中作者开宗明义，在文首就解释了这一定义。它最初脱胎于叙事学的叙述视角，进而引申为对事物的审视与判断方式，乃至某种价值观或者是形而上的抽象观念。

将“多重渡引”层析为若干不同方面的用意，由其叙述视角多重性的基本概念生发开去，所谓的“‘复式时空、‘多重机关’、‘几道渡口’，运镜递换的‘观看’方式，或是‘传言再引出传言’、‘步步接引虚实更迭’的小说技巧，王德威甚至将它称为李渝小说的‘一种美学’”②。它亦不停留于以上意义，还可以追补上很多衍生的含义：诸如包含多重时空的迭加压缩，复调的叙述等等。换而言之，一切具有多义性、多重性，不确定的小说形式、内容、题材、主题的表现方式，统合起来都能够被归于“多重渡引”的领辖之下。

因此“心源”乃是借用和转义了艺术理论的术语，而“多重渡引”则来源于小说叙事学，有论者认为它是：“内容指称频频更换叙述者，绵延视野的书写方式……正是将现代主义转化为内化于李渝小说风格之中的表现。”③ 这两者

---

① 李渝：《无岸之河》，《应答的乡岸》，台北：洪范出版社 1999 年 4 月初版，第 7 页。

② 郑颖：《由“多重渡引”论李渝小说中的现代性与历史书写》，《郁的容颜》，台北：印刻文学出版社 2008 年 9 月初版，第 52 页。

③ 白依璇：《保钓世代、现代主义、民族想象：论郭松棻、李渝早期写作及其所处历史脉络》，台北“国史馆”馆刊第四十九期（2016 年 9 月），第 94 页（注释 98）。

本身就原属于不同的文艺门类和理论范畴，将之结合起来使用，自然就有了跨界运用与再赋新义的意味。

由是而观，《温州街的故事》之补缀新篇的三个短篇《收回的拳头》、《似锦前程》和《金合欢》中，有三分之二的篇目（即前两篇）仍以过去“温州街系列”中一再出现的天真叙事者，小女孩“阿玉”为叙述人，将讲故事的声口承续了下去。“阿玉”有着少女李渝自况的影子，并非向壁虚构之人，而她出现的时机也是在：“……又回到我的六〇年代，这个时候‘阿玉’出现了，温州街也出现了，所以中间有一段过程，摸索了好一段时间。”[①]身处海外回望故国种种，只有时光闪回、倒退，小说家也藉此再度化身为稚龄少女才能找到最为适切的开口时机和讲述声腔。“阿玉”的出现既是作者寻求渡引之道的结果，她也成为了故事的讲述者和渡引人。因为有了她的存在和贯穿，温州街的故事即使有了后续亦不觉突兀，静如水流继续沿着过往的河道流传下去。

在《无岸之河》的第二部分，也以“新生南路中间曾有一条瑠公圳——温州街的故事”为题又续写了温州街的故事，这不仅是对温州街的遗迹重识，也是对台北城过去的历史循水道之迹再作勘察，使真实的河流和历史的河流有所交汇。[②]

《温州街的故事》及其后续诸篇中“心源”和“渡引”之体现亦是与其离散书写的特质相吻合的，正因这种离散的状态一直在进行中，并且成为作者身处的生活现实，故而“温州街的故事”系列才始终没有真正完结，而是延伸和

---

① 郑颖：《在夏日，长长一街的木棉花——记一次访谈的内容》，《郁的容颜》，台北：印刻文学出版社2008年9月初版，第175页。

② 若以台北城的河流书写这一题材类型来检视，则后续的相关作品有舒国治的《台北水城》，谢海盟的《舒兰河上》。后者则更是以寻找台北目前已经消失的河流作为叙述线索，追寻与之相关的台北历史，涉及到台大哲学系事件，蟾蜍山附近的民宅保护等或远或近的议题，其中也写到了瑠公圳。这在时序上形成了意外的前后承继关系。李渝之道不孤。

不断续写下去。心源未达，渡引长在。亦如白先勇的《纽约客》系列故事，从多年前至今仍有后续补充的新篇出现。只不过其间的区别在于：白先勇所书写的对象是离散者在异邦的生活；而李渝则是回望他们在故国的往昔种种，将在美的经历悬置或不直接表现。同为“纽约客”，视角、取径和所关注的重点都大为殊异。

（二）“心源”举隅：以“夜”之意象为例

如果我们将“心源”看作是作者最初产生创作动机的触发点，起源性的启示和诱发创作冲动的契机的话，那么当它落实在具体的文本中，可以是小说经常采用的意象。李渝的小说意象丰赡，其中隐喻性的场景、风物描写和饱含韵律的诗性抒情所在皆是。

作者由眼见外在的物象而起心动念，受到某种启悟或心有所感，从而有了将之书写表述的愿望。带有作者主观色彩的物象即触动心意的“心源”，又因得到了情感的渲染而成为作者独有的意象，心源即心象。它的显著、独特和反复出现，都一再传递了作者的情感与意念。

这一创作过程也与中国古典诗学，最早的讨论情志表达之创作论的《诗大序》中“在心为志，发言为诗，情动于中而形于言”的名句暗暗相合，亦与李渝小说具备的抒情性、意象性明显的特点同样若合符节。

从小说得以成形的原初动力学出发，来审视“心源”作为小说启动的第一个词语，即如张大春在《小说稗类》的《一个词在时间中的奇遇——一则小说的本体论》中所描述的情况，“而我要提醒的是：小说的本体论其实多么简单！它是一个词在时间中的奇遇”①。展示了小说由无到有的诞生之初，所需要的原发触点其实极其单纯，整个旅程从一个词语的形态衍生展开，如同时间孢子的

---

① 张大春：《一个词在时间中的奇遇——一则小说的本体论》，《小说稗类》，广西师范大学出版社 2010 年 10 月第 2 版，第 36 页。

膨发新生，逐渐敷衍成文。

最初成为“心源”的彼一词语/意象具有原生性，饱含了创造力和灵感的丰沛动能，它由此衍生出一连串的问题，引发作者和读者共同对于其后境况的想象与追问。张大春在其后的解释也印证了这一点：“一个原本陌生的词在时间里的奇遇除了唤起我们问‘它是什么?’‘那后来呢?’之外，还会带来新的问题‘为什么’。虽然在提出‘那后来呢’以及‘为什么’的时候，原先的‘它是什么’未必获得解答，但是，解答并非目的，像幼儿一样满怀好奇地认识一整个世界才是目的。”① 李渝在前后“温州街的故事”中安排的天真叙事者小女孩阿玉，正是具有这样一双满怀好奇之心的稚女之眼。叙事者成为完成“渡引”行为的一个媒介，在在指引着读者向“心源”所开启的小说路径上往前行进。

不妨试举一例，在《温州街的故事》中，《夜煦》、《夜琴》二篇都包含有“夜”的意象，而到了《九重葛与美少年》的后续诸短篇里，则又有写于2013年的《夜渡》。则“夜”成为贯穿李渝早期和后来创作的一个常用意象。它除了实指自然时间的阶段和黑暗少光之境以外，也暗喻了压抑封禁的社会环境，以及郁结难安的心理状态。“夜”的实景与虚境交替出现，在小说文本中贯穿起了情节，给变换的人事场景提供了一个共同的可循线索，也随之描画出隐现起伏的情感动线。

《夜琴》里对“夜”意象的描绘有数处。例如：“黑暗的白天和夜晚一样寒，每个角落都湿漉漉的，摸在两指间一层水，霉雨的天气。”② “黑暗的街，游魂的人，一群过来一群过去。……有一队暗影向这边移动。看不见人的脸，

① 张大春：《一个词在时间中的奇遇——一则小说的本体论》，《小说稗类》，广西师范大学出版社2010年10月第2版，第36页。

② 李渝：《夜琴》，《温州街的故事》，台北：洪范出版社1991年9月版，第126页。

但是你听见踏步的声音。”[①] “黑暗的水源路，从底端吹来水的凉意。听说在十多年以前，那原是枪毙人的地方。”[②] 肃杀低压的气氛渲染，反复暗示出禁制年代下人内心惶惑不安的生存状态。触觉、听觉与湿意、温感几重感官经验交融在一处，使得对“夜”的感知更加复杂立体化。

《夜煦》和《夜渡》中都涉及到主人公精神焦虑或精神忧郁的状况，因此“夜”在这里有时会成为缓解人物不安心绪，起到庇护和舒缓的疗愈作用的安神之所。就像《夜煦》才起头不久，即写到“我”与友人偶遇，这时“夜的降临使林内的空间开始完整，亲切地包拢过来”。夜色改变了光线和视觉所见的空间感受，让人感觉心理舒适。“开始完整”隐喻了心理感受上的由残缺到完好的渐变过程，“亲切地包拢过来”之心理状态与朋友相逢的轻松喜悦之感相谐。

到了后文涉及身患焦虑症的主人公，则有如下一段描写：“不眠的夜，天空也是醒着的，同情的双臂俯瞰怀抱，伴随又支持，和你共守夜的时序。这是凶狠贪婪的人类沉睡的时间，生灵在一日的淫威后苏醒，摸索着复活的生机。你的指尖触到了它们，和它们并生出柔弱的共有的光晔。”[③] 这段话详述了失眠者对夜的丰富细腻感受，心理的状态投射到外界，使得“物皆着我之色彩”，天空重又成为了安全的荫蔽和陪伴度过不眠长夜的伙伴。并且不眠者在此感受到了积极的意义，和苏醒后的人类以外的生灵产生共感，“摸索着复活的生机”，希望能在夜和天空的保护下得到休整和重生的可能。此处的景物完全是浸润了叙事者心理状态的心景、心象，传达了其当时的情绪变化。“夜”的再次出现，既是促成后文联想绵延的“心源”，亦复成为标志性的意象。在苦于不得入眠，出现精神症状的人物心头，“夜”无疑也成为了他们广漠的心理平

---

① 李渝：《夜琴》，《温州街的故事》，台北：洪范出版社 1991 年 9 月版，第 127 页。

② 同上书，第 142 页。

③ 李渝：《夜煦》，《温州街的故事》，台北：洪范出版社 1991 年 9 月版，第 28 页。

原上具有保护色功用的物候天象。

除了天象物候式的“夜”作为贯穿小说的中心意象，因此是“心源”的位置与作用之外，《夜煦》故事形成之前所受的近乎“本事”的印象影响，则是次要的、辅助性的“心源”。李渝在接受廖玉蕙的访问时，有几处与《夜煦》的写作缘由相关。廖玉蕙问及《夜煦》中的主要故事是否有近代史上的人物原型，李渝的回答是：“香港有个粤剧的红线女，但是其实也毫无关联。我只是偶然地在书店随便翻到一页，……就这样延伸出来。有时就是很奇怪的一个时间、一个地方，突然一个句子，然后就闭门造车，就这样子。”[①] 廖玉蕙的补充是：“这其实都是一刹那的点，切入之后，就跟原来的东西完全没有关系。”[②] 在此小说“本事”的刺激联想也可看作是一种次级的“心源”，它是提示性的，侧面启发式的，为作者寻找最初的故事形态提供了发散的基础，却并不是一个质实的依凭，而是近乎比兴之法的“兴”，旨在“先言他物以引起所咏之辞”，完成了“引出”后文这样的“渡引”任务以后即功成身退。亦如：“那个最初的词，可以是主角，可以说配角，它甚至可以不是角色，它只需负责显现其身为第一块拼图碎片的位置，便足以唤起父亲膝盖上的孩子、幽暗漆黑的庭院里的孩子启动他一整个世界的能力”[③]。可见这样作为“心源”，单纯负责触发的语词，不必表意，无须交际，不承担任何语法或语义上的实存功能，仅仅是提供如同一枚揿钮式的装置之用。

《夜煦——一个爱情故事》既然处于《温州街的故事》卷首，而第一个故事多少都有为短篇系列开场定调的意味。因此“夜”之意象不仅作为《夜煦》、

---

① 廖玉蕙：《生命里的暂时停格：郭松棻、李渝》，《打开作家的瓶中稿》，台北：九歌出版社 2004 年版，第 165 页。

② 同上。

③ 张大春：《一个词在时间中的奇遇——一则小说的本体论》，《小说稗类》，广西师范大学出版社 2010 年 10 月第 2 版，第 36 页。

《夜琴》和跨集《夜渡》中小说动力起点的“心源”，甚至也是“温州街的故事”及其续篇的滥觞，整个短篇系列的基调、“心源”和发力点。

（三）“多重渡引”的实现方式：以多线索故事与多头叙事为例

承接上一部分中对于“心源”的分析，“多重渡引”作为对“心源”触发的主体故事的实现途径，在李渝小说中经常表现为多线并行的叙事手法，即在同一篇小说中交替叙述不同人物的故事线索，或者是平行为之，或者是插叙的“故事套故事”等手法。即如前文已经提及过的《无岸之河》便是分成了看似内容上无甚关联的三部分，“一、多重渡引观点”，“二、新生南路中间曾有一条瑠公圳——温州街的故事”，“三、鹤的意志”。其中第一部分正是“多重渡引”手法的源头，作者采用的是小说论写法，分别列举《红楼梦》中宝玉放雀的故事（这部分后来发展成了专论红楼的《拾花入梦记》），沈从文《三个男人和一个女人》以及叙事者“我”的当下奇遇三层相异的例子来举证，将“多重渡引”的意涵结合了具体的文本，古今融通，虚构与“现实”（其实是虚构中再套虚构）消弭了界限。第二部分的瑠公圳故事，则是“温州街的故事”系列之后续补遗，由过去曾发挥过水圳作用的城市河流之消逝，来怀悼城市新旧变迁中所丧失的可贵风景和人情价值。第三部分“鹤的意志”以珍禽在历史和艺术中的传说和现实的变形奇遇记为经纬，同时提了一下《红楼梦》中黛玉所作与鹤有关的诗句，暗与第一部分“多重渡引观点”里论红楼的那段相照应。红楼本身即是怀金悼玉之作，这三部分的并置发展，也是“多重渡引”的一种做法，即以小说论、河川身世引发的温州街故事、高贵不屈的情志三重线索，一起“渡引”到如标题“无岸之河”的这一“心源”去。所涉的人物故事可谓都对优美和不俗有着发乎本性的追求，却在历史与现实面前显得无所归依。不同的人事遭际有着共同的“伤逝”意味，由于浮游不定，故而采取以书写的形式将其定型下来。由此可见，“多重渡引”在基本层面上的小说叙述手法之外，还可用作一种笼罩整个文本的书写策略。本文（二）、（三）两部分为了将“心源”和“多重渡引”论述清晰，采取分别举例，结合文本分析的方式，它们实际在李渝作品中出现的时候经常都是共同作用的。李渝之于红楼美学的心摹手追，对于沈从文的有意师法，亦是她“自渡”向着古典小说的经典与现代小说的高峰努力不辍的例证，为了完成一己对文学的虔诚心愿，也是不可灭除的“心源”，即对文学境界创造的永恒追求。前者集结为一整册专论红楼的《拾花入梦记》，以小说书写者的眼光来条分缕析前辈作家曹雪芹如何处理人物、故事和情节，用同业的视角更为熨帖地接近了这部名作。后者则体现在写作其唯一一部长篇小说《金丝猿的故事》中，选择中国大陆的西南地区作为故事开展的场所和舞台，以及其浓厚的抒情特质，不以故事情节离奇为要的写法，在在都明示出沈从文的留痕：寻求“世外桃源”的乌托邦之志，连同富于启悟性的人情风景之美。她且曾在台湾公视制作之《作家身影》的纪录片系列中的沈从文篇为之撰写解说词，在访问中则称沈从文为文学写作上的“祖师爷”，钦慕和致敬之情溢于言表。

而《夜煦——一则爱情故事》也是在“我”与友人相逢的故事中，套迭讲述了一位名伶曲折的罗曼史，兼及友人的焦虑症心路，三条路向不同的故事线被交织在一处。虽然名伶的故事按篇幅来看是小说的主体部分，但将其置于被本身即为故事人物的叙事者之讲述之中，就为它的真实性和可信度增加了一重暧昧不定的影响。友人的失眠、不安的精神状态持续，则又独立成为一则对抗疾病的个人心史。历史的压抑动荡（名伶逸闻），疾病的隐喻（友人故事）与现实的尚可宽慰（朋友相遇）三者错综复杂，虽然没有明晰的主题指向，但都被笼罩于共轭式的“心源”即“夜”所创造出来的背景氛围之下，“多重”人事的书写都依此“心源”而得以延展开去，得以“渡引”。这里的“渡引”之法，亦是这些不同线索之间若即若离的映衬关系，似有若无的逻辑牵连。看似毫无关系的人物命运像是有了一些交汇点，却又在另一些问题上分岔而去。

以上所述的是作为叙事手法的“多重渡引”。与“心源”的多样体现相类，

“多重渡引”也并不止于一种表现形式。小说家骆以军曾经如此描述李渝小说予他的印象：“她在招魂‘渡引’人物进入故事隧道时，常不止是沈从文黄昏河面上的悲伤与抒情；且奇异地进入一个无比孤独，他们内心的疯魔旅程、疾病的长廊。”[①] 这段阐释侧重说明了李渝在“多重渡引”的手法中，对于人物内心刻画的力度与精神状态的关注。这是“多重渡引”中之一重：对人物病态心理的探究及试图将其“渡引”到舒畅光明之境。在若干不同的小说作品与艺术家评述，以及写实的散文中，李渝一再写到的有关忧郁之困境及如何化渡的可能，其实也是在努力寻求自身的化解之途。小说中人物的忧伤之影出出入入，实存的人所要超克的情绪起起伏伏。虚实之间对他人经历的理解同情，也反过来为自我疏解之途提供了参考的佐证。不同向度上的人，即是“多重”的构成，他们由精神危机到终获新生。或者以身殉之，又是各自的“渡引”方式了。“郁”的容颜亦即他们的精神变貌。李渝对忧郁之于书写的双面效应如此概纳：“然后所有阳面会闪耀夜的灼烨，所有阴面会宝藏住记忆和梦想。这孤寂却又不容迟疑的时刻，你们要迸发出所有的力量。”[②]

二、旧作重辑和再创新篇——重识（访）现代主义[③]

除了《温州街的故事》之新篇增补值得关注之外，《九重葛与美少年》里还收录了李渝早年写作之初时的短篇《水灵》。《水灵》本是她正式在报章发表的第一篇作品，在此之前也曾收入过《应答的乡岸》，此前文末的附注是：“原

---

① 骆以军：《哥德大教堂与曼陀罗》，《胡人说书》，台北：印刻文学出版有限公司 2017 年 2 月初版，第 57 页。

② 柯钧龄：《附录：漂流的意愿，航行的意志——作家访谈录》，《李渝小说的艺术性追寻与实践》，台北：台湾师范大学国文学系在职进修专班硕士论文（2009）。

③ 此处的“重识”现代主义，以及对沈从文“重访边城”式致敬等，对于李渝而言，未尝不是在回溯中“却顾所来径”，对自己的信仰重新检视，并继续秉承之的认识过程。

载《中华日报》，一九六五年五月十九日”，仅仅注明了原来的发表地点和时间。而新版的附注则是：“此文一九六五年五月十九日刊登在《中华日报》上，是我第一篇发表的小说。很多年后跟松棻聊起它，说当时没留剪报，原稿不见了。松棻拿出一张脆黄的原报页，‘给你留着了。’这里每篇都经过改动，除此篇以外；谨以青涩文字记日志与松棻共度的少年时光。”[1] 对比而读，新附注增加了对于何以重选此篇收入选集的缘由之说明，凸显了李渝和郭松棻的文字因缘与忆旧的情愫。

李渝其他的早年习作里，另有两篇也收在《应答的乡岸》之卷末，即《夏日，一街的木棉花》和《彩鸟》，都是最初在报章发表的作品。她自己曾以为是不足惜的少作，却经由郭松棻的劝慰存留下了最初的面貌形态。这也使得她在最初尝试小说写作时，以习作者身份出发而所具有的那些珍贵的，不受外在其他因素拘牵，纯粹恣意而写的文思情致都在这些篇章中得以保存下来。早岁文学书写的“心源”在漫长的时空中也经过了世事的力量与渡引，而此一脉心茎始终未断，因此她才得以在参与社会运动暂时离开创作和学业，又撰写了不同文类诸如政论、艺术评论、论文和戏剧剧本等等之后，终于又再重新回归到写作的起点——小说上来。“郭松棻说，你写来写去只有一篇是小说：《夏日，一街的木棉花》。”[2] 对李渝早年习作的评价之语里不仅暗自包含了郭松棻的文学标准，及其对于小说质量的优劣判断，也体现了李渝本人对文学的再认识，且寄托了她对二人共同度过的青春岁月和文学时光的怀念之情。何以在郭松棻眼中《夏日，一街的木棉花》才“是小说”，细究起来恐怕可与他最初从政治活动回到文学创作上来时的一个催化剂式的事件有关：郭松棻因遥念起 1960 年代现代主义时期的文友黄华成于当时发表在《现代文学》上的短篇《青石》，

① 李渝：《水灵》，《九重葛和美少年》，台北：印刻文学出版社 2013 年 6 月初版，第 273 页。
② 李渝：《无岸之河》，《应答的乡岸》，台北：洪范出版社 1999 年 4 月初版，第 184 页。

故而写下了《青石的守望》这组由共三篇短篇或极短篇构成的小说群组，刊于1983年的《文学季刊》上，以向友人致敬，标志着他正式回归小说书写。无论是《青石》还是《夏日，一街的木棉花》，都是意象性浓郁、现代主义风格显著的作品，故而同为郭松棻所称道。这种具有呼召性的文学引力，也促使他更快归队，因之深究郭松棻如此评判李渝小说的原因，仍与他们最初对现代主义的接受和信奉有莫大的关系。

李渝对文学的深挚投入及她对现代主义的认识，在事隔多年以后还保持着热切和锐敏，她渡引的历程虽有不足为外人道的曲折复杂，而心源澄澈不变的证明："王德威说我们参加学运本身就是一种现代主义的体现，是很对的，只有他看出了这点。"① 尽管在参与社会运动后经过了漫长的辗转取舍，终究回归到文学的道路之上，她对政治与文学的关联，及其并非矛盾分裂不可调和的双方，而是可以归一于现代主义精神之下的认识则仍别有怀抱。现代主义对彼一世代的作家而言，并非只是抽象的艺术形式，也是切实的生活方式。"对我来说，现代主义是我生活上的一部分，我一步一步走过现代主义，可以说我们那个时代对文学是一厢情愿，和后来的时代可能不太一样。文学是我们唯一的爱人，而且对这个爱人我们用情专注、终生相守、至死不渝。我们是献身、我们是殉情性的。我这么说因为这是生活过来的一个感觉。我们不必讲理论，我们就讲实际的情况。如果说到献身，七等生、王文兴、郭松棻等人都献身；如果说到殉情，殉文学的情，我们可以说邱妙津、黄国峻。"② 李渝这里对现代主义的"重识"，不仅仅是简单的与故人故事照面，机械重复过去既成的观点看法，而是在曾经远离文学又回归后的再认识，如同第三层和第一层都是"见山是

---

①《温州街的寻鹤人——兼悼李渝》，http：//www. storm. mg/article/22913，载于风传媒 2014 年 5 月 6 日。

② 李渝：《第一部·座谈与访谈：第二场-应答的乡岸：从台大到爱荷华的现代情》，《重返现代——白先勇、〈现代文学〉与现代主义》，台北麦田出版社 2016 年 1 月版，第 85 页。

山，见水是水”，貌同而实异，也就是倍加坚定了她自己之于现代主义文学的顽强不屈之信念。

即使政治与文学同可归属现代主义门下，然而谈到真正的“政治性格”，在保钓运动过后她则对之有清醒的反思，有一部分政治活动所需的技能品格是与从事文学书写相互抵触的，即如：“政治自然有其复杂细腻层次，和为国为民的高尚目的，但是政治和权斗分不开关系，一旦登上权力的列车，启动的往往是人性负面素质，而且难得有人会愿意下车。人是不会因政治运动而改变的，原来是怎样的人，后来还是怎样的人，何况本就革命理论一套，生活行为却是另一套。”① 她这段话犀利地直指政治可能给人带来的负面效应，以及人在政治活动中的难以知行合一之不诚恳。而这种现象之所以产生的根本原因，在李渝看来，乃是由于：“人性才是永远的。厘定人行动的终究不是理想理论等空话，而是本能、实利、对现实情况的考虑。私心、嫉心、权欲与其说在政治中才见，不如说存在于比比你我之间。”② 指出了人性的弱点在常人身上普遍存在，并非从事政治的人专属，只不过在政治活动的过程中也会将这些缺点暴露出来而已。

而要超克人性本身的软弱和不堪，以及其他种种违反常态的表现，李渝坚持认为只有艺术的升华净化力量可以协助人超脱庸常，发挥自己的能量，改造个人的同时也有可能更新世界。“在所有的志业中，只有艺术容忍不切实际，容忍懦弱畏缩，只有艺术接受幻想、痴梦和癫狂——怎么荒唐都没关系。只有艺术在乎人的本质，和生活的意义，挂念生命的沉浮，关注康德说的‘头上的星斗和心中的道德’，致力于超性的可能。只有在包含了文学在内的艺术的国度，人可以洗涤，再生，让自己变成好人，让周围变成新世界。”③

① 李渝：《射雕回看》，《郭松棻文集：保钓卷》，台北：印刻文学出版公司 2015 年 11 月初版，第 401 页。
② 同上。
③ 同上书，第 402 页。

可见李渝历经了实践和挫折的重重检验，重回当年的文学路途，毕竟和周围的环境风平浪静之下一直在此路上前进大有分别。离开-复归的辗转创造了再认识的条件和机会，对于客观情势和主观取舍来说，都愈发清晰可辨了。当年风云会聚的保钓运动，在李渝作为当事人再回顾的时候，对其性质却下了这样的结论："钓运当时的确是华人留学生中的热情大事，但是如果你现在从历史的角度来看，运动对那时和后来的两岸钓鱼岛政策，或两岸其他政治、社会、文化等等方面都没起什么作用，对北美华人/华裔社会也没留下影响，历史意义是欠缺的。对个人，左派理想中的以革命运动涤洗人性的事好像也没发生；原来是怎样的，后来还是怎样。它的影响大概是在个人生活轨道方面吧。例如如果不是因为保钓，我们可能会留在加州或者已经回台湾之类，或者可能从事另一种职业等，这类作用是有的。"① 有别于曾投身当年运动的另一些"保钓人"多年后犹津津乐道的态度，李渝评论那场海外保钓运动的历史意义和个人影响毋宁显得更为审慎客观，也更接近于实际情况。她并不否认保钓运动在当时的群情激愤所带有的真诚性，但也坦承它缺乏后续发展和更为深远的历史意义；个人方面的直接影响是从加州移动到纽约，并且因在列当局黑名单无法回台，然而也没有感受到左翼理想中以革命实践荡涤身心的净化作用。这也就是她和郭松棻在重回小说书写现场之后，并没有以保钓运动作为题材来大肆渲染的原因。

李渝认为："钓运是生活中的一件发生的事，作用也等同，没有特别的突出性。我和郭松棻日常两人聊天很少说到保钓。政治运动不可能是我写小说的动机或主题。给称为'保钓作家'，常给捺入政治意识形态的上下文里来被诠释，也没办法，不过我并不在意。"② 这种拒绝被标签化，不想把小说美学政治

① 李渝：《无岸之河》，《应答的乡岸》，台北：洪范出版社 1999 年 4 月初版，第 81 页。
② 同上。

化，以求文学书写之纯粹的心思，同样符合现代主义美学所标举的“为艺术而艺术”的自律性。不将保钓特殊化，不刻意提起，但也不避讳别人将其纳入相关脉络，主观上不以之为自己积累外在的社会光环和政治资本，则是郭松棻和李渝的默契，亦并不有悖于他们多年坚守的清净之“心源”。有意识地与政治和往昔之“我”保持反省的界限，又可谓是他们在经过“保钓”较长时间以后，除了慢慢适应这一经历，减弱对个人生活带来的不便影响，更是从心灵上消化和自我诊疗“运动伤害”，健康处之的有效措施。如果不是他们有长期共同进退，精神境界和思想信仰一致的前提基础，在后续如何处理这个问题的做法上，出现分歧也是在所难免的，故而更显得可贵，彼此“渡引”一起渡过这道难关。

林俊颖则如此发想郭、李二人的前后经历与文学史定位：“日后我不禁想，在我们这善于也急于用标签归类分文件的时代，对李渝郭松棻这一对文学的神仙眷侣，人们究竟如何看待？保钓后回归于他们而言是最好却也边缘位置的自由主义者？小说家的莫邪干将？两人各自在《印刻文学生活志》（2010 年七月号、2005 年七月号）的专辑访谈，体悟并条理出了文学创作者的艰厄与荣光、尊严与伤痕，真是精魄之论；而郭松棻的不定论，‘文学要求精血的奉献，而又绝不保证其成功，文学是这样的嗜血，一定要求你的献身。’既挑明了这门古老‘手工艺’的抵达之谜，也是他们俩的自悼词。”[①] “不定论”与“自悼词”的说法，印证了李渝对郭松棻“献身”现代主义的评论，彼一代人不渝的文学信念，似乎也隐隐预言了她的自决。即使是他人看来遗憾叹惋的离世，但对将现代主义视为生命实践的准则的李渝而言，以身殉之并未超出此一范畴。

---

① 林俊颖：《白云在天，道里悠远》，《专题：那朵迷路的云——重读李渝》，《文讯》第 373 期，台北文讯杂志社 2016 年 10 月版。

李渝且指出“心源”与“热源”的相关性，后者是近乎生命本能和热情能量的储存内核般的存在，以此来抵御各种可能出现的变化和朽坏。这里借用李渝对郭松棻的一段概括总结性的文字：“文评家们说郭松棻的小说在凌厉的抒情底下有一颗烫手的心。使心烫手有几个热源，或许是常被归之于的台湾意识、在地情怀、身份认同、国族民族、殖民后殖民等议论吧，然而它们更来自潜伏在所有这些底下的，对人，人的处境，与存在的关注，这里才是他的火点，他加入钓运的启线，他的文学的矿脉。”① 这也同样适用于她本人对于文学和故乡的态度，镜像般反照出内心深处对志业的热爱之情。李渝对写作志业也向来不事张扬，有旁人的观察评论即如：“李渝对郭松棻非常孺慕，自己却非常低调，同事中很少有人知道她是小说家”。她自己在其“心源”之下隐伏的“热源”毋宁是更为隐匿的。

三、孺慕·惊情·光阴忧郁——渡引者、反渡引者及其征途

诚如王德威所言，在文学征途上，对于李渝来说最重要的渡引者莫过于郭松棻。后者起初就是她大二时“英诗选读”课程的助教（替生病入院的苏维熊教授代课），二人的情谊由师生授业受业的知识传递启始，而后发展成为相知相携的文学眷侣。他们在同业的身份角色之下彼此砥砺，尤其是郭松棻对李渝的激励和监督作用更为显著：“郭松棻一直跟我说，你那些就不要再写了，你给我好好看五年书。”② 或是：“有一次，他跟朋友开我的玩笑，他说，没有他我早就报销了，他说：转一转我就不见了，我想是的。”③ 但这里也

① 李渝：《射雕回看》，《郭松棻文集：保钓卷》，台北：印刻文学出版公司 2015 年 11 月初版，第 403 页。

② 郑颖：《由“多重渡引”论李渝小说中的现代性与历史书写》，《郁的容颜》，台北：印刻文学出版社 2008 年 9 月初版，第 52 页。

③ 同上。

包含了敬慕和自谦的意思，因早在小五时，李渝就立下大志："我的希望是将来成为一个女作家"，且认识到"任何一个文学家，须要有最大的耐性，更须有克服一切困难的信心，不气馁，不灰心，最后，成功永远是属于他的。"[①] 以她当时的年龄，不可不说是早慧和颇有远见的陈词。这样一篇心怀高远的女性宣言，已经超越了性别藩篱，更凸显的是书写者这一职业（对于郭松棻和李渝而言当然是志业）的孤独与艰辛，早早就具备了对于前路荆棘的充分自觉。

李渝且颇为感念郭松棻这种严师式的提醒和要求，从善如流，说："我很听郭松棻的话啊，这个和男女无关，这个和师父徒弟有关。"[②] 远在早年与友人的通信中，她已认识到彼此这种相处方式的可贵，珍惜他们的志同道合，且言："最近和人接触的结果，隐隐感到唯 K 是我的同路人。这使我更加珍视着我和他之间的相处，时至今日，K 对我的不是温柔而是苛求，这使我现在爱他，我要这样一个同伴。"[③] 她显然将"道上同志"的彼此砥砺鞭策看得十分珍重，这种彼此的精神契约，甚至是因深知对方身为良材美质，故而"苛求"之以切磋琢磨，以达到更臻完美的境地而起，是两位强者的并肩作战形式。

"渡引者"的定义在此是互文双向的，李渝在此绝对不只是被渡引的对象而已，而是与郭松棻互相扶持。早年开始交往时，他们的情感牵系和性格冲突使得两人之间的关系饱含张力，并非平顺无波，仙侣亦有怨偶时。这从郭松棻一些带有自传色彩的小说中多少可见其端倪。郭松棻自幼性格叛逆，于家庭和社会规则都不予配合，并与之对抗，寻求独立特异之途。他的这种性格可谓是人生的"逆走者"，而李渝则作为其"伴走者"与之共同渡过外在的困厄变化与内在的精神危机。郭松棻的叛逆性，根据其作品风格之无法归档，一再冲决

---

① 李渝：《我的志愿》，《那朵迷路的云：李渝文集》，台湾大学出版社 2016 年 11 月初版，第 72 页。

② 同上书，第 194 页。

③ 此处"K"即代指郭松棻，为威妥玛拼音（台湾习用）"Kuo"（郭）的拼音字头缩写字母。

各种身份边界，离散和境外的写作位置等等情状而观，近乎胡兰成之语“我于故乡是荡子，于岁月亦是荡子”（胡的诗句“取经造反元一人”则是这句话的古典版）。故而郭松棻病中只读得进《今生今世》之说亦有所本（这个说法最初出自朱天文“谢本师”之作《黄金盟誓之书》）。这点在后来的访问中也得到了求证确认：“在写这篇的时候，手边胡兰成的《今生今世》有两本，因为第一本已经被我翻烂了，书裂成好几个部分。我迷他迷了好几年，大概是1990年代初期到写《今夜星光灿烂》这期间，尤其是有段时间又患了失眠，当时只看得下这本书……”①

即使郭松棻和胡兰成一生的政治取向、美学追求和人生路途，从旁观察都大相径庭，但郭松棻或许正是从胡兰成自我塑造的“荡子”形象中找到了与自身的共鸣之处，还可能对其于故乡和岁月的“风流而不爱”，身处离散情境中却能随遇而安有一定程度的羡慕之情。因他始终是以故乡台湾为向往和回望的对象，对保钓后始终的能归而难返深怀遗憾。“多么盼望，有一天回台湾，在童年熟悉的大稻埕街巷走走，和你在中山北路三段的咖啡店坐下来，喝俄式红茶，好好的将在纽约未加深谈的话接续下去。”② 亦如李渝对郭松棻乡思乡情的总括式描述：“而所有这些作者的寻索都指向一个中心或心中的图屿，就是他的故乡，台湾。”③ 此处“图屿”亦为具有李渝式铸造新词语风格的典型实例，与“乡原”的构词法相同，都是由两个词素组成的复合式名词。“图屿”意谓“地图上的岛屿”，也就是指只能在地图上观看，迟迟不得归返的台湾岛，最重要的原乡。这个词语的产生也和李渝在《金丝猿的故事》新版中使用的“流动

---

① 简义明：《郭松棻访谈》，《台湾现当代作家研究资料汇编 46：郭松棻卷》，台湾文学馆 2013 年 12 月版，第 126 页。

② 此为郭松棻致林文义的书信中的一句引文。语出林文义：《远方来信——试写郭松棻》，《双月记》，台湾前卫出版社 2001 年 1 月初版，第 3 页。

③ 李渝：封底简介词最末一句，《郭松棻文集：保钓卷》，台北：印刻文学出版公司 2015 年 11 月初版。

的地图”章节标题意思相合。

而李渝则作为其“伴走者”与共同度过外在的困厄变化与内在的精神危机。郭松棻所见之于《今生今世》的，恐怕仍是其优美修辞之间隐约表露出的“忏悔录”之意，而非黄锦树所揣测的摹仿江浙语调与叙事声腔：“黄锦树的论文里说，《今夜星光灿烂》里我也许在模仿浙江人的口吻，事实上什么是浙江人的口吻，我也不知道，这个部分是没有的。”[①] 对于胡兰成的喜爱，尤其是选择《今生今世》作为其阅读的落点，这可能与郭松棻重读黑格尔之后又有向神学寻求精神困惑的解答之倾向有关（晚近披露的中篇《惊婚》中涉及教堂婚礼和牧师的部分已显露出这般迹象）。他或许是将《今生今世》视同为一部个体忏悔录的实验个案来读，应该也在这样的耽读行为中多少透露出了他本人某种“情入中年忏莫忘”的隐秘心思。

王德威一早就敏锐地指出郭松棻、李渝书写风格中透露的心性质地：“两人行文运字，都以简约凝练是尚。而我怀疑这对风格近乎自苦的要求，其实是一种凌厉的（艺术或政治的）生活信念延伸。”[②]郭松棻的小说美学更被他归纳提炼为：“老辣”、“骨感”。这亦是与郭松棻在其名文《论写作》中所鲜明展示出的，要“剔除白腻的脂肪，让文章的白骨峋立起来”[③] 的审美标准相契合的。

李渝在郭松棻中风之后和二人都陷入忧郁期间则扮演了反渡引者的角色，不但承担起倾听者的责任，且在协助写字活动不便的郭松棻的生活起居和文稿整理上都是不可替代的存在。特别是郭松棻写于八十年代的一些旧稿，以及中

① 李渝：封底简介词最末一句，《郭松棻文集：保钓卷》，台北：印刻文学出版公司 2015 年 11 月初版，第 132 页。

② 王德威：《秋阳似酒：保钓老将的小说》，《众声喧哗以后：点评当代中文小说》，台北：麦田出版社 2001 年版，第 391 页。

③ 郭松棻：《论写作》，《郭松棻集》，台湾前卫出版社 1993 年 12 月初版，2005 年 9 月，第 397 页。

风后复健坚持以左手新写的若干篇小说，都由李渝从原始手稿辨认字迹、通顺文意，而后再打字誊稿方才得以清整并出版，可谓是从文字故纸堆中打捞抢救出了郭松棻晚年最后时期的作品和不少遗作。或许这样的文书工作在旁观者眼中未足奇，然而若非有长期的共同生活与同业的经验作为判读辨识手迹的前提和基础，深刻了解对方的行文习惯与笔迹（即包括写字的特有笔触形态），这项工作也是无从完成的。有一部分作品如《落九花》，因郭松棻手不良于握笔，是由他口述，李渝记录再整理成稿的方式合作而成的。

况且在郭松棻逝世后直至李渝自决前的近十年内，她无时无刻不为思念与抑郁，乃至后来的带状疱疹所苦，身心都处于严重损毁和不良运作的状况之中。如同郭松棻的晚年新知林文义在郭松棻的来信中所引用披露的："'有一段时间，我们两人的命运都不在自己手里'。我反复地念着这段锥心之痛的文字，沉陷入文学家的悲伤深处。"① 所谓命运不为自己掌握，实指的是两人同罹患忧郁症的艰困时段。郭松棻本人也在简义明的访谈中直言不讳地讲述了自己当年的病况："1980 年代末期，大概是 1988 年底到 1989 年夏天这段时间，我患了严重的忧郁症。我每天从联合国下班坐火车回家的时候，抵达我家附近的小车站，就会先走到车站附近的小河旁边，经常就待在那里一个钟头。心里闷到极点，会一直哭一直哭，直到心情稍微获得释放之后，才慢慢走路回去。"② 根据他的回忆，四十岁之后曾经遭受过三次忧郁症的侵袭，有两次比较严重，前述的是其中一次。后来是李渝建议郭松棻到亚利桑那州妹妹家暂住一阵，转换环境，平复心情。郭松棻在大约 1989 年 2 月过去，"这个严重的精神问题才慢慢

---

① 此为郭松棻致林文义的书信中的一句引文。语出林文义：《远方来信——试写郭松棻》，《双月记》，台湾前卫出版社 2001 年 1 月初版，第 4 页。亦见于该书封底引文。

② 简义明：《郭松棻访谈》，《台湾现当代作家研究资料汇编 46：郭松棻卷》，台湾文学馆 2013 年 12 月版，第 126 页，第 113 页。

获得改善”[1]。

黄锦树曾将忧郁症的隐喻意义阐释为：“左翼知识分子在革命破产后向诗转化的精神状态，一种忧郁的生产”[2]，且根据施淑女教授的相关研究，“把整个问题意识从忧郁、颓废意识正名为‘左派忧郁症’，郭松棻自然是这个左派忧郁症系谱中的重要个案之一”[3]。黄且指出，本雅明对忧郁症全是负面的批判，或许未必公平。若以此来对比李渝之于忧郁症的态度，尽管她与郭松棻一度深为此疾所苦，却提到“中国人只是用狂狷、爱国来加以解释，其实都是depression！都是躁郁症嘛！”[4] 她认为唐代的敦煌艺术之所以举世无双，也仰仗了创作者的某种疯狂因子。忧郁在某些条件境遇下或可成为促动艺术家灵感的正面因素，不一定全部是反面效应。她所撰画家赵无极的艺术论便以《光阴忧郁》为题，而在长篇《金丝猿的故事》中也有很平铺直叙的“每种认知过程都是忧郁的”之说，本文第一部分所举例的《夜煦》内中也有精神状况不佳的友人。在此的忧郁症之“心源”表征为笼罩身心的“病灶”，除了尝试与之共处，李渝似乎也在用书写的形式不断诘问着这病源究竟何所从来，又怎样才能痊愈。

李渝写于郭松棻逝世后（2005 年）最初一两年，即集中于 2007 年下半年自九月至十二月的数篇散文（此前还有一组写忧郁症的短文则集中在 1999 年上半年），皆以悼亡和自剖为题材，例如《交脚菩萨》、《写作外一章——怎么活过来的?》、《饲虎》等诸篇。其中所涉的书写内容，除了抒发对郭松棻的深

---

① 简义明：《郭松棻访谈》，《台湾现当代作家研究资料汇编 46：郭松棻卷》，台湾文学馆 2013 年 12 月版，第 126 页，第 113 页。

② 黄锦树：《诗，历史病体与母性》，《文与魂与体——论现代中国性》，台北麦田出版社 2006 年 5 月初版。第 250 页。

③ 同上书，第 281 页。

④ 廖玉蕙：《生命里的暂时停格：郭松棻、李渝》，《打开作家的瓶中稿》，台北：九歌出版社 2004 年版，第 186 页。

挚眷恋怀念之情，亦不乏清醒自警的关于书写-诊疗的意识，认为只有身心平衡，书写才得以继续进行。在人自身状况极度不佳之时，写作并不是治愈之道。

由是再返观李渝勉强撑持身心，去完成“遗文编就答君心”的郭松棻遗稿整理工作，则不只有伴侣和同业的情谊，更是有勠力为之的孤勇之意与担当之意。如果说他们曾经一起面对过的人生之实践场所以台大就学为起始，加州钓运为标志性的中途，那么退居纽约重回文学创作的现场，则是本色当行的小说家职分。然而伴随这一主要任务的附带责任，却又是耗思费神对前一实践战场的“清扫”，忧郁症是身心两方面的双重疾病，因而他们互为支持所要做的首先是安顿日常生活，更关键也是难以清理的则是精神上的无所安适。保钓时期的战场尚属“正面”，郭松棻和战友们忙于街头宣传、演讲，编写印刷战报和通讯，李渝则以排演话剧为主。此时的“负面”战场在两人的处境下，更像是隐秘不为外人所知的，没有硝烟的战争场所，但更须联手以搏之。

李渝在郭松棻生前身后，不同时空和实践中，都尽到了渡引者的职责。这也是从年轻时便有的，想要与对方同行的意愿之“心源”支持的结果：“我希望能使自己强起来，这样我才能去救助 K。我高兴在众人之中终于了解到 K 的价值，他是要成大事业的，所谓大事业，也许不是伟大高超的东西而是与众人不同的特异的人格，也许只表现在不知不觉的言行上。我愿意做他事业后的无名支持者，更希望能够开展出能与他相等的事业来。”可见她预想中绝不止于做一个辅助性的副手，更要作为平等的同业与郭松棻并肩作战。因之此前此后，她所做的“渡引”性的工作都是为了践行斯言，且在渡引中使自己成长为一个真正有能力的渡引者。因此这亦是自渡渡人。两人协同在生命的河流中，努力构筑起文字堤防，“全速前进，永不靠岸”。

结语

李渝小说创作中体现出的“心源”与“多重渡引”的结合运用，与她最初阐述这两个概念的语境虽然发生了变化，却在动态的辩证实践与平衡中对其进行了翻出新意的诠释。这也可以看成是文艺理论和文学书写之间的参差印证。或隐或显地，她且在不同的时空地点，跨越文类进行着这一实验，将之不仅作为美学风格，更是坚持不渝的人生信念。我们也由此看到一位知行合一的书写者如何不断求索，尝试追溯内心的精神河源，以求抵达生命和艺术的河岸。

第二辑　未完成的方案：现代主义作家及其作品余论

汝其知否话映画：文学视角、女性声音与美学形构

——试论朱天文在侯孝贤电影中的文化实践与影响*

绪言

侯氏电影的起点是朱天文写于1982年的短篇《小毕的故事》，由于对此篇小说的兴趣而约见作者，彼此倾谈相契，因之结缘且成为日后合作的起始。“次年（按：即1982年），天文因《小毕的故事》结识大她九岁的侯子，一脚跨入与侯孝贤合作的电影编剧工作，也开始另一段她原以为是余烬的二十五岁之后的奇幻旅程。”① 新电影草创时期固然亦有从文学借米为炊的情况（如张毅的《玉卿嫂》取材自白先勇同名名作），但直接由同期当代的作品入手，且与作者直接连手，则可谓是颇具实验精神，文学与电影沟通的大胆尝试。而这部电影的诞生亦非将文字影像化的简单转换过程，却是从创作理念和美学形态上的彼此认同与相互塑造，进而渗透影响。其后的台湾青少年叙事系列又有《童年往事》、《冬冬的假期》、《恋恋风尘》、《尼罗河女儿》、《风柜来的人》等，共

* 本文曾以《女性声音、文学视角与美学形构》为题发表于《当代文坛》2018年第10期。

① 朱天心：《三十三年梦》，上海：学林出版社，2017年，第79页。

同创造出一种温和柔静的美学风格，与同时期新电影的青少年题材如杨德昌的《牯岭街少年杀人事件》乃至侯孝贤创意的《少年吔，安啦》之悍烈形成了鲜明的对比。编剧朱天文在此以其女性对同代甚或更为年轻的世代之新人类，更为开阔包容，时带好奇的观看眼光在其间留下了痕迹。

朱氏剧本和侯氏影像之间的参差不对位之现象亦颇具张力。分场剧本供其他工作人员所用，实际的编导讨论在文字成形前早已完成。电影实拍过程中，侯孝贤并不以剧本为准绳，往往就时地人的最佳状况取材和记录，剪接成最后的电影。《悲情城市十三问》这样的编剧札记从侧面补充和阐释说明了电影的真实运作程序，以及艺术作品中偶然性和灵光乍现的重要时刻，颠覆了电影评论基于宏大叙事和历史主题的惯性思路，开拓了新的认识和批评空间之延展可能。

青少年叙事之后，侯氏电影的风格在更为广谱的题材中得以强化，无论是和《悲情城市》同类诉诸台湾重大历史事件的《好男好女》，抑或再之后的现代人爱恨情仇之《南国，再见南国》、《千禧曼波》，其长镜头的缓慢抒情美学之与中国传统文学的若合符节处，都与朱天文大有干系。她推荐给侯孝贤阅读的（如《从文自传》）若干文学书籍从审美意识和情境再现的角度对侯氏电影思路有所帮助。即使是《咖啡时光》、《红气球》的异域风情，及《海上花》、《聂隐娘》的古典情景，都因有着文学基底的铺设而散发出独特的气息。

一、故园世梦两依依——旧城纪历与记忆再现：小说与电影之间的朱天文

世梦难料，倥偬二十年。旧城纪历与往昔记忆的再现，就在朱天文三年前一次重返南京的大陆之旅中又一次被拈出触碰。作者早就于二十年前，在中篇《世梦》中摹写与大陆亲族相见叙旧的情境，微妙地传达了台胞们探访陆亲的

心理感受。这般小切口的家国之感批注，就是“第二代探亲，亲是有的，然而生活上的情绪却好陌生疏隔。与鱼潮般的众生挤在一起等车的时候，这里是中国，而一切恍如异国。”① 那一年的南京研讨会名为“聚焦女性：性别与华语电影”，其中一场的先锋书店女性导演论坛中，朱天文现身说法，首次在大陆娓娓而谈她的小说创作与编剧生涯。彼次南京之行除了亲族聚首，也有师承的后续交谊，她还拜访了乃师胡兰成如今仍在南京生活的长子与幼子。

面对近年来台港文学集中出版的小热潮下，大陆读者们急切一睹作家本尊风采的期盼中，朱天文亦是坚持其优雅素净的风格，于讲座活动中做的都是审慎而静默的公开表达。无论是2008年的那次南京电影论坛，抑或是2010年的上海书展。由于之前极少参与这类场合，她显然缺乏训练有素的应对媒体或公众的演讲机制，所发皆为素心人语，不加修剪。其话题和时长都是随兴起止，并非精准的控制。其间分别，或许恰恰和好莱坞影片与侯氏影片之差异相似。其人的仪态性情与心境，无不关涉着对其美学观念的反映。两次大陆行，其“在场”的交流意义应该最为重大。继上世纪八十年代初期内地台港文学初步引介的风潮之后，整体性和较大规模的华文文学书写地区之间的南北流动自近十年来初兴，并持续发展，尤以台港文化人北上为主要态势，开拓了新的文化交流时代。近现代史上诸如国民党当局迁台连带的文化转移，以及五十年代香港南来文人落地生根，对香港文化的启发之功都可谓因政经事功之变带来的意外文化碰撞与融合。八十年代和如今的两次与前者相比，自觉自主去促成和完成文化交流，以文学文化本身为重心的用意更为显著。背后的开拓大陆文化市场与促进两岸关系之作用虽仍不可忽视，文化活动自身的主动性确也较前得到了更充分的发挥。

身为在侯孝贤的电影事业中重要的多年合作者，见证了新电影创生初期的

① 朱天文、朱天心、朱天衣：《下午茶话题》，北京：龙门书局，2010年，第62页。

悲喜笑泪，朱天文是一位跨界的女性文艺工作者，进可为剧本，退则写小说。与外在世界沟通的管道借由在影剧圈中所做的工作而开辟，对一己清冷高绝的文学世界（这一世界的实体，即长篇小说《巫言》中所写的“巫界”，或者是《荒人手记》中自在自为的“小小清真寺”，作者的书桌、房间，其写作场域）之营构与持守，形成颇为动人而弥足珍贵的当代个人书写景观。朱天心在《购物》中写道，单看其姊笔下华彩纷呈的细节与物质世界，会以为她也是身体力行之人，但实际情况是“然而，大概不会有人相信，她，一个活在现今台北市，常处影视圈中的女子，脚穿沅陵街台币二百九十九元一双的鞋，手提七年前在土耳其买的便宜羊皮包（且日日勤拂拭），穿戴大学时代的睡衣和眼镜，全年购衣总花费最多不超过台币五千元。”①

于台湾岛内当下茫茫的为娱乐化、消费化、政治化挟裹，日益浅俗之社会环境中，朱天文一直以书写作为自己的定风珠。“一个出口。一次权柄，命名的权柄。如今写作对我而言是，以一己的血肉之躯抵抗四周铺天盖地充斥着的综艺化，虚拟化，赝品化。我们有的就是我们真实的血肉之躯。”② 而电影和文学的两个界域，在她是互相贯通，共惠共生的。二十世纪九十年代以来，朱天文就在台湾文坛上奠定了重要作家的地位，兼女性作家和编剧于一身的双重职业身份在在引人瞩目。由朱家三代文学人所构建传承之“小说家族”的身世背景，以及朱天文、朱天心姊妹的笔耕不辍、风格各臻其美亦早成传奇佳话。朱氏姊妹保持独立简净，但却从来都不是纯然超脱于现实之外，也是因了社会政治的纷乱密集带给作家的压力和焦虑，使得没有人能真正自外于此。她们选择的方式是以书写（或曰文化抵抗）曲折地回应历史与当下。朱天心阳气激昂，朱天文则冷静婉转。朱天心近年来对当下作出实时反应的未完成长篇《南都一

---

① 朱天文、朱天心、朱天衣：《下午茶话题》，第 185－186 页。

② 印刻出版有限公司：《凝视朱天文专辑》，《印刻文学生活志》9（2003）：43。

望》，终因作者自己不够满意没有继续写下去。现实迫促，不暇比兴，实际状况跑得太快，书写难以跟进应变。而她早年的《佛灭》、《新党十九日》斩截决绝，手起事落。《古都》集中以理论为小说的阳性叙事声音历来被批评家称道。黄锦树讨论朱天心城市空间书写的文章题为“从大观园到咖啡馆”，一语中的，随着时移事往，观念和风格的丕变，朱天心走出三三的大教室，面对年少时乌托邦的覆灭，咖啡馆是作家每日书写的工作地点，但其也是城市公共空间的一部分。朱天文的场景迁移和个人写作处境却未必捉得到如是清晰的演变路线，从巫界到巫界，看似没有移动，风格变化呈现为悠缓的渐变。如唐诺的解人语，在三三当年同人中，朱天文是守望理想和信仰到最后，也因此是最后得到自由的人。以近作察之，则朱天心《初夏荷花时期的爱情》已然打破了她们姊妹惯有的洁癖书写，即不会对关乎爱欲、性情之事做太直接的描写。但在此书中则对中产阶级的弱点和疲态作了近乎穷形尽相的刻画。无蔽无明的“后中年期的爱与死”（王德威语）是自杀式袭击的显露。由《爱情》、《方舟上的日子》开启的纯情时代终于伊甸不再，成长的幻灭和沉痛至此方告一段落。而比照朱天文的创作轨迹，历经八年淬炼而成的《巫言》即使带上了契诃夫式的反躬自笑，在《荒人手记》后刻意避绕开性别情爱话题，且仿佛要弃置文字炼金术似的“决心用大白话写它一次看看”——如此种种新异面貌之外，小说的字里行间仍回荡着一个来自过去的声音，即《世纪末的华丽》结尾，为读者耳熟能详的，研究者一再征引的那个名句，叙述者庄严宣示：“有一天，男人用理论与制度建立起来的世界会倒塌，她将以嗅觉和颜色的记忆存活，从这里并予之重建。”[①]。显然《巫言》未如作者预期的那样直白浅近，而它的核心观看角度仍是出自女性论述、阴性书写的小千世界观，自成格局——虽然这样的女性视角实为一高超的知识者眼光，张大春所谓“小说家的另类知识”——并将其权限

① 朱天文：《世纪末的华丽》，《世纪末的华丽》，台北：印刻出版有限公司，2008 年，第 158 页。

发挥到无以复加。因而它不愧为（仿照卡尔维诺《未来千年备忘录》模拟推次出的）“给下一轮太平盛世女性的、实物的备忘录”①。早先《荒人手记》曾被一些评论叫做“伪百科全书”，这个称呼是不无暗含男性批评家对女性作者书写中“知识威胁论”之感的贬义说法，多少暴露了发论者的误读，单纯认为作者提供的各种丰实信息乃为炫学。此处“备忘录”之说则恰切表现了朱天文“以书写抵抗遗忘”的初衷本意，更深层的寄托是其警世的提醒作用，以及对读者的全面教养，即从辞章、知识的启迪到日常起居注的无所不至。物的情迷之后是要以“巫的文字语言，巫师这门行当最重要的工具或说技艺，唤醒万事万物的灵魂，改变现实的面貌”②。关于小说和电影两者所面对受众的不同处理，朱天文有过这样的辨析：“基本上，写文论杂文或电影剧本，我是力求沟通，甚至有很清楚的一群沟通对象。写小说，是无意沟通的。”③ 虽然如此，这两类媒介对她而言仍有千丝万缕的勾连与共同的核心与审美追求。厘清其中的变化路向仍是寻找并认识她在侯孝贤电影中所作文化实践的基本思路。巫者目光的凝注与形成，看向小说也看向电影，自《世纪末的华丽》到《荒人手记》再到《巫言》的三拍子推进，隐含女性观点的文明论逐步厚重和清晰起来。

二、都在书生倦眼中——来自非电影处的灵光：朱天文在侯孝贤电影中的影响作用

综观朱天文在侯孝贤电影中所做的贡献，绝非表面浅层的浮泛影响痕迹，而是从美学理念上的融合与建立。从性情气质上，是对侯孝贤剽悍特质的补充。故而阿城将她称之为“稀有金属”：“天文永远是柔弱、专注、好奇、羞

---

① 朱天文：《巫言》封底，《巫言》，台北：印刻出版有限公司，2008。

② 朱天文：《巫言》封底，《巫言》。

③ 印刻出版有限公司：《凝视朱天文专辑》，《印刻文学生活志》9（2003）：43。

涩、敏锐、质朴的集合体。”[1] “侯孝贤无疑是贵金属，但如果没有朱天文这样的稀有金属进入，侯孝贤的电影会是这样吗？换言之，侯孝贤的电影是一种独特合金。”[2]

朱天文作为编剧，其真正的参与在和侯导的前期讨论，剧本故事尚未成形的商量培养过程之中。编剧和导演的化合作用在作为文字制品最后出现的剧本里是看不到的。朱天文谈编剧心得时说：“做一个编剧，尤其给侯孝贤、杨德昌编剧——王家卫更是——极没有成就感。只不过在画一张施工蓝图。最大的贡献可能是在讨论过程。讨论完毕，我把想法变成文字，而这个文字导演是不看的——讨论完了之后他就完全知道做什么了，已经全部都在他的脑海里。剧本是给工作人员看的，让演员大概知道这部戏要拍什么而已。……为侯孝贤编剧时我们就是讨论，写下来只是做个整理。”[3] 朱天文曾自称“陪侯导练球的人”，有时在访问中，她也充当了侯孝贤的诠释者和代言人。譬如侯导的近访中，被问及当年何以会出演杨德昌《青梅竹马》男主角阿隆的缘由，都是朱天文从旁作答。“为我们追忆往事的是朱天文，她是侯孝贤 30 年来工作的好搭档，当年亦是《青梅竹马》编剧。访谈中，国际大导演言简意赅，譬如我们问何以杨德昌要找他拍片？‘没有为什么，两个认识啊，聊电影很麻吉啊。’一句话就把访问堵死，往往是朱天文把话揽过来，为我们解围：‘拍完《海滩的一天》，一群人聚在杨德昌济南路家中讲故事，一块黑板写满要拍的计划，其实我们新电影早年都是拍朋友之间的故事，听你讲、听我讲、听他讲，然后总合起来，我跟他讲了张爱玲《色，戒》的故事，杨德昌听完眼睛一亮，说要拍一

---

① 阿城：《序・稀有金属》，《最好的时光——侯孝贤电影记录》，济南：山东画报出版社，2006 年，第 1 页。

② 阿城：《序・稀有金属》，《最好的时光——侯孝贤电影记录》，第 1 页。

③ 白睿文：《侯孝贤与朱天文：文字与影像》，《光影言语：当代华语片导演访谈录》，桂林：广西师范大学出版社，2008 年，第 222 页。

个暗杀的故事，当年去上海不可能，说要拉拔到东欧去取景。《青梅竹马》也是当中的一个案子，他看到觉得眼前这个人（侯孝贤）很适合，剧本有一半是根据他塑造出来的。’”①

侯孝贤的独特习惯是将剧本草稿写在小学生的国语作业本上，只有他自己看得懂。《印刻文学生活志》访问侯孝贤“巴黎寻找红气球”一辑中，配图展示出了这个秘密武器的真面目：“姓名”一栏填的是“孝贤”，“教师”一栏填的是“红气球”。被问及如何与编剧讨论时，侯孝贤回答：“没动笔之前就已经开始了，也就是在看书的阶段就不断说话、讨论，两个人都很清楚与熟悉内容。接着等我写好粗略的文本，我就把它交给编剧，由编剧重新整理一遍。现在我跟天文一起工作，我们的默契不是一天两天，是很早以来长年培养出来的，对很多事物、事情的看法，彼此一讲，对方就会知道是什么。”②

仿佛因应了罗兰·巴特的名言：“眼泪的存在，是为了证明悲哀不是一场幻觉”，物的实证大为必要。剧本之于侯孝贤的电影，出自他手的草稿与朱天文的整理稿有据可循、立此存证的意味还更胜过实用价值。剧本是思路的讨论的投射与镜像，固化成形以后已不及当日的灵光闪烁。朱天文亦有言，侯孝贤最好的意念和最佳的状态往往是出现在故事取意尚未被镜头攫取成为真正可视的影像之前。倘若能拍下来，必是佳作。这些存在于口头描述中的虚像才是“侯孝贤最美的电影”③。所以电影问世，最后的面目反而显得如剩余物，良莠对倒。拍电影不是谋杀菲林，而是为其所害，其间流失的东西比正品韵味更丰足醇正。

---

① 李桐豪：《最好的时光：侯孝贤专访之一》，（台湾：《镜传媒·人物》，2017. 7. 25），https：//www. mirrormedia. mg/story/20170724pol002/开启日期：2017. 7. 27。

② 印刻出版有限公司：《寻找巴黎：侯孝贤凝视红气球》，《印刻文学生活志》6（2008）：80。

③ 朱天文：《那些侯孝贤最美的影片》，《最好的时光——侯孝贤电影记录》，济南：山东画报出版社，2006 年，第 307 页。

后来的默契最初如何结缘？早年合作亦是偶然，侯孝贤读到发表的《小毕的故事》，有意与作者见面一谈。其时朱天文对电影界尚无所知，怀抱戒心赴约。她穿了一袭鼠灰色针织套装，特意把自己打扮老了十岁。倾谈了解以后，她方才惊觉自己对电影界人士原来存有偏见，他们其实是用功也会读小说的人。早期没有朱天文加盟时的侯氏电影，还是很简陋的像是台湾乡土剧的故事情节。即使是到了《小毕的故事》的合作早期，侯孝贤的兴趣依然集中于自传性质为主的，一个台湾本省男生的青少年成长记录，和女性的关系并不大。“他早期的故事总是离不开一些坏男孩，而且总是有点小小的大男人主义。”[①]具体到《小毕的故事》剧本的产生，还未进入状态，是编剧和导演分离的：“其实我们写的全部没有用。当时几乎是一边拍，一边改。我们东西写出来就像出炉的面包，交给他们。一边拍一边改，改到三分之二的时候，整个剧本才完成。当时我一看，我们写的几乎全都被改掉了，我就很不好意思问，这样我们有什么贡献呢？侯导说他写了八年的剧本，其实已经发展出一套公式，他一看到剧本，一场戏拍出来几分几秒都知道。”[②]《小毕的故事》是侯孝贤吸收文学养分入电影的主动尝试之始，整体的气氛仍较为温淡，调皮男孩最终长成了英挺军人。不然这类题材也可以有更加激进的面向。甚至可以说，暴烈式的少年电影美学才真正是侯孝贤的心之所向。《少年吔，安啦》是较名声显赫的《牯岭街少年杀人事件》更为酷烈残忍的街头少年影片，虽然名义上徐小明是导演，但整体创意都是监制侯孝贤所为。侯孝贤要求两位主演在花莲实地体验生活，完全身处于边缘人物和黑帮少年的动荡生涯之中。此片封镜后，一位主演因沉溺过深，受牵连于帮派纠葛之中，后来便真的殒身在几年后的一场械斗中。另一位则因吸毒被收监。大道多歧，人生实难。若没有女性视角的柔和介

① 朱天文：《那些侯孝贤最美的影片》，《最好的时光——侯孝贤电影记录》，第 308 页。

② 白睿文：《侯孝贤与朱天文：文字与影像》，《光影言语：当代华语片导演访谈录》，第 222 页。

入，侯孝贤的暴力美学激发出来的负面能量很可能会使创作和演员本身都成为损毁性的悲剧，那种真实的力道震撼与危险并存。“我觉得，在某些因为他的功力趋于成熟而开始有能力去处理的主题之中，我们或多或少都会发现一些和女人有关的事物。他自己也承认：就在几年前，他对女人还是一无所知，即使在他年轻时曾有过好几个女朋友。”①

唐诺称侯孝贤前期的四部电影《童年往事》、《风柜来的人》、《冬冬的假期》和《恋恋风尘》为他“最好的时光”之作品，也是他的“言志时期”，人生前二十年纯粹倚仗自身经验的淬炼。这个名号后又被侯孝贤取回做了另一部电影的名字。“所谓最好的时光，指着一种不再回返的幸福之感，不是因为它美好无匹从而我们眷念不休，而是倒过来，正因为它永恒失落了，我们于是只能用怀念来召唤它，它也因此才成为美好无匹。我们的青春岁月正是这样（其实它可能过得极苦极糟糕），而正如侯孝贤所启示我们的，青春还只是如此幸福时光的一小部分而已。”② 可见他对自己当年朴质本真初心的怀念之情，因其后风格的改变没有将其一以贯之，一次出清，故而必须在反省之时，再以另外的方式响应和纪念。

新电影草创时期，同人团体的性质浓重。从创意、故事到演员都是同一群人协同作战。除了有过合作的杨德昌以外，一群与侯孝贤关系密切的文人，如唐诺、詹宏志、张大春等人都在其电影中客串过龙套演员的知识分子角色。而吴念真除了帮助侯、朱处理闽南语对白之外，亦贡献了自己的恋爱经历，也就是《恋恋风尘》的故事原型。蓝博洲则以其《台湾好女人》一书做了日后《好男好女》的蓝本，同样亲自上阵出演。朱天文是这个松散联盟中唯一的女性同人，并贯穿始终。

---

① 朱天文：《那些侯孝贤最美的影片》，《最好的时光——侯孝贤电影记录》，第308页。

② 唐诺：《最好的时光：阅读侯孝贤》，《读者时代》，上海：上海人民出版社，2011年，第164－165页。

"在《好男好女》和《海上花》里，我所提供关于女人的面向也许是有决定性的。尤其是《海上花》，我相信孝贤是透过我来拍女人。他现在已经发现在他过去的几部影片里，女人有时缺席或是处于边缘。但我觉得现在的他已经比以前知道得多了。"① 晚清妓家群雌粥粥，明争暗斗的微观情爱政治，并非侯孝贤本色当行的取材。这种女性张力的体察要由朱天文为之完成，以补不足。2000 年香港岭南大学所举办的张爱玲研讨会上，朱天文谈及电影《海上花》与张爱玲所译为白话的小说《海上花》的渊源，因对张爱玲的深挚敬慕竟而激动下泪。侯孝贤由为他原本要筹拍的《郑成功》找参考数据，找到且改拍《海上花》的阴阳大逆转，不是被其中的女性因素，却是被其日常朴素的底色吸引。而对于《荒人手记》（被白睿文访问中提及是否会将其改编电影）的不可把握，自然也由于这种阴性灵魂为主体的同性世界，与侯孝贤习惯的水浒兄弟情谊之莽苍大异其趣，在他的势力范围之外。

从时序上说，《好男好女》和《海上花》拍摄时间都靠后更多。于是我们再接续之前关于《小毕的故事》一脉向下的青少年题材来看，当可发现，在此不久以后的《童年往事》中阿哈咕和祖母一大一小两个身影向往大陆的结尾场景，正是侯氏电影开始重视吸纳女性入戏的体现。来自亲戚中的女性角色渐渐形象明朗，春风入画图溶为其声光画影的组成部分，可谓做到了令人动容，达及抒情的哀婉之致。即便艺术效果已经颇佳，侯孝贤对女性的观念还没有太大的进步与改善。"所有在侯孝贤的影片里出现的女人，都对应了他小时候最常接触的三个女人：他的母亲、姊姊和祖母。她们都是比较没有自我而且抑制的，经常表现得比较包容、比较吃苦耐劳；总之，就是符合一般传统对亚洲女人的印象。但这只不过是外在的表层。长久以来，侯孝贤从来都不曾想到她们

① 朱天文：《那些侯孝贤最美的影片》，《最好的时光——侯孝贤电影记录》，第 308 - 309 页。

内心发生些什么。”①

再以侯孝贤“台湾悲情三部曲”的首部作品《悲情城市》为例，编导如采取宏大的历史叙事角度，二二八事件的难以承载之重便极难只通过一部电影完成，无论是时长控制还是场面调度，都可能会有无法施展之虞。正面接招固然是直接处理这类题材的悍勇之举，但与此同时所冒的风险和投入的成本会更不可计量。同是突破禁言的界限，重为历史去蔽，近期魏德圣所拍摄的讲述雾社事件之《赛德克巴莱》便是单刀直入，尝试还原历史。虽划分了《太阳旗》和《彩虹桥》的上下两个大单元，仍是庞然大物，高成本大制作的手笔。这两部电影的表现手法之所以不同，与编导着眼取径的差异和拍摄条件所限都有关联，而根本原因还是导演所追求的美学风格起了主导作用。

《悲情城市》剧中设定的男主角林焕清性格内敛安静，本就不在雄浑美学的范围之内。饰演者梁朝伟更因不会讲闽南语而被侯导一怒之下改成哑巴，反而歪打正着成全了这一角色。言辞、逻辑和话语权这些男性中心主义中本来挟之以自重的因素，因这种生理缺陷（其实是有心无意为之的）而被通通取消，无从展演。主角似乎是牺牲掉了开口说话，为自身辩解的可能。以往男性话语的雄辩、逻辑严整、滔滔不绝等有利特质，这里全部失效。这一角色至此表现出一种吊诡的，接近于难以发声的，处于弱势边缘地位的状态，看起来像是哑默的、自身难保的。在性别的模糊转换和表演中，林焕清的性情与症候具有了某种阴性化的表征，存在内指的压抑和焦虑。但并非是去势的对女性的贬抑，相反是在这种模棱的性别身份之下获得言说的自由，以无言的方式传达更多信息。表情达意的途径自原本的宣之于口，发之于声转为全倚仗其眼神表情、动作意态完成。

朱天文以一篇《〈悲情城市〉十三问》为此电影专作郑笺，以设问方式，

---

① 朱天文：《那些侯孝贤最美的影片》，《最好的时光——侯孝贤电影记录》，第309页。

逐一解答了观众对它种种可能的存疑。其中最为重要的部分当数第五问："抒情的传统或是叙事的传统?"① 她引用了陈世骧自比较文学角度出发，与西洋文学对比中得出关于中国传统文学性质是抒情的观点。这一论述已然成为海外汉学学者和台湾学者研讨中国文学中延存至今的抒情传统的依据和起点，是原点也是原典。从上世纪七十年代始，陈氏抒情说甫兴之时，"抒情传统"的概念之运用尚仅停留在对古典文学的读解中。近年来因黄锦树、王德威相继的撰文迁延，这个议题有了较前为广的适用范畴。黄锦树以霍布斯邦的"传统的发明"之说结合文学史的流变与主要文体地位的迁易，爬梳了抒情传统在现代文学中的继承发展。王德威则将之愈发推而广之，建立起一套关于抒情传统的论述；且以个案研究佐之，择取了若干位分别专长于小说、诗歌、音乐诸种文艺领域，意识形态和美学形态各异的创作者做专章研究。

朱天文早发先声，这一正本清源式的阐释对认识侯孝贤电影的美学风格令人眼目清亮。循抒情传统之说再做清整，我们便会发现一个加强版的证据：被王德威作为其抒情论述的奠基人（与陈世骧、普实克三分天下）和重要个案的沈从文，也是侯孝贤经朱天文引介而阅读到的关键影响作家。王德威意在讨论沈从文经历过的三次启悟，及其应对历史的暴力时刻，用文化的方式曲折响应之的做法，亦即他早先另文所称"批判的抒情"。

回忆当年《悲情城市》的拍摄情状，朱天文称她在这部电影中起的作用是负责提供"从非电影处来的灵光"。"如果你是电影里头拍电影，那会非常窄，你也知道，电影纵深下来，你看了那么多电影，如果只是在里头拍电影，就会有他的瓶颈，要还能走下去，其实很多地方要从非电影处来的。我觉得我对侯导，不是编剧，而是从非电影处提供给他一些东西吧!"②

---

① 朱天文：《〈悲情城市〉十三问》，《最好的时光——侯孝贤电影记录》，第 271 页。

② 张靓蓓：《从非电影处来的灵光》，《凝望·时代：穿越悲情城市二十年》，台北：田园城市文化出版社，2011 年，第 83 页。

经朱天文的推荐，侯孝贤得以接触到沈从文的作品，并从中获得启发："沈从文的书以前在台湾算禁书。我看了他的自传之后，感觉他的视角很有趣。他虽然描绘的是自己的经验，自己的成长，但他是以一种非常冷静、远距离的角度在观看。"[①] 朱天文也直陈沈从文的超然远距离视角带给她的阅读经验上的震撼："他像是从天俯视。整个故事像是抽离的、鸟瞰的方式。他描述行刑的段落看完之后给我留下非常深刻的印象。"[②]

沈从文在"事功"与"有情"之间的抉择，以其文学志业对抗和对话庞大且狂暴的历史，乃至其晚年潜心于文物研究（沉浸一己喜爱之物质世界的格物），都极尽动人且富于感染力。在沈的影响之外，乃师胡兰成的女人论和格物说（胡兰成的抒情美学，以婉转化解紧张）无疑是朱天文受益更多并力求将其光而大之的思想来源。黄锦树的《神姬之舞·后四十回——（后）现代启示录?》一文是现有研究中，最条分缕析对朱天文如何接收胡兰成的师教与遗泽，又以自己的理解方式将之融于书写实践的论著。神姬再化身巫者因之也就毫不意外。

《咖啡时光》、《最好的时光》、《红气球》、《聂隐娘》，侯孝贤近年所拍摄的几部电影的光谱序列依次排下来，题材大相径庭中可以发现相关的近似题旨：不同时空中女性面对自身和感情的处境，努力找到出口与相安的方式。阳子和聂隐娘，一为当代的日本新人类少女，一为古代传奇中的女侠，却在孤绝自强，超克环境压力与自身矛盾的面向上何其相似。阳子未婚先孕，不在意世俗眼光，安之若素，亦不准备知会男友，想要独自生下孩子，而后做单亲妈妈。她平和处理与家人、男友及互有好感的人这些各条连线上的人际关系。聂隐娘面对的两难是她被限定成一个不能杀人的刺客，受尼姑之命去刺杀青梅竹马的

---

① 白睿文：《侯孝贤与朱天文：文字与影像》，《光影言语：当代华语片导演访谈录》，第 222 页。

② 同上书，第 223 页。

恋人，终究未有下手但归还了旧日信物，就此断情。她亦违抗父母之命，自作主张去找到自己心仪的磨镜少年，与之一起闯荡。结尾处黑白两匹驴子化纸逸去，是一个自在不受拘束的隐喻。这些电影中的人物其实和戏外的编导二人一样，在追寻关于人或者电影的限制与自由。盖因惟有找到边界，知道自己的限制在哪里，才能算是找到真正的自由。漫漶无限制的自由实际只会引发惶恐不安的心态，使人内耗。朱天文对其自由写作者的身份不无调侃地称为茫茫大海中之脱网金鱼，得到自由却无生计的保障。因之朱天文担任电影编剧时，其有规律性的职分和工作节奏，多少都是对小说写作自由状态的调和。在这样的参悟中，侯孝贤和朱天文对何谓艺术的深度也有了全新的认识，借某广告语来说：真正的深度在哪里？深度就藏在表面。

三、不识张郎是张郎——文学与电影互看：《巫言》与《剧照在说话》中的侯孝贤塑像

为侯孝贤立传，已有过法国导演阿萨亚斯的《侯孝贤谈侯孝贤》，纪录性质居多。以文字形式存留的，却是朱天文的《巫言》中一些篇章。巫者的视角下观看到的侯孝贤，有异于惯常访问或是印象记中媒体腔调塑造而出的形象。陌生化的文学手法描绘之下，侯孝贤的新名号是“速溶颗粒老板”，用以指称他能迅速与周遭环境融为一体的应变能力，不突兀不凸显自我。

交换人质一般地，侯孝贤以身相代成为他编剧的小说人物，而在片场中遇到的年轻人们也被朱天文收进了小说中。对新世代人类的好奇促使她观察和记录他们的生活。《尼罗河女儿》的林晓阳的声腔稚嫩，模仿痕迹尚重；《带我去吧，月光》的程佳玮已初具规模，真实感和完成度都更高。及至《巫言》中的新人类，则异彩纷呈：无论是逃课食E丸在校车上啃面包的女学生陶小铢；和魔术师谈恋爱，自己打理小店发誓要努力过活，以日记抒怀的年轻女生点点：

还是车狂崔哈和夜游女看似现代实则内核古典的爱情——夜游女只是去全家买豆奶，电话未接，崔哈的心理感受竟然夸张至去了这一下就像去了一辈子，从反面写出他对白首不相离的冀望。

《巫言》中写到编剧与老板以物易物的交换，颇有生趣。或鸟为食亡公私不分的央求老板代为寻找美味的夕张映画祭上的蜜瓜果冻，或是车过辛亥隧道，老板会带来老板太太的好手艺制作的各种吃食。投桃报李，编剧往往换给老板的是某本折角建议阅读的书籍之类。漫画式的笔法将其间合作的默契和深挚情谊勾勒而出。朱天文采用人类学田野的方法来记叙一位同样做人类学田野般认真有耐心，全情投入的导演。在她的描写中，老板坚守苦等，其乱发和黝黑之颜，如同要燃烧起来的眼眸都是其等待中的残酷变貌。等待到成为了鳄鱼的眼睛，自己本身也成为了路径。这样的绘形可谓道尽神髓，是对侯孝贤其人和其电影事业最好的传达。已有黑泽明《蛤蟆的油》和野上照代《蜥蜴的尾巴》在先，二位皆是与侯孝贤导演有过往还的著名影人，或可揣想，未来侯导的自传应题名为《鳄鱼的眼睛》吧。

现代的阅读影像之理论早已自成一格，如罗兰·巴特和苏珊·桑塔格等人对影像的阐释，都发掘建立了一个当代过去或者为我们所习焉不察的读解影像的传统。现代则有张爱玲的《对照记》，自道身世。《剧照会说话》则可看成朱天文对自己所做另一种身世的言说，乃个人记忆与文学、电影的遇合离散。用作者本人在书前的《一些说明》中的解释，这一系列的短文原来都是连续刊载于《印刻文学生活志》的专栏文字，乃在总编初安民的建议下，拣选昔时老照片，为之看图说话，也为刊物补白增添声色。后来清点老照片耗时费心，作者急于先完成手头的长篇，遂告终止。与之双线并行的正是《巫言》，两书同时写作的交集时段，其不同的文体和语言风格正好相映成趣。作者的用心为之，使这本小册子的分量加重，出出入入、虚虚实实，开拓了远远大于这些照片和文字本身负载的想象和审美空间。在这册怀缅之书中，朱天文信笔闲游，一颦一笑皆成喟叹，重新摩挲把玩那些沉淀于影像中的黄金时刻。此中有名，此中有物，恍兮惚兮。呼唤和命名的功夫，皆是由书写者以媒介的身份替代和协助完成。命名的喜悦是最大的回馈：文字与影像的参差对照，一弦一柱的累积功夫，于焉展现。

《巫言》每一章结尾的画面镜头般的全景描写，都是饱含象喻意味的启示。它们是凝动的、怀悼的和抒情的。难逃巫女的注目，人物在其多重折光下变成了李维-史陀的人类学标本。巫化叙述对人物的塑造是精细的分析议论，亦表现为深情蕴藉不落言诠的体物方式。阴性是一种期盼自身被凝视的，等待注满的客体。自始至终，朱天文在侯孝贤电影中以其文学视角和美学思维的介入方式实则暧昧，呈现为一柔和低缓的女性声音。文学与电影，电影与文学的唱酬往还，渐渐难分彼此。《剧照会说话》一书所附的盘片，是《印刻文学生活志》创刊伊始，侯孝贤以朱天文为拍摄对象，难得捕捉到她书斋写作与日常喂猫的珍稀场景。侯孝贤说，这段短片是“电影送给文学的礼物”。“把猫拍得像人，人拍得像猫”，在似与不似间，这种交融与合作已臻至境。

文心续铸费思量：从《小说稗类》到《文章自在》

——试析张大春创作理念的发展与演进*

绪言

张大春所著《小说稗类》和《文章自在》，乍读之下是两本语感迥异之书。前者的论述范畴，包括小说阅读、创作和研究中可能遇到的种种困惑；而后者主要针对广义上的“散文”，即非虚构文类的写作，为之提供了一些更加具体的、有可操作性的、便于实践的作文之法。毕竟它们在对于写文章的一些基本观念上，所使用过的例证分析上，抑或是前后的行文语气、逻辑理路上，都颇有区分度，其叙述路径甚至目标读者都大不相同。但既然前者意在认真处理小说这一最为大宗的虚构文类，二书又同出于一人之手，故而它们之间存在着前承后继、彼此照应的关系。后者亦常在前者的论述基础之上，对其中一些议题有所延续、衍生和发展。以下便试从同在两书中分别出现过的“鲁智深倒拔垂杨柳”之连续动作描写，黄春明短篇小说集《锣·自序》中的出场人物断手小乞儿形象，与它们所共同涉及的知识教化与抒情传承这几个实例，甚或更广阔

* 本文发表于《中国文学研究》2018 年第 4 期。

的议题出发，来逐一探讨这些问题之前的前后贯通状况，和其间所发生的新变。

一、不可节略之繁与句法调度：再论“鲁智深倒拔垂杨柳”

《小说稗类》中有一则名为《说时迟，那时快——一则小说的动作篇》。作者在此篇开头处即提出了一个疑问：是否影像媒介对“动作”的直观表现和视觉刺激大大超过了文字的表达能力，从而使小说在这方面遭遇被现代媒体取代的危机？但作者先假设这或许是一重意义上的“小说已死”，然而影像传达动作的“同时性”效应，既有其身临其境、逼真可感之长，也有着不容忽视之短：“这一份‘同时性’特质为受众带来即时的紧张、亢奋、松弛、沮丧……和种种伴随心理活动而产生的生理反应。亚里士多德所声称的‘净化’(catharsis) 于焉成为人类日常生活中更偏近物理治疗的庸俗仪式。”[①] 影像毕竟是大众媒体，它们所引发的情绪反应相较于文字的召唤性而言，毋宁更为下放，是较低层级意义上的生理反应，故而也降格为比文字书写表达要庸俗日常化的一种媒介传播形式。这确也和影像媒介自身所具备的大众传播属性，以及它们是较晚兴起的媒体形式，与商业发展和市民社会兴盛的经济前提密切相关。此后作者又重回对小说史的提问：“高度发展的音画科技难道真的迫使小说‘让位’给剧情片或电视影集了吗？影视工业所导致的感官刺激难道真的‘霸占’住人类对文本的想象空间了吗？或者，一部小说史本身就是一部小说家不断翻修其‘动作书写’的历史？”[②]

显然，作者认为，即使现代的影像媒介在某些意义上抢占先机，文字对于“动作书写”的把握和攫取仍有其不可替代之处，文学的崇高性，其升华和净

① 张大春：《说时迟，那时快——一则小说的动作篇》，《小说稗类》，广西师范大学出版社 2012 年 10 月第 2 版，第 80 页。

② 同上书，第 80－81 页。

化的作用仍值得追求。一代代小说书写者对“动作书写”的切磋琢磨，使其不断翻陈出新的层层累积成果，也构成了文学书写的重要组成部分。在难以传达和完成的动作书写这一环节，能否抓住要害，突出关键，无不取决于作者对于语言的运用之得心应手程度，以及他对语言承载力的试炼（包括语言的速度、密度和质感等等属性指标），而此中的最重要一项也就是如何凭借文字来传达再现速度感，使“迅雷不及掩耳之势”的快速动作能唤起阅读者的接受认可，乃至于最终能产生心理上的共鸣，而不止于感官的表层刺激。

“鲁智深倒拔垂杨柳”这个故事最关键的场面，在《水浒传》中的原文是：“智深相了一相，走到树前，把直裰脱了，用右手向下，把身倒缴着；却把左手拔往上截，把腰只一趁，将那株绿杨树带根拔起。”作者对之的解析是：“这一组连续八个动作的叙述之中，用了四个‘把’字，一个‘用’字，一个‘将’字；除开‘相了一相，走到树前’之外，每一个动作之前都添加了补强语感的助动词。”[①] 作者认为，如果将这些助动的“把、用、将”一一去除，文句看似变得简洁不烦，但前面的单一主语“智深”会变得不堪负其重，很难承担牵带起后面一连串的动作程序来。更为重要的是：“此外，如此修改并无助于改善书写文字在一切动作面前拖泥带水、夹枝缠叶的蹒跚景况。”[②] 助动词在此起到的实际是连结主语和后面的动词，在它们之间的缓冲铺垫作用。因而撤掉了它们，反而使词句零落不成形状了。

这恐怕更是因为，假如我们在脑海中尝试还原鲁智深的这个动作场面时，或曰将其视觉化、具象化的话，那么整个过程应该是一气呵成的一个镜头拍到底，且是在很短时间内一次性完成的。本身选择用文字书写下来的话，就有“慢了一拍”之虞。文字交代动作不得已要分解之，一个一个来，这自然就拖

① 张大春：《说时迟，那时快——一则小说的动作篇》，《小说稗类》，广西师范大学出版社 2012 年 10 月第 2 版，第 81 页。

② 同上书，第 82 页。

慢了速度，即使是连续写下来，中间也有了一定的间隔停顿，不及将之粘合无间了。这也就是作者最初所担心的“文字如何去捕捉和还原动作”，以及“书写如何能战胜速度”的问题之所在。

及至《文章自在》中，作者又一次援引了这个例子。但这次的用意与探究小说史上的“书写如何攫取动作”之大难题相比，可谓降低了一些企图心，转变为试图寻求合理且可行之“句法调度”的文章写法。明知其不可而为之，多少把核心问题的解决方式从“正面接招”的直接搏击转化到了降解式的化渡实践。即我们在承认(但绝非认输）动作难写的前提之下，有没有能将其写得较好，不至于太过混乱拖沓的办法呢？作者是这样讲的：“《三国演义》写战阵，《西游记》写武打，无论多么生动入微，仍不免凝滞、拖沓，要避免大贤尚且不免之病，就要学着将一部繁冗紧密的动态，拆解得玲珑剔透。”[①] 这里作者所给出的方案，从表面上看是顺势而下，也可说是因势利导的——既然动作分解在实际的书写中已然不可避免，那究竟要如何分解，才是制胜与否的关键。

作者且举出自写的一篇描写食物制作过程的《嘟嘟鸡》为例，以此说明句法调度的具体实施步骤。从技巧上调度句法，不按部就班写食物的工序，而是将时间副词多做变化；即在交代了一道工序之后，将具体的做菜活动移到后文再写，避免了凝滞拥塞的弊病。“个人以为，最好的调度方式是‘掉开一笔’，也就是不必关心叙述是不是按着时间轴线行走。”[②] 对照之前对鲁智深例子的分析，既然动作书写无法驯服的关键因素是不如事件实际发生的迅疾，即时间的快速难以用文字表达，那么这时的叙述技巧就躲免与“时间”正面对抗，不按时间顺序一一交代，重新用若干散句，打乱一般的时序，以其他标准来分配叙

① 张大春：《句法调度》，《文章自在》，广西师范大学出版社 2017 年，第 194 页。
② 同上。

述重点，另成一套逻辑和程序，就可以避免被时间牵制了。

作者又接续提出了可以用“写吃不止写色香味”，“写声响援引名言隽语显得别有怀抱”的方法。在此之后，如嫌借事说理犹有不足，还可再用另一闲笔来继续宕开，可以达到补充细节，增添了情趣，平衡之前语句可能带有的说教色彩，使得情趣和道理彼此互补均衡的表达效果。行文至此，作者的提议已不仅是单纯的句法调度，也是整体宏观，布局谋篇的为文之“章法”，运用综合的多种手法来巧为调剂安排了。由此可见，对于“鲁智深倒拔垂杨柳”一节，《文章自在》延续了《小说稗类》中的已有例证，由阅读分析，提出小说史上的一大难题，转而到动手实验，在书写中尝试去转换和解决问题。就基于同一例证，从读到写的进阶过渡而言，未尝不也是一场反常态思考，以“倒拔”法来攻克之的努力实践。

“鲁智深倒拔垂杨柳”是《水浒传》中的“名场面”之一。为了突出主人公的英勇神异、力大无穷，作者施耐庵特地创设了这样一个事件来将鲁智深的动作与性格深入刻画，并以生动鲜活的场景展现在后世读者面前。故而此处的“不及描写其动作之迅疾”亦是作者在小说书写策略上的有意虚笔，对真实的情境作了一定的夸张和变形，最终暗示了“这样的人事超乎寻常，一般的文字也不能全然捕捉”的弦外之音。“写时迟，那时快”，仍为读者的想象空间提供了留白的余地，使得他们在阅读时具有更多的参与感和回应意识，与作者一同完成了鲁智深这一人物形象的塑造。小说是虚构的文类，于此展现得淋漓尽致。

《文章自在》中借用这一著名例证作为起兴，则意在说明动作书写之难。但日常作文中势必不能因其难而不去处理这一实际困难，于是张大春重新提出应对动作书写，究竟有什么具体可行的写作方案能够在实际中施行。这是作文的应用性和非虚构性所决定的写作方法之转。

二、乞儿成长记：黄春明《锣》之《自序》重识

同样起源于《小说稗类》中的另一个例证，是位于《将信将疑以创世——一则小说的索隐图》这则里所列举出的黄春明的短篇小说集《锣》的自序所涉及的断手乞儿故事。这篇关于小说的讨论，其中心议题在于小说中的“不可信叙述”往往可能是作者故意为读者布设下的“信任能力测试”，不仅是考验他们对文本信息、情节逻辑、人物形象种种的信任度，更是推而广之到对周遭世界的信任能力。一个人对于文本的解读和综合判断，其实是与其对世界的基本观感，识别破绽的眼力和对以往经验的总结归纳等方面颇有关联的。小说家所被赋予的自由书写特权，甚至建立起伪百科全书，发明和创造伪知识的权利，都需要读者用心去辨识。

这里所涉及到的其实包含了接受美学中的读者批评反应，以及有可能如作者所偏爱的最善用后设手法与叙述圈套的意大利作家艾可所做的：“借由这个玩笑来阐述他对‘标准读者’（the standard reader）和‘理想读者’（the ideal reader）的论述而已。”①

小说所着力试图表现的“艺术真实”，和现实细节皆有据可考，不容有差的事实意义上所言的“真实”从本质而言，其实是两种概念。运用虚实相生的叙述手法，经常能帮助小说创作者营造出更为“拟真”，与真实情境差相仿佛，足以在一定程度上“蒙蔽”读者的篇章来。这样的做法也是对作者技艺层面和读者甄别能力的双重考验。

作者所言的黄春明笔下丐童的故事来源于：“1974 年出版的《锣》里收录

---

① 张大春：《将信将疑以创世——一则小说的索隐图》，《小说稗类》，广西师范大学出版社 2012 年 10 月第 2 版，第 180 页。

了一篇黄春明的自序，序文前两段叙及作家有一次路过一个小镇，在市场的角落里，作家看见一个十岁左右，长着一只畸形手掌的丐童。几天之后，作家回到这镇上，十分惊讶地发现：原先摇曳着怪手乞钱的男童的手指上‘彩了颜色’，听说是‘一个喝醉了酒的油漆工’为了替丐童广招徕而帮他刷上红、绿、白、蓝、黄五彩。”①

作者会为这段描写所吸引，有其个人的原因。在这本书出版不久后的1977年，作者刚获得人生中第一架照相机，并开始学习初级的黑白摄影技术。“挂着这架相机，我自觉颇能撷获一种认识台湾现实的感性形式”，作者遂开始其田野踏查式的现实摄影之旅，且将拍摄对象定位于台湾各地的社会生活实况。黄春明为乡土现实书写的名家好手，故而作者自然而然地认为：“于是，从竹东的菜园、爷亨的梯田、雾峰的古厝、东港的渔村到兰屿的祭典，仿佛都成为一个年轻小说作者得以浮掠求之、汲注纳之的疆场。在那个时期，我当然不会放过宜兰，那是黄春明的宜兰。”② 前句中所列一些台湾本土在地生活的典型人文景观，都吸引了当年的作者为之注目，并以摄影的方式观察记录之，也积攒作为小说的备用素材。《锣 · 自序》中的小丐童形象也是黄春明所述宜兰小镇风景中的一个有意趣的人物，甚至是或许存在于现实中的，潜在的书写对象。

尤其是在简述了小丐童的状况以后，黄春明又有一段写道：“从此我就留在这小镇。后来我认识了那个油漆工，他不喝醉酒的时候，是一个老实人。当然，我也认识了这个小男孩和其他镇上的人；像打锣的憨钦仔，全家生癣的江阿发，跟老木匠当学徒的阿仓，妓女梅子，广告的坤树。还有，还有附近小村

① 张大春：《将信将疑以创世——一则小说的索隐图》，《小说稗类》，广西师范大学出版社2012年10月第2版，第181页。

② 同上。

子里的甘庚伯、老猫阿盛、青番公等。”[①] 对黄春明小说有所了解的读者此时不难发现，从“打锣的憨钦仔”到“青番公”的这组人物，都是他不同短篇中的主人公。黄春明写自己认识了油漆工和断手小童，以及其他这个镇上的各色人等，显然是在暗示他们都是“真实”生活和存在着的人。在引出小说人物谱之前，先声夺人铺垫的那段断手丐童的形貌，以及油漆工为之彩绘手掌的逸闻，仿佛都在“认识”他俩之后得到了确认和证实，而去除和削平了令读者疑惑的耸动可疑因素。

因而当年的作者张大春完全选择了相信这段自序的写实性，“我在 1979 年挂着相机走访宜兰，满心以为可以找到那个小镇——至少那个长着涂了漆的畸形手掌的丐童应该还在罢？结果我当然扑了个空。”[②] 作者自我剖析了当时会认为这个小童是真实人物的原因，乃在于“把自序看得比故事可靠”，受某种文化机制的先行概念暗示，认为作者在自序中的自道是非虚构性的，而小说正文中讲述的故事才是虚构性的。如此理所当然的二分法，使得作者从高中初读此序到大学毕业，都认为该丐童是一个在宜兰某小镇上生活着的实存人物。而意识到“一个什么都不欠缺的完整世界”并不是指小说镜像所反射的现实世界（宜兰某小镇），而是小说家黄春明所创造出来的那个小镇世界，即文本空间本身时，则要到作者本人经验稍长（无论是对人世的抑或创作的），才有了辨别真实与虚构界限的能力，而非一味地信任创作者之言语。

而到了《文章自在》中，作者所措意的重点显然又较前有所移易：也是由于他在这里要授人以渔，讲述“文章做法”的缘故。因此他对这一前例的所做的二度阐释，即惯常文学批评中所称的“再解读”，亦随之更新了。这里看似

---

① 张大春：《将信将疑以创世——一则小说的索隐图》，《小说稗类》，广西师范大学出版社 2012 年 10 月第 2 版，第 182 页。

② 同上。

已经不再对小丐童是否为现实中真存在的人耿耿于怀，而是落实到了写文章的“转典借喻”一途之上。

在与之相关的《应声与寄生》一文中，《锣·自序》中的小乞丐故事被拿来与若干种唐宋笔记里皆见有载的乞丐腹中有“应声虫”的传说两相比并。在以祛除人体“寄生虫”的药物“雷丸”意外消灭“应声虫”的情节中，作者演示了本无关联的“寄生”和“应声”这两个语词如何就此发生了关联，以此来达到他的初衷：“应声虫和寄生虫了无关系，却十分巧合地都与乞丐一词略有渊源。这时，庄子所谓的‘卮言’带来了启发——让我们试着把‘应声’、‘寄生’这两个难堪的词稍事翻转，从碗里倒杯里的，把曲解当作正解。”[①] 这是语义的第一次“转典借喻”。

“黄春明笔下的小乞丐只出现在那篇序文里，这孩子没有属于‘小镇’的故事。”作者仍然存疑的是何以这个丐童具有鲜明的形象标识（彩漆手掌），足够的戏剧性以及成为小说人物的充分条件，却不像黄春明的小说人物谱中其他成员那样，得以被“呈现他作为一个社会的畸零人的完整的悲剧呢”？作者归因为，在没有其他情节渲染支撑的情况下，彩漆手掌已经“道尽了那个边缘社会的一切”，即如笔记故事中并未告知读者乞丐肚内的应声虫说了什么，“文学作品所唤起的同情经常有着大尺幅的留白，并没有我们基于庸俗好奇所欲探知的究竟”。因此，断手丐童也不必再非要被补全其完整的身世故事来满足读者无谓的好奇心，作者保留了点到即止，保持虚实相生的弹性空间和想象余裕的自由书写权力。此处，黄春明的乞丐故事之徒留细节而无全貌，与笔记中的应声虫所言为何并未明白写出的两个“故事不全（未完）”的情境，又构成了现代短篇和古典笔记之间的第二次“转典借喻”，它们本来也是毫无关联，各自独立的两则小说，却因都以乞丐为主人公，又内有“留白”而得以被相提并

① 张大春：《应声与寄生》，《文章自在》，广西师范大学出版社 2017 年，第 246 页。

论之。

小乞儿的故事似幻如真，曾经迷惑了作者很长一段时间。因之在《应声与寄生》的开篇部分，作者依然有论述是回转呼应曾在《小说稗类》中的问题，再次提出诘问：“夸张的叙述难道真是为了让人怀疑其‘不可能如此被虚构’反而宁可尽信其为实录吗?”[①] 这样的回转未必不可以看成是遥应的第三次“转典借喻”，即两书中分别提到同一例证，却用于讨论不同的议题。

由此，重回《小说稗类》检视这一命题的原初用意：或许我们可以借用张大春的语气说，固然这个小乞儿的形象从未因时间流逝而变化成长，但读者对于小说写作中虚构与真实部分的调度安排之法，却有了更为透彻的理解。他自己当年也曾对作品中一切细节信之不疑，甚至费劲亲身去寻访小说中的人物其真人本事，还带了供拍摄记录的相机，如同自赋职分的记者一样展开了这趟寻访之旅。他曾经扮演一个有充分信任感的读者，但这是文本的高度仿真性所致：它不仅让读者对其提供的信息巨细靡遗地全盘接受，甚至还为其提供了某种起而行的驱动力，促使他去开展并去进行验证心下所疑所思的实地踏察。这便说明了小说作者的“骗术”之高超，足以使当年青涩的认真读者完全遵循其文本所塑造出来的那个世界的逻辑，并将之和真实世界的运行逻辑混同为一。此处的关键问题在于对小说所书写的世界与真实世界两者关系的理解。

在《文章自在》中，作者于文末又有补充说明的认识是：“恐怕也是因为那样的留白，缺乏看似应该铺陈出来让人们信以为真的生活细节，我才会在高中时代读了《锣》以后，直到大学毕业还不觉得那个十岁左右的小乞丐已经长大了。”[②] 这里没有“增益细节以提高真实性和可信度”，正是作者所依循的小说写法之否定式，或曰反面教材。小乞丐因而也还不堪称之为“扁平人物”，

---

① 张大春：《应声与寄生》，《文章自在》，广西师范大学出版社 2017 年，第 248 页。

② 同上书，第 250 页。

充其量是残缺不全（一如其被描绘出的残疾形体）那样的虚构形象，更不可能是真实存在的人罢了。

作者在高中时代初读《锣》，至大学毕业重读时，都未破解黄春明所铺设的“真实-虚构”迷局。既然小乞丐的形象并不以真实获胜（读者成长了，而对这篇的重读却没能获得增进式的认识），而是以其夸张迷惑人心；那么能使张大春深信不疑小乞丐确乎存在世上的，并非其夺人眼目的“彩漆手掌”，却是底层人士艰难求生的世态本身依然延存，成为人人有目共睹的事实。有了这样社会背景的真实衬底，本应存疑的断手乞儿形象竟也可弄假成真，令人不疑有他。这便是《小说稗类》中以此例来对书写的“真实-虚构”界限所做的具体阐释。同一例证在《文章自在》里之所以被转用做说明“转典借喻”，乞儿故事与“应声虫”故事之间产生的谐音双关、连带联想，正是由于作文之法的要求和约束。这时虚构退位，具备更强的可操作性的“文章写法”才是作者要表达的重点。

三、知识教化与抒情传承：“聆听父亲”、老歌新唱及其他

张大春的小说创作和文论中始终回荡着的一种氛围，或曰有时会出现的叙述场景即是关于教化在家庭中的传承与交流，亦即父亲与作者的一些有关文字、文化乃至于知识、史实和典故类的传授问答等。尽管这可能并不是作者要着力表现的初衷，但这类情况在他的不同著作里经常都可以看到。作者写于2003年的《聆听父亲》被自我定义为有家族史色彩的“长篇散文”，其中也穿插了若干与父亲在基本的父子亲缘之外，亦师亦友的情谊，“多年父子成兄弟”的彼此难得之信托。此中不乏受教于父亲的情节，更有作者希望回馈与纪念的愿心：“你看，我是先给你生个孙子呢，还是先写一本儿关于你的书呢？”当然，后来这两件事情都先后实现了。且作者的《认得几个字》一书也是在与家

中一双小儿女讲述单个汉字的来历、写法、用法之种种时，起心动念酝酿而成的；此后之续篇《送给孩子的字》则愈发用意显豁，目的明确。从书名而观，这样的书完全是为了更便于帮助学龄前和中小学阶段的学生理解汉字的历史、形体和使用方法等诸项才写成的。

作者在他本人极为重视（曾言觉得写完此书，以后“再无难事”）的长篇《城邦暴力团》之卷首，也写下了如下的致敬语，不仅对有师友之谊的几位前辈逐一数说，也在最末一句里特意提到了自己的人子身份，以此来表达对父亲的感谢：“即使本书作者的名字及身而灭，这个关于隐遁、逃亡、藏匿、流离的故事所题献的几位长者却不应被遗忘。他们是：台静农、傅试中、欧阳中石、胡金铨、高阳、贾似曾。他们彼此未必熟识，却机缘巧合地将种种具有悠远历史的教养传授给无力光而大之的本书作者——另一位名叫张东侯的老先生的不肖的儿子。”[①] 即便父亲不像前列的那几位长者般有名，为世间一般人所知，却对作者的教养之意义最为近身，因而具备了其不可替代的特殊重要地位。

在《小说稗类》中表现得不大明显但仍可以发现的是，作者在创建这一精彩的“小说百科全书”（甚或是黄锦树所言的“伪书场”）时，多少也提及了其幼承庭训，从父亲处所得到的教诲和启发，更准确地应该说是亲子之间的知识授受与交流的可贵过程。即如《一个词在时间中的奇遇——一则小说的本体论》中关于“故事的不同讲述方式”的讨论部分，就是起始于作者幼年听父亲讲故事及在此时父子发生的争执。作者因听邻居冯伯伯在传统故事中再加入新元素，临时组合虚构出更为生动有趣的口头故事，而要求父亲也这样讲给他听。

“然后，我和我父亲的冲突开始了。我要求他也在孙悟空或关云长的故事

---

① 张大春：“卷首语”，《城邦暴力团》，台北时报文化出版公司 1999 年 12 月版。

里加入巫婆、仙子乃至大鼻象的段落；我父亲拒绝了，他说：‘书上没有。’即使在《水浒传》之后，他还说过《聊斋志异》、《西厢记》和一部分的《今古奇观》，却从来不肯在古典上妄加枝叶，甚至没有一次稍见夸张的拟声摹态的表演。”① 父亲何以不肯重组情节，再造出混合型的新异故事，以便更好地取悦小听众，引发其蓬勃的听故事兴趣呢？这里应该是不止于在亲子交流上的不肯妥协退让，更深层的原因恐怕还在于父亲对原典的纯粹性，及其不可随意篡改，都有一种近乎信仰的执意坚持。当时的幼小作者未必能领会其意，然而在写作此篇时，他对此间发生的冲突和差异重做了溯源性的考察，才发现了这里潜藏着的更深层次的问题——“我父亲当然知道：演义早已经翻修了正史，一如正史翻修过事实。然而，他依旧谦卑地、严谨地转述了‘定本’上书写出来的小说。他让我理解小说不该因转述再转述而失去它应得的尊重。”②

口耳相传的“说书”和“讲故事”传统中，讲述人本来是具备增删补调，甚至添枝加叶，自创新词的口述“自由”的。作者父亲对“定本”的尊重所蕴含的深层含义其实是：书面文字将口头言语的“定型”（即使其源头可能是集体创作的，仍为口传产物的一部分），本身具备了使被固定的故事以相对稳固的单一形式存在，并继续流传下去的最初可能。唯有先出现书面印刷的“定本”，集体（无名可考的）作者（们）也简约减缩为某一特定的，单独署名的作者“个人”，小说文本才有以唯一的面貌成书，且一一累积为某一文学传统的“经典”的机会。这里邻居伯伯也成为了父亲的“对照组”，他让故事中的人物“不再只是‘圣战’中的一名马前卒；他眉飞色舞地周旋在宝藏、妖

① 张大春：《一个词在时间中的奇遇——一则小说的本体论》，《小说稗类》，广西师范大学出版社 2012 年 10 月第 2 版，第 34 页。

② 同上。

鬼、怪兽和一切荒诞的可能性之间，使奇遇成为奇遇自己的目的。”① 作者对此的评述是：“不论才华洋溢与否，许多在年轻或年幼时惯听故事的人在最初面对小说的时候的确有过青涩的梦想，那就是他们自己也能够成为说故事的人。”②

他们之所以产生这种感觉，恰恰是受冯伯伯这样口头自由创作的讲故事人之影响，却未必意识到从口传到笔录，小说的书写并不如口头讲述来得简单便利，而是需要更严格不松手的揣摩和打磨。亦即如果只停留在口述的任意加减阶段，不断任其自然衍生之奇遇状态，小说是不可能发展出其独立的技艺，成为一个有价值的文学门类，也无法成就其独特的美学的。

到了《文章自在》之中，如此的父子问答或者公案式的启悟仍不难发现。但较之《小说稗类》中的例证，则又更为细节化、日常化，充满浓郁的生活气息和情趣。例如父亲在给作者讲解“拿得起，放得下”这句日常俗谚时以实际行动演示：“其中最令我有感于心，不能或忘的，还是最早的那一回，那些拿起来、放下去的零食和水果——‘拿起桃酥来，放下桃酥；拿起……’到头来都进了我的肚子，父亲什么也没吃，他拿起来，放下都给了我。……那是一堂什么课呢？国语课？算术课？还是伦理课？对于我而言：拿得起、放得下却成为一生不移的铭言。”③

又或者是父亲妙语解颐，轻巧点拨式地纠正了作者已成积习的口头语病：“你镇天价说的‘就来’、‘舅来’又是什么意思？”④。原来作者小学时期有一段常说“结果后来”，快速连音后听如“就来”。因此父亲打趣说：“你舅舅今

① 张大春：《一个词在时间中的奇遇——一则小说的本体论》，《小说稗类》，广西师范大学出版社 2012 年 10 月第 2 版，第 35 页。

② 同上。

③ 张大春：《强词夺理》，《文章自在》，广西师范大学出版社 2017 年 1 月第一版，第 107 页。

④ 张大春：《开口便是》，《文章自在》，广西师范大学出版社 2017 年，第 205 页。

天不会来了。”经过父亲的解说：“结果是结果，后来是后来；有了‘后来’，还不算结果呢，有了‘结果’，那还有‘后来’吗?”[①] 由于从意义上完全明了，此二词连用意义矛盾，这样的口头表达乃是赘词赘句，其意不明，作者很快就戒除了这个不标准的口语说法。

即如前述种种。几乎在作者读书识字，解词作文之际，身畔总会有父亲的“伴读”之影在侧，为他提出种种点拨或建议。此间反射投影的痕迹历历可见。作者且指出，父亲的教育方式亦在于激发他的对知识的好奇心和求知究竟的能动性，从不强加灌输。“先父在日，说教总趁机会，不轻易出击，想是怕坏了我学习的胃口。尤其是关于某些难教难学的知识或手艺，若我不攀问入里，他仿若全无能为，往往只是应付几句。除非我问到了关隘上，他知道我有了主动求知向学的兴趣，才肯仔细指点。”[②]

这种总结概纳里包含的情感意味切实可感，是“文章做法”以外的人间情味，也是作者字里行间所要透露的知识教化与抒情传承的另一重深意，它们内化于文本，成为其审美内涵和情感蕴藉的重要组成部分。这样的“功夫在诗外”之感，通过《文章自在》中的其他几篇文章亦有反映，例如作者追寻当年练习合唱时优美歌曲的词作者今日生活状况的《看见八年前的吕佩琳》，溯源某一绘本故事的《仙女未曾下凡》(标题的灵感很有可能脱胎于《公主彻夜未眠》)，甚至是他人所写，质疑航空公司是否有过体面有礼的搬运工人而考察其“本事”的《包龙眼的纸》(反映了其一贯以来的阅读偏好)。这些故事的内在驱动力都是某种情感因素所致使的，与其说是索隐的好奇，不如说是情之所钟，不得不随之而追踪其迹。

---

① 张大春:《开口便是》,《文章自在》，广西师范大学出版社 2017 年，第 206 页。

② 张大春:《文言启蒙》,《文章自在》，广西师范大学出版社 2017 年，第 109 页。

结论

从《小说稗类》到《文章自在》，相距有年，两书的讨论轨迹发生了显著的变化，但其间又有着千丝万缕的互动关联之痕迹可循。以上所拈出的几个方面及其相关例证，仍显得不一而足。文心玲珑，自有其相通之处。而文思精进，后来者必有较前深思熟虑的演化部分。由于此二书同出于一人之手，以此来观察作者数年之间的思考轨迹之延续与变化，也是既有意义又具趣味的课题。首先，虚构与非虚构文类之间的阅读-创作方法，仍有可以相互协商，彼此补充的空间存在。这是本文所得出的初步结论之一。

其次，在前述的文类区别基础上，《小说稗类》其实偏重于“小说读法”，《文章自在》则着力在“文章做法”。前者是告诉读者怎样读小说，后者是指导读者如何写文章，因而有评论者和实践者的角度之别。前书重在如何细读和剖析一部小说文本，后书则是在写作的具体环节和策略上提供一些细部的建议。前者动用的是“眼”，以旁观和评析的角度品藻他人文字；后者则主要是鼓励读者放“手”去写，力求实践出真知。

再次，两书所针对的目标对象或有差异。前者的理想读者应是宽泛意义上的小说爱好者，不仅是小说读者，也包括初步尝试创作的小说新手，总之是对小说这一文类有兴趣的目标人群。而后者从应试要写作文的学生开始，扩大到一切有写文章需求的人，显然比前者的集合又更为扩大了。

又次，时隔若干年，作者在写两本书时的心境也随时移事往而发生了一定的变化。《小说稗类》书写的当时，作者正处于创作高峰期，也担任小说创作课的教学，因此在个人的书写和教学实践中都能与之有所互动激荡。《文章自在》写作的时候，作者已成为更为成熟的写作者，虽然不再直接参与一线的教学，然而就如何写文章这件事，仍有资深创作者的丰富经验可以分享。故而，

《文章自在》所能提供的写作指导是更为切身的，具有更高的可执行性。

综上所述，从《小说稗类》到《文章自在》，当新的问题被引发之后，又与前述的议题有所激荡启悟，将之延展或者深化，从而拓展了作者的观照视野，让看似本不相关的事物如平行双线，在伸展到足够长时终于远方有了交点。

灵影鉴微：一个现代性的文本

——以林俊颖《镜花园》中《幻时间》为例

也是绪言

倘论现代性而乏相应实例援引，恐只如碧海掣鲸，却空手道不持鱼叉，未免恁地托大，易触难着，终不能算是捕到。由文本之茧细缫，抽剥出文化因素之丝，另一种面向的考辨，总非强为解说吧。遭“当下”晕染之下，文本初生之时，已然携卷何其品类繁盛的时代微粒入内，政经流行哪一样不寻到。王德威早年论林氏小说之文，早下断语：“林俊颖的文字绚丽典雅，在新一辈的作家里并不多见。他的象征世界中，上自佛家典故、基督箴言，下至电玩游戏、风月情报，信手拈来，浅尝辄止。轻飘飘的后现代风格不需四处张扬，已悄悄跃然纸上。像《沉睡者》、《金童玉女》、《是谁在唱歌》等情节性已压缩至最低，全凭各种声光色影与意识经验的片段，撑起叙事架构。”

作为张派在台湾的有力接棒人，林得张之“真腔”、“正声”，挟带张爱玲的意念，时空流渡间跳脱翻转自家法式，种出新异麦穗，煞是好看。妙手将本来或存“影响的焦虑”化解作创生的欣喜。其文笔常在矜细绘旧和速记写新之间摆荡，并不冥顽执其一端，构拟出温情同好奇共生的混合情境。而现代性的显著特征之一，不妨借用服饰语词，一字记之曰：混搭（mix&match）。本色当行的说法则是：文化汇流（transculturation）。台湾现代都市文化构成因素中，难逃日据时期日本文化的殖民式渗透；六七十年代经济起飞，社会转型后又饱浸欧风美雨，文坛学界现代主义兴起，外来影响更为彰显。在台湾，中国传统文化未遭政治暴力破坏，薪传不绝，1949年后去台的现代文人学者护持此种，使其得以保存得较为完好。因之继五四文学的小传统之后，台岛文学获得了融传统入现代、中西交汇的最大可能，并已由几代优秀写作者将其投入书写实践。身为具有留学背景的学院出身作家（尽管后来成为自由创作者），林俊颖无疑亦染此风绪：兼备古典的怀想与现代的探寻。由此或可说，林氏文本和现代性理论二者，在进入被阐释的幽秘之野以前，其本身彼此存有某种筋骨肌理上的天然契合性。或从历史的角度观照，它们相互不大会产生因“时代错误”而引发的不易弥合之裂隙。这也就是说，在处理古典文本前，要做的语境还原工作步骤可大大缩减——局部有时仍需回顾。从此出发，我们便起步踏上分析途程：它既是文本游历，也是理论旅行。

一、时间之书：组织结构与文本生产

1. *篇章队形之安排*

A. 寻常道：分期结集和系列小说

一部短篇小说集之所以能拢总而成书，作为其组分的具体各个篇章必然遵照某种原则关系方得聚合在一处。它们可能仅具最松散的系联，即作者某一时段（一般这个时间跨度是三五年）内所写的作品汇集，从而成为时间盘钵中的果实集合。这是传统以时间为组织方式，分期之道大行的文学史（无论以与社会进程同步的大历史，抑或以作家写作阶段的小历史为标的）最喜闻乐见之事——它隐含了后胜于前的价值判断，是五四文学进化论文学史观（胡适派）的延续，也似乎使评说一位作家的作品成败得失难度有所降低。除了先劣后优进化观点带来的不当干扰（钱钟书尝言：若一个家庭里新生了小孩子，并不意味着他的祖父祖母就该与此同时结束生命），古老的知人论世说也大可趁机传道揩油，因其强调个人经历、时世背景等等外部因素对创作的印记留痕，就能理所当然地概纳出某一簇成于同时的文本，携带了同种风格特质，使用了某一种手法技巧，云云。然而这类略显轻率的惯性批评方式是应当警惕和反思的，它未从文本内部剖析其自身肌质，单纯包抄外围，所得其实甚是有限。再者，我们该记得一条不言自明的批评法则：伟大作家的作品通常不会呈现过于明显的时痕分野（不包括早年少作），一种稳定、臻于完善的风格可贯穿其书写始终：证之其新旧作，水平一直在那里。诚然，写作者亦可能是“艺术上的多妻主义者”，风格嬗变多出；但这个评判标准是就其成熟度而言的。总之，此类只是按外在的时间标签简单放置集聚的文本，其间本质上的系联甚为微弱，并不宜拿来做分析批评的佐证。它们在此有点儿像后人编选的作品集，考虑取舍分合的因素不是内烁，却是外在的。

另外一种同样常见的情况是：文本之间由一个固定的主题命意所统摄，每一篇章都是从其独特的角度对其的射击和完成。这就是所谓“系列小说”。它们在表面形式（人物、情节）上仍可能各自为政，不甚相干似的。内在联系却坚不可摧。西方短篇小说集的显著代表，是詹姆斯·乔伊斯的《都柏林人》。中文世界从现代到当代，自大陆至台港，有师陀的《果园城记》、白先勇《台北人》、施叔青《一夜游——香港的故事》、李永平《吉陵春秋》、宋泽莱《蓬莱志异》等。以上所述各集子，不约而同地以地域来作为小说文本铺排放置的平面。除去《台北人》涉及今昔对比，《香港的故事》纯写资本主义上层社会场景，而“贵族气息”浓重以外，其他的小说集所涉地域，尽皆是传统乡野（吉陵镇则是未经言明的，具中国和南洋混合特质的想象之地），可谓具有固着的乡土情结，隐隐传达了慕古怀远之思，甚至不无伤悼之意，向中国文化传统价值倾吐无尽心声。它们在人物描摹、情节设计上皆生态精微，自有其可观之处，非特为“载道”，单一传达某种意念而作。国族寓言、神话、阐释循环种种理论利器自可用于其文本/文化分析；而就“地域”这一核心因素而言，葛兰西以降，不断繁衍生发的人文政治地理学理论，是否也可执之以一探其温呢？

这类系列小说的关联合页基本上还是内在勾连的，不显于外。略有不同的是《吉陵春秋》，其中十二个短篇虽独立成章，发展出各自完整的理念思路，然而情节人物似断实连，太多牵涉不清。笔到之处，时时闪回、缀补、延展、逸出其前之后语焉不详/言之不尽的所在。《吉陵春秋》本已以当世稀见，饶有中国古典小说风致的语言修辞亮人眼目，又配搭上如此骨骼清奇的结构框架(frame)：各个故事板块/碎片无法拼合回一幅完好的叙事舆图，而是反弹、交错、折迭，彼此又不可须臾或缺的，堪称“形式奇观”。它颇具笔记趣味，然卒章不显志，只悬疑，无用有趣便成文。余光中誉之为“十二瓣的观音莲”。

系列小说并非着意以文本迎合先在意念，却使得书写有了共同的轴心，犹如共萼而生的花朵。林氏早岁《大暑》、《是谁在唱歌》似乎尚按自然时段统归结集，及至转捩处之《夏夜微笑》，篇章关系方始见谋划。其后《玫瑰阿修罗》体例略似《吉陵春秋》，拆不散又拼不拢，自生一股魅异张力；《善女人》则是围绕性别辩难而成的“主题写作”。及至《镜花园》，作者主观属意布局的巧思更为彰显明白，且愈发细致精微，大大有所用心。幽嶂曲隔处，有如园林布景之法，非为拦阻，只是令观者晓得及时止步，驻足流连，望之有所思。于焉，景亦见得深了。

B. 时间单元：篇章队形同核心意念之关系

《镜花园》一集，分两个单元：《镜花园》、《蠹鱼的下午茶时光》，凡一十六篇，每篇长度大致不过万字——对于短篇而言，亦是其中的短制了。这样的铺设同其前若干集子相比，呈现出整体篇目数量增加而个体篇幅缩减的状况。

有些短篇更是片段化、非情节化特点鲜明，似随笔而非小说。文体之别，在思不在貌。形式上的疏离未尝不是迂曲的回归。现代生活丰富繁杂、万花迷目，印象感受流动不居、纷碎交缠，正宜以此种方式书写记录。此为内容题材之于写作手法、语言形式的隐性要求。

“镜花园”之名本身已是个幽约的潜在时间意象。很明显，其来有自，是“镜花水月”之“镜花”，兼具“不永”与“不实”之特质。大都好物不坚牢，彩云易散琉璃脆。美物其身总是内蕴了极可能损折于瞬息的不稳定因子，关乎时间。而其又因对照互见的写法而具“照花前后镜，花面交相映”的一重涵义。谐音《镜花缘》，缘化作园，一字之易，更向空幻演大幻，为虚飘镜花觅得栖身居所，乃时间概念的空间化，希求在不实之外落实，赋之以形。时间/空间及其关系问题，是再重要不过的一组现代性范畴。Bauman 有云：“当时间和空间从生活实践中分离出来，当它们彼此分离，并且易于从理论上来解释为个别的、相互独立的行为类型和策略类型时，现代性就出现了。”“现代性就是时间的历史（the history of time）。现代性是时间开始具有历史的时间。”因此，我们或许可以这样推论，若一位作者，出于自觉而择取时间作为其主要讽咏对象、写作旨归、未尽之意，那么他也是锐敏的，现代意识强烈的。他的作品同时具备了现代性，成为实至名归的时间之书。上编与全书总名，两次复沓，凸显此意象，不断强调其意旨所在，却又出之以委婉的暗示。“镜花”在中国古典文学语境中是有联想意义的文化语码（cultural code），它扯出的是真/幻这样一组相斥相生的范畴——它们在一定条件下可以发生相互转化，亦不乏佛理禅机现之于物象的宗教启悟意义。以佛语入小说，俨然已成林氏篇目命名法的个人“小传统”。譬如《爱人五衰》脱胎自“天人五衰”，《玫瑰阿修罗》和《善女人》莫不典出佛书，众生诸般绮丽色相，只得一场空。小说本就是涂写/注销无时无刻不并存催生的文字技艺，拨开时间叠加的各个断层，佛语的介入，并未使林氏小说书写陷落一味寻求超越救赎的轮回时间迷障。他在为现代时间塑形之时，透露的心底隐情泰半是对古早时间的回归追认之心。

《蠹鱼的下午茶时光》一辑，明白无误拈出“时光”一语，再次印证了此书的时间主题。与“镜花时间”堪为比对的是“午茶时光”。前者寄托宏大玄远，后者絮语切实家常。午茶时光闲适宽松，可堪容纳的话题广延更多。上下两大单元隐隐拉开对话结构，一如蛋白质双分子层支持细胞骨架。此处的叙述主体“蠹鱼”自然是隐喻性说法，意谓嗜书成癖之人。这样的讲述主体，必然影响和决定了其讲述方式、叙述话语和观点立场。他们对知识和文字有着较为深厚的信仰，遣词造句书面化程度高，之于时间的意识和敏感度也愈加锐化起来。如此一来，原本理应轻盈无碍的午茶时光，骤然加码，为此增添了质感与重量。在一个乍看似乎宽松舒张的时间语境中讲述的故事（也是关于时间的），因之不至于筛笼水，网罗风，仅是语音过耳，此后无迹可寻。受重力牵引，外物加压而紧缩的时间场域，形变历历可见，叙述主体在以讲述构建时间之时，也是构建自身。凡讲述者亦被其对象讲述。他们借由此来确认自己的（不?）实在性。除此之外，别无他法。

传统（或曰前现代）小说中人物出场的样貌衣饰白描，在此统通消失不见。人物形象皮囊的唯一填充物即其自身话语。我讲故我在。一旦不发声，就难觉其存在。现代性理论中对主体性及其建构、表征、话语权诸概念的论述，与此“言说立身”之现象若合一契。话语对身份地位确立的重要性，不言自明。时间主题和讲述人物互为载体，彼此完成。

至于两单元内部各自具体篇目的名称安排、所成阵势、用意、关联，和其间相互除之不尽的余数，在之后的部分内会再加以详述。

2. 受限的文本生产

A. 篇目组织 & 篇名指涉

我们只要对两个大单元内，其各自诸篇目稍加注意，那么就不难发现该二子集中，各个元素于分布和命名上的联系。《镜花园》部分共六个短篇，依序为：《猫恋人》《织女华尔兹》《恋人》《脚踏车华尔兹》《我不是猫》《未完成华尔兹》。显然，它们是两组文本的交叉楔置：X1、Y1；X2、Y2；X3、Y3。合并同类项之后，则又可见出两支分别在人物情节上的连续性。《猫恋人》——《恋人》——《我不是猫》一支叙写罹患忧郁症的男子、作为呵护者和情人的女子、男子捡到的流浪猫（后来变身宠物猫）三者之间细腻微妙、彼此消长的爱恨情仇，纠葛为流转的螺旋动线。起初无助恸哭的男子一通诉苦电话，算是给好心女子捡到（正如日后他捡到猫）并收留，收留方式却是女子去到他家，上门陪侍养护；男子病况稍见好转，移情于猫，女子自觉情感上的地位受到威胁，亦渐悟出为男子奴役，呼喝来去的不平等压制/被压制关系。中间插入女子工作中饱受上司杰洛米侵扰欺压，“办公室性政治”式的暧昧情愫片段。

抽去三个题目的隔板，三段自动接连作相通的一条整体走廊。重理时间和逻辑顺序，《我不是猫》应在《猫恋人》之前，而《恋人》一节则可灵活机动，以插叙形式前移后挪，均无大碍。每个小标题同其文本，又形成反讽性张力对比：《猫恋人》极言男子对猫之宠溺，有如情人的粘腻爱恋；《我不是猫》则在女子已感身不如猫的境况下发出呼号申诉；而《恋人》中她与上司的宰制式关系有何爱情可言？反讽（irony）是现代主义文学常用的修辞手法，其颠覆、嘲弄之先锋姿态，亦是现代性的题中之义。

另一支《脚踏车华尔兹》——《织女华尔兹》——《未完成华尔兹》，仍大旨言情，女子与“陈桑”情事，间中以民间蚌壳精桃花精故事穿针引线，织补古旧花纹。实际也是一篇拆分作三段散置。

于是“镜花园”单元的“猫·恋人”和“华尔兹”两个小单元也是对比参照的：现代和传统两种文化价值构成世代对应。

《蠹鱼的下午茶时光》单元中，议题相对零乱分散得多。《远行》和《在间奏的房间》仍依前法，只不过各自分切两段。其余各篇看来并无明显关联，但统观，整体属于“文艺话题”范畴，且弥散出一种追昔忆往的怀旧感伤气氛。林氏在此摒弃了从前擅写迷乱情意的流动闪烁手法，状情素朴清淡，情感呈现出最本真的形态。便如《在间奏的房间 II》里喃喃自语爱人名字的男生，纯稚幼嫩而又无比诚挚。这一单元内充满了诗性浓郁的芬芳意象：《幻时间》、《梵谷热》、《惨绿少年》、《一期一会》、《废边社传说》、《远行》、《在间奏的房间》、《星光灿烂那夜》、《信鸽》，色彩、温度、乐音、光亮、相会、离开……美不胜收。

B. 何所从来？——强势媒体与忧虑作者

进入高科技信息化时代以来，各种媒体的勃兴对传统出版、阅读和书写方式形成了不容回避的挑战和冲击。媒体力量之强势，无远弗届。它可谓具有强制性与侵占性。纸面媒体略为温和，电视、电影、网络等等媒体则接连不断地发布各种即时消息，配合视像，随时随地向受众的眼、耳、脑发起一轮轮的疲劳轰炸。很多时候，现代社会中的人没有拒绝接受信息——无论这些信息来源可靠与否，他本人是否迫切需要——的自由，难逃扮演填鸭之厄。“扯引观众的注意力。”“影像导引目光。”布烈松在其《电影书写札记》中如是写道。

公车上的移动电视，恰可说明媒体的无所不在，它追杀受众一直到交通工具上，将大把信息，确切地说应该是信息流——撒进他们的眼睛耳朵，仿佛散布胡椒粉和灌水银。电影媒体则是周期性大扫荡，新片大片上映，千万人齐齐涌入电影院先睹为快，唯恐落后。原本极具个人特色与私密性的艺术欣赏活动蜕变为集体狂欢式的盲从消费行为。

李欧梵曾经写过，香港某著名高校内小书店被迫关张，因读众日稀不足以维持生计。而企鹅版的外国文学原版经典由原价 50 港币折扣至 19 港币，仍乏人问津。学生们宁可花 30 港币去看一场电影也不愿意买书读。哈罗德 · 布鲁姆指出，纯文学式微是全球性现象，哈佛、耶鲁这类人文传统深厚的著名学府一样概莫能外。可见新一代青年的文化生活已被外在力量严重扭曲，重新塑形。台湾作家朱天心说，在她的青少年时代，每个人的艺文生活内容相差甚大，想要玩得开心，都是自寻出路去发掘感兴趣的书和唱片，以不同于人为乐；而当下的新世代年轻人，都是在同一时间美其名曰“同步分享”最新专辑，或者蜂拥去看演唱会等等。他们的审美判断力和独立思考能力因此严重下降。

网路以其纷繁迷乱、瞬息万变之景观，网罗迷者无数。它本身的虚拟、动态性改变了人们对于时间的感受。视像的快速转换使时间淡化，要到看钟表时，使用者方惊觉两三个小时已经流逝，而在他的心理感受上未感有如此漫长，或者只是一刻钟二十分的营生罢了。物理观念的时空完全被扭转。因而现代性理论中，亦专为讨论网路空间（cyberspace）开疆辟土。它成为一种新知识经济，在此一概念下，时空压缩，前所未有的人际关系也形成了。

大众媒体对其受众影响力巨大，此外，它们也推挤传统纸媒，使其势头大不如前。网络阅读和书写新习惯的养成挑战纸本阅读和纸笔书写。屏幕的观看时间不宜过长，尤其繁密文字，久视则目力不能及。故而网络刊布的文字，及应运而生的“网络文学”皆要把载体和受众的因素纳入其考虑范围内。篇幅短小、内容轻松、娱乐性高于教育/艺术欣赏价值的短平快文本似乎势在必行。与此同时，报章杂志的容纳度也大大降低（《收获》那样全本刊载长篇小说的文学刊物已经成了孤绝的奇迹），副刊所准许的文类仅只限于短章的随笔、杂文、时评、诗歌，稍见长度的文字敬谢不敏。或者其“补白”救灾的功能已大大超过了作为文学产品应有的审美价值功能。纵不为引车卖浆者之言，至少也是茶余饭后的消闲化食之物。

在此境况之下，投稿或被约稿的“副刊作者”落笔应征之前，自是要斟酌一番文气之长短。强势媒体的大力压制，使得纯文学发表与传播空间日益缩减，对文本生产过程和规模作出了新的要求和限定。再深入些的影响，亦即它对于文本书写形式和最终生成形态的变异，亦是不乏其例在的。

文学创作活动的主体——作家本人面对此况，不免审时度势，暗暗焦虑起诸如：“还可以写些什么？”“现在，要怎样写？”的问题来。而写下来，又会有哪些读者高兴去读呢？大哉问。

林俊颖本人即在一次访问中言，台湾报纸副刊现已不容万字以上的短篇小说，这是促使他将《镜花园》集中的几个长故事拆分为若干短段落的原因之一。发表的便利，当然不能成为纯文学创作者改换文本形式的充分条件。然而这一几乎阻挠性的因素未尝不是促进文本形式新变的有力催化剂。很可能当今写作者所面临的，不是如何戴着镣铐跳舞，而是力争让皮肉给锁环磨损之处绽放奇丽痂痕，且如同出自天然才好。这是一种酷异的美学。

即以林氏的“故事拆解法”而论，其客观效果恰令两个故事（原初理想完整形态的）含有的“世代对比”意味，浓度升高。试想，单一模式的 X：Y 对比，从阅读的瞬时记忆角度来看，大部分读者开始阅读 Y 部分时，X 的面貌于他多少渐渐转淡，对比由此被弱化了。而 X1Y1 式的交互楔入安插法，无疑一再唤起读者慢慢模糊的印象和在逐渐分散开去的注意力，时时凝其神志，使之不虞涣散。它或可称为一种构架上的“召唤结构”，召唤的部分意义落脚在切切实实的“召唤”，并且提供了阅读与阐释文本的导引。正如作者所打的比方，像编辫子，又像 DNA 双螺旋，两条长链交缠扭结作一体，互相依存就此形成一个新结构。

这一隐喻或存的另一层潜意义也许在于：“世代对比”的双方必然有差异，差异之外，二者还存留在遗传图谱上的基因复制和承继关系，因而实际同质异构。各个文本内部又存在更为细致的时代对比，仍示以前例：华尔兹分支中引录的民间传说，身带古老的时间因子、情感方式与文化价值，犹如一枚小巧内存接连在现世的庞大计算机上。《蠹鱼的下午茶时光》中套迭的故事，则生成另一种结构方式，后文将再作详解。

昔时李叔同尚身为学生，作文，以小楷书之，在正常规格的条纸，一行内写进两行字，文书两臻。人美之，称其“李双行”。眼下此小说集的对比结构，亦仿佛如是，心地玲珑的夹写，也是加写，却是两种字体。分与合的功架，安排得清丽无伦。两个世代的故事，携带各自的速度，上演一幕相遇问题，相向的相对运动，何其均衡。真正相遇的时间，应是读者参悟到作者用心那一刻。时间的命题终于可以正式展开讨论。

由此，媒体力量对文本生产的塑造，固然从某种程度上禁锢了其发挥自由，掌控了其外在形式；但是，它又如宗主国之于殖民地国家的殖民侵略，深入侵进其内部，刺激引发了其内在潜存的某些可能性，并将其转变为作者的自觉创新，客观促进了文本生产。

二、微创考察：文本示例和文化内涵

蓝棣之曾提出过“症候式分析”的文本解读方法，将文本视作病例，以精神分析学说为工具，挖掘出作者亲身经历与其书写之间的隐秘联系，并揭示未为其本人所意识到的深层写作动机。在此我亦想借用一个医学术语来说明我的意图：微创考察。“微创”是当今外科手术的基本理念，它倡导动手术时以最小的创口完成全过程，减少病人痛苦，避免大出血那样不可收拾的局面出现。剖析文本似乎可循同理：肢解式的分析法是对文本肌质的损伤，极易断章取义，破坏原先之组织结构；统而论之，又漫漶空泛。“微创”之实现，可以通过“采样”方式进行，取其“上皮组织”来分析，由此察其大概。此处取样，则是来源于封面封底的内文选摘，与引荐式的段落。这种随机选取的好处可能在于，这些小的部分在这个位置零碎地出现，已经取得了某种独立身份，和暂且游离（不是脱离）整个文本之外的自由许可权。当然它们被选取，也包含了编选者个人主观意愿。在此，我们暂且将这种意愿或会造成的干涉忽略至最低，把这些零散文本当作是已经准备好的例证，试探全书之貌。并进而探讨，书籍成为商品之后，这些文字亦给赋予了双重国籍：文字共和国的，同市场宗主国的。

1. 昭然不须揭：凝神封面

且容许我先将《镜花园》一书封面上的两段精短文字引录如下：(1)“在那些难得的透着南风的夏日夜晚，整棵面包树习习作响，是失传已久的秘境语言，自己趁机练习。在城市因为拣食容易，低低踉跄来这里栖息的鸟，失去了飞禽的轻盈，他们的粪便没有携带种子。”(2)“当白领蚂蚁的日子，其实，无所谓厌恶。面对厌恶，那就偏过脸去，就像地球自转那般。就是这么简单。”

开门见山色。放在封面的，总是希望你立时入眼的东西。对比立见，两段文字的语言形式（或曰文类）迥异：前者是描写兼抒情的美文；后者则是格言警句体。帕西·卢伯克《小说理论》中言及小说叙事的两种手段：一曰叙述法，二曰戏剧法。叙述法是叙述者径直陈述，亦即讲故事；戏剧法则是制造场景，以对白推进情节发展。如果可以说，前者偏于分析性，后者重在描写性。那么此处所说的两种语言形式，正可堪与之模拟，它们两组概念的关系很是近似。由此可知，无论在叙事层面抑或在语言修辞层面，总会有两种相辅相成的不同手法交错进行。如是文本方不致板滞无生气。

于是按语言修辞，这两种文体风格可区隔为：美文；警句。两者交替运用，调解了单个文本内部的气脉流动，免生憋闷之感，同时有效地节制了容易泛滥的感伤文艺腔和板起面孔说教的道学调两种不良倾向。单一的抒情/说理，亦非小说之正道。当然这里两个例子分别取自不同的文本。但在其他情况下，考察林氏单个文本内部的情况，也会发现这种交互式“一二一”的换脚迈步前行，随处可见。

继而我们便要来细微考察这两段文字的含义、情感、价值。

熏风夏夜，树影摇曳，且作声响，生机盎然。种在都市水泥森林间的植物，此时最接近自然中的生长状态。这种情景难得一见，城市景观的“异象”。

风起夏微凉，乃“情境还原”，为树之招展提供了可能，故有后文“温习失传语言”之说，且要“趁机”，因其稍纵即逝。后面一句由树及其住客、食客——鸟衔接无间，却意在比对。树不能行而犹有怀旧之思；鸟身有翼然“为食亡”，日趋行动迟缓。树之“灵光乍现”与鸟的“一瞑不昧”情状，比照明显。“它们的粪便没有携带种子”暗寓，生命的传播散布逐渐衰微下去。形体闭锁于极其有限的空间之内。种子不存，意味着不会有新的树生长，鸟的栖息之所亦将失去。反推过来则现下作者描绘的这幅鸟树图景亦染上了不实之理想幻彩，与预先追悼之空茫悲意。树犹如此，人何以堪？立足现代都市的作者尽情想象昔日乡野风味的空间，终不免担心和隐忧：人的生存状况越发恶化，生命力在渐渐流失殆尽。

第二句，白领制式劳碌揾工生涯，作家以“蚂蚁”拟之，生如蝼蚁之卑微：数量众多，面目相仿。故而人和人之间被抹杀了个体差异性，成为毫无生气的“物”或者低等生物。人心随之麻木失温：“无所谓厌恶”，连抗议和明辨是非，都失了气力，于此无感，只是漠然。其后追补抻长一句，“面对厌恶”，潜义是说，如果还有人愿意费劲看它一眼，或者是在无路可逃的境地下不得不与之相对的话，“那就偏过脸去”，一种拒绝和逃避的消极姿态，只比打了左脸再送右脸上前略好一点吧。“简单”然而苦涩，“地球自转”亦无能成一自足的小宇宙。

从此两段文字观之，显见作者对现代都市的态度是不喜和否定的。整本《镜花园》写的时间对比因而也会有向古早美好旧时光的倾斜——哀矜追挽或可追溯至现代“乡土文学”沈从文、废名一脉。然而作者的张派功底，又使其无法全然摒弃现代都市，“物的情迷”中时有叹咏时世繁华景。城乡二分法自然不合用，此起彼伏的消长关系，相互抵牾又不可缺失对方的模式，或以“怨偶”拟之最为恰切：既有和，也有违。“现世纵有千般不是，它到底是我们的，与我们亲。”

2. 作为商品的书籍：封底宣示

封面文字发挥的作用，有点像“新品试吃”，读者开卷之先，可尝味判断是否合其胃口。只是在着意的深加分析阐释之下，它的文学意义才被再次缓释出来。假设面对这本书的读者并不甚具备足够坚实的文字信仰和文学解读能力，那么，这些文字的位置或许正无意（有意?）让它产生了似“广告词”的功能。原本的表意以外，增加了宣示的一重作用。取一瓢饮。

印于封底的另几句文字（既有原文，也有荐语）的宣示味道更浓。其中一句是：“在最枯荒无援的时候，唯有食字疗饥。”它巧妙地占据了一个过渡位置。从作者的本意揣想，它企图表现阅读对人心灵的救赎抚慰作用，如同精神镇定剂。“最”、“唯有”两个最高级绝对化的副词，在在加重了其不可替代性。这里的受话人被想象成为有着坚固文字信仰的，念此诀以自勉。另一方面（宣示意义的），它又有广告的承诺语气，即在什么情况下，非何物不可。这个“何物”也就是欲推介的商品。它说明了阅读对于受众的好处，是为了散布给他人看的。现代人每日承受各方压力，时常遭遇心灵危机，精神处于紧张和不健康状态。书籍作为特殊的精神文化产品，在此正好显示了其诊疗作用。此时“最”和“唯有”转义为类商业广告的夸饰语，极言其优渥。

此种状况的生成，有很大一部分原因是，在文化工业（cultural industry）之中，书籍本身成了商品化的物。文字在此与其他的装帧设计一起，共同构成其使用价值。《镜花园》全书以紫红雪白为主调，抽象油画作封面图案。封面、封底文字则字体、颜色皆时见变化，搭配得宜。这些因素，既有艺术上的考虑，又具市场的谋略。身为商品的书籍，身份非比寻常，兼得审美和消费的双重属性。回返古早，譬如民国时代的现代文学书刊，彼时它们的消费属性尚不明显，极少有以内文书外的做法。再往后的书籍，内容提要也会委婉地印刷在封面内侧。即以徐訏《精神病患者的悲歌》为例，这个标题倘放在今日，出版时必伴生无数奇异噱头。但在朴素的当时，书面素白，仅浮搁一张神话插图，纤单绿线勾画伊卡洛斯蜡翼渡海，日耀翅融，跌堕溺毙之景。画缘有简净边框。书名以朱色为之，与绿形成对冲怔忡效果，正合精神病患的恍惚迷离之状。伊卡洛斯象征自我毁灭的“上升人格”，必然是予人震撼强烈的悲剧性人物。显然，此书的设计不可谓不精致用心，然而这些文化符码只有通晓相关知识的人，才能解读。其审美属性非常彰显，显然带有精英主义的“高眉（highbrow）”趣味。它更像是在测试读者的艺文常识，而非招引其购买欲望。此书的出版社也是作者与文学同好二三子合创的“夜窗书屋”，具同人“私出版”特征。可见那时，未被工业化大生产侵入的印刷出版业是多么可爱。现今的出版社纷纷合纵连横，联盟为各个“出版集团”，几乎是托拉斯、辛迪加在文化产业的翻版。

我们再来看封底宣示的二段推荐语。其一曰：“阅读林俊颖的文字，并深深沉溺其中，是何等美好而遥远的时光。”此句与前述“食字疗饥”一句齐头并置，呼应其内容而显著加强了效果。此处，叙述者从林氏的书迷角度发言，称颂酣畅读感，“美好而遥远的时光”亦不无侧应此书的时间主题之意。“遥远”似乎还有叹惋今已不在的味道，好风景成旧。有可能慨叹者缘了生之行役种种，劳碌终日，无暇如前频繁亲近书本。渐行渐远渐无书。阅读的黄金年代一去不返。在这个词上，小小的扭曲裂痕毫不留情地跃现：它在充分肯定文字之美阅读之乐的同时，伸指捅破了一点不堪的现状，疏离的陌生化气味散发出来。这可能远非撰词者的本意，却以“口误”的形式泄露给了我们。

最后，尚得一段导读式的文字，它本身清丽可诵，于帮助读者理解全书旨意不无裨益。然其用词中的模棱混沌（仿佛）和描写手法表明了它并非严格的学理分析，仍具一定的流动可能和宣示性。它概括大意，揣度作者之心，并以之呈现给读者。它做的已多于它所能做的，而自成姿态，亦有可观之处。于是，让我们屏息欣赏，什么也不必说，什么也不必做：“在《镜花园》与《蠹鱼的下午茶时光》中，前者以恋之絮语与华尔兹舞曲交错双重奏，场景在资本主义城市与古旧乡野间流转，多彩中透显灰败颜色。后者由两人炫学般对话始，续接父亲的死而出发远行，展示时间的幻术。仿佛思考小说技艺于现实生活中的兑换映照。诗样与充满意象的文句，大量的负载意义的名词，构成流丽的城乡图景。外在或内心的，最俗庸与极愤世独立的，华丽及其不堪，作者将众生意识里无尽搅动的思绪呈现出来，满满地填入读者脑海。”

三、异境神游：《幻时间》之个案分析

1. 讲述的技艺

A. 蠹鱼之上：被讲述的讲述者

20 世纪是小说的世纪，叙述成为其中最重要的行动。为何大家乐此不疲？其实无论讲什么故事，最终都要着落回自己身上，或许是“为自己而讲”吧。讲作为自我实现和确认的途径，被每一个现代中人高频使用着。

此际我们且来回放一下适才刚刚读过不久的封底引文，所幸其“行也不远”。其文曰：“后者以二人炫学般对话始”。此前我已经指出，叙述者的蠹鱼身份不容忽视，其对文字和书本的信仰之诚之笃，会对其讲述有所投影。“下午茶时光”一辑中，我们另有旁证以明此说不虚。《惨绿少年》有写：“我们在各自的时空读过相同的书”，二人相识，缘于同到图书馆寻一本难找的书。一人夸张地“守了三天，捉了一尾蠹鱼”，拿给他的同伴看。书页翻动，蠹鱼游出，既是自况，更复自嘲。

安排下如此“知识人”身份的两个叙述者，行文中作者便可安心将知识性论述放入他们口中而不觉突兀造作。“讲”的动词使得知识活动起来。“知识人”的敏感、牢骚、略为保守，不合时宜种种，无一不在其讲述中得以展现。甚至，我们很有理由认为，这种设计是作者的知识资源分配策略：他“一人分

饰两角”，把有待表述的内容梳开两绺排成台词，互有来往。且这种讲述的重心其实亦非在知识本身［有时也涉及，更显眼的倒是那些传奇性人事，颇似传续了蒲柳泉豆棚瓜架雨（语?）如丝的“志异”传统之现代演绎］，可谓之为“另类知识”（张大春语）。另类知识才是小说家囊中最炫目的货色。志异志怪的过程中，“道”遭嘲弄，被颠覆，新的观念破浪生成。

其前林氏“言情”题材短篇，以“不加括号的对话”著称；今“论道”，一夕之间，惊情四散的引号悉数飞回。于其人的言语之外，我们无从捉摸文中讲述者的其他面貌体征种种。引号却提醒我们，讲述者本身也是被讲述的，隐含的叙述者匿形不见。这位叙述者功莫大焉，他也是记录者，经由他手记下了这些对谈故事。显然在此作者与隐含叙述者是基本合二为一的。“缺席的在场”，他不现身，在暗中抱着浓厚的兴味倾听这些故事，以致有闻必录。他的笔记做得完好流畅（如果期间讲述出现错置脱漏种种，我们就会明确意识到这位书记员的存在了），无懈可击。他忙着记录实况而笔无删削评注，也不出声参加探讨，因而他极有可能是窃听者。下午茶时光本是闲适而私人化的时间，这些絮语闲言不该存留纸上，随生随灭。悄然布置的窃听器为我们保留下这弥足珍贵的对话集。

保罗·利科在其《虚构作品中的叙事塑形——时间与叙事卷二》中，以《达洛维夫人》、《追忆逝水年华》、《魔山》三书为例，阐述“宏大时间”与“个人时间”的问题。利奥塔《后现代状况》首言大叙事之瓦解，与此可配合思考。瓦解的大叙事其实只是就虚构叙事而言，历史叙事并未完全瓦解。然而无论如何，现代小说内个人叙事大行其道，个人时间（主观心理时间）也统辖了叙事，思路内转。私语杂谈之所以成书，也大大满足了人们的猎奇窥探心理。

“下午茶时光”的隐身叙述者毕竟是魔高一丈的文字信仰者，口授笔录，将声音固定为文字，使之读无赘余（习惯性的语气词是见不到的，俚语粗话则不避）。故而，在不刻意改动对谈的前提下，隐身叙述者还是对其施加了一定影响的。这样揣摩，我们或可了然《幻时间》结尾处以不结为结，在一种美好场景里悠然沉醉，就此休止，其后像是仍有无限的续讲空间。讲述者情意酣饱，在自我满足、陶醉旧境中结束了讲述。那么便有可能是窃听者在此趁机作了剪断，后面（或者还有）的故事被他收为私藏，独得之秘不与外人道；甚至是笔记纸正好用完，从沉醉中回过神来好整以暇听下面的故事，爽性乐得只听不记？我们无法获得更多的信息去探索叙述者的全部行径，但在这里我们必须感谢他（作者?）记录下了整辑故事：蠹鱼之上的手，捕之则成标本，施施然纸上城国。

B. 对话双声部：故事换故事

台湾新生代小说家张耀仁的部落格名曰“用一个故事来换”，小说家贪猎故事之本性于此明白透底。《幻时间》中两蠹鱼，你一言我一语，讲个不休，其间亦发生了故事的交换。二人互为讲述者和倾听者，生产故事也消费故事。交换之中，信息交流、经验分享、情感满足、心理安慰，种种实存虚化的功效，皆践行不苟。两人为对方言他人之事，偶或二三词组回返己身。凭借论他人之长短，自身特征，或曰主体性也随之建构。

有趣的是他们言辞的合法性只依凭对方而确立，唯一的受众（特指文本之内的，不包括外在的读者）仿似孤证。然而我们不能妄言他们的讲述有编造之嫌，因其叙述语调存心化险为夷，任其怎样的瀛寰搜奇一样给他们讲得不动声色。且他们彼此互述的人事，泰半“近取诸身”，或为妻事，或为父事，不出五伦之序，皆属“家事”之私密范畴，非至亲好友不堪对之道也。对信托之人讲话，自无杜撰之必要，反而是要将心中存疑烦扰悉数抖落出来，一起重新探讨过才好。而所谓“炫技的对话”之“炫”，也是由于互相交换的方式激励了其话语竞争：你的故事你自以为匪夷所思，慢着，我这儿还有个更够味的没讲呢！二人话语交叉互述，话筒对投来去。他们尽力搜索自己记忆中存下的奇异故事，但这也未构成编造的必要条件。他们的讲述节奏密集，不容球落地，哪来胡扯的余裕呢？盖小说之所求，并非真实性，乃“真实感”也，最高的境界正是“信以为真”。任何叙述都是重新建构，这点，我们早都知道了。

因而，双声部此起彼伏的讲述法，俨然舒张铺展开了对话。“对话”不仅是内容上的，而且是修辞上的。单音的独白讲述方式通常难免于自伤自怜/自我人格过度膨胀，过分关注自己而无视他人。一种话语垄断。“分权”的好处在于，信息处于自由流动状态，二者互通有无，交流之中见出差异，从而有了争鸣交锋的可能。故事的意义消费不尽，随时随地转换、派生、繁衍。文本中不同形态的时间亦在彼此探问征询，此中蠹鱼们所讲述的每一个故事，也即是有关时间的故事。然这种文学只可列举现象，未能解决问题。时间之幻，并不因话语的“实在性”化解。

“志怪”是中国古典小说的固有品类之一。我们不应忽略，传统的志怪说部，讲述（生产）方式是单向输出的：有故事的人将其提供给对此有兴趣的书写记录者，信息传送过程一次性完成，没有然后。他们是陌生人（strangers）而非朋友。“相遇中的陌生人可能依赖的唯一的支撑网，必定是用他们的表情、语言和手势这一稀疏的细线编织而成的。”由此可见，我们惯常以为古代民风淳厚，人与人之间相处更富于情味。但在就事论事，故事如何被讲-录这一问题上，未必如此。当然，“小说家言”未可全信（大说谎家?），他们言此故事为某野老所述，有可能仅只是为免被究其权责而释放的修辞气球。事实上，这些故事的来历必定是多样性源头，内外皆有。而一旦志怪的荒山僻野场域转入为日常生活的周遭人事网络，我们便惊觉自己身处诡魅世界之中，不能自外于此，即使不完全是参与者和生产者，至少也是传述者与见证人。“讲”的动作遂成一种克服怪异的努力。

书蠹们的故事交换方式颇不寻常。我们必也知另外一些既成的讲故事模式：或者一群陌生旅人在一地歇脚，夜晚围坐火旁，其中一人开讲故事；或者一个青年来找作家本人，或对其倾诉，或提供自己的书信日记等给他（这样的讲述通常以罗曼史居多）；再者，一种写作主体刻意规避自身牵涉的变体，作家捡到了某个本子，某封信，或者再假托另一位记录/书写者（如《洛丽塔》）。这些模式部分来自民间故事/童话套式；部分源于西方浪漫主义文学。写作过程一定程度地显示给读者了。交换故事从未在此间出现过。套式本身的传达意义在削弱，行礼如仪不需要承担再多功能。就实在作用上，此类讲述方式是低级的、不发达的，也不构成对话。

对话类的文体，我们勉强找到一种形式，那就是对话录/访谈录，通常都是知名人士探讨政经、艺术等等重大问题。对话的双方问答往来，研究已有的知识体系，着眼当下社会现状，富有针对性和指向性。它可归为知识论述的一种特殊形式，叙述者思路流动，表达与反应具实时性、不确定性。很多新颖的观点是在对话中才被临时激发出来，事先不可预知。他们交换的是知识，不是故事。

小说家天然许可的一项特权莫过于“搬弄”知识。正如前文一再申论的那样，小说叙事中包含的知识/观念因素有些像是荚之于豆，不过亦非简易可抽取的形式/内容关系。故事本身是知识论述的变体，不是清晰可分离的载体。疆界不明。知识因素渗透其中，随着故事的讲述流淌而出，水中着盐，不可辨识。这里可能涉及到中国古典小说传统中一个融哲思探讨入闲话家常的“清谈”（姑且借用魏晋玄学的这一概念名之）现象。便似红楼儿女语带机锋说菩提明镜，并不正经摆出论辩的姿态，只当是说玩话一般。这种论述亲和、软性，但同样不交换故事。古典小说中交换了故事（或单向讲述）的话，那必是插科打诨的不正经故事：例如宝黛的“香芋”故事，刘姥姥的雪天红衣女孩故事，《镜花缘》里孟紫芝的“昔酉儿”、“马扁儿”、“黄食”诸个故事，莫不如此。诚然古典小说的写作程序对此有所限定，但更重要的反映出其时之人以讲故事为小道而不语，一如以“小说”为“小道”而不语相类似。

这个“清谈”现象大致有特点几条如下：1. 前提条件：相对安逸的封闭时空；2. 讲述主体：派别各异的闲人；3. 具体环境：经常性的饮宴、游乐场合；4. 话语形式：融哲思于日常；5. 最终结局：外力打破稳境而宣告结束，内中人相继凋零。若以《红楼梦》代入，当发现此说不虚。而《蠹鱼的下午茶时光》中“故事交换”的形式亦与之相吻合。

由上所述，我们可以看到“故事交换”的形式具备了对话录的特征（这一外在形式使得其文体地位提高了），又吸纳了“清谈”传统。更为值得注意的是，它将小说叙事与知识论述这看似不可兼容的二者会通起来（前面所见的是：知识论述不交换故事；交换故事即为谵语妄言），兼之去除了固有“讲故事”的外在套式（frame）干扰，保留下最为纯净，萃取得来的对话。这种对话亦非自我反弹的独语，而是实在相互发生作用和改变的建设性对话。故事换故事的意义也就在此。

2. 人物·时间·身体·经验

《镜花园》本是时间之书；《蠹鱼的下午茶时光》单元则限定了讲述的时间场域；《幻时间》更是明目标题，时间为此篇的核心议题。其中各个故事，孜孜试图描绘时间的形态，寻问：时间究竟是什么？

这些故事动用的，更多的为经验（二手）的时间，体验的（亲身经历感受）时间仅仅作为边角料填塞补充。大概凡事在人易，在已难。讲述自身的时间体验极有可能因其过于切近，而导致焦虑失语。讲述他人的时间经验，语调便可温和平缓，以奇为不奇，正是已经拉开距离的缘故。被讲述的，永远只能是已经发生的事。当下总有风险，容易出错。所有的故事都是过去时，其间再牵连到更前的（父亲的故事），则是“大过去”——过去完成时。以对时间的探讨完成度观之，这又是始终未完的——“未完成过去时”。时间的距离渐次拉远，更难认清，却更容易“讲述”。在此悖论出现：能被更明白地讲述的，尽是距今更远的时间；在讲述中，它的样貌已被重新建构，与本来相差甚远。

时间的不可讲述性再一次跃现出来：我们只能接近，而无最后的持有。讲述时间的文本，都成了启示录而非指导手册或教科书。

《幻时间》中，时间从未被独立地讲述。它已糅合进人物事件之中，亦即人物的经验内蕴和关键影响（决定）因素。每一则故事皆成时间的寓言。时间的可触碰性或通过人物的身体经验/心理感受出之。人是时间中的人，也是时间的人。另一些与之相关的场景则携带了与时间对应的现代性经验，它们也成为受时间限定，被其塑形的一部分。考虑到根据这些单一因素分类讨论的不便(有些混杂绞缠的因素无法截然切割开来)，不如以人为主导，每个人串起与其自身相关的“因素链”来，可能会收到更佳的说明效果。它们原来在文本中是被拆开散放各处的，处理它们必须算进其间连带性，重新捡拾丢失的时光碎片。这一部分将会用到更多的文本细读，以精析各种微细的意念意象。

A. 人妻——滞顿时间——疾病——信息、消费

开篇，直承“下午茶”情境，书蠹甲讨要茶袋，解释说为妻留作敷面之用，并抛出了第一个引我们注意的句子：“我们的羞耻感被消费力篡夺了，任何减少消费的行为都是可耻的。”鲍德里亚在《消费社会》里已将消费之事演述。“Baudrillard argues that in a world contorlled by the code, consumption ceases to have anything to do with the satisfaction of what we conventionally think of as ‘needs’.”消费发展到后来已与实际需求关系不甚密切，符号控制了整个世界。消费巨大的改变力量，同时施加于人的心理结构和生理结构。

康德曾提出关于此岸和彼岸世界的论述。达到彼岸是要超越现实利益的价值需求的。而此岸重在实现实用性，具功利意识。消费大潮席卷而来的今天，人们往往把追求财富最大化作为个人生活的最高目标。这便导致了现代人心灵窄化，心思变得粗糙，失去了对细致精微事物的感知能力，甚至不能感官享受充分，真正地“物质化”。此岸膨胀，弱化了彼岸。这也伴同影响了人们的道德伦理观念——“善的脆弱性”，羞耻感的遭夺位便是因此。消费主导的社会，

一切莫不让位给它。人心一方面变得冷漠无感，另一方面也生发出一套新的“恶德”来置换传统意义上的“美德”：贪婪、粗暴、自私、残忍……尽皆应运而生。耻感的丧失仅此中之一端而已。比《镜花园》早两年出版的《玫瑰阿修罗》集中，林俊颖已深切意识到这点，并如是描述：

“而你发愿索求的不正是能说万人的方言，流利地贩卖物贩卖人贩卖信念，从中指挥称王。

我若能说万人的方言，那是什么？妒忌，诋毁，冷漠，贪婪，但求自己的好，只算计别人的恶与愚，一如精算存折上的结余。天使的话语是什么？我未曾听过，亦不相信。我虽心向往之，但听得见的已经聋了或哑默，其余的当天使张口就有雷鸣海啸，脑袋将碎裂，而乳头流黑血。（《玫瑰阿修罗》，第20页）”

书蠹妻对自我妆容的在意，来自父权社会对女性性别角色建构的要求。由此，她们已于无意之中将自身他者化，成了时时营建、维护此权的焦虑者。色衰爱弛，古今同理。而这种努力未必会得丈夫谅解。书蠹甲觉得妻子“可怜”，但她的老态也尽收眼底，难以衷心喜欢。并且他承认“夫妻同床异梦”，虽然不无鄙夷，仍坚持收罗茶袋满足她的需求。“去美容院，费用她出”又表示他的吝啬狡猾，一点点无伤大雅的小计较。

书蠹妻曾罹患“产后忧郁症”，此疾病名称即含有隐喻色彩。大约因此，病愈后她彻底“不事生产”，专攻报纸信息收集与分类，并日行一事，奉其剪报集为家居生活万宝全书，时时引证。蒋勋在《天地有大美》中刚好有一段论及“产后忧郁症”，何妨借来做注脚：“一位医学上的朋友告诉我，有一种病叫产后忧郁症，女性在怀孕过程中产生很大的喜悦，因为她的身体里面孕育着一个新生命，但在生产后会觉得身体里面忽然掏空了而有失落感，这就是产后忧郁症。我觉得自己好像也经历过产后忧郁症，当然绝不是经由怀胎或者产妇的生命经验，而是我在每一次渴望着，尤其是过度激情渴望着一个事件发生的时候，当事情真如预期中发生后，失落的、破灭的荒凉感却也随之袭来。我相信今天在人类科技发展过程当中，这种情况也是如此。”

一种亢奋的心理状态骤然放空，人的精神随之崩坍。Bauman论满足感的延迟，谓：“追求人生的延迟是为了更好地准备抓住真正重要的东西。但是抓住了它们，就意味着人生追求的结束，因而也意味着这一赋予生活以它唯一意义的生活目标的终结。因为这一原因，延迟有着一个打破任何事先的时间设定的内在倾向，并要无限地延伸下去——直到永远不会到来的那一天（ad calendas graecas）。延迟往往会变成它自身的目标。在这一延迟行动中被阻止的最为重要的东西，往往是延迟自身的终结。”书蠹妻在开始剪报之后，其生命状态即不断消磨于剪刀之间，无意中完成了一个变相延迟的过程。她用以充实自己的，不是真正的知识，倒是垃圾信息。这里既嘲弄了媒体充斥无用信息，重复抄袭，信息源单一之弊，也是对“正统知识”宝典的“百科全书”进行了戏仿。

“没有什么正在发生，今天的云抄袭昨天的云。”工业化制式大生产使人们的生活巨变。乔治·瑞泽尔认为，在韦伯的时代，社会理性化的典范是官僚体制，但在当代西方世界，社会理性化的典范则是麦当劳一类的快餐店。和官僚体制一样，麦当劳式快餐店的经营管理方式具有高效率、高度的可计算性、可预测性、可控制性等特征，因而能够在现代社会的市场竞争中脱颖而出，成为最具竞争力和扩张力的一种经营模式。也就是“麦当劳化”的社会过程。日子过分有序，人们陷落重复和单调的恐慌之中。现代乐观、理性、面向未来的线性时间观似乎一下子失灵了。没有变化，没有发展，古老的循环时间观像是重新抬头。然而时间停滞掉了，生命在无意义的消耗中过去。书蠹妻“泛着泪光”，哀叹道：“没救了。”“世界怎么变得这么糟?”

报纸炒冷饭，星座运程循环式抄袭，“纳骨塔还有人口流动率”，所谓物质产品极大丰富的年代，超市货架上却出现了计划经济配给制的骇人景象：每样商品只有一种。书蠹甲回忆其在报社工作校对时的不堪经历：被迫喂食字纸，人与人之间因利益牵制而彼此盯梢纠错。繁重乏味的工作过程中，人的尊严、主体性和创造力被剥削殆尽。书蠹甲将他和同事们谑拟为“蓝蚂蚁”、“白蛆”，虫豸之属。不过他尚有余兴浮想描绘心中的乌托邦美景，终于最后的“硅晶”镜子穿了帮，这个小道具轻轻一拨，一切坚固的东西都烟消云散了。其实人在时间中的变形（伴随某种丧失：疾病、衰老、死亡、失常等等），连同乌托邦的设想与破灭，在此篇内几个主要人物身上渐次得到了体现，并可理出线索来。

B. 父亲——编结时间——衰老——久别重逢

故事交换的第一回合，书蠹乙讲述了他父亲小学同学聚会的事件。开口之前，他自我质疑是否能代替父亲转述，生怕无法代表父亲的意愿，很快又找到了召唤以悼亡这个理由为自己开脱。讲其故事亦是之于其人怀念和追忆的方式。

过去时间的重温，这些老人生命交会的时段仅仅是小学那几年，其后并无交点。此时重见，每人拖曳了各自长长的时间绳索，不相干的各条时间绳的缠绕，只能以不断回返那唯一一点重新梳理。书蠹乙喟叹于老人们衰朽不可复识的样貌身体，恍若不是同一人。很像叶芝诗句：“究竟是哪一部分多？是你带走的我，还是我留下的你？”人与时间讨价还价。

这个故事其实没有什么情节性可言，它的中心在于人穿行过时间之流，身体发生的形变之可惊，一幕残酷的变形记。

C. 预言家/魔术师——预知/偷换时间——死亡、蛙鼠隐喻

这部分的讲述好像涉及神秘主义：时间的不可解。一位老长工，天赋异禀，随时可说出现在的具体时分，犹如体内不是生物钟而是真有一架滴答行走的钟。一位魔法师，他施展法术将观众的手表拨慢半小时。老长工的时间预测能力在此破功。一时众人皆迷惑于此时间戏法，无法给出一个合理的解释。

其后一年轻人遭遇车祸致死，他生命终止的瞬间，老长工的时间功能奇迹般恢复了："老长工最后一次献出他的神技，他从碾米机庞大的阴影走出，他看到摩托车冲进雨里，心里单击码表，没有内脏的田蛙蹦出来时，码表又按了一下，两个定点间便是生死存亡的交界。"死亡是个人时间的停止，普遍时间却丝毫不因此而变动分毫。

为状生命之不堪，讲述者使用了两种意象：被剖取心脏仍在努力蹦跳的田蛙，米仓里成麻袋被捕捉到的老鼠。一如生物学上经常以蛙和鼠为实验对象，此地讲述者以其身体经验，将它们做成时间标本。这两种小动物之所以厄运难逃，都是因为它们触犯了农业社会"民以食为天"的隐性法则：鼠居住仓中耳偷食米粮，蛙则因肉鲜味美而为人觊觎。延续人的生命是以牺牲它们的生命为代价，或者以之为供养品，或者杀灭之而绝患。即使是在生态文学新兴的今日，这种虐杀行为亦屡见不鲜。人付出的更大代价是承受目睹蛙鼠濒死时，仿佛代身其中的"切肤"之感。杀蛙之腥气，心脏跳动不止之悚然，群鼠最后时刻齐涌动于麻袋之中"肉烘烘"的触感，都予人感官较为强烈的刺激。于是形成一种平行关系：不仅是老长工/魔术师能预知/偷换时间，人在面对蛙鼠残破将尽之肉身时，亦预见了死亡经验，他自己的身体被置换为没有心脏的跳蛙/米袋里窒闷的老鼠。

生命中有连舒伯特也无言以对的时刻。

D. 老师——冻结时间——失常——谵语妄言

最后一个故事里的老师，是个意外的时间逃离者，被捕往后那些岁月对其记忆无有甚多改变。他的钟表指针停在当年给带走的那一时刻。本来涉及家国革命之事，传统小说叙事会将其大书特书，这里却只是轻描淡写带过，重笔放在老师被释后如何重新面对这个他无法接受的世界。个人叙事压倒宏大叙事的明证。时间的不可抗拒力量，在此前的几个故事里已使得妻可怜、父不可识、长者异人不可信，此处呢，或者是：师不可听。而时间的计量方式亦在慢慢回溯，古旧理想情景的浓度渐渐加大，从日据时期台湾的模糊零影，到有蛙的田/有鼠的仓，空间的迁移带动了时间的记忆。

此时父亲知其不可而为之，在每月初二（周期性的时间，且以农历记之，有别于师生“相约星期二”的基督教时间观念）坚持上门听老师“授课”。其内容是一些浮离现世的瑰丽记忆/想象碎片。最终的场景落幕于“闽南大户人家”的屋舍描摹：“千百年的旧人旧事摊平了”，“玉兰花树在记忆里不分寒暑的香”。现实与之对比的却是老师失去指甲的手指，阳光之下星隐不见的天空。时间不可逆，美好的往昔冻结在记忆里，而怀旧的人拒绝融化。每个人所带的时间维度不同，尽管一样生活在当下，要遵循现实的某些法则。人各自本质的性格内核，都被包裹于他们最信任、最神往的时间胶囊之内，只待万年之后海升陆沉，都市陷落，再一一清点出来摩挲审视，宝爱不尽。一种单一的、强制性的时间规则，充其量起到的是规训的作用，而不能对人心内部施以更深的影响。现代性的时间也不应是单一的，或会是停在各个不同钟点的钟，于当下时刻一齐敲响起来。

一点点补注　原写作计划中，本文还有第四部分，内容是探讨小说语言和理论话语在阐述同一个议题上的相通和相斥。后来念及此标题涉及的诸多知识实际操作书写起来，力有未逮，便暂时存念而不发了。哈贝马斯坚持认为现代性始终是一个未完的过程，那么有关现代性的文本和理论阐述亦永无穷尽之可能。仍有未知的悬荡半空中，一切最美好和完善的言说，尚未降临。

鬼·少年·梦中故人：浅谈《某某人的梦》及其前后事

——林俊颖同志小说论*

题记

“梦在无梦的梦中

知道跋涉的重量吗

……

寂灭的渴慕者与鱼

仍以大海做最后的家乡”

——罗莫辰《夜》

“处女座的人嗜梦成癖，无夜不有。”

——林俊颖《沉睡者·是谁在唱歌》

“世上只有两种男孩/不是烟消云散/就是引火自燃”

——鲸向海《你是永远不再来的》

题解

“对我而言，好写者有三：少年、梦中故人、鬼（或外星人）；难写者有

* 本文的前半部分曾收入林俊颖《猛暑》（台北麦田出版社 2017 年 9 月）一书的附录。

三：贵族、博学者（不是故意写得丑化滑稽，而是写实主义定义，栩栩如生、焕然发光者）、说笑话之人。难易之慨，其实皆因经验囿限。小说写到一定年岁，就有限经验深植密耕，明眼人一看：此老狗玩不出新花样也。新种葡萄树可一年多获但就怕母干被操死也。”

——骆以军《词条4：贵族·经验匮乏者笔记》

序语

鬼、少年、梦中故人。此三造更似是可有浮动漂移容裕的不定之名，左右参差，任其流之，而后采之，未必确然如板上之钉。一把或几把好手，最领会个中味道。至于程度难易与否，则多依循个人性情气息所长而见分晓，实乃水平方向的流域岔道之异，非垂直海拔上雪松地衣高矮之别。未必用心一也，而未尝不可以同归。

故而它们的星星棋子排列组合，同其表层涂饰烤漆的修辞工夫，就呈现多重变貌之可能。故鬼、美少年、梦中人；诗鬼、美少年、梦中故人；合并减缩为更简约的两者：少年人、梦中故鬼……不一而足，容或识者绵亘联想发散。

此间取舍究竟如何，旁人收声，留待那一个当值孤鬼儿去定夺就好。

观其末句，葡萄手栽，可派用途亦不止一桩：是要“遗身愿裹葡萄叶，死化寒灰带酒香”，抑或大闹葡萄架图个一时热腾痛快，任君自取。

这般两相对映之下，爱并不比死更冷，可能反折出某种光荣的荒凉，迹近乎哀荣。

(这会和葡萄根下埋的是啥么样的死猫，沃养挂果之源头有关吗?)

又或是人-兽-鬼的三极分立，各自而治。

且看那刻薄聪明，笔尖回旋处时时压腕勾裂好几层纸（行雷闪电刮擦力）的作者洋洋自注说：“……我特此照例声明，书里的人物情事都是凭空臆造的。

不但人是安分守法的良民，兽是驯服的家畜，而且鬼也并非没管束的野鬼；他们都只在本书范围里生活，决不越规溜出书外。”其言达雅，然可信乎？

甚至鬼、北风、人……等等，好像吹刮过远。

回引林氏自己的小说语句罢：“神是至大的谎言，人是洒了太多狗血的恶戏，而只有兽最为甜美单纯。”三者称众，各怀其璧。

是为题解的题解。

窃读者言

（2010 年 4 月，沪上）

浮靡大城里总见奇巧机缘。在那没预期也不思议的宇宙豪华太空舱般的房间，几乎是闲人误入。此地庞然，轩敞好走马，付诸夸张之谑则是如厕要搭出租车奔赴。因之任何会话交谈，都仿佛伴随有耳附壁的同步摄录回声式存在。即使如此，林氏小说的资深与资浅读者并未为其所扰而打算稍加改口。密室一晤，空气中虚线勾勒边缘形体的那只小说投票箱，就此悄然被投喂填充而入新内容物。资深读者不无欣慰向甫归之第三人说道：“这下林俊颖又多一票了。”见证者第三人回以不意外的莞尔甜笑。资浅读者闻之略觉感伤，想到距离前次畅读林氏（其时）最晚近一书，犹又忽奄三年矣。昨日乱山昏，来时衣上云。一如华宴散席此去一别，彼时网络有隙，著者之中时不牢格“镜花园”正与同名新作分场别映（酒酣胸胆吗）尚开张，如今早已草生原不复存。

读与写，皆是“心魂长逐漫漫絮，身骨终拼寸寸灰”的流变途程。那日又听得资深读者悠悠讲忆了其身在侧旁观亲历的大半部世纪末少年爱读本。存念存档中各人运命延异至今。其幻丽摇撼、分裂动荡之际，闻者惊心（如果未到要溅泪的程度）。说来轻易，却都垢滓淘漉而尽。当天的少年们下落不明者有之，走入凡世俗常者有之，身逐升沉为去往者有之，各顾各踉跄去路，千羽鹤一时便散。

大教室的最后关灯人，其个人专属的花火大会，是看过了太多场人走灯灭，而后苦笑着摇头拉下门闩与灯绳。

斋心洁己若林氏，亦有过艰涩撑持的某个岛国之冬罢，字句缠绕为米诺索斯迷宫线团，其义莫辨；“冬天的一个冷雨早上，我从一夜的怪梦中醒来，五官停摆，闻花不香，啖食无味，困坐书桌前终日写不出一个字。”

但是这两名地下读者的背后嘁嘁喳喳，骨碌骨碌放肆向四面瞧，南北西东山河大地一肩收式的大哉论，究竟能有几分力道实际施与那苦斗中的小说家本人呢，哪怕只是拍肩击掌的瞬间一加速？恐怕谁也帮不到高温熬炼下烁金销骨，挣扎寻找其形态的金属液体；窑变之前我们都无能为力。最好也不过像丢手帕，背后出招不与本人知悉；贴在衫之连帽上的字条，大落袋的一颗橙子，事后缓慢揭晓。再多的嘉勉不适其时，递火成炭，徒增落落簌簌不成阵法的灰片，反是干扰，纵使不至于茫莽盲成瞎鹿相逢驷马难追的乱押宝。

由是当时当代第一梯队打头阵领跑的那小撮小说书写者，其为己为人笔耕抗命的分内/例外状态远甚于一般想象，水击中流立成了冲毁不得的石像：“给世上摇摇欲坠的我，给一切明明是对的错”，个体的觅渡突围之决心实大于集体自觉，一不小心就枉做了那整整一代人的未亡人。黑暗的闸门原来就是自家大门，洪水将至。

当其时也，二读者身处这一区彼一城堪称最美最静的所在，不孚众望给投射下了老城大城名城之旧时风华念想，因而其透空漏气之处也大大胜出侪辈(还是此地在实况上颇似某种意义的飞地，不与他城和)。资深读者造访是日，泱泱大国正因震灾纪念设定了哀悼日，公告曰彼日停止一切文娱活动云云。资深读者故意叹气说，文学本身就是悲伤的事，我们都很难过。一长桌的人只管吃喝谈笑，没人认真听他这句话。在杨枝甘露和升官图之外，或许有此一次倾心的隐秘投票，会可使得灾难后那黑死余绪笼罩弥漫的意味和浓度，多少为之潮退，此城免于成为死荫之地之虞。

否则那声名远播的金碧大寺亦大可一火焚之了事，再无神可恋。

（2014 年 2 月，台北）

他城之中再论林氏小说，这次是此时此刻最为迫近的新作，且是才受广泛赞誉的新作之后的新作，弥足珍贵。二位读者又生发不同前次的感慨。双城并行线索，这眼下供人高谈阔论之地，似也可称作是台北新旧交融，别具风致的幽然区块。橙黄橘绿为主色，主干路一早在歌曲中叫人肖想窃据过了，给我一条仁爱路，再加多一条吧。老树新花铺陈并置。

四年在汤汤时间大波中或然仅为浪花一细卷（浪奔，浪流）微不足道的单位变化。长河激扬而过，几近可忽略不计这么一笔小账。若换算成日晷仪上的刻度格数，增大其显著性的几率也高不到哪儿去。然则四年的微细长度不疾不徐，对书写者而言（便纵不如年轻人三年五载即一生一世计量法），仍堪将其善用，以形构一小步的位移（呵——“我们永远不知道，深海里寒暖流，何时偷偷交换了位置”），持续导向稳中见新的某一个人文学光谱（与人间世协同或拮抗皆无不可）上的闪亮位格。落花时节又逢君，柳敬亭与苏昆生之所以尚能哀而不伤讲论得下去，泰半都有恃无恐于，他们所预言的，和小说家下一阶段出手成品的最终实际能见度与完成度（光荣永远归于作者，看客始终只是在旁敲边鼓之人）大致相当而已。

林氏从来不是现身说法，遑论发声疾呼的行动高蹈派。然而无论就其书写技艺、美学风格、题材垦殖，相应所需的阅读储备和知识视野而言，全然不必劳烦本尊多言或亲自拆招（左右手互搏乎）。那风露中宵小桥独立久伫已多时换取来的，攒聚成集的小说和散文星云们，自然展示出其久久蓄积的内蕴能量。“事实的金石声”弹指铮铮作响，文字堪为人握持在手的实存物质性历历可见。

“……还是得回到一开始说的，我毕竟是个‘卧底的人’，然而在现实人生即是一般人的轨道上我自己行走得左支右绌，来到写小说这个位子——恕我不能解释地始终羞于把‘小说家’说出口——我还是踌躇、疑惑、意义不确定的时候多，因为困窘而沉默，退到更边边更角落，这是我自己的局限，是我个人的难题，没有必要移到公领域讨论。消失在作品之后，那让我自得其乐。”

“人要比文章大”，两头蛇分异之喻，其小大之辨，只看作者摒挡在其文字之前做了肉身屏风，还是仅肯把花园开放给有心客的巨人？柴郡猫隐身藏匿，嘲叽叽笑笑乎离去的代价是在空中消逝为风烟虚线般的影子人物。

古意的事了拂衣去，今之狷者何存？

出版市场化已成天下大势，除掉源头性的货源供给人、生产者之外，作者自身也成为被生产分配交换消费的对象，待加工的半成品，酱肉猪耳朵之属。刀俎鱼肉的辩证。于今世的有志一代，从书到作者本人，差不多可拟之不伦地（嗨，打个比方）看作活猪变香肠之逆向进行，再不就有如母鸡朗声吟唱下蛋歌的阵仗。

所以活体作者，该不该以接近第一人称叙述者的身姿参与文本还在其次，要不要在第一现场开台唱拉阔（live）才更劳神费思量。综合起来，那简直是个加总了游街批斗（啊不，是巡回接力打书）、当众自白（坦白从严，因开启了交流的通道以后，所有的个人身世都开敞到顶，不再成为秘密隐私）、罚抄名字，间中或还要应邀吞剑吐火。这般能整合了政治斗争、小学体罚和综艺表演的奇艺并不多见。自制的牌子与互赠的高帽是最后的信物。太多人因而艺多不压身成为一代名伶，天涯海角觅知音。

口舌便给的写作人固然灵巧可喜，容易网罗到一大些信众。面无表情的低温静音讷讷人，遂成时代孑遗。密封的罐头，菠萝黄桃，在开启之前摒住幽幽甘芳。

话说从头，有了作者本人的陈词为证，两位读者蚁族接头触角相碰式交换讯息，放手一掷的虚拟票选（半票读者，也许）方才不致太轻佻戏言大哉空言罢。这种暗地里赋值，并不像书腰上一长列姓字符串起，城门下高悬人头成排，兼备炫示示众的双重功用。在接收端毋宁说更可能产生反蝴蝶效应：这边厢读众头脑风暴兴兴轰轰；那边厢背向离开的人蝶翼开合、呼吸俯仰，唯见清简自持，轻轻飞动，将卖花人扇过桥东——

哎呀，这可不也就着了作者的道儿，恰似那占去近《镜花园》一半篇幅的：两条没救老蠹鱼，昏目对花眼，以为优游活在相通的纸上方寸之地？但求昏而不聩，论不诛心吧。“我们在各自的时空读过相同的书”，可不一定就被培植成相同的读者。一本字册，到底能养出多少种书蠹？

原来他们唔知唔觉一早都让小说家收进他的录鬼簿里去了：可怜身是书中人。

《我不可告人的乡愁》里某章收梢处转引再转引，极力撇清关系都那句“什么都别写，什么都别读，什么都别去想，只要活着就好”，忠告发自真心。再度申论识字忧患始，读册终误人。

这回资深读者凝重开腔，他说根据见证者第三人的阅读报告，林氏新番“三梦人”系列中篇已探得大致脉络究竟：这次林俊颖终于把“我”放进去了（“我”是啥么？丢失已久或迟迟不肯割股疗亲加入的那味关键药引？天山雪莲一生见一次摘一次也只用一次？）资深读者用心进一步解释，当然不是说自恋炫耀地言必称已，动不动就我我我（曲项向天歌？）如何如何，只是活到现在，那些眼见身受过的，首当其冲感应这些的那个“我”毕竟可以作为一种媒介，以其携带的所瞭的信息，来处理反折出独领的那一份什么。至于那是啥么，读者到手自行去开封拆弹便知。

客观冷静、谦退控制一贯被认作好小说本色的美德。作者以主观声音按倒叙述者匍伏委地，代言人物众口一声，干扰独断的做法人所共嗤。知止似乎成了叙述者自我修持的必要条件同不二法门。与此同时所舍弃丢掉的，会是人文主义提倡的那源始于人自深深处，取之不竭、沛然莫之能御的丰足动量吗？以及浪漫主义的生死以之决意不返？

实际参与意味着翻搅起内心恶浪，不惮深层的自我动员。面临行动元、聆听者、讲故事人的（不止于此）三岔口抉择。假到真时，真怒瞪假之不实、贰心，假鬼假怪。一条银线蛛丝续了又接，不成器。

然而聆听的意义相较于表述的意义，是否就削弱了其存在的必要，自动降格一档？换言之，姑且听而不论，恒常以他人苦汁（通常极少是甘醴）灌耳的人，有那么安心吗？若非先行为之让渡出一定的精神负载和容纳，尤其是长期贮存这些素材，所占据（或曰拓展）的心理空间，其仓储效能势必追之不及。

我们的胃纳从来都不是无限的。

煤饼堆放久了就渗漏进红砖墙。墨朱两相碍。

关于此节，日文词汇所谓“受容”者大抵最得其神髓，在单纯的客观接受之上，还要有主观的有容乃大和空间准备分给所纳之物，事乃成。

此等义举积沙成塔，堪称舍身献祭。门外野风开白莲于新公园红莲匿迹的年代，焉知有几人埋首夜暗之中堆砖累石，孜孜营建自己的那一座露筋祠？

多年之后，知己二三子之一如此写说：“……并不抢眼，不多言，不耍帅，他总敛手敛脚睁双大眼在一旁，却什么都看进眼里（他仍写信，信中证明他看到的比谁都多），俊颖在真实人生里的位置，应该是小说中最理想宜当的叙事者角度吧（他简直就是当时我喜欢的井上靖《天平之甍》中第一人称叙事的留学僧普照!），其后我写《时移事往》，那个在漫漫时间大河中默默守候一个疯野弄潮儿女子、守候好些个历史季节的男子，我从没告诉过俊颖我用的是他，最理想的观察者和记录者，不使意念先行，不放任个人的爱憎，先看再说，存而不论……”

接球之际就急于零秒出手，往往不是无人可传就是后悔不迭。落地匿声。

《抠我》序言中骆以军尝言年轻时所听到的警语，只属于书写者本人持有，早年的宝贵经验，最好先冷却搁置一旁，修炼等到真正有能力料理它时再把来取用。而非为谋求炫才成名一时，轻易耗竭浪费，写出假的东西来。

这当然是前辈小说书写者的珍稀建言与谏言，从而立到不惑的十年生聚。

“松手而不脱手”的每一时刻，书写的人未尝可预知料想，惊喜将在具体哪日哪天跃现。或如印第安土人所谓“飞去来器”者，有去无回的通常就是写丢了。住应无益况难留。

可要是换走另一边，不惜不畏一次次的归返与重建，躬耕初履之地，是对地力的耗散或是保固呢？假设原始的材料经得起一挖再挖，不断叩问进阶地开掘。耕者创其田，矿脉的气数延长也倚仗腕力勇健。深挖洞，广积粮。

听者有心，但是耳蜗脑际存之久矣那些本会咳唾随风的耳食之辞，从来不会轻易就此雌伏听任调遣，而是自有主意，暗中酵变，膨风而涨大拖曳出长长的菌丝。侵染脑髓神经，成为肺叶阴影的一部分，渴待那始终一天的迸发释放。

这是收藏故事的代价，不亚于误拾放射性元素，为其所摄，那延迟的脱发落齿之衰毁要经年累月方能见出。当年拼却醉颜红，酗与瘾的驱力超乎一切之上。

聆听者的果报和原债，吃下的迟早会吐出来，所有不该吃进去的则要以故事偿还，相当于供词，祸从口入那刻起几乎没有私久匿藏的可能。“难得一刻，让我将真相透露如同病发”。

可这些年年累下的他人衣被初胎都是金线吗，还是根本就棉絮飞散，弹不成一床薄褥？瓦砾碎石是否经过工匠琢研之手，就可上升为珠玉？此中所涉的层层虚实考虑、公私分野和伦理界限又着落在何处呢？

集纳声音者，捕风捉影人。

仿似《春逝》、《咖啡时光》里面声控音痴的执念男们，随身带着第三只耳，携行浪荡漫游，走到哪里收到哪里。

“其实，创作的人都是聆听的人。”——一切是这样总这样。

重检旧账，《焚烧创世纪》里的叙述人求其清者自清，勉力站远以便维持冷肃距离。其置身事外的意味太显，许是顾忌使然，自我格挡在情境之外，难以真正入戏，反而不免杵在人物与作者之间，位置半间不架。这甚或说明有些迫近切身的题材，叙述者是不能全然自外的，最低限度的参与仍属必要的份内之务。这也算是一项隐藏潜在的附带条件，求鱼得蛇，求食得石都是题中之义。

而所附的《父荫》与《红鸾》这两个短篇，前有论者认为它们原皆可溶入《焚烧创世纪》之内，以弥补小说在设计上未尽精致的结构性缺失，却也承认此二文与主打篇目间互文互涉的意义连带。若结合林俊颖此后同志题材小说中的家庭婚恋状况呈现来看，目前“不溶”单篇书写策略应是作者有意为之，何妨将此安心当作对主文作一近于副本副册的映衬（卫星篇目吧）。由此试做更为耸动的诠释则是：对于一个自完自足（当然缺憾连连）如雕镂象牙球的同志世界而言，异性恋建制下父子关系和女子恨嫁这样的婚家大计，才是应被“包括在外”的畸胎瘤一类的物事。齿牙头发毕竟发长不成单独的生命个体，但滴血认亲，水中一痕红丝不绝如缕，眷念疏远还在游移徘徊之间，反而辗转腾挪出了似有协商余地的暧昧想象空间。

一如前述，《焚烧创世纪》中叙事者的自处位置在异同两界都可谓危危颤颤，他尽力而为，企图以理解和同情的宽谅之心来记叙所闻所知的族人故事，手到笔及，有闻必录，仍透出些讪讪的味道。

荒人有情一悟，浩叹曰“救赎是更大的诿过”尚停留在神与人的交道，犹具仰首向上的瞻望意味；那么一旦推到“同情是更大的诿过”这一步，就唯余人与人的危脆牵系：扶强锄弱，只得同类相聚的酷烈人际，愈发孤绝到不可掇拾。

万蚁噬身之苦，如同沈从文所说的饱受心头千百万个故事折磨的人，早有先例。与其以为故事要不要讲出，又择取何种方式讲，是谎言与真理的技艺，斤斤计较或自得于虚实之间，不如说是真心和虚拟意的进退对峙。

诚与真，“李的针是真金”，真实的情况是，李的心也是真金。

将自我从容交托出去的庄严时分，既无关神更不涉他人，只是最诚实无欺的自呈。大多数人从童到叟的一世人长度里面，大关节上不违本真地面对自己，将之钻探逼问到死而后生的次数，恐怕不会超过一巴掌吧。踏得鞋破路湿，衣沾愿无违：“直到自身也成为路径。”原子小金刚童蒙双眸凝神，捧心于手，是的那是一颗有动脉静脉左右心房心室的温热血肉之心，而非一颗“状如蜂蜜胡椒饼干”的心。

谦抑之自我，若现之自我，所有的神隐都伴同了未来更为可期的豹变（素以为绚）。自我在时间之流中的形塑由此才不会被轻易分化瓦解，激流堪为倒影造像。桥上少年桥下水。当中山桥犹名明治桥之时，当中山桥亦梦土冷逝之际……你我皆面面相觑成不知彼此名姓的鬼物，大家免着惊。

“小说作者是最有迹可循的创作者。让我再次借用大江健三郎，他的书名‘个人的体验’，我的意思是‘近取诸身，远取诸物’。这是创作者的限制，也是其根源所在。他们不得不‘处理’自己，这些都指向创作的原点。优秀的，有自觉的创作者，很快地会连接、投射、扩大到‘我’之后的那个世界。我认为是这样的进程使得小说创作有意思也有意义，足以成为一种技艺、一种诠释的权柄、一种铭刻着个人记忆的眼光与注视。如果失去了这个，我大可不必写了，做个纯粹的读者，那快乐得多。”

由以上这段思辨可见，小说家对书写中自我的位置、状态、能动性等诸项都具备清楚完整的认识。究其精准翔实之处，这必不是凭短笛无腔信口一答，“从床下老鼠洞拖出两张，从窗户上揭下三张纸”来的应急交差所能办到的事。有道是，“一生的志业，以及半生的作业”，一旦笃悠悠细细想定，就不再变改了。只是蒴果初萌起算，到种子长翅可飞，又还要好长的砥砺与商量培养过程以为支持。

不过这似乎不成其为啥么大问题，作者的决心非此一日之功。早在《日出在远方》时代即发如下之语：“我突然想到春秋霸王的宠臣竖刁与易牙，前者自宫后者烹子以求荣，我如此诛心一日强过一日头全身以锻炼一个不可道不可名的什么，恐怕我也是个竖刁易牙之流吧。”于脑际闪过这一念头的作者，少年之志满满，誓词一般讲出了某种手执荨麻叶加入秘密社团的血气之勇。那“不可道不可名”的什么，正是需要持续下去，不断招魂，向其大声喊话始能被召唤而出的对象。

在呼唤者的声音还不够独立响亮强劲，没到确实值得被应答之前，那未知之名，孕生之物是断然不会现身露头的：“此中有名，此中有物；恍兮惚兮，不可言诠”。

小说家的命名天职，同一个词在时间中的流浪行脚，各自破空而来，继而有幸以授受的关系在此相遇：互利共生的结盟，豢养供应彼此的奇巧方式。

“命名的喜悦是最大的回馈”，另一位颇善于逗引物灵、惠赐嘉名的小说家欢悦赞叹如是。以政治为业，以学术为业，都不及以命名为业哀乐之万一罢。

天然一双狭长狐狸眼睛的阴阳师说：“名是世间最短的咒。”命名之后的解咒，可比解铃系铃。风格建立完须破阵，君父城邦如何仰赖都等到背离那一日。起点高的后续更难为继，无他但手熟耳的危险讯号大于功成尽庆之心。

自我破执亦非金叵罗投地，击节敲碎珊瑚的故意毁坏；而是入得去出得来，不为星花般符码拘牵（乌贼让自己的墨水烟幕迷眼），自困在碧蓝风眼中心，却能够起而行，敛毫悬腕，从从容容描画出一朵风玫瑰的道行。

不轻易下手盖章留印会是先行闪避的小动作吗？由此不难明了，绘画雕塑艺术家之所以在其作暗角画符潦草难识的签名，其时所怀抱的心思，无非在乱枝漫絮间保留一枚完卵，也是出于不想自我暴露（谁说文学就是要被看见，有人挖有人埋），所谓覆巢，其实是亲手反扣。

至人无已神人无功圣人无名。孽子荒人之后，同志并无集体新名，在此已被作者还原为最众生相形态的素朴之人（《某某人的梦》，初初拟定的名是《人的梦》），那是 humanbeing 写法的人吧）。

梵音海潮音，胜彼世间音。那我们就来听他一次世间音试试？不赧颜不丢份开开心心，停停当当人人——聪明人语，哪里有天籁地籁，那些都也是人籁罢咧。

要确立一已的声音形态，就形同启动内在自我一灵咬住的严酷刑求，打细枝末节开始做起：不劳烦猫头鹰，亲手数清眉毛根数；屋中打伞，手指蝃蝀而无所畏。知其所以，故而放心地一往而深。一掌一印，一鞭一痕都不是平白无故生捱的。这就好比自皮肉之苦通达意志之坚，做一强劲有力的贯穿。结果是内烁、外放都使得，各处可去。

身体发肤的一寸一爿，贵重而艰辛，来之不易。红字揭开秘密昭告天下，决裂与持守分隔了人和时间。青少年时期率性跺脚出走，和家庭断绝关系，因外在的挑拨分裂而划清界限，都是逞一时之强，盖掩内在孱弱不堪的蒲柳之质。稻草人最多吓飞乌鸦。有气势然无实质，心想的大半是引刀成一快，不负少年头罢。(有人追踪过他们后来怎样吗?)

宁恨勿悔。忍和吞的修为，像家春秋系列的大哥独木苦撑，如姬昌颤抖吃下以子伯邑考之身为内馅的肉饼。

反观今日之文学刺青、水印贴纸之种种，未免轻倩花俏，只在浅表皮毛不痛不痒拂尘一过，和内里半点不搭界。

背向众人，连不必有同伴的纯和自己立约，其中也内含了赌徒自断其指的狠辣无赖成分吧，非为戒绝，而是延续心瘾将余生在书桌上一次悉数全部给他押下去。“所以写小说的人本质上类同于潜伏、蹲点、卧底，长于忍耐与守候，积累与酝酿？要不要像《刺客列传》的豫让‘漆身为厉，吞炭为哑，使形状不可知’那样惨烈？而最终仍然不知事可成不可成。”行至这一段的观念，小说家对职志何在的思虑较前更为熟成，其阴暗潜隐的程度亦随年月加深，重重垂坠而下，是承担也是负载。

捐弃舍毁出部分器官肢体，而大体的人形仍存。莫非这依然不够彻底狠辣，一定要再多吐出一啖气，倾其所有和最极致的效尤，如干将莫邪，黄心大师铸以代刻的做法，投身于炉，人殒而剑成，成仁即成功。近世则有铁浆一饮。但这些一次性完成，不问后来的先烈义举，都嵌合在其性情气息命运时局的每一脉络之中，不可也不宜追随复制之。文武毕竟有别，文艺创作的养成，需要更自然耐心的时间周期——便如晚开的花（巴黎开花蓬蒿注定不可计入此数)。罢了，我们且信“百年树木迟能待，顷刻开花速岂甘”。

于是小说家终身都处在一种预备役的状态，日夕作息皆为此，而这是无法毕其功于一役的。日常用兵如民的自耕，维持身心不堕，不仰药不放纵不沉湎不以激将榨取胭脂霹雳醇。（时新之书《创作者的日常》里细读下去颇不忍，其实是一片隐抑潜埋的哭声震天，存天理灭人欲的世俗自我克制化解之道。）

小说家果敢远离越坐越暖的家巢火炉，出门找定工作地，日行一善日写一段。且在慢跑事上遥应某大和小说家而行，只是当这位作者跑步时，他不谈论些什么。最多过后总结：“我知道了，跑步时全身的律动也就是写字时的运动。”每个人在生命的跑道上，都会遇见一位他的鸭蹼妇。

小说的最后一粒字放好，犹之拼图合上最末一块，作者当是何种心情？一部长篇的卒业式（万般带不走只有业随身之业）演绎如何的样貌，反映写字人局部时空生态，这一次的生途之行役究竟有去到几尽。

《京华烟云》末了，林语堂全家人围在桌边看他写完终极一段，女儿们拍手庆贺，而后去吃龙虾剪头发。身兼婚家中人的小说作者如此。

素处以默原子人，他的长篇完结那一刻是这样的：“……写完《我不可告人的乡愁》那个傍晚，他走出台北住家附近每天报到的咖啡店，冬日晴朗干燥，‘忽然觉得好落寞……然后就到附近慢跑一下（他起居规律，几乎日日慢跑），第二天没事了，就回去改稿子。’”

“我以为我是炎夏的终结和最后一人”，小说作者同样是他作品的裁夺和决定人。

我不可告人的乡愁，大略包含了以下几层意思：无乡可返（乡愁今已宣布告罄），无可奉告（不足为外人道甚至就是最简单的懒得开口），无人可告（那理想读者倾听对象人海漠漠里未知有无，不做寄望）。弦外之音总总一句：真不好意思说啊，这是我一个人的事，就不麻烦大家了。

书写如此，作品亦如此：“……没有一切的干扰譬如担心发表、市场或评论，倾全心力让小说书写得以一次完整、好好的生长，是写小说的人的美好权利。我实践了，领受了。”那一蹴而就，毅然签下己身大动作手术单的强悍孤勇都在这里了，文责自负。

小说家此前戏言一句有云：“你自己种的苦果，你自己收。”前头胡适讲过的那一句不是“想怎么收获，先那么栽”吗？

读书成精的大尾著书人安之若素说，所以文学是如此的嗜血。那就剔除晶莹白亮的脂油，来以字立骨吧。大将可不能髀肉早生。待鹤人则说，书写的庭园（《自己的园地》）已失，后文要如何着落全不可知——“茫茫渺渺啊，未来何伫位”。

小说家曾在某一对谈场合特地诵读了《失去的庭园》（这可不是赵辛楣气呼呼问说的——她为甚么不念几卷经超度我呢？——太多的降灵会朗诵法已使得听者昏昏只觉好累），择此篇必得隐隐然莫逆于心的 one touch，老手熟手会意共享的写作人撇步，特别是诗与神话的论述那一节。

——“造心景，抑或安天命？”如果结论是乐观安适的既造心景，又安天命，那两下不亏负的双全法真个存在吗，找得到那使之等距的数轴原点？

浮游群落，或曰翅膀与水生根的年代，几乎成了当年的知识分子以及他们的时代共名。彼一代人身躯老掉，远方风雷已隐，只剩下山水枯淡。偏生逢不知过往不懂宽待的，还要来尬一脚说，你们不是马克思严格定义下的左派，充其量小布尔乔亚的温情主义（说话人大概是从前朝误穿而来的，太突梯的时代错误）。别闻异声于新邦，大家见笑。

既觉梦都随风去，人间别久不成悲。

“千枕渡千般不同的世界，醒者守的是同一个夜”，大梦已逝，总还留下其他可发可造之梦。写梦的风险在于易被归为打诨虚构，不负责任的吹水（而非抟土）造人之举，是从心所欲了，但规矩半点也无，彻底陷落于无端崖不须任何代偿的自由，因而是伪自由的谬境之中。这是必有的慎惕之心。

惝恍难言，心中酸苦莫可名状，甚或是惘惘一时不得畅达书写而出的意念。此时偶尔梦中得句也不为过，间或搜集梦的剪贴册。姑且借梦的濡湿胞衣一用，形同披起一蓬夜行黑袍。大伤心人选择了梦一途单人赶上路的形式，以轻盈的失重感来抵消一部分生命承担不起的难过（无论《漫游者》还是《我们仨》，取意皆然）。

如梦入江南烟水路，又如夜来携手梦同游——

捕梦人和嗜梦者，大梦真真正在眼下。

（2011 年 5 月，北京）

这一趟阅读程途抵达前的回弹与反省，只是资浅读者的个人辗转。

五道口蓝天白云下城铁毛虫无知无情自顾自爬过去了。人间五月天的余韵袅袅，都打散在渐深的春光里。

友人自南方来，携当月的刊物。单行本独立成册面世前，放出的先飨为快段落。资浅读者随手拿来意欲一阅，书页开展之际，眼前起了大雾。传说中每一个字都认识，但每一个字都没有意义的阅读时刻终于在这一天找上门来。热腾腾水汽糊满了镜片（如对四眼田鸡人就是这样的），那是《骆驼与狮子的圣战》彼章。其实具体是哪章哪节都不重要了，重要的只是暴盲智昏的雪崩般读感，一生中注定是限量次数供应的，碰不上几回。三颗大雪球直直砸上头面来，眉骨鼻骨脸颊，头昏眼花说不得话。

比无言到面前与君分杯水更仁至义尽的作者是，与冰下人语。视字不清读感犹如雪光刺眼，雪地里膝下楔满尖锐寒冷的玻璃碎，雪白血红阳光割喉兀自流动琥珀蜜色的酒浆金。文字本身的浩大冲量足以在瞬间将地球关掉重再打亮一次。仍借林氏现成句那就是："我知来日大难我头骨必在焚风里碎裂。"

看不下字只好转而看图：封面人物是小说家着素雅和风黑白细条纹衣，细到不能再细，是条形码而非斑马的那种细法。背景秋日天空与树。

更与何人说，出于不能拍桌打凳以抒发心声，更没有分享阅读体验这回事，环顾四周资浅读者遂摸拿出纸笔胡乱抄写起来，抄的是什么也不重要，旨在以此勉强平复心智。友人完全留在正常频道，探头不解蹦字曰，怎抄得这么丑。资浅读者当即错觉额中绽开第三只眼，几乎暗地里怒气升腾起了杀心。

一夕风姿花开，大厝落雪。写下这些风雨鬼神文字的时候，小说家应该是一个人关在房内，门外挂起的免扰木牌上书：Leave me alone. 酿雪中。

"这世界已很久没有为你优美的魂魄而震动。"

综上所述，这一切依时序而行的窃读心得，可能（也不只为了）证明一件事——"阅读林俊颖的文字，并深深沉溺其中，是何等幸福而遥远的时光。"它不是一句美哉空言，不仅是书封底面一句推举眩惑的文宣，而已。

插播：一则预告短片——《八月之光》

"八月中，林俊颖带着他又已开笔的新小说去美国爱荷华长住两个半月，算算时间一定会逢上北京阿城所说那种玉米干叶子刮过干硬地面，让人心生去死念头的苍苍茫茫一样秋天，尤其今年又是大旱，密西西比大河都见底了。重新开笔来得这么快，说明这是一趟元气淋漓的书写，却也说明犹有其他的力气仍得找寻其他路径、其他文字。祖母的故事讲完了，戛然停止在他最会说、需要的文字好不容易都找齐了的最高峰一刻，这是所有我认作楷模的书写者才做的毅然之事，光是因为这个，就足够让我相信，林俊颖的下一部小说也许不见得比较完美，但一定是前进的。”

这一则短短预告片，在“全剧终”（当然说的是前一本书）的字样盛满屏幕后，做了不紧不慢放出的小只传单气球。那又已开笔的新小说，就是这次《某某人的梦》了。既以携之上路，就更该称之为《某一人一梦》吧。

我们的爱荷华，与爱荷华收留过的那些千千万万个我。巫医老式药柜的建文件法，卡片上你是当归还是党参？

白先勇的《台北人》中诸篇就是在爱荷华所写完的外带作业。商禽狱卒与长颈鹿之仰望岁月引颈一叹，亦发自此地。郑愁予则以诗略记下那段轻松释怀的小木屋谈笑、河上行舟诗酒生涯，或许更介怀的是秋盛时的火烧枫叶。还有痖弦、林怀民……无法尽数之。以 1960 年代的尾尖连缀 1970 年代的起头，险险黏合起那最为关键的几年。海外岛内的共同忧患，爱荷华成了暂栖缓释的方外之地。

而今太平年月里，再去到那昔时梦想的所在（有约束未），过去的长风云涌不可复识。人和景物错步变迁。怀良辰以孤往，尚好自安写小说，还不作难。这很像往赴野营炊爨的自备原料，到得彼方地头才开始砌灶生火埋锅造饭。

小说家显然充分歆享了那心心念念，返台后写在营报告中的睡谷八月之光，幸福好奇也堪称丰足明亮的异域景观。Penis 和 peanuts 谐趣一音之转适足笑慰，满山土豆不可失，因那家乡斗镇土豆油的沁沁清芳挂人心怀。

“日光直射，汽车驶过，不见烟尘，却让人屡屡怀想福克纳心灵世界那些以双脚以马车缓慢地试图走出自己道路的可怜生灵。青天有着呆滞的云，等到风起或者能像印第安人的捕梦网吧。

而今夏大旱，遍州契作喂猪的玉米田据说最严重的七成枯死，我视野所及起码一半脱水般焦黄，也不采收了。微微起伏的大地，玉米田之外是玉米田，再之外还是玉米田。”

这是林氏眼见心领的爱荷华景色，他甚至在尾段欢欣预告说：“然而关于即将到来的冬天，整个爱荷华城已经准备好了。”

新兴的创意写作之流太爱扯爱荷华这张虎皮大旗，不知看中了什么趁手处，明拜庙暗拿猪头，奉之为滥觞。“暴发户造谱牒，野孩子认父亲”的戏码永不过时。但从筹措动机、运行机制、资金来源等等现实条件考虑，除去共享了公共领域通行的“写作”两字之外，就也着实看不出什么其他能将这两者混为一谈的端倪来。

在爱荷华，放眼中/华文各国家地区之间，微小的国家文学角力响动依稀可闻，从各自努力动手动脚，田忌赛马般选派人员，争取名额（甚至还有自筹经费者）多少可见得出台下掰手腕的意思，总是良性竞争。

爱荷华国际写作计划的不可复制性恰恰说明它本质属性上的独异，是（未被污染扩散前的）就只手工品单一生产运作，不是量贩店十元均一。其影响力与囊括范围的国际化和卓然一枝的在地性（个人化）并行不悖。“无所不包，有所不为。”有心沿袭的大学学制（非创意写作而是创研类）即使诚心不打诳语，总有种不得其法的懵懂难似。

年深日久得以延存，主其事者的胆识魄力撑持一路不堕。依托于一个小小的大学城，城亦如家。既然是家，不创意不新锐不拍胸脯打包票说让你三十天写成作家（好像烹饪学校或技工类的短期培训职业谋生技能更合于此道，第一次开挖掘机就上手——很可能不上道）。

爱荷华计划怎看都更似个小型的善意家宴，小桥食社-红白粥会代际传承的招待法。且不论开小灶或大锅饭（三三人民公社大通铺），文学前辈的供养人身份都令人心怀感念。诗人的鹿园仍在，只是据说聂老师清明警醒，安格尔逝后便不再自己开车以防雪地滑跌。

原子形态的写作人在此风云际会，便纵不及神魔一堂，至少有了鸡兔同笼的意味。极少的幸运星就此永结同好成为终生俦侣。不乏天雷地火 crush 的封锁罗曼史，两情依依用完最后一点相处的时间，成人规则知晓彼此异国，非我族类，于特殊情境下脱轨陪他一段就好，之后不会再见。

聂老师的一人一生的确抵得别人三辈子。

潜隐者现身

再早几年，周遭的水仙少年朋友们犹在他们各自转大人出社会的中途岛劳心劳力着，恰逢橙黄橘绿青涩难接，换羽不堪对镜时。然则他们个个崇美爱洁，丽质难自弃，坚持阅读不辍。有的大火燎原般，把没处着落的费洛蒙悉数升华为力比多，写了至今望之惭愧留在手边未曾读完的狂草式小说们。这些是比涂鸦手账交换日记都高明的青春纪念册吧，近年则试图劝诱他们再来写过，却无一人中彀。热病发傻劲只要有过一次就够吗？可一不可再，草萤荷露爱之夏般的小说书写季/祭。

总是期待瞻望每个人一笔一画写下他们自己的故事，因为这是注定无法代书的。借位的角度穿不透那另一部分去不到的世界，徒劳穿凿无功而返。通过文字完成某一层次的自我认知和确立，对他们来讲该是自助前进的上扬功课吧。不多不少向世界输诚一次，实有此必要。

他们自然也不松手买衫买鞋，不忘乱唱歌加乱拍拖（很多次听到他们自录自唱的曲子，情味十足如暗夜赛壬）。情伤中箭也会溃散水银泻地，清鲜不腐的面貌却未因此稍颓。他们大多数时候代表了正数部分足算得精致上进，不放弃自我要求的人类族群样貌，活得轰烈一场真实不避。骄矜古锥花花草草们，玻璃暖房长在想望以外。精巧的生物们却只好天生天养。兰草兮蘼芜，罗生兮堂下。冀望他们乱中有序，求人得人，求己己悦。

鱼龙愁惨的迷航觅渡岁月里，大家口耳相传借以暖手赏心的，有相当一部分存粮正是林氏小说的书中字句。“如果爱在彼岸，求而可得，即使要赤足踏过碎玻璃，涉过水蛭铺底的恶水，我也愿意”“等我发现时已腐老无所恃，种种不可信不可望不可爱”“让我活一千年，一万年，让我成为你的下一章”“你的伤不是我的伤，我们不过是坐在一起摊开各自的伤”“在最枯荒无援的时候，唯有食字疗饥”。

切口、黑话、接头暗号、通关密语……任要怎么称呼它也好，那些年，我们不击鼓一一转圈交递过的玉兰花。

总有些什么突然跳出来，让你觉得原来一切不是理所当然的。某月某日记——

界外友人 A，那天和你一起那两个小男生是怎么回事（自以为可爱八卦笑）？

界外友人 B（添油加醋），好中性喔。

打火枪点燃煤气灶，一朵小小蓝焰呼地随风升起，愤怒饱满。仿佛大西洋上猝然垂下一道铁幕，两个世界的冷战对峙由此启始。

没办法同国，不与异人语。

经典文本，或说正典的启示和引导力量在此一领域的效能更彰。人非常年轻，尚不明世界之玄奥，没读过太多字册被弄得脑坏，情感档案馆未开始编号归档之时，年少春衫薄叶始花初，偶然在学校图书馆撞上这么一本书——原来我就是这样的人，吾道不孤。济南路夜灯下，新公园长椅上曾走过停驻过多少寂寞的十七岁人，青春烙印热血洒地以铭刻塑形，描画动线与十景的台北城。到了《关键词：台北》时则是另一番光景了，私人纪念大过公众呼召。

同志仍需努力。看似宽松开明了许多的社会空间，往往回返到身边小环境却遭遇最大的恶意和反冲。否则不会有眠梦煮糜人的陨落，也不会有因顾忌至亲感受而迟迟无法出版诗集的愁绪百端人。社会条件纵横向上俱不均等，表层亚文化看似腐风四溢，实际上还要被家人催问逼婚，内外何其分裂。

"去年护家盟 11 月 30 日的活动，我其实有点不一样的心情。之前我在课堂上教《孽子》，学生还会翻白眼，觉得过去的悲情有什么好讲的；现在的小 gay 小拉都过很好，直到在 11 月 30 日被吓到。有匮乏，才会有绝望，才能去体会当时邱妙津孤立无援的感觉。"由是，纪大伟受访时的这段感慨全然据实以告，颇为洞悉世情。

孽子荒人之书并不是青春鸟中年藻叶们的专利读物，同领其霖泽雨露均沾的其他人一样受教。多年后亲身感受北城冬日寒潮，才明了阿青跑步的真义所在。

之于同一城相异的攻城略地扫街心思，在各个作者那里分别折映出其取径措意大不同的心灵舆图。《台北人》、《孽子》、《古都》，及近年重新进入研究视野被集中讨论的《杜连魁》，都在此列。经由小说之眼抽取拓印的台北市景观，N 色套印一样，一次次给各种手笔滚轧碾过，迭加成全景的卷轴样世俗风情画。

林氏论及白先勇的姹紫嫣红、断壁颓垣，无不别具体会，尤能对他起笔创作小说之初曾经手摹心追过的典范，看出其中的曲笔隐讳和引以为憾的未尽之意。若说"白先勇的张腔在一副丝枕上陷落"，那么他文以载道的同志书写（到了《Danny Boy》变本加厉到道以载道，教以载道）怕是在席德进的摩托车后座上就荡然无存了吧（散文再藏私，都会有几笔透底）。公私领域的严格分野是作者的个人选择，只是读者难免就由此有所腹诽；那更本色率真的面向，并不必然要以牺牲隐私为代价来换取啊。我们想要读到的，实则是如林氏语："不经他手注定要失忆失色的世代"，那些未被说出写下的，蕴含了更丰沛的可能。

然而活火山的寄望终竟没有爆发，来者可追，这回事上莫如反求诸己。开手检点，林氏想要写同族的命运怕还在他起意于祖母的故事之先，与生命本质紧密相连的部分自然而然地会促使一个写作者去尝试讲述自我的身世与故事："我的第一篇小说其实就已经泄露了那种无可言说的同性恋情境。"

我们业已熟悉的，是林氏小说那永恒盛光溽暑的长夏情境，绵密久远没有消歇，不会失色。还有人读弗莱（Frye）的原型理论吗？里头四季的象征意义之说不妨做一参照。偏嗜夏日之人总怀有少年精纯之心吧。

青春之岛的寂寂永夏，孤独少年看见自己拉长的影子。Suddenly this summer. 及至《某某人的梦》此时，少年成为没有影子复没有名字的人，无新事日头下的新鬼。

关于小说里燃亮不熄的夏日之光，小说家本人则是如此讲解的："我确实喜欢夏天，将个人的偏爱不自觉地写进小说，那大概是属于写作的神秘层次，我只能稍作皮毛解释。

我的家乡在台湾中部的彰化县，离北回归线经过的嘉义近，冬天或者冬天的感觉很短，热天的光亮、温度、旺盛的生命力，理所当然的成为'一切（故事）发生的源头'。

最近重读卡缪，北非、阿尔及尔的夏日与无所不在的太阳光，人的处境，存在的意义，每一日的时光，死亡的盛宴。我突然觉得那比马奎斯拉丁美洲炙热得让飞鸟窒息掉落的夏天太阳还要吸引我，我无从解释，那是作者与读者的心灵摩斯密码。"

《在美洲虎太阳下》也是落日镕金般的收山之作吧，反是《月的另一面》调低了亮度和所照亮的范围：一个人一支灯，这是书写者本人所能保有不多真正的自由和快乐之一。

过往的作品中，读者多见随林氏绮丽文句挟持而来的纵笔直书，挥洒禁忌身处无人之境的酣畅得色。就算是要写其所不爱的资本主义大都会场景，却常常因那切切关注的热忱之眼散发出某种熠熠光照反其本意而行之的蚁狮沙阱，拐带读者一步步随之燃烛下视。导引的反效果（《这不是一本型录》的意思），倒让人心荡神驰，想要去试一回看看，甚至是入隔板圈做一次地产广告人也说不定。

这是“物的情谜，热情的咏叹”之晕染作用。抒情的反讽批判下，难掩其本性的好意满满，那是一坪广谱的小说基底，不狭隘不先在排他，从心下不喜的人事中咂摸回吮的苦甜笑微微之味。只要这些还值得动笔一写，那它们包含的意义就非单一薄脆、入口即化，否则何必劳动文字再做记撰呢？任其自由解散以消弭其价值，不是更彻底狠绝的做法吗？拨草寻蛇终有其斩获，文字捡骨师得到的未必是舍利子，但回收和重生的用意正在于努力惜之，不从教坠。没有草率挫骨扬灰就轻易打发掉了一切。

即便单就段落字句的华美丰赡而言，有句无篇地耽溺文字，横征暴敛之举于读者的要求收服和考验，客观上是测试读者的斤两劲道，投不投缘吧。网络帖主常用语：不喜勿入。

“文字炼金术”这名词久经推广定型后，红颜已老不敷使用。对文字的执迷与相信才是支持小说家在一个文字荒芜的时代里披沙拣金、勠力以行的最大奥援。炼金术的神秘色彩，不可知及其私密封闭性等弱点，与文字的若干锻造使用要求大为相悖。沙金并置，且有着除不尽的余数才是常态常情吧。

文字障的警语提醒不足以使小说家就此收手，得失寸心知，一种风格行至中途而未尽，对一个风格铸造者来说是更大的折辱和不甘，不啻断腕既憾且痛。

障之所以为障，回头读过林氏自己的解释，最是简净明朗：“我们是写字的人，对文字有信仰，甚且执迷，从读者到作者的过程，很多东西会养成，也会有被制约、内化的危险。所谓文字炼金术字面上看来是赞美，另一方面也是个陷阱，若不有所警觉会变成是致命的牵绊。你确实一语中的，指出了我的痛点与谬点。年少阶段，妄想用修辞掩盖自身的匮乏，包括经验、教养、眼力，其实是捉襟见肘，我自己早就不耐烦了。”

这是不足，是匮乏，是心知肚明有能力可升级做到更好。一种眼大心雄知何以的明志之说。而那到了过量、赘余、一天世界没法收拾的文字障才是需要清理整顿的对象。这也并不是常言道的晚期风格，晚期风格的脱逸、丕变，六亲不认，固有其可喜之处，却也未尝不会衰败。它走的是一着险棋，意在自我逆反，叛离那早年形成已被大众接受称颂的。晚期风格亦有好坏之分：通行的说法顺从萨义德的原始意图，多从正面赋值着眼；作为症候的晚期风格，癌末恶瘤的不治征象都算分内之事。

绚烂之上的绚烂，更好看成是早年风格的延续与熟成，一蜷持久链条的上咬得更紧首尾相衔的蛇环。若非怀着这般理念，文字轨迹断然不会如此延展开绽，而是中途易辙。

文字绝非有些惯性认知所指陈的那样，是单纯修辞性的、如牛奶豆浆熬煮到一定时间所凝结分离出的浮皮表面，可以拿一柄调羹刮捞而去之的。文字既是形式也是内容，自身是一个可以浑整以待的多面体："文字不只是创作的工具，文字本身便是创作的对象，我无法安于形式上的既成模式，只对内容作索求。"(舞鹤语)。

至于何谓一种好的、适用的小说语言？语言本身的移物换形功能，冲击力到顶级时就能令死去的猫狗自动飞越墙头（而不是人为挂树头放水流），提供看似不合常理却顺应了情感波浪起伏的上升动力。《百年孤独》里耳熟能详的梅雷苔丝抓被单飞天；尤迪特·海尔曼笔下的短篇情节：外祖母在房间内翩然起舞，火焰燎着了她的头发和衣裳（《夏之屋，再说吧》/《夏屋以后》）。

常态的状况（再打个比方）下，小说语言相对于整个文本（特别是故事线本身）而言，应是那小说车轮之外覆盖但非直接接触贴合，保持一定的距离，以转动中产生的惯性和动力维系相对一致同向运动的，异种材料涂层。

语言即思维方式，字句呈给读者的形貌已经宛然交代了作者的所思。"……书写文字的美学问题其实就是认识问题，是文字一次又一次想尽办法要说出来书写者才堪堪触及、犹裹在一大团迷雾之中、仍不断躲开的东西；书写者晶莹地、尽可能纤毫不失地讲出它来，心无旁骛，我们阅读的人看得惊心动魄，我们认为这一切如此美好，从发想、捕捉到最后的呈现。”

同源书写和性情兴趣的天然相似、气味相近之外现，常使读者论者在基本认识论上，对林氏小说的读解判断发生与朱天文作品风格的混淆。除却先写先赢的辨识度和时机问题，以及在土星光环下某些个人志趣的取舍相近以外，新人类的古典情谊备忘录、对历史画面留在视网膜上的凝动感、开拓一个个亚知识领域的热忱之心——从老老实实搬字过纸做拼贴剪报（而不是空炫技玩花巧的汹汹獭祭）到万有万用顺从己意。这确是他们重叠交集的若干特点。

——“在世界的尽头，男孩出海寻找金羊毛，女孩化作了精卫鸟，衔微木以填沧海”。何况一生有些地方只会到一次。

那初始阶段的三三读者和小三三成员身份充其量是触发林俊颖小说书写的最初动力，见猎心喜由读而创的联动奇迹。这样的早年影响在日后真正发挥的作用毕竟有限。

这里必须要提请注意的一点是：针对同一种属下的单一独异个体，即使它们在外部体貌上呈现出来惊人的相似一致性，如细察其底色来历，其间相去不可计数的差异成分仍会让人觉得表象之幻之谎之不可信。色素周期表中相邻两项的跌宕起伏，异度异光难以比并，貌合而神离。

林俊颖的小说语言在其最沉酣暗流处，表现为阴性魂魄的内在灵视，如同叶芝所言之 vision 者。这也因应他在白先勇评论中的借之自道：“我更相信，白氏小说的背后矗立的是个阴性灵魂的书写者。此一阴性，无关乎被书写的题材、内容、深广，而是书写者的姿态、视野、诠释方式，其浪漫本质，用色之浓烈，对青春肉体之绚烂执迷，对老衰必至之哀怜感伤，统合而成的气质与气息，‘我见犹怜’。”中心欲摇不易为人觉察的思慕微微，下笔的挣扎拣选犹豫，文字气脉和选字用词精雅无比；用笔如椽的大泼墨大写意，自在洒落甚至凌厉逼视的意味——到了《巫言》的大开大阖，连笑骂都有心情余裕为之。分号前后就是林氏与朱氏风格的区别之处。

巫者以其完整犀利的远方眼光扫瞄盯视当下俗常世界，变焦扭曲角度以后得到神光离合的全套个人冲晒。“用大白话来写它一次看看”的个人心愿达未达阵，尚待商榷。一种业已鲜明浓郁的风格之摆脱由奢入俭难，事不由人。证之朱天文的近访，那“用一整本书击打一个核心概念”的勇猛精进，直如嵇康打铁，玉山濯濯，或《伊甸不再》开头处的花纹闪电劈落在长窗之外。

相形之下，林氏的文字有如针笔刺绣，特地标注“小心轻放”的感觉，不大会用到以上劈山掣鲸的手法力道，文字静静淌下时，暗河流动，声光色温的情韵徐徐释出。

甚至是拣择掂量每一个字的轻重疏密，像那已成林记标识性物量词的一“葩”电火球，直接予人多重联想，甚至可以拐到英文单字“bulb”本身兼具球茎与灯泡的双重含义，又有音近之便上头去。（黄丽群访问中称之为不带一丝毛边针脚的文字——作者在将其晾晒出来面世以前，浣洗柔顺多次自不待言。）

两者之间决定性的分裂点，窃以为推及根本，不得不归于那精金纯钢的身体感，及以之为中心辐射延宕开去的感官世界——眼耳鼻舌身意、声香味色触法，无一不在此列。身体像一件优秀的漆器，还是像一只优秀的粽子，这当年一度笑拟的纵浪谈 VS 粽浪谈正是二者之别；至于有论者将其进一步发展成：要穿成粽子那样层层叠叠抑或只穿那一条线，也是见仁见智之事。食物的情色化与身体化隐喻在中外文学传统中都不难寻到丰富例证，饮食男女本就侧应相通。漆器是纯然艺术化的创造物，不涉及血肉腥膻。

《荒人手记》中知识者的中性眼光，只有镜头回转到情欲部分时，才觉得是闹钟设定提醒开喊：请大家继续收看同志频道。（这与作者洁癖书写的核心观念有关，情欲部分大都虚化处理，行过自动匿迹，不留可疑气味。）

为甚么《荒人手记》在同志族群里曾受争议讨论，大部分抗议式的驳论归总起来一句话——你写的不是我们。之所以会得如此，其原因也很易找到，因为你不是我们（之一）。如那句歌词："除非你是我，才可与我同在。"作者借位张本，其写作初衷一早言明了志不在此，就算是有为原型人物伸张曲意的成分在，代工之中的不到位非关笔力，而是体质种族的分道所致。这不须、不必，实则亦不能弥合之处，恰可与正港的同志主体所创作的文学两相比照而读之。

在《某某人的梦》之前，先行冲决潜隐位置，其义自见的是《我不可告人的乡愁》。近年来三座华人共有的大城，分别有三位作者交卷出漂亮长篇，并且没有悬念地在当年年度各城小说新作中占据一整年榜首位置，之后也各自有归，名实相副地折了很多桂，夺了很多魁。《我不可告人的乡愁》、《烈佬传》、《繁花》就是这三部杰作。在全球化中西内外不分的时代，三位小说家不约而同在各自的母语方言上下了令人钦敬的慢工夫，做了扎扎实实的预备功课，一一淬炼磨洗出各自母舌畅达的方式。而那声音开启的时机，是要沉潜往复久之，才张得了口吧。

比引发了一小波投机效颦的方言写作的意外负效应更重要的是，万家万民皆好汉的长篇写作大潮里有这几位始终不以时俗为趋向要应变的冥顽向隅者，他们只不过是一直坚持坐在自己的书桌前没有离开，从第一个字写到最后一个字。

黄碧云写出一本对她过往和其后创作而言都堪称是空前绝后的小说，题材语气都与末世哀戚的个人抒怀之风有了判若两人的分别。

《繁花》点题般引录的穆旦诗句，标志出八十年代人在青年阶段读到这些诗歌的最初静默喜悦；但结尾处《新鸳鸯蝴蝶梦》曲声一起的浮薄感，使得俚雅在此并没有形成充分的张力，就一边倒地就范于下放的海派文学传统（那相对质量贫弱种类繁盛，市民化程度实深，与小报广告共生共荣的通俗文学一支流）。小说的混杂感不难觉察。

至于不可告人的乡愁，我们已经前前后后散谈了许多。

关于有意识地继承和延续某个书写传统一再重溯洄游（樱花钩吻鲑?）的

生物本能，到了写作仿生学上的实况，若用债与偿那套观点来看，会表现为一种遗产即是债务的诡异情境（尽管没有原罪要背，没有债务要还，没有骨肉要给父母，更不需要把亲族长辈任一人生回来）。

重要的核心概念意象，一位书写者全部的心力和作品拢总投放，大概只够应付有限的几样。每重往回旋一次都务去陈词套语赘言，将之打磨得光亮度愈加提升，愈加接近心中理想之境。

仍得多事一问的是，去除种种没必要顾虑的外在干扰意念之后，小说家算得到书写的身心自由了吗？这无需措意之事，包括通行的流俗概念，不须多加理会的时兴写法，最后也有自己刚刚写就的前一本书，与那某些过去萦回不散的意念鬼影子们。

人的梦及其他

“人，是需要人的人。”——不如说人，是需要梦的人。因此上古有大云梦泽。小说家在上一本书的开头这样起势道：“当然，他记得他们盛年时所有的大梦。所谓大梦，如死之坚强，而最终击溃他们一如灰烬。”信梦则梦在，没有失掉做梦能力的人族就不会浪费仙尘，想飞可飞。但同时身为留下来收拾残局的人，命定要担待所有的前后事。与记忆的角力对敢于记得的勇者不啻一场漫长拉锯战。

少年十五二十时，一切都不稀奇，端正好东风第一枝，万物皆备于我。“青春好残酷，有青春的人对世界亦好残酷”，恃靓行凶予取予求，少年情感事件簿恒等于青春残酷物语，正值白日登山放烽火的大好时光啊。

万人仰望的理想状况是“他和他流放大西洋”，两个人的绝对情境，如同天地之始，宇宙只有我和你。夏济安描述的爱情理想是和一个爱人逃到没有人的荒岛上去。这几乎是浪漫（自我）灭绝的极致想象，何其难找到愿意配合出演的对手。

可切换到《繁花》里的警句却是："让美好的和美好的在一起，我将远行。"这岂不比安哲著名的那句"我祝您幸福快乐"更窝心吗？由妙悟而脱身，是太丰足快乐的理由，自安又成人之美。那"茫"向情色拜占庭的方式，也许竟是逆向扬帆之超然独醒，分花拂柳就此不顾不问。

"豆花开放，鹧鸟歌唱；五月徜徉，六月徜徉。"写下这句的人，可也写过"我能等着你的爱慢慢地长大"，"死算什么，你总有爱我的一天"。无人的空镜头之景才有静谧恬美的实现可能，不然仅得坟冢上的紫罗兰，也是逝后的盲视了。

一直要等到了《某某人的梦》，林俊颖小说世界里面真正自我参与（主体介入）的爱情叙事才正式开始。心事几人知，可能像《梳头记》那般，丝缕毫发得失自计。过往的星尘之事，如烟如镜，幻美不实，无从把捉。时潮人影都散之后，当事者已身成为幸存（不幸？）的孤证一具。

没有经历过青春期的彻底幻灭，以及情感再生能力的由此磨砺而形成再加固，这一艰辛破茧的成长过程都不能算是最终得以完成。人在其间随之俯仰浮沉，都是有所必要的历练。少年维特的水中映影若非亲手打破，纷碎的千万亮片便成为冰雪皇后的镜面残渣，大寒冷过后再望出去无处非冰原冻土。

昆德拉那走出抒情世界的废墟，重新认识自身的老到训诫，不只是知识观念的更新升级，兜底追问一步，更关乎情感教育的修补认知。灵魂深处的隐秘精神回响，固然要让沸腾的停止；情感一旦冷却，则不易回温，反而知会不到内中精微的温度变迁。

诗人的"紫色玻璃管"时期，万物皆着我之色彩，涌心塞眼，吞鸟梦花……无所不用其极，看似纷繁多变实则单一，落点都在窄小的个人视域之内。浪漫蒙蒙的单向死巷前行无路。脱困与解套的方式唯有不再倚仗于此，令玫瑰色退散，惨绿渐次加深成为苍苔。柔脆的完全瓦解殆尽——"时间解体，水银泻地”以删除线标示出，仿佛经过了重笔划掉的句子，恰恰找到以实体形象对应，搬运传达的时间感受。书写/涂销的时间-记忆储存释放机制于焉可见。

此前不限于同志题材的以情感为主轴之作里，林俊颖让读者见识到了寸土必争的心机游戏：格局精巧，人物情节线索编织得丝丝入扣。但叙事者的冷静旁观角度，每时每刻都暗示读者：“一切爱情故事都只是一个故事，一切爱情都是死结。”其中最为绵密细致者，当数《夏夜微笑》、《双面伊底帕斯》两篇。前者明暗闪烁，尽显小说家早年风格浓郁稠密之长。珠花攒聚起了深心纠结的三角关系：过去的丰美，不足以维系递增的人数与胶着的情感——所有的三角关系里总有一只钝角之谓。第一人称主人公伤败之形容，如海沫浮沤，易散难聚不成体统。《双面伊底帕斯》的不动声色光影尽收，亦是集合了世纪末瘟疫、双生对照、家仇亲恨、同迫异婚种种异象，冤孽复线集合作一团之爱非所愿、情不得已。

初夏白皮鞋尖含一块金属片，踏过炎天暑色下的中华路天桥，柏油滚烫。这是林氏版本的“西城旧事任低回”，西门町中华商场的逸乐之地断裂以前，有过这般人物曾为此留下景观消逝之际最后的风流俊赏。尤为摄人心魄的一个情境是：方家的族谱本元亨利贞一路顺畅排下来，忽然跳丝般转了频道（与《倚天屠龙记》中作者后注——殷梨亭原名殷利亨——可作反向的读解）。

人物之间森森细细、冤亲莫辨的情感伏线，像是巧手一点点挑拨出虾头黑线之耐心精微。爱恨冤亲的暗中渡换时时逼出人额头冷汗，情感成分从不单一套板化处理，而是模棱闪烁，不轻易遵从定势和常规线路做性质的规约，因之呈现出的是五色七彩摇曳之姿。这时文本中的爱与死片段，具象化出来妖魅耽美意味犹重，慢镜头缓速拉长的延宕欣赏（遂不无自我肯定眷恋之意的）就像：“回头看，两具人体在大风里几乎是马戏团愉悦地弹向半空，那年轻无敌的头身腰腹手脚如此美丽不可方物地飘着，如花绽放地张开，抗逆地心引力的美丽停格。与天缠绵接吻吗，然后蛆般没有声息地纷纷掉落，碎纷纷地掉，溅上我们的唇。”其艺术化的抒情之死，明白点说为死而死的倾向较为明显。底子里虚飘飘地踩不到花。

时移事往，《某某人的梦》中单向然情比金坚的决志之死，那意志的强劲有力，具备了金属涡轮的高速飞旋（科技感未来感超现实感）和新机车的坚定之心，因此双重保固。仿似电影《愈快乐愈堕落》里，车过青马大桥，《暗涌》乐声响起宿命的回旋曲，殊途同归到此，旧情已泯。那种苦求双双殉身，然不得的向隅虚空感，只是阳光刺眼的金属热感，唇舌有铁锈擦过。和自己立约，独抱其身的凄孤况味——不是不愿为之，偏生是苦恨不曾为之。盖因那堪共演对手戏的搭档早就缺席了，留白的空缺心愿遂不得达成。

于是此际原子人的旧梦重缀之旅，再定神凝视，就有了不同于简单朝花夕拾的氛围：花未在手，今仍憾何不折之的意味更切。松散附身的梦之披盖，回归到人行走于天地之间（天地极可能犹浑沌未分）的本真情境，原初素朴，牵连出一个以自体为中心点辐射出去的单向联系：伞子中点雨滴离心甩落流线。

我们不妨先从时序来找一点前行的旁枝线索：联文同志文学专刊（几乎同时《感官世界》复刻版面世），以访问者身份出现的时候，林俊颖无疑是弹无虚发而机敏伶俐的叩敲之人。这也是聂鲁达隐秘读者与卡尔维诺意外译者的跨国脉络交互测试，闲话家常之间引发的对十年自我养成计划（其实更似是误打误撞的酷儿漂浪、准奥德赛之旅）之回顾，关于志业取舍的今昔物语。不管怎讲，即使当事人再望青春之影，都羞赧笑谈稚嫩，仍可为后来人提供天真与经验之歌的参考样例。

曾为日落大道上的亚洲男孩，由衣装而及心智的层层剥开自剖，超乎大众想象，青年时代那专情独居埋首书案之人。转瞬已跨入传道授业的另一天地，昔年宣称“带饿思泼辣”的心怀可还新锐如故，或是在有所归时已经餍足？

时间的单向箭矢上，你我是骑乘而去的少年仙人。由无以名之的内在驱力激发起而行，离岛出走，第一次远行的契机朴实无华，太笃信亲自步履测量的力量：日出在远方。青春大概都可提取相仿的因子：科幻、酷儿的双线解锁，《岛屿边缘》的彩笔曾经干气象……幕幕生动如在目前。推至《台湾同志文学简史》，转换跑道以后再出发，田畦更替，躬耕之意仍精诚可感。当代修史的风险，身为亲身参与创造文本的人，作者当然不会不知，因而其趣怪之处也在它类似于简明提纲的可续性，只是此段观察的阶段性小结。内文呈现出来的不均质，使本如大冒险的文学史书写，偶尔在街巷转角冷不丁冒出来几句作者脂评也似的真心话，体例与文风之间的疾缓起落时或应和有致，时或张力凸显。从小说的创作到文学史的总结，那股沛然少年之气始终饱满如一。

“取经造反元一人”，这句胡诗被林氏引用来作为对纪大伟的评语（我们知道有时的断言是颇能一句中的，一如定音锤切分势力范围也确认了属性），也算是坦露心事。三三大教室内各人领受各自承担的功课，又像诗筒的大抽签问卜：有人拿到的是“浪打千年心事违，且向早春惜春衣。我与始皇同望海，海中仙人笑是非”；有人则取“惟恐誓盟惊海岳，且分忧喜为衣粮”。不一而足，各有各的得着。两位小说家的对谈在主体内容以外留下的分支开岔其实颇多，此则一也。

投桃报李似的，纪大伟以《失神的建筑》为切入点论《我不可告人的乡愁》，取譬小处，论述尖新。不无此书的评论自此篇起，方“眼界始大，感慨遂深”的意味。而这一乍看之下似乎邪僻的角度，却正可将林氏的隔板圈生涯与其乡思情结二者做一串接式的总结。那对台北“成住坏空”的四字评语，实不下于以福禄寿论福柯三域的奇想当年。

城市的面孔不断涂洗更替，日益陌生难辨，但又再难出彩创造真正的惊喜意外。安藤忠雄、隈研吾风大力吹卷整个东亚，所过境之处几乎无一幸免。罔顾当地实际整体环境和合用材质的做法，非但损害了城市景观，也使得有区分度、有个性的异国异地典型建筑风格样貌一去不返，丧失了多音齐鸣的可能。

好像由批量生产依照某个不可思议的任务空投而下，精准均匀地散布在目的地的伪造仿制欧式建筑，是未完成的殖民计划之一。保护、修复再利用和创制新生之间的无休止争议（以及看来是误陷其中的某些死循环，两极摆荡间得不出确定有效结论）仍在时时延续进行中。

文学与建筑相望，阮庆岳早在其《惚恍》的黑白冷暖时期，已预言了城市废墟的必然了局。艺术化审美化的废墟有朝一日梦想照进现实，总有种猝不及防的错愕。但罗马不是一天建成的，所多玛和蛾摩拉也并非堕落于一日之内。城市丘墟化乃在于人的离心离德。开门所见的山色亦无非是丧心失魂的，或者干脆就是现代感的空疏与意义和美感的缺位。去除和重建的大规模造山板块，正成为都市每日的习见梦魇，反而重新形成了某种自然的消长过程，如草木的发轫生灭。

空间位移、人际关系和独居之道，以在原子人身周开展的三元因素（或是三态循环形式）环绕出现。他同时还是个异乡客与捕梦儿。第二章《原子人》正位居中，为三者里篇幅最重，用力最甚者。若果采用抽筋扒骨的粗暴提取主题法，或可将之称为殷殷自问探询此身何在、此心何安、此情何寄的三重切切贴合“某人一生”的迫近问题。

这类形似双线 DNA 螺旋，开闭分合基因链条的编织叙述在林氏小说中屡见不鲜，堪称他习用且纯熟展现的风格特色之一。因而过往我们从林家铺子所见的通常情形是：平行宇宙的两条人物 + 叙事线索的对照展开。诉诸题材内容则往往是三大主题（原乡、职场、情感）之任二的两两组合排列。这一回第三极的产生，或曰三极的同时同地上场，有如火线、地线、零线的三条并行接通。但这种三元素俱全的书写状态在排布分配上，又与以往颇为有差别，采用的是打一个核心概念辐射发散出三个声部的写法，然而三线平行互渗，似有关联，实又不完全嵌合的用心则良苦。

诗词曲楹联这些带有游戏文字意味的文体形式中，从上下句到鼎足对之转变，更近于二生三，而非二加一。尽管短篇集的围绕主题去阐释一个概念的做法，对于小说行家里手而言，并不是多么了不得的做法，甚至可以说为了维持前后一致的外在形式必经之途，也是较易践行之事。

而我们也不会忘记，这是一次五十龄之后的写作。更贴合于知人论世，或以人观文及反向的以文观人做法其实并不是生平事迹与小说文本的凑作堆。如考据索隐过度，罔顾日常生活与创作活动之间本身存在的隔断，或文本内外虚实那作为不可逾越底线的疆界，最后若非变成贾府老太君的老花眼镜究竟度数几何式的竹头木屑（这是某期红学学刊上曾真实出现过的例文），就是张爱玲垃圾桶案件那样的低俗喜剧。

镜头拉近到写作状态与实际成品的定格检视。那知识视野、阅读经验的丰沛还远远不足以彻底消灭填平生理年龄与心理年龄间的差距，因为那是大写的GAP。那强为说辞由于逞强预支反而天真泄底的小开绽口飞絮，如多年的在逃凶嫌，迟早落网认罪。

年轮圈数和马齿（无论徒增与否）的启示或许可以推断，要判别一段文本所对应的写作者年龄状态（成熟度和完成度），务必穷究内在认知的轴心线和最趁手常用的器物分别留下的印痕（亦即标记指示功能）与其耗损程度（使用频率之高对其造成的形变与影响）。到了某一个放心开口的时间点，笔下出现更多的是引刀成一快，直言不讳。超克从前不能脱口的秘密一般，擦亮过去有意矜持，以绘影写意清淡带过洁癖书写的部分。

这里我们从林氏作品得到的十六字令该是："五十之年，只欠一变；经此诗思，意无再缛。"

因此，小说开头劈面破空而来的是漠漠荒海，两个人形影相随。海边举刀刺猪，夜晚大杂居小聚居的通铺暗渡，军中乐园式的人身兽性，生猛年华身体本能的欲望迸发。

异性恋家庭的开枝散叶，有分有归，在此前对小说家也是情思与现实上的纠缠阻碍吧。祖父逝世是第一重解锁，祖母是第二重。家庭与原乡的牵系不再有其实体，人得以独立自由然而也是相应原子化，浪游的起点正式产生了。

补梦人是捉影者，异乡人亦是失乡孤魂，只有原子人实实在在生活于此。简单时间轴上的过去时、一般现在时、过去完成时错落出现，都不忘为未来留下可能的探问空隙（现代主义的时间提问：现在几点钟？——同志时间的提问：现在是以后了吗）。

书写者对容易痴妄孳生情感本身取舍有所变化。为了不使悼亡行为过分发酵膨胀，无限绵延危及自身，必须有所了断。企图以大回溯大总结的方式，让读者一本满足，作者一次完成全垒打。一般现在时的日常缓速流淌，水声潺潺只要还在就好。时间观念和情感表达都柔熟低缓下来，叙事者以其凌厉强韧的力道掩抑了喟叹感伤，生的清醒意志大大凌驾于爱与死的本能之上，又似一场现实和浪漫的红白斗，有意义求完足自安的孤独之生，坚毅倔强。

与其说叙事者想重蹈梦土收复失地，不如说他再行一趟老路，是为了确定它们的不在，有心做个切分，再好好地与之道别。凭热切的生之眷恋光芒映亮字里行间，至于一死生轻去就在此是毫不适用的。

尤其同志题材的情感书写，于恶德建立的平原与千高原，找到属于自己的根须飘扬之势，那息壤般保留下来作为原生块茎的意念。即使没有做出经济建模那样具体的通用形构，或如《理想家庭》般对某一种家庭组合的可能形式提出叙事的较完整形态，软性渗透、细水长流的戳刺手法却不难见到。原生家庭父母不堪天地不仁，同性爱侣的不能拉埋天窗而就匿于异性婚姻。匮乏与夺取之间要如何自处？

原子人宁可“凭着这一股怒气”维持无名鱼钉孤只的绕圈圈栖游生涯，也不要再被有危险性的青春身体挑诱，再一次堕入情天恨海之迷魂阵。那样的大规模反噬，真如身处火宅难驾驭，三顾一烧侥幸逃出也只剩下半条残命。

故人之子暂时借住的小插曲兹事体大：完好运行的一己生活世界，一旦被外来者侵入打破，引发的内在溃散，产生对他人的极大反弹和憎恶。从决意脱离常轨数轴，甘做一个空心点那刻起，就不能再归队了。

生于南方

“我要到温暖有人爱我的地方去。”——不用标记荧光 highlight 也会自动破屏跳出的句子。在此之前还有句粤语流行歌词说：“爱要爱一种南方的，所有的温暖都要。”这同义句群，果真都是“年轻幸福得近乎撒娇”的修辞吗？或者只是良辰白日开口梦，发过了便算？

我们更习惯那流浪飘散的南方族裔：古代史上每一次南渡，被省略与夸大奢美情节的花月痕偏安小朝廷们。举凡近现代以来，往南方避祸不忘逸乐的割裂与连根拔起，南来文人、1949 大分裂、下南洋……从郁达夫到黄锦树，小说里浪子的结局都是并不清丽的失踪，留下重重疑云，聚蚊成雷。暧昧的南方文学烟树霭霭，而且有意将其面目自我模糊化，以获得曲折柔婉之身姿，换取与想象中的北方大国对抗周旋的可能。然而，烟幕弹的长期作战法会有效吗？不同层次面向的南方（历史、地理、文化、文学、神话）必须清者自清，勇于自辨，才有自辩的前提和底气。作者们留下南方的情意结，树梢系以丝带的温柔手势，待好奇人读解。石榴里包裹的颗颗晶莹红，酸甘呀甜，南方色泽气味之流转。

南方相较于那与之对对碰的北方而言，总是乐生赡养的，不奔波劳碌的，专注热火于最基础的生之欲望。人恢复到或保持着本色活力，得以与溪山母土长相厮守私语，娇昵难分。如果是一双人，若非安于耕织，那便废耕废织。

“弟弟沉睡在南方古城的辉煌里，每一天的日头像尖尖一碗冒着热气的白米饭。”原子人拜访南方古城时，友人之弟因病陷入昏迷，长眠如死。家人仍殷勤尽责地将生活之轮（之轭?）推动下去，勉力使其万法常圆流转不衰，停顿的唯此一位活死人而已。此间细思之后大力反弹而出的那份恐怖与强悍，转手即消融在最不能计较的竹头木屑淘米洗菜水之中了。

久之病人沉疴深陷，居然成就了其神奇的腐朽，渐渐化为一件仅具人形的室内静物、大型摆件之属。连都不用涂油包裹的木乃伊，宛然有生色。

在一已生活里深耕日常的诸君，不知是鬼神前身各自分头做了一段垂直方向的上下位移流落至此，还是真正的世间常民生中应有之态。

“烈日独裁的南方，人人都是没有出路的囚犯，但有家庭生活这台绞肉机、刑具伺候，最后有幸骨灰还可洒菜园当肥料。

就让我老死在南方古城吧，起码它有无尽的太阳光。”

林俊颖不但写出了花气袭人的南方甜暖，也写出了更不容情的南方酷烈：阳光养人亦能杀人，抉择嵌留在一个家庭结构中还是独影自居（或只是偶然过境一顾，暂且居停友人那边厢，如原子人），具体的自我处置（凌厉些讲不妨称之为处决）方式决定了其个人生态与命运的出路着落。情归身寄，记忆所系之处的石罅电火，拉拉杂杂荒天赤地摧烧一片。

“所以是南方古城包容也荫蔽了全家吧。”可能像眉间尺沸水烹煮人头的那口大锅，可能像阳光温煦慢慢调和鼎鼐的生时棺椁，家庭是共犯结构，拟之以刑器，那该是绞肉机、狗头铡？还是听似奇诡事件，却有过真实上演的：亲友宴中得意忘形的父亲将稚子高举过头，忘记头顶无蔽的吊扇，铁叶桨轮当即将其头面搅打得血肉模糊——

纸糊的宝塔一层层高耸入云，瞒和骗天天向上——老舍所写“父亲坐在宝塔尖儿上像个大傻子”，“四姨扶着二姥姥，其实只是为了给自己找个靠头”般的人际血亲姻亲演剧系统——假面之必要？傀儡之必要？

由是我们不免要想起《思旧赋》里那位痴呆胖大的将军后人，与守护在侧忠心耿耿的老家人。白发萧然一整个时代的凄怆与凋零。那也是关于往昔南方丰饶生活之海的追悼与怀念。作者自译这个短篇时，特意用了《飘》里的漠漠南方黑人口音英文，此间的因缘勾连，自然不必多言。

西北偏北。南方的南方，南方两相对望。啊那悬想中在文学上的南南合作南北对话，有这个可能吗?

但林氏小说里的这一幕，比起那巨人传主角般的痴肥男子，在年轻美好状态下陷入当机失能下的青年身体犹有可恋：有光洁紧实的公鹿之腿，不乏如花弥散的腐臭奇香，背后也没有负担如此不堪负荷的家国迷情。

即使没有同志文学从旁的磨刀霍霍，那常规建制中的家庭问题也早就来了：从下流社会到无缘社会，画屏一转，时代没有罅隙给栖鸟容留，是不是良禽都一样。与木下惠介《日本的悲剧》隔代互文的小林政广版本，世代之间如仇的利用撕咬恨憎来自真实社会时间——这再次证明了几乎是小说写作研习之人最恐惧也因而当作庸俗讲法自欺不去理会的一个基本事实：小说永远不及真实生活的展开式诡谲，但爽白讲出来，只会被人质疑在画虎卵。我们不得不舍弃一些看来不那么合常理的情节，蕉叶覆鹿似地删削最有华彩的部分——换言之，不掺水添加剂全无的饮食有时往往不堪入口，纯真得太假于是只好放假乱真搅上那么一搅——以求适应一般受众脆弱的心智（或曰接受平台云云）。这种形式的慨然而就下恐怕都是不得已而为之。

雄黄酒洒身的尴尬时刻，水浅而舟大也。

一切叙述都是重溯，相逢不识只是还没有到适宜的点（老话一句：花苞踏对了时令开拆）。南方生活的甜美诱人，由“在地小浆果”般语言及其题材的近途运送保障其鲜润甘沁。一代有一代之文学，不如说是一地有一地之文学更符合实况，地域这个筐子比时代更能盛装得下不同个体，更不会太早开裂。返乡情热也是一种不能自已的原初冲动罢，仿佛有所侍。“彼时高楼对海，温柔都有倚仗。”作者才有不违本心的意志与热情将之回译成自己的文字，以求把那种母舌畅达的幸福感传递给读者，文字的气息色泽都随之变得仿佛若有光。

视觉上的眼球移动带动了其他各方面全能的感知系统。这点我们先在《我不可告人的乡愁》中得到了充分的领略，然则原子人的深情贯通一脉，而且有了更多更鲜明的虚实者主体感受打底，由前书的实以地方为主角，人退乎其次，演变为人站在镜头之前，一切逐其而生，又是因其而起。要说《乡愁》书中的斗镇甚至可以不因其是无人之境而有片刻失色，在必须忍痛割舍一臂的情况下也会是被保留的那些章节和线索；那么针对《某某人的梦》而言，只有活在人，且是特定的此一人记忆中的世界才有存在和被讲述的可能。尽管到了收尾处，那孤伶伶主体开始急剧受热般，竟至膨胀为全体人类的总和，从个体的人被抽空泛化到万人如海一身藏的境地。

深渊水影，落花映潭。那些浮离笔底任意漂游的水文地质昆虫植物们，无一不美，且深刻铭记着特定之地的脚踪记忆，一位行脚捡字人的虫叶之眼。《乱迷》中缘曾文溪行，忘黑面琵鹭之远近的闲歌雅意，想来闻者自知——《调查：叙述》的心意手法运用如初。

这一次是轮到东螺溪。It's your turn. 溪水难得不厌生人。将人界忧欢外包给自然，文学中的动物好像是个弹滥的老调，但物种的选择在著者则其心异也。

桃花水母、鲇鲀大鱼、涡虫……都是比夜游的荧光乌贼还要伤感的生物族群。“春来桃花水，中有桃花鱼。浅白深红画不如，是花是鱼两不知。”随水而生入水而逝，尚辨不清是花瓣或是鱼类的柔细生物令人神往。

沟通两个世界，并且一定有往有返的信使 RNA，拉链般将其咬合一处。那都市世界再妖瞳灼灼，写与被写的双方彼此目光遇合时，仍有同代同时的某个程度上之心照不宣。凭一根草茎在上帝之灵与人世间往返的前行者有之，神鬼不拘，人与地、人与人，或曰一切有情无情有机无机体之间的交流互通，最好的允诺就是那句，我想你以后就这样来来去去都可以。

玉兰花和交趾陶的世界。我们回得去吗，总还可以从容嚼食一粒桃红，另一粒杏白，如同食花疗饥的双色球汤团。

粉白蛱飞过庭园，一如姆敏山谷的传说，夏日所见第一只蝴蝶的颜色决定一季的幸福悲伤指数。在那独造的情感结构与象喻体系里指涉与被指涉的本体喻体，其声光色影很能见出写作者其时的心电脑波图纹走向。Zigzag 声一路响彻天地无从消音。

小小的车站们个个有着俳句里掉落下来的美丽名字。真夏，日文汉字光色灼灼。少年时起与夏天的盟誓似断实连，是迎风款摆砍之不断的牵藤攀蔓。面对南方幻影之国生长繁殖力旺盛到使人熊熊燃烧起生之意志的花果植被们，由此生发出了飘蓬思定之意尤其难得。

书写者此际化身为一滴琥珀千年之泪包裹的蝇子，凝生乐死的珍异时刻，幸得庇护宛如在世，那封冻在凝露中方能窥见本貌的透明感。

恶德之美

与气势汹汹自诩天赋其权的反恐（同）之浪潮相比，今日所见的性别平权运动再激进，都更像是温和善意的自保，不得不出声喝止那些太恶毒过分的攻讦。我们常常忘记置身何世，这里究竟是 21 世纪还是 12 世纪。太明显的时代错误反而异常合理化。如像违章家庭、多元成家草案，这些概念都带有宽松戏谑的反躬自笑之意，几乎是以退为进在争取保留地的做法。

然而文学的对抗方式总有其犹豫曲折，流水汤汤商略黄昏雨。这是消极之恶，逞凶哈气无非要保持不被侵犯干扰的安全距离而已，底子上骨子里是充分的温柔㬎㞋。美恶的界线于焉模糊闪烁成夜雨霓虹般绚烂的一片——远树含烟，不知平芜几千？

牙尖角利的外在中空所容的仍是一时时刻刻在找寄身之壳的软体动物，易感而流动不居。细敏柔和的阴性灵魂凝视之眼，通常都难以抉择，无法引刀成一快。漫长的自我追寻和向外诘问行旅之中，多少中转站连同回旋地可供勾留。

林氏小说典型情境之中原生家庭父亲的衰朽肉体，母亲的不贞市侩，都正好成就同志酷儿怒而叛离的客观情境与动力。同梯与异性成婚组家之后的恶行恶状，妻女昏聩痴傻只会做电视土豆，那骇笑食粪的场景用精神分析可以写上一大篇病历，卑贱之物的象征。

同梯之妻和男弟子池中腐水死鱼般污秽不堪的私通，直是一道恐怖莫名的睡莲方程式。至此，叙事者眼光已不再是伊底帕斯时代烈火炽焰同归于尽的狠话负气，同情、嘲弄甚至某种羡慕的幽默感糅合一处，情绪复杂化了许多。

母系银河常轨，开花在星云以外的不羁个体在此产生。弟媳唯一做得好的事情是晚餐后切水果送水果，除此之外特立独行。日光沸水的大街女战士机车独行，自血拼前线凯旋，又或打超市搬回一箱零食大快朵颐。固然衣食为大甚至成为核心和唯一的生活方式之俗蠢，饮食男女汲汲营营（唯爱与美食不可辜负）为叙事者所不齿；但只是这样茫然无所思地活下去，也是愁心百结（人事易倦心事在，依然一寸结千思）的原子人万万做不到的——相反相成，鄙薄又不无羡妒的心境油然而生。

人间地狱处处修罗场，但毫无进益的庞大结构将人嵌卡其中，拖带到动身不得被碾压而过，从起初的抵抗者到后来的斯德哥尔摩从犯，太多人超越自我地抄近路走了最短的直线小道。仿佛加修向下延伸到了负十九层，电梯直通地狱的戏码。

美丽的空屋，打初诉衷情到从容诚实讲出最后的话，需要的只是这样一个空间。意象随身而转（还好不是及身而灭），情到多时情转薄。琼花一瞑之后又见琼花开。面盆底四大朵诡异之花长开不落，孺慕之思，隔代教养者的怀恋童年有所庇佑，面水面巾赶上学前食的一碗麻油面线。

由于保持这样羞涩童蒙的心理状态，萌芽形貌，多少反映了原子人对性情之事的态度和写法吧。有句讲句，看到过太多莫名其妙将行初血和狮身人面的启蒙（不是教坏细路吗）段落以后，实在乐见青春稚嫩点到即止的，化作黑鸟飞去不问下文的一小句，写过便算。多谢作者手下留情。

这里读不到灵魂身体的杀伐旅，冒险浪游之类，更似是渐渐打散溶淡的人类学观察日记，叙事者小心有限地做着自我参与，逐条记录。字母编号（如同字典？档案？分类收纳的植物昆虫标本夹？)，从 A 至 X 仍然小心划分保留了必要的公私界线——给我爱过的男孩们。轻重缓急，嘈嘈切切错杂弹，区别出各人各事的心潭映像，诚实地一一予以备案，到此为止好好告别。

大多数为建立而建立的异性恋婚家中，成为妻就意味着失去本名，那只是一个虚空架设的位置，人人得以取而代之。世间的集邮男女们甚至可以草叶朝露相逢不问姓字，风雨散飘然何处。抽象化的字母记录法，形色各异的联觉对照表只存乎书写者一心，名副其实的私人订制。

“即使故事是悲剧，但写作本身就是对生命的肯定。”

“不告而别，意味着你不值得我告别”，互寄卡片如通电报告诉彼此仍然在世，洗净雪糕纸碗灭迹带走……乃至原子人想到身后之事如何才最清简，只有衣裤留下劳烦旁人帮忙烧掉就好。都是于极其琐细的所在计较着针尖上站多少天使的问题。

抵心抵肺的人际细节。

在大地干净得不正常，既没有人活过，也没有事情发生的现代爱情故事里，空落落自我虚室生白之外，多得这般戳人的小钢钉举手冒头。那些穿行过生命的心头人影呵——“这里都是君王的红嘴的小歌童，唱得出的都变成一朵明星，唱不出的都拆成两片枯骨。”

刀剑比誓约锋利，男与男的创世神话拓印墙上成为壁画，女娲伏羲之会，天地洪荒的相伴喜悦无上荡漾。行文至此，不得不再引一句情境仿佛的歌词，与之互文见义权充批注——“多想和你一起吻着桃花雪，多想和你寄居一世洞穴，是我在喧嚣街里遥望原始社会好，但可惜没法还原。”

情如逝水，人如何生存于世而不失格。作者即使偶发身心感慨，但其意绪并不枯淡，更不衰萎，如同《追追追》本色妖娇奔马前行的脚力仍健，怎一个婧字了得？

《盛夏的事》中《原子人与他的虚空》那篇完全可以拿来当作《原子人》一章的旁证补注。阳光幻界日日到访的流动兽物，以光舌舔舐流理台的嬉戏交流。

神话的二人同修同行、同福同慧在现实中或不可得，到底保留了企望与升华的可能。回望与善忘之间，蜂蜜烟灰的辩证不曾停止。

时间种子：一则备注的备注的备注

六度传递之外，那言远而旨近的意外收效，见于近年林氏散落报刊上的读感、侧记文字（由于书评专栏两种文体已怪胎化，特地换个称呼比较好）。丈八灯笼，照远不照近，此处却是小巧灯盏的电力范围甚广。宵禁之外，兀自燃亮的灯火一盏。那方寸天地的千字文读起来比实际的文字长度长上很多，庶几近乎压缩饼干军粮备战的份量。

所以鸟巢无鸟，伸手不可掇那又有什么关系呢？丹尼男孩的乐声一起：你，你天涯远引，我，我在此长埋——古墓人影一访一探，鬼、少年、梦中故人都来和原子人相会聚齐了，领口上留下无可去除的时间剪标。

其实又有何必要自惭呢？借一句同族自道：“在二十多岁时错过的一场爱情，到四十岁时仍在抽芽，终成了难掩迟缓笨重的一盏大白昙花。因为夜，不会有人知道。”中年初夏桃花李花才开，何况夜昙优美，并非青春少时的小花小朵可以企及。

“如果我们要为今天所发生的一切找一个贴切的比喻，那么我们需要放下独一无二的历史的天使，而用一群‘传记天使’来取代他，我们要承认自己是一群孤独者，被我们所背对的未来推动着，而在我们面前的废墟（是我们破碎的希望、受挫的期待和失去的机会）堆如天高……”相信液态世界的恒常流动，写过了四十四封信又来写非日记，温和弘慈劝导世人的鲍曼老头如此说过。既然1979之后还有三十二年，碧海年年春深不空，那么尽情一梦就是对年月最好的回馈。安于世也守住心的原子人，好梦不惊，而不是无梦清吉。

夜凉苦绿：游历与诗艺之途

——以温健骝为中心的考察*

“因为　在我们的时代里/你也一样/不诞生于水/诞生于火”

——古兆申《铜莲说——题文楼雕塑》

前言：“文学史上的失踪者”及其他

“文学史上的失踪者”这一称谓，近年来在中国现当代文学研究中，经常被加诸一些或因年代湮远而为人忘却，或因误解漏读而无从记忆的创作者之身。当我们清整过去的文学遗产和思想资源时，就会发现这样的个案并不在少数。而被我们重新发掘认读的作者中，有些也可能是虽然生时声名较隆，但对其著作的解读存在甚多偏颇与不见，只重视了某一方面的成就，却忽略其他方面。譬如中国象征主义诗派早期重要的理论奠基人和创作实践者之一穆木天也在此列，直到下一个新世纪，才再度被有心的研究者重识，并对其诗作、诗论、译作及翻译理论等领域的成果细作分教，试做其在文学史上较为整全面貌

* 本文曾刊于《华文文学》2017 年第 3 期。

的还原[①]。

文学史的叙述本身就是一种筛选和过滤机制，其间权力的运作和分割历然可见，其撰述工作根据分类标准和取径之异，亦会将与之不合的文学现象、作者作品去除或者遮蔽。一时一地的环境氛围，撰述者本人的理论视野与知识构成，都可能对文学史的构型和最终呈现之形态起到重要的影响作用。一部文学史所制定的典律和原则，只能沿着某一主流思路延展开去，往往难免就此挂一漏万。它的局限是明显的，不仅是体制，也是体量的限制所在。毕竟无法有一部对其所欲阐述时段内文学诸人事无所不包，又可在篇幅上无限延长的文学史存世，那也就违背了起先修文学史的初衷是要有所提纲挈领，有所节略萃取，当然，也必须相应地有所取舍拣选，以免拖沓累赘之病。其排除性总是对包容性有所调节、平衡和制约的。文学史的本意仍在于如地图上的山脉线条，须明晰标示出各个脉络的走向与起止，而不必纠缠于立派别、排位次之事。它力所不能及的，可能要借由其他的研究形式来完成补足。例如清整文学史料，重理文学流派思潮之间的传承变化关系等等。现在已存以及正在撰述中的文学史著作亦有化繁为简，使之言约意丰的努力之必要。以文体流派乃至论争史为主要书写线索的专著式文学史，也是另外的写作可能。过去大陆的文学史书写连同教学，往往存在重史论而轻文本的弊端。现当代文学史的书写体制框架又以现代西方史学理论为依据，在其框架之内开展，因而也会“史”的比重大于“文”的比重，且偏重肌理而难以顾及丰神。对于其他国家和地区的华文文学书写状况，亦应关注当下变化动态，不拘泥于

① 可参见陈方竟《文学史上的失踪者——穆木天》一书。此书将穆木天在现代文学史上的失踪“作为中国现代文学的一个典型现象提出，它发生在一个容易为研究者所忽略的作家身上，却贯穿了现代文学批评、现代诗歌和现代翻译文学，在整体上与中国现代文学相联系，其核心内涵是‘诗’与‘散文’的关系，近一个世纪的中国文学和中国学术更进一步衍生了它的悖论表现。”北京大学出版社，2007 年 1 月版。

单一的文学史观，而以更为涵容的视阈观之，以求在华语语系文学的整体视野下，对具不同语言质地、文体风格的文学兼收并蓄，穷其究竟，亦能知其短长。

出于寻求主体性和建立具有自身特色话语的考虑，中国现代文学史家黄修己先生曾经提出过采取《史记》的世家、本纪、列传等体例，即以传统纪传体史学撰述方式来进行现代文学史书写的新尝试。这样的创见虽然距离具体的实施还有距离，仍然牵涉到究竟可操作与否，要实现到何种程度的问题。经历二十世纪八十年代“重写文学史”的热潮以后，诗文评、文苑传于今而言，显然去圣邈远。传统的形式究竟应该如何因应当下，而使两者最终得以有机衔接融合，始终都是不确定的流动变化尝试，有待继续切磋琢磨。

那些因意识形态所限暂时被遏止、隐匿甚或埋没的文学思潮与流派，它们在当时的价值固然不见容于世，即便以后在环境稍稍宽松时再被提出讨论，仍难免“政治不正确”的后遗症，而被命以诸如“美的偏至”① 之名。到底世变情迁，这些文学形式沉寂良久，重又成为关注焦点，或亦和与之相关的都市文化研究风潮之兴起有关。中断和拈出的种种线索一旦再被接续，我们就可以观察到较为整全的面貌。

即以现代文学史上的海派文学为例，像奉唯美主义为圭臬，和邵洵美一起参与过狮吼社、金屋书店事务及编辑制作书店所出版的文学刊物《金屋》、《狮吼》的倪贻德的诗文与画作，取法现代派的小说家东方蝃蝀、无名氏等人的著作近年来已经重新“浮出历史地表”，进入研究者的关注范畴。若再具体到现代汉诗的研究领域，为诸种新诗史不及备载的诗人、诗作都陆续得到了整理和

---

① 见于解志熙《美的偏至——中国现代唯美-颓废主义文学思潮研究》。此书虽然将中国现代文学史上这类文学思潮爬梳清理得颇为翔实，然而在命名上仍有某种从道德标准出发的审判意味。上海文艺出版社，1997 年 8 月版。

刊行，例如吴兴华和于赓虞的诗文集。这些诗人都是具备独异性才华的创作者，通常与同时代的文坛保持一定审慎的距离，即使曾身在某个社群或文学团体中，也往往不可被收纳而显示其旁逸斜出之姿。

诗歌一直都是当代最富于活力和内蕴批判意识的文体形式，其时常所处于的边缘位置并不能抑止其带来的预言和启悟意义，且表达其不可忽视的变革性要求。在华语文学的各个地区，当代各种新诗集的出版，诗歌评论的写作和发表，及与诗相关的文学活动和讨论仍是层出不穷。诗歌的当下性、前瞻性和超时代性依然丰富。时至文体界限在书写实践中已经日趋模糊化，不再壁垒森严的今日，诗的渗透性和表现力也有了新的发挥余地。它未必要是一种规格严整，固化成形的文类，而是一种呈现游离态，可与其他文体形式自由结合的文学因子。尤其是它与当代艺术融汇之后，所体现出来的先锋性和行动力从来都不容小觑。“简言之，现代汉诗一方面丧失了传统的崇高地位和多元功用，另一方面它又无法和大众传媒竞争，吸引现代消费群众。两者结合，遂造成诗的边缘化。诗人、文学理论家，甚至政治文化体制，对现代汉诗边缘化的对应，有意无意地形成多股推动现代汉诗的暗流。”①

本文的主要研究对象温健骝因鼻咽癌早逝，享年不永，仅得三十二岁。若非身后有文友古兆申、黄继持代为搜集整理其遗文并编辑成书，恐怕早已身与名俱灭。以后来古、黄在香港文坛学界的成就和地位而观，倘或天假以年，温健骝所能取得的成绩应不会在他们之下。依其存世作品所展现出来的样态，温健骝尚有风格再度变易的空间与可能。而在三十年代的大陆，曾经和他有过相似命运的诗人，或虽有盛名而读解乏人，或所待有年才著作重见天日，或后来发生了创作道路和审美观念、文学理念上的转向。我们可以顺手举出一串名字：李金发、于赓虞、罗大冈、吴兴华等等。三四十年代的新诗创作与理论中

① 奚密：《从边缘出发——现代汉诗的另类传统》，广东人民出版社，2000 年 3 月版，第 2 页。

依然蕴含了若干隐而未发的宝贵矿脉，如废名、朱英诞、林庚的诗论。如此看来，不同时代的诗心或许有望做某种跨时空的联结。在文学共和国中，这些阻隔和差异，偏见与不见，都应该尽量消弭。而这样召唤和寻找文学史上失踪者的研究工作，其目的也许并不只是要标举某一位或几位在历史角落销声匿迹的诗人，而是将这些散点综合成为更具启悟意义的图式。恰如以下这段话所讲述的："以前，我相信而且努力想找出来说服人的是，这一个个了不起的书写者，这一个个珍稀的人思维创造结果是'有用'的，我们是接受者利用者，是得到东西的有福之人；现在，我仍然相信他们随时能打开我们被限定的视野，随时为我们当下的特殊处境提供建言并补充我们不断在现实磨耗中消失的勇气。我们一次次重述他们、使用他们，让他们栩栩如生地、带着光亮飞出来，在下一个晚上继续明灭地发光，让微弱短瞬的光点活下去。"[①]

一、"没有诗集的诗人"：从《苦绿集》到《帝乡》的诗歌创作脉络

温健骝原籍广东高鹤，五十年代末开始创作。他的诗作可按其创作时序判然两分为两个大的时段：第一段是1964—1969年，结为《苦绿集》；第二段则是1969—1970年，结为《帝乡》。前后两段的诗歌风格和写作形式都迥然不同：前一时期偏于浪漫主义和现代主义；后一时期则转为批判现实主义。也就是说，《苦绿集》中所收的诗歌大部分都写于1968年赴美之前。其后由他自译的《苦绿集》英文版（*A Collection of Bitter Green*, *University of Iowa Thesis publications*）出版于美国。另有一册英文诗集名为《象牙街》（*The Ivory Street*, *Golden Scissors Press*, *Iowa City*），即他在爱荷华大学的创作硕士学位

① 唐诺：《在咖啡馆遇见十四位作家》，联经出版社，2010年8月版，封底文字。

论文，亦是在美出版。目前能看到的温氏中文诗集就是收录在《香港文丛·温健骝卷》[①] 中的《苦绿集》与《帝乡》二种，经好友之手“遗诗编就答君心”。继港版的《温健骝卷》印就未久，台湾另有刊印单行本《苦绿集》[②]，书前增加了余光中的序文《征途未半念骅骝》。余以一位诗人、诗评家，又是温重要的师法对象的多重身份对温其人其诗有较为全面详尽的摹写。如此看来，温健骝生前其实是没有一本中文诗集行世的。而那两册英文诗集亦只在爱荷华大学图书馆才有收藏，遂得以流布的范围甚窄。依照编者所做的批注之解释：《苦绿集》是“未出版”[③]，《帝乡》则“已出版而未发行”[④]。所以无怪乎“从大陆到香港，从香港到台湾、美国，温健骝的香港心、中国情，乃至对现代主义的批判等，均反映在《温健骝卷》中。可以这么说，幸好有好友辛苦为他编定诗文集，否则香港人可能已经忘记六七〇年代曾有一位热血的年轻诗人，台湾人可能无法了解曾留学台湾的一位‘香港侨生’温健骝其实对台湾很有意见，大陆学者可能不会把温健骝写进香港文学史的有关著作了。”[⑤] 这一段描述也见出温健骝的创作与其他文学活动在内地、香港、台湾三地间曾经起到过连带沟通的作用，对于这些地区各自的文学发展和彼此的文化交流都留下了一定的痕迹。而因其创作时间的短暂，作品散落四方，为后来的读者和研究者造成了寻找不便，甚至根本无缘得识。

有独特风格和创作成绩的诗人却成为了“没有诗集的诗人”是一种缺失和

---

① 《温健骝卷》，三联书店香港分店，1987 年 8 月版。

② 《苦绿集》，允晨文化出版公司，1989 年 3 月版。

③ 水晶：《还有那许多不曾完结的——悼青年诗人温健骝》。《温健骝卷》，三联书店香港分店，1987 年 8 月版，第 366 页。

④ 同上。

⑤ 李瑞腾：《论温健骝离港赴美以前的诗——以〈苦绿集〉为考察场域》。黄维梁主编：《活泼纷繁的香港文学：一九九九年香港文学国际研讨会论文集》（上册），香港中文大学出版社，2000 年版，第 232 页。

遗憾。这样的现象亦有前例。古兆申编选中国现代诗歌，在发现罗莫辰（即罗大冈之笔名）时，感慨罗氏诗作现代感强，精雅动人之余，却也只能找到他发表于《现代》等文学刊物上的散篇零什之诗章，但是找不见一本成形的诗集。罗大冈早年在中法大学留学时期曾以法文撰写过诗集《玫瑰与夜壶》在法国出版，却不为国人所知。在国内，他则迟至八十年代才出版了一本薄薄的诗集《无弦琴》。之后虽有四卷本的《罗大冈文集》行世，但后期诗作已无复当年风貌，所吟咏的题材更替为"卫星上天，红旗落地"之属。罗大冈以罗曼·罗兰的译者和法国文学研究专家闻名于世，其诗人的身份则被隐匿了。

李瑞腾将《苦绿集》中除第四、五辑，即温赴美以前所作的诗歌作为一考察场域，按其意象和主题把捉分析，将论述重点放在温健骝关于"时间"和"夜晚"二者的系列诗作上，诗人对于时间的敏感由此可见。"在时间的大主题下，追寻永恒便成为一种生之动力。"[①]《苦绿集》的抒情基调是少年多愁的。"大致说来，《苦绿集》中的作品态度失之悲观，情绪失之低沉，色调则常感灰黯，令人觉得天地茫茫而岁月无情。"[②] 除了温健骝自己抒发过的时间慨叹，如："在午夜，时间像缠住足踝的荆藤，像脱不掉的鹑衣。"[③] 检读其作品，我们当可发现，早在他初试啼声，获得台湾的文学奖的那首《星河无渡》中就能找到这类"与永恒拔河"的企图。与余光中的师承关系，在这首少作中亦得以明显呈现。甚至连他断句的格式，顾盼顿挫之姿，都可谓得其神韵：

"面临一茫茫的星河

---

① 李瑞腾：《论温健骝离港赴美以前的诗——以〈苦绿集〉为考察场域》。黄维梁主编：《活泼纷繁的香港文学：一九九九年香港文学国际研讨会论文集》（上册），香港中文大学出版社，2000 年版，第 234 页。

② 余光中：《征途未半念骅骝——序〈温健骝卷〉》，《余光中集》（第八卷），百花文艺出版社，2004 年 1 月版，第 69 页。

③ 温健骝：《我的一点经验（代序）》，《温健骝卷》，三联书店香港分店，1987 年 8 月版，第 2 页。

（星河，无渡的星河）
你清凉的肌肤犹在我底掌握

悬崖下：水族悲歌
海尘生灭；若千年不雨
我无须仰望云霓
只从你深深的眼色
就能汲取润我的甘霖
若你以泪洒我
我就长为不凋花
在时空外绽放一朵永恒

亿万年的风吹着
吹我俩的发鬓成断草
而凤凰死，千山倒
日月成灰，星萤渐老
但你清凉的肌肤犹在我底掌握
当面临此一渺冥苍凉的星河
唉，星河
星河无渡”①

温在此诗中采用古典意象写不渝之情，并制造从现代角度出发，遥遥朝向古代喊话的交流场景。但他使用的“中国符号”及其形成的书写图像之转译已

① 温健骝：《星河无渡》，《温健骝卷》，三联书店香港分店，1987 年 8 月版，第 3 页。

然经过了多重的流徙。与七十年代余光中或者神州诗社同人们抒发的对中原故国的怀慕之情并非可以等量齐观。至少在对现实状况的呼应上，并无那般迫切，而显得更为凭虚御空，有仿用之感。在这个意义上说，温健骝的自我反省“我觉得，写诗光是弄弄矛盾语法，做些古语翻新，追求文字的感性，是不够的”① 与其是从意识形态上对过去之我的几乎全盘否定，倒不如说是出于诗歌技法上的思虑来得恰当。

《苦绿集》中另一首较多受人肯定的《你踩在夜凉里》遥应二十世纪三十年代新月派及其后续现代派的风致，摹写的情感温柔含蓄。统观全诗，似乎讲述了一个青年蹈海之前对恋人的最后寄语。以“晓镜但愁云鬓改，夜吟应觉月光寒”式的观看方式，由自己眼前所目睹的风景而感兴，思及对方的感受，对人世仍有怀恋眷念，但将其所赴的离去之途唯美化，认为要去往的彼地才是真正可堪心安的乐土，遂视之如归。抒情主人公随物赋形，变动不居：时而为水，再为鱼龙，又为漂木。自如舒展地转化为各种相异的形态，亦是设法自求纾解和逃逸之道。而这一切心绪和行为的内在理由动机，“你”并不知道。两人彼此隔绝，无法沟通。抒情主体的失望和无奈尽现纸上。但他虽有幽怨，却并不及于愤恨。“我”在叹惋“你”之不知之时，也并没有试图解释说明什么，或许是更希望自然心契的达成，而不要人为从中强作解说。情感的节制恰到好处。便纵叹其不够知己，“我”仍然对对方情深一往，不免连声发问是否感觉寒凉。终了，以西式的让步条件从句道出苦衷，即使对方能明白自己，依旧去意已决，无可遮挽。声情并茂，哀而不伤。

“你踩在夜凉里的足踝寒么？
我把衬衣和长裤

① 温健骝：《我的一点经验（代序）》，《温健骝卷》，三联书店香港分店，1987年8月版，第2页。

都遗在岸上；海风吹我赤裸的胸膛。
而你并不知道。

我爬下那铁梯，不说一声，
我要跃下，到那寒冷——
只不过是一滴水，
回归到更大的一滴罢了。

夜是一个很大的覆巢，
云的沉默。星的喧嚣，
都知道我要去了，
而你并不知道。

我一点也不留恋那灯色的冷意，
海里有热闹的鱼龙；
我本来也是他们的族类，
这一去，就像谁的象牙扇消失在纤手的白色里。

即使你隔着岸，隔着天涯
呼喊我，也只是徒然；
我为什么要去呢，
而你并不知道。

幻觉自己是一块漂木，
与碧蓝浮沉，

一拨手就有海水的闪光，
复眼的闪光，却没有尘世的扰攘。

这不是厌倦或什么的，
换另一种方式的生
岂不胜于这空虚的扰扰么？
而你并不知道。

即使你从浪花的沉吟里知道了什么，
即使你在海的那边喊我，
那也无效得像枯树的手势了；
只是此刻，浸在夜凉里你冷么？”①

《你踩在夜凉里》具有清冷和旖旎的双重审美特质。前者与废名的名句“乃有邮筒PO……大街寂寞，人类寂寞”之句，罗大冈的“无法投递，退回原处”所要表达的现代人交流艰难之主题相契合。后者则相类于卞之琳、何其芳等汉园诗人早期诗作中纤弱、柔美的风格，性喜浪漫，耽于幻想，是典型的青年时期作品。若与何其芳的《月下》两相比并，堪称同调，皆是吸收萃取了所谓“晚唐五代的憔悴嫣红”（卞之琳于《雕虫纪历》中语）。

《苦绿集》内有为数不少的诗作拟古情调十足，古腔古意，直接冠以旧诗题，或引用古诗作为题记。有的甚或诗前有序，诗后有跋。在此温健骝处理古典资源的方式与李金发的有些诗作手法颇为相似。不过他化用古意的状态则比李更加娴熟，不至于过分晦涩难解，整体的诗意比较清通可读。李的创作中往

① 温健骝：《你踩在夜凉里》，《温健骝卷》，三联书店香港分店，1987年8月版，第81页。

往将古语不加融通，直接译写为文白杂糅的诗句，并没有达到其化中化西的初衷。

如果说温氏与余光中之间确乎存在“影响书写”的关系，与余氏诗作中共同呈现出的得自李贺之处，则可谓某种“同源书写”。集名“苦绿”的取譬，绿为色彩，本由视觉而见之，却具清苦之味，则为修辞中之通感，使各种感官之间的功能打通融会，可以互相参详。余光中则称：“苦绿者，惨绿也，令人有惨绿少年之想。”① 这个命名具有李贺的味道，可与钱钟书在《谈艺录》中论李贺诗的几则，其中“长吉好用代字”之谓相印证。余氏亦言：“健骝早年最嗜昌谷，他的少作也往往在强烈而秾丽的感性中，表现出凄苦酸刻的心境。《苦绿集》里头颇有一些作品，或通篇，或散句，或隐约，或显明，看得出是与李贺的古锦囊相通。”② 李贺写鬼蜮仙怪，多有常人不能及之处，且已自成完足安乐的悠然世界。如他的若干名句所示：“王子吹笙鹅管长，呼龙耕烟种瑶草。”“丁丁海女弄金环，铜雀翘揭双翅关。”“南山何其悲，鬼雨洒空草。”皆能道人之所未道，且对中国古典诗歌传统中缺乏的神秘主义部分有所补充。中国古代的生死观乃是“未知生，焉知死”，“子不语怪力乱神”，只关心世俗世界，不追问可能存在的超越世界。诗歌作为兼承担教化功能和政治意蕴的正典性文类，除了游仙诗因其宗教背景而成一特殊的子类以外，通常不会写及鬼神。温诗中古意盎然而最出入鬼神间近乎李贺的，当数《梦佛》。

《梦佛》一诗中，写作缘起是梦中遇到佛像并得诗句“弥勒佛，青青柏”。在该诗后记中有所详述：“二月廿日夜梦身处一山中，倚坐一老柏，其叶青青。右有石鼓，左有流泉，泉色苍黄，泉侧有大理石弥勒佛像一尊，雪色，与石鼓同。取纸笔为诗，诗句颇有得意处，正自欣喜，忽见泉水上流出‘聊斋志冀’

① 余光中：《征途未半念骅骝——序〈温健骝卷〉》，《余光中集》（第八卷），百花文艺出版社，2004 年 1 月版，第 67 页。

② 同上书，第 68 页。

四字，乃伸手入水，欲改‘冀’作‘异’，终不成，怅甚。尔是，山风骤起，叶叶凄声，弥勒佛裂唇而笑，笑声苍然，有死意。复念自身所倚之柏或伸自死土，遂欲以手抚之，而遽尔惊醒。醒后诗中之句不复忆，仅记末二句：弥勒佛，青青柏。今依之而追思梦中之境，衍生成此篇。是为记。”①

梦一途所见闻的奇异经历，也正可与西方象征主义中所包含的重要组成成分——神秘主义的体验接通。超自然的，且不为现世所局限的思维与灵感得以延展。这首诗中所构建的意境，毋宁更近乎李金发名句“如同残叶溅血在我们脚上，生命便是死神唇边的笑”。远取譬和暗示的写作手法是象征主义的典型特征。梦中得句之偶然，佛笑的暗示意义，柏青水流的生死轮转之隐喻，都是转瞬即逝，很难落实其意义又若有所指的场景和意象，于是温惟有以诗记之。诗歌主体的白话部分和后记的文言部分，形成了两种语言质地的自然区隔，从而制造出了文本内部的差异、分裂与张力。后记所采用的文体更有传统的志怪笔记小说风格，这一点梦中所见的“聊斋志‘冀’”字样亦算有所交代，不以奇遇为异，反成冀望，也是有趣的反转。倘无此趟异遇，也就不得成诗了。

有趣的是，和温健骝坚持尊余光中为师的态度不尽相同，当年的诗友戴天的访谈录中，就台港间诗歌交流与影响关系有过如下的问答：

“问：你在台湾读书时期，多少会受台湾的诗的影响的。你在去美国前写的，如《花雕》，是接近那一代台湾诗人的诗风的。

答：这是可能的，在同一个时空下，你所读的书，你的感受，会相近似的。其实我的诗并不是受台湾诗风的影响，而是受外国诗风影响。如法国的象征主义的诗。创作意义是最重要的，创作意识不同，整个作品就不同了。……

问：某些诗评尊余光中为一代宗师，并强调他对香港诗坛的影响。以说明

---

① 温健骝：《梦佛》，《温健骝卷》，三联书店香港分店，1987 年 8 月版，第 83 页。

台湾诗坛对香港诗坛影响重大，但香港的诗是否就不会影响到台湾？难道除了余光中，本港就没有一个足以影响本地诗坛新一代的诗人？

答：我觉得这里面有某一种理由，有一定的道理，台湾诗影响是大过于香港新诗，香港新诗没有回馈到台湾，回馈性比较低微，但不能说香港诗完全对台湾没有影响，香港人写的明朗诗早过台湾，醒觉性是早过台湾那些现代诗人的，这一点他们可能不承认，坦白说香港诗人很少在台湾发表作品，但并不是说香港的诗就不能通过某种渠道到过台湾，不过，香港事实上也没有过什么大诗人，影响香港诗坛只能影响某些部分。某些技法上语言上都有些人是有影响的。但是不要忘记，文学史是某些小圈子或文学派别塑造出来的形象，并不等于客观事实。”① 戴天的说法强调了香港诗歌创作的独立自主性，与台湾诗坛的近似并非有样学样，而是共享相似的阅读资源与时代风潮。他也提示了香港诗坛与台湾诗坛的关系应该是双向互动，即使香港的反馈较为微弱，但不能就因此否定其存在。同时他指出文学史书写者的主观偏颇可能造成形塑的不尽不实。这种论说的缘由应也与戴天与温健骝来台前的经历差异有关。他们虽看似都是在台接受大学教育和文学教养的香港侨生，戴天之前在英属殖民地毛里求斯的生活比温自港而台更加坎坷，造成了他在文化身份认同上愈加敏感警惕，遂不愿轻易归属于某种单一影响源头的理念。

到了《帝乡》中，温健骝虽然诗风大转，对社会现实的纪录和控诉的诗歌固然占了这一集作品最主要的比例，但言语之间，对于过去的创作实践，并非如他自己所言能果断地弃绝而去之，而是仍然有所牵系和眷念。他的来时之路毕竟无法就此一笔抹杀。“此情与诗，盖在无与有之间，故选出一辑，题曰镜花，即以镜为有，以花为无。惟花不存镜，镜不留花，以其为有，则情去景消并无花影，以其为无，则镜在人在，及今所反照的，已不是东一簇西一团的香

① 《访问戴天》，《骨的呻吟：戴天诗集》，风雅出版社，2009 年 10 月版，第 499 – 500 页。

幻，而是反抗者底紧握如心的血拳和断链了。”[1] 镜花幻美，诗人努力说服自己，觉今是而昨非，却透露出有无明灭之间闪烁动摇的心绪。《帝乡》中的诗作与《苦绿集》相比，在形式上从自由体新诗变为了不分行的散文诗，有商禽的影响。风格则冷涩，多用象征隐喻手法。“现代主义最重要的贡献，其实就是要把传统封闭性的美学体系，变成一个开放的美学体系，使文艺创作能无休止地寻求一切可能性。基于此，我认为健骝最有创意的作品是收于《帝乡》中的诗。这些诗，是由于内容上的突破而走向形式的突破的。”[2] 即使内容和题旨在批判写实，诗歌的技巧依然是现代主义的实验形式，这一时期，温健骝还托古喻今，对中西古代小说与神话中的英雄人物形象给出了新语境下的解读，无论是伊卡洛斯还是花木兰，其命运和面貌都被再次改写。

二、“在别人的记忆里关上一扇门”：爱荷华遗踪

1968 年温健骝应爱荷华大学国际作家写作计划之邀请，赴美参与该计划，并在爱荷华取得了创作硕士学位。在此期间他还参与了海外的保钓运动，并表现得较为激进。但观其诗文，直接描述这一段生活和写作状况的作品寥寥无几，以至于今天，我们只能通过他与友人的书信往来，乃至旁人的回忆和纪念中探寻诗人当年行脚所至之处的交游与活动。

古兆申的访谈录《双程路》中对温健骝在爱荷华的修业状况有过如下回忆：“如果我没记错，据我当时了解，爱荷华是首间创办创作课程的大学，他们的 Writing Workshop 很有名，即是作家工作坊。他们颁发学位的观念是很新的，比方说，如果你是修读创作的，你可以一本诗集作为 MA 论文。温健骝的

① 温健骝：《〈帝乡〉自序》，《温健骝卷》，三联书店香港分店，1987 年 8 月版，第 89 页。
② 古苍梧：《编后记》，《温健骝卷》，三联书店香港分店，1987 年 8 月版，第 130 页。

MA 论文就是一本诗集，我曾经帮他排印，爱荷华出版系、新闻系里有排字房，学生可以自己动手排字出版。温健骝那本英文诗集叫《象牙街》*Ivory Street*，[①] 是我，他和他的美国朋友三个人执字粒排出来的，印刷也很精美，当然印量很少，只有一百册左右，因为都是人手制作的。温健骝的毕业论文是一本英文诗集，其他工作坊，例如小说工作坊、翻译工作坊则可以小说作品或翻译作品来做毕业论文。"[②] 从这段文字来看，当年爱荷华作家工作坊的风气之自由开放，可一不可再。创作学程能将学位的颁发以创作来抵充论文，在前人的回忆文字里已有提及。而论文（即作品）的物质生产与制作过程，亦由学生本人亲力亲为，很像现今的手工诗集。而成品就算数目稀少，因其论文性质亦不会变得奇货可居，并没有被商品化，成为创作者本人难得的某一创作时段之纪念品。

以下一段则是作家工作坊中，几位台港诗人合作讲述五四以来的中国新诗，并朗诵自己作品的场景之追忆："这个 program 本身每星期有一次定期活动，形式有点像工作坊，作家可以在其中谈自己的作品，也可以向其他人介绍自己国家的文学概况，朗读自己的作品也可以，任何形式都可以。每位作家总会有一次这样的机会，如果有几位作家来自同一个国家，那便可以合作，我那次有四位中国作家，我们四人一起合办了一场讲座，主要讲中国新诗。因为温健骝、郑愁予、商禽和我都是写诗的。……我们讲中国新诗，从五四讲到当代，中文稿由我撰写，温健骝则负责用英文宣讲。温健骝也将一些 1949 年以前的新诗作品译成英文，朗诵出来。至于郑愁予、商禽和我，则用中文念几首自己的作品，再由温健骝用英文念。当时我们发现那些诗如果是比较欧化的，

---

① 此处应是古兆申的口头表达有误：温健骝在爱荷华的硕士论文为《苦绿集》之英译本；《象牙街》则是其后出版的另一本英文诗集。

② 古兆申：《双程路：古兆申访谈录——中西文化的体验与思考：1963—2003》，牛津大学出版社，2010 年，第 119－122 页。

翻译出来的效果会较好，例如艾青的诗，穆旦、商禽的诗，翻译的效果都很好，反应也很好；但郑愁予的诗，我们都知道他的诗很‘中文’，翻译出来效果就不太好，失去了许多东西，这是两种语言的问题。”①

而在郑愁予的《莳花刹那》集中，则有数首诗歌记叙了爱荷华诗酒尽欢的生活。先有《六月夜饮》，继而又有《八月夜饮》。白日高歌须纵酒，诗人们亦要夜游。同期在爱荷华的台湾作家还有商禽、林怀民等人。商禽的名篇《长颈鹿》即是和林怀民同住地下室时从窗子看到街道上往来的行人腿脚而写成。林怀民的云门演出后，郑愁予也有相关的诗志之。《八月夜饮》的末节诙谐奇趣：

“忽然，我的同伴提议
咱们想法子再弄一瓶酒罢
那也不行
那要开很长的车到安氏农庄偷去
而我们，又是这样的懒，何况
书包中还有一些儒家的思想呢”②

诗人在诗末批注说：“安氏农庄，是诗人 Paul Engle 在爱城乡下的一栋 A Frame 农舍，坐落在一小山顶上，周围有数亩玉米田和广阔的草坪。舍内藏艺术品和名酒。有一阵子温健骝借住在舍内，我和朋友们常夤夜往访，饮酒到天亮。”可见当时通宵达旦，场面之盛，令人神往。

在郑愁予三首合一，总标题为《零的递减》的组诗中，第二首《烟后怀友》是怀念温健骝的：

---

① 古兆申：《双程路：古兆申访谈录——中西文化的体验与思考：1963—2003》，牛津大学出版社，2010 年，第 125 - 126 页。

② 郑愁予：《八月夜饮》，《莳花刹那》，三联书店香港分店，1985 年 10 月版，第 23 页。

“零的递减

附解：零的递减是气温降到零度以后向负数上升，指死亡以后的岁月。岁末怀的是刘非烈。烟后怀的是温健骝。梦回则怀念那些‘欲祭疑君在’的朋友们。

烟后怀友
少年围围坐
0
玛瑙烟做1
顺0边
边传
唇紧唇紧
仰闭目深透鲸吸
个1
递减至
0

(躁烦往矣)
少年面相
晶莹
乃一腰一腰
长身而
离去

当是

零的

递

减”①

其中巧妙用了 1、0 的数字象形，勾勒出昔时友人们聚谈且吞云吐雾之惬意情态。人围围坐成圈是 0。烟形状似 1；由烟之 1 吐出烟圈则消散为 0；曲终人散，一一离去之后，则围成的圈解体，是所谓“零的递减”，生命进入死境改换以负值计算。末句的形象化分行描述了生者逝去的动态过程，“少年面相晶莹”则是对早逝的温健骝之伤悼。

从武昌街东坡的“去国之忧伤”，“寂寞中浮出苦寒的等待”，到爱荷华布朗街西坡的驻足叹惋，郑愁予记录爱荷华生活点滴的作品中，不只是诗友饮宴之乐，亦有对海外政治运动意象鲜明的隐喻。《盛秋，驻足布朗街西坡》中有这样的句子：

“红砖路是不宜上爬的，如何爬得尽
这的工程，一方一寸仍典存
那犹在沁血的祭礼，鞠躬低眉而
拾级，越高越”

“千年出土的颜色……又鬼魅般地引燃
布朗街陡峭的西坡……终于串连了
大枫树的

① 郑愁予：《零的递减》，《莳花刹那》，香港：三联书店香港分店，1985 年 10 月版，第 35 页。

连天大火

……

这时

红砖的夹隙间

几株小草濡沫着

是什么飞禽（为什么！）衔来

宿命的种子？漠然挨过酷暑

又活到秋盛的大火

小草小草

能过冬否？”

此诗的写作时间为“一九七二年原作，一九八四年修改及订正”。正是保钓运动兴兴轰轰之时，古代与当今，中西之间的历史文化激荡之状，被诗人以眼前的异国秋色淋漓渲染。诗后的《追记》则表意更为显豁：“……我到爱城是十月，住进城北新建的‘五月花’大厦，从八楼俯瞰爱荷华河与毗连的大公园，秋景甚是动人，不禁常常在附近游走。一日路过一街口，红砖铺道，陡坡古意盎然，遂逆坡而上。俯着首，使力地把一列一列的砖踩向身下去。古老的红砖，有的早已骨裂了，有的残破着额角且生了苔藓，有的有一点儿湿，像沁出的血。我这样看着踩着像把历史一页页地读着翻着一样。……此刻，正是落日滚动西下，立身的街坡显然又是向西的，一回头，便蓦地向落日面面相对。落日很大，越滚越红，照上大枫树更是炽烈地像一团大火烧起来，就是那些小脑袋也都是红汪汪的，脸痴痴的。红砖的街道映带红的夕照，红果子却亮亮地睁开了黑眼睛（我一直还不懂怎么红中却有黑色的反照？也还记得有一些小草在红砖的缝隙中不动声色的生存着）。总之，我把这奇景的街名记住了——布朗（Brown）街。后来友人告诉我，树的那一边的一栋白木房子，就是白先勇住过的。多有意思。”①

郑愁予由于受客观条件牵制，个人并没有实际投身保钓，因之选择以诗句写下其时历史的变貌带给他的思考与震荡。“林怀民去了，商禽去了，郑愁予没去，我们都体谅，因为他的家人在那边，他在中文系工作，而当时的系主任是亲国民党的。”②

古兆申回忆了在爱荷华的华人青年一起从事的保钓活动：“我去爱荷华那一年刚巧是发生保卫钓鱼台运动的一年。在爱荷华，我和温健骝，一位姓蔡的同学和一位姓丁的画家。我们出版了《爱荷华钓鱼台通讯》。我记得旧金山、Berkeley的郭松棻、刘大任等则出版了《战报》，比较有分量，因为他们都是较成熟的作家。《战报》出版不频，我们则每星期出版一次，是周刊。《战报》好像只出版了两期，但比较有分量，有长篇剖析中国政治的文章，对运动的认识、中国知识分子的心态和责任等问题都有讨论。其他各地的保钓通讯则主要是信息性的，偶然有些时事性评论。”③

1971年4月10日，北美华人爆发了规模最大的一次示威运动。当时爱荷华的台湾学生因为有国民党的监视，所以诚惶诚恐。香港学生则行动较为自由，在具体的各项活动中经常是首当其冲。温、古和他们的几位朋友正好躬逢其盛。“爱荷华的中国学生在比例上以台湾占大多数，香港学生很少，我记得只有温健骝、我和姓蔡的同学几个，属少数，绝大部分都是台湾学生。”④

“因为我们来自香港，从他们的逻辑来推理，我们一定是‘左仔’，但他们不知道，无论我或温健骝，从成分来说都属于中共眼中的黑五类。我的父亲是

---

① 郑愁予：《盛秋，驻足布朗街西坡》，《莳花刹那》，三联书店香港分店，1985年10月版，第73页。

② 古兆申：《双程路：古兆申访谈录——中西文化的体验与思考：1963—2003》，牛津大学出版社，2010年版，第131页。

③ 同上书，第126－127页。

④ 同上书，第131页。

国民党军官，虽然不是蒋系，是桂系；我爷爷在解放时被认定是恶霸，我这样的背景不可能是左派组织里的人，即使左倾也不会是左派组织里的人。何况我在爱荷华时根本不是左倾，可以说是非政治，或者在政治取向上稍稍偏右的。至于温健骝，他的父亲是国民党时期的广州警察局局长，看到温健骝读《大公报》会夺过来，撕了掷在地上的。在保钓委员会里，我和温健骝都算是核心成员，但我们绝不可能是‘左仔’。”① 由上面一段话可以看出，他们当时参与保钓的政治行为更多出于身在海外的民族情怀，爱国之心，并非激越的左派。

温健骝和古兆申的文风形成了鲜明的对比：“我在美国时，我们在爱荷华办的《保钓周刊》中所有政治评论都是我写的，观点都很保守，四平八稳；杂文则是由温健骝写的，很尖锐。温健骝常常笑我，说我那些是‘中央日报’言论。”② 聂华苓对于温健骝的回忆则见于其《三辈子》：“小古和小温（温健骝）将‘国际写作计划’的一间办公室霸占成保钓运动办公室。”③

回港之后和聂华苓的几封通信中，温健骝交代了自己的学业、工作与病况。聂华苓在纪念温的文章中写道：“我一九七五年夏天到香港，他对我谈开办《文学与美术》的情形，谈他参加的文学活动，谈《中国诗选》下册的编辑工作。他的声音更低沉，他的情绪却更昂扬了。一天晚上，他抱着一包芒果来看我和安格尔。那时他才告诉我他已得了鼻癌。（那是他在美国时就已经知道的了。）但他相信他会活下去，因为还有许多进步的事业要干。……他平静得好像在讲一件稀松平常的事。接着他又谈《文学与美术》与其他的文学活动。他说他很高兴回到了香港：‘可做的事太多了！’”④ 爱荷华遗事的香港续曲，

---

① 古兆申：《双程路：古兆申访谈录——中西文化的体验与思考：1963—2003》，牛津大学出版社，2010年版，第131－132页。

② 同上书，第138页。

③ 聂华苓：《三辈子》，联经出版社，2011年5月版，第354页。

④ 聂华苓：《“到达中国的天空”》，《温健骝卷》，三联书店香港分店，1987年8月版，第89页。

却惜乎太短。

三、“征途未半”：参与选编中国新诗及其他著译与研究

1967年，古兆申、黄继持、小思（卢玮銮）、张曼仪等人在港选编出版了一部《中国现代诗选》（上、下）。其后未久，又有一部《中国新诗选》问世，它的编者是尹肇池（从温健骝、古兆申和黄继持三人名字中各取一字，谐音捏合而成的集体化名）。《中国现代诗选》可以看作是《中国新诗选》的前身。温健骝参与的是后者的编选工作。这部诗选之所以到了后来还要再选编一次，乃由于前一版本印刷精良，遂也价格高昂，不利于争取更多读者购买和后续传播。

更重要的则是，也因为此时在资料占有上取得了更为广泛的素材来源。“另一个原因是我到了美国，温健骝帮我在国会图书馆、Stanford或其他较有历史的大学中文图书馆复印了一些新材料，比如将《七月》整套复印。张曼仪那时到了英国访问，吴振明本来有几本《中国新诗》和几本幸存的《诗创造》，她在英国的图书馆便整套复印了回来。”①

这部诗选综合选辑了从五四到抗战时期的中国现代诗歌，但与之前《中国现代诗选》的取意着眼略有差异。“《中国新诗选》的初版有一篇不具名的《引言》，但相信是尹肇池三人共同的意见，谈及他们的选诗标准和编选心态的转变：‘我们发现自己过去的眼光，多么狭窄，多么淡薄，我们发现我们的审美标准和欣赏习惯，都有很大的片面性、局限’，尹肇池比较推重三四十年代的写实诗风，编选《中国新诗选》较多选定写实和抗战诗歌。”②

---

① 古兆申：《双程路：古兆申访谈录——中西文化的体验与思考：1963—2003》，牛津大学出版社，2010年版，第33页。

② 陈智德：《诗幻留形：尹肇池选诗》，载2008年4月26日香港《文汇报·副刊》。http://trans.wenweipo.com/gb/paper.wenweipo.com/2008/04/26/OT0804260020.htm

古兆申的说法则是："当时选编的观点虽然略有改变，但跟《现代中国诗选》没有太大的距离。我们选编《现代中国诗选》时，视野比较阔。"[①] 在编辑筛选他人诗作的过程中，温健骝也会潜移默化受到不同时代各个诗家的影响，从而对其创作和品鉴有了新的改变。

自美归港以后，温健骝任职于今日世界出版社所出版的《今日世界》刊物，同时也在《八方》、《盘古》、《中国学生周报》等具有左倾色彩的报刊上发表文章。1975 年与古兆申、文楼等人创办双月刊《文学与美术》（后改名《文美》）。今日世界出版社、友联出版社都是在冷战思维下美新处于香港的重要文化机构，美援文化下向台湾的意识形态渗透是以巧妙不落言诠的文化输出方式推进和完成的，它们也同是推行反共意识的重要堡垒。

1975 年，今日世界出版社刊行温译美国女作家弗兰纳里·奥康纳《鹧鸪镇上的杜鹃花季》[②] 之短篇小说集，其中包含《鸿沟》、《庄稼》、《鹧鸪镇上的杜鹃花季》三个短篇，且是中英对照。这些小说都是片段式对生活侧面的速写记录，涉及乡村日常、种族之间的矛盾隔阂问题种种，并对不公的社会现实有所批判与反思。温健骝的译笔简洁生动，基本采取直译法为主，有效地传达了奥康纳小说的风格神髓。

早在爱荷华修读期间，温健骝已因其年轻有为，颇得保罗·安格尔与聂华苓的赏识，请他在爱荷华协助从事沈从文的研究，但关于沈氏研究，至今并未见其有论著留存。与之形成鲜明对照的是，他对于严阵的诗歌有专文论述，且对浩然的作品产生了浓厚的兴趣，并开始着手阅读和研习浩然的小说和相关研究文章，欲以他的《金光大道》这部小说写作技艺为主来做博士论文，很是下

① 古兆申：《双程路：古兆申访谈录——中西文化的体验与思考：1963—2003》，牛津大学出版社，2010 年版，第 34 页。

② 关于今日世界的文学翻译丛书，单德兴在其《冷战时代的美国文学中译——今日世界之文学翻译与文化政治》已有了详尽的论述。书林出版社，2009 年 9 月版，第 117 页。

了一番功夫。前后研究对象性质之异，跨度之大，都不免令人惊异。在严阵和浩然的作品里，他找到了符合自己对于社会改造和批判现实主义的期待，因而格外惊喜。今日返观之，浩然的《艳阳天》和《金光大道》已鲜少有人再读，它们过分倚重意识形态并为其做图示的描述，少有独立深远的文学价值。在这个巨大的变化中，如果假以时日，温健骝或许对其选择和信念又会做出不同的判断和转向。但至少在当时，他是一腔至诚投身其中，却因病况恶化未能完成研究计划，也成了永久的遗憾。

结语

2011 年 11 月，香港序言书室举办了“重读香港诗人系列”活动之温健骝场次。而在中共广东省鹤山市委网站上所列出的当地名人中，温健骝赫然在焉。聂华苓新近修订出版的自传《三辈子》中，亦收录了《温健骝集》中未见的，当年温在爱荷华与其他外国作家一起的珍贵合影。华语地区仍在以各自不同的形式，进行对这位诗人的纪念和言说，尽管这些举动或无心，或有意，出发点大相径庭，却也昭示了几十年后诗魂的悠悠回响，依旧存有需要继续听辨的频率。诗人的形象正待再被丰富和重建起来。

花园城与观音莲

——老舍与李永平的城市书写中之南洋想象的对比研究*

如果我们不过分执着于“原乡书写”及与之相关的“原乡”所指称的范畴，一定要是未经现代文明开化的乡野（如鲁迅的未庄和许杰的浙东农村，甚或沈从文的湘西等中国现代文学史上的乡土文学“重镇”），也能相对消解所谓“城乡对立”的概念，而诉诸更为广义的城市概念，则老舍笔下的《小坡的生日》所写之新加坡和李永平《吉陵春秋》中所塑造的吉陵镇，便因其在南洋书写上的某些共性与相异之映照，而有了实在的牵系。在如此放宽控制的光谱，也是广谱之下，就会浮现出更多以前为人忽略的面向。

进入现代以来，城市已经成为人们生活和居住的基本单位。现代文学传统尤其是小说中对此表现尤力。真正具有现代感的城市诗则佳作不多，较好的则大多有外国文学的影响痕迹渗透其中，本土制造的成分不纯。中国的城市形态是复合的、混杂的。现代以降，小说家各擅胜场，将其生身之地或久居之地的城市以文字形塑，写出了其专属感。北京、上海、台北这样的重要大城市，都各自有人认领，与老舍、张爱玲、白先勇的名字密不可分。在此意义上，新文学的版图扩张与中国的城市地图割据正可相映成趣。延至当代，人类学研究亦

* 本文曾刊于《小说评论》2017年第7期。

受城市这种划分单位的量度与限制，基本化约为具体的社区研究。在全球化语境下城市面貌的趋同，各种连锁店的星罗棋布使其难分伯仲。如何在这种大生产复制时代的流水线模式下重新找到可称为个性、异质，而不是被符号化、传奇化所简单挟裹的单一板滞形象，正是与城市研究相关领域学人所应思考的课题。对于城市的身世，其研究的路径是否能再出新意呢？

很长一段时间以来，我们在论及台港（和其他地区的海外华文文学）与大陆文学和文化关系时还是很习惯以城市为单位进行勾连。亦即城市书写和文化研究中的城市研究经常采用的“城记”式论述。譬如“上海-台北”双城记的对比参照，或者沪港双城记，有时也会三者鼎立综论。这当然是由于它们在经济文化等方面的进程较为相近，同为具有发达市场经济特征的国际化大都市，兼具指向过去的怀旧故事和城中传奇，在历史和当下都构成了其特有的话题性和可比性。这种讨论方式在研究城市彼此关系和文化影响时，固然具有一定的有效性，但久而久之亦成为惯性论述。如对三十年代上海的想象会落入符号化、抽空化的描述或者是想当然耳地成为一种东方主义式的奇观描述。而其相对应的“镜像城市”与之的关联也受这种论述的影响，变得模式化，不再有新意可寻。

从台港的殖民历史来观之：香港的无历史感使得其城市书写幻化和虚构的成分甚为浓重，成为“看不见的城市”；台湾城市研究的中心区域则锁定在台北，因其复杂身世亦生出重重迷障。如果以区域的概念重新审视不同地方经验之间的接驳过程和方式，当可使度量单位扩大，着眼于更为宏观的状况。离散经验中的流寓和迁移也与作为区域形成动力的流动性彼此呼应，甚至是将两种论述叠加来看“地点”意义上的区域与离散经验的关系。虽然区域形成动力的流动性更倾向于其内部的因素变动，而离散则是异地之间发生的变迁移动，但两者有重合亦有交集。

很可能在城市之外我们恰恰需要引入新的，对“地点”这一概念的新描述以应对新情况下的讨论。此处区域的概念其实是统观性的，以世界为畛域的。诸如东亚、东南亚、中亚等等这样的以区块式划分来观察看待的，往往也是世界局势，尤其是政治格局方面的排布与实力对比。然而何妨推而广之，因日本、韩国、朝鲜、印度，乃至本文中需要论述的新加坡和马来西亚等国家的文学与中国文学素有历史渊源，如能展开不囿于比较文学范畴内的关联和比照研究，必可有新的发现与创见。而在社会学、政治学等学科中所言的区域，当然是以政治经济人口等社会因素为主导和变化的动力，但与文史学科中这一近似观念打通之后，未尝不能成为跨学科研究的良好对象。

南洋即今日所称的东南亚地区，与中国现代文学看似相去甚远，难以挂钩，其实有着微妙的牵系。当代马华作家黄锦树在其短篇《刻背》中，以学者兼小说家的二重身份，生发了其大胆的追踪与想象，对众说纷纭的郁达夫下落之谜另做文章。之于郁的结局，黄未采用通常所认为的其遭日本宪兵杀害之说，而将文学史重要人物的命运跨文体延伸至小说中，亦真亦幻，为其续写了其在南洋的后半生身世：大隐于市经商维生，且蓄须变貌，作别前半生的文人才子形象。这一推衍虚构的性格逻辑发展其道不孤，有实例可循。很似早年叱咤现代诗坛的象征派先驱者李金发，晚年成为美国的养鸡场场主，其思想旨归不脱陶渊明王维的归园田居之志。郁达夫“死在南方”的可能收梢，经黄锦树的巧为引渡，将五四文人的命运奇异地与南洋辽远之地相连，也使得本来仿佛毫无关联的两个文学时代，发生了遥相喊话的勾连，语言和文体的嬗变可作追寻。

在比较文学和少数文学意义上的台港澳及马华、新华等文学从文辞语句到情思内涵，其表现形态与大陆文学都迥然相异。有学者从地域状况的角度指出，台湾所属的“海洋文明”和“大陆文明”具有差异甚大的气质与源头。台港及马华文学的书写，从地域渊源上可视作“南方文学”的共同体，且都与迁徙流离的经验密切相关。它们身为由少数族裔所书写的“小文学”（minor literature），具有与主流文化思想对垒的精神内涵与生存意识，在远离母体文化和母语环境的匮乏中努力超克这种先天不足的境况，可以说是凭借“绝地逢生”的书写实践，发长出更为繁华丰盛的语言景观来。

由此引发的一个问题是：这种被两相隔离的文学传统，如果脱离开了直接传承的源流关系，是否能通过另外的途径（如共享某些旧文学的阅读资源）而达到殊途同归式的汇合？这也正如未必具有原象-映象影响关系的两位作家，其表现出的相似特征是由于都师法一些共同的名著而成。如以张派作家的谱系划分而论，在有些学者的论述中，白先勇亦被归为张派一系（这种划分方式本身可能存在误判之嫌，而张大春在其《小说稗类》中，曾从腔调的角度出发辨析了白张在派别上的相异和差别），之所以会出现这种判断，白先勇和张爱玲之间，以《红楼梦》为代表的“旧文学”（中国古典说部）资源，作为他们共同阅读并深受其影响的启发性文学典范，起到的作用不可小觑。归根结底，南北之间两种原本底色不同的文学传统，借由更早更古旧的中国文学经典互相连通，并有了交流碰撞。也像五十年代赴港的大陆南来文人为其时香港文学的发展注入新声，或者是当代台港文人的北上大陆出版作品，发表演讲。风水轮转，彼此的往还推进了文学融合。

李永平对于其阅读资源和书写语言看法的夫子自道，亦表明了他的创作来时路的取舍抉择之不易。在谈及最新出版的长篇小说《大河尽头》（下卷：《山》）时，李永平是这样陈述的——“这是要提醒读者，达到诗歌中叠句(Refrain)的效果，读起来像是诵经的感觉，达到诗的意象。”李永平说，“在我早年的创作中，为了刻意回避马来西亚式的中文，会坚持使用纯正的中文。我热爱中国文本，初中一年级就看《红楼梦》、《三国演义》、《水浒传》，我爱看中国书，到现在还是如此。”[1] 这些古典名著对于如老舍这般的现代文学作

① 朱国珍采访整理：《李永平——迈向大河尽头的重生之旅》，《联合文学》2010 年 12 月号，第 314 期，台湾联合文学出版社。此处引录自网络版：http：//cn. mag. chinayes. com/Content/20101201/b625a8bca40d4fc2b86cdba2e970416f. shtml。

家，自然是阅读书单上的必经之路，但对于出生在马来西亚的华文作家像李永平来说，还要经历一个自我觉醒、重新拣选读物的过程，以认祖归宗吸收中国文学的养分化为己用。“马来西亚式的中文”应是相类由洋泾浜英语（沪语与英语混杂产物）所产生的沪语中外来词句，或是香港粤英混杂后并不地道的中文表达。对于非大陆地区如台港和马华地区的本土书写者而言，我口不能写我手，乃是由于其口头语和书面语被迫分离。日常说话使用的杂合语是“自然语言”，而真正“标准化”的中文书写则成了他们需要后天习得（而非与生俱来）的“人工语言”。语言本身是铸造风格、构建文体的基质。言之无文，行也不远，这种根源性的语言危机，或曰匮乏，是这些作者在开始其创作道路之前，首先要超克的难题之一。

无论是《吉陵春秋》还是《小坡的生日》，在李永平和老舍各自的作品中都属于较为非“常态”的书写，也是相比他们的其他小说，并不那么典型的创作。这种在作家整体写作中偏于边缘的位置，或许亦是两者某种相通之处的体现。李永平提及《吉陵春秋》，会将其特殊对待，说：“虽然我将《大河尽头》的地理位置配置在婆罗洲，但是雨林深处的故事细节、语言与风格，都是我创造、想象出来的，不属于马华文学书写，而是李永平的内心世界；就像《吉陵春秋》也不是写中国，是一个大杂烩，是我过去受过的教育、想法，全部融入进去的作品。”① 他也并不认为《吉陵春秋》铸造的语言风格是最好的，无可替代的：“《吉陵春秋》的文字是为了那个题材而创造的，换了另一个题材就要换另一种文字风格，用《吉陵春秋》的文字来写《海东青》，太怪异了。《大河尽头》则是把《雨雪霏霏》的文字再作调整，还不是写出另一种风格，我不能用《吉陵春秋》的文字来写之后的小说嘛，故事发生的背景不同，考虑的文体就

① 朱国珍采访整理：《李永平——迈向大河尽头的重生之旅》，《联合文学》2010 年 12 月号，第 314 期，台湾联合文学出版社。此处引录自网络版：http: //cn. mag. chinayes. com/Content/20101201/b625a8bca40d4fc2b86cdba2e970416f. shtml。

不一样，写完了，那样的文字就消失掉了。等我写完这三部曲，再写另一本小说时，作个预告，我想写武侠小说，那个空间一定要设定在中国大陆某个模糊的朝代，到时侯，也许《吉陵春秋》的文字又重现江湖了。”①

《小坡的生日》不同于老舍一贯擅长对城市采取的梦华录全景书写方式，例如写于同期，在其之前不久的长篇小说《二马》（《二马》为在伦敦期间所写，而《小坡的生日》正好写于离开英国滞留新加坡的那段时间）中对伦敦风物人情的细致刻画，乃至时而回首与北平城生活体验、景色氛围的对比，是质感十足的风俗画描绘，并进而深化为“反思国民性”的议题。老马先生和儿子一起到伦敦后，依靠开古玩铺维持生计，但因文化差异，生活上仍感诸般不适，于是他便萌生了思乡之念，其简单朴素的愿望也无非就是：“伦敦买不到老绍兴，嗨，还是回国呀！老马始终忘不了回国，回到人人可以赏欣踏雪寻梅和烟雨归舟的地方去！中国人忘不了美和中国，能把这两样充分地发达一下，中国的将来还能产出个黄金时代。”② 中西审美观的根本差异是老马恋土怀乡的症结所在，对于中国美学的信心未免又带了几分自我解嘲的色彩。

而在《小坡的生日》中，经由小坡之眼所望出去的新加坡，却是一座隐性的、白描的“看不见的城市”。小坡身为起到“行动元”角色的人物，由其生活动线和活动范畴带出了城市的图景，作者对其声色质地，仍无太多着墨。“在花园里”——“在家中”——“在学校”——“在动物园”的简单地点转换链条中，人物的语言和行动鲜活可感，浮于纸面之上。小说整体结构上亦与儿童的思维特征相符，选择了那些在小坡脑海中留下深刻印象的，近于其思考“兴奋点”的生活场景和片段着重加以记叙，并非严格的线性或时间叙述逻辑。

---

① 伍燕翎、施慧敏访问整理：《浪游者——李永平访谈录》，2008 年 11 月 25 日于台湾花莲东华大学。此处引录自马来西亚“有人出版”部落格：http：//www. got1mag. com/blogs/got1mag. php/2009/03/23/liyongping。

② 老舍：《二马》，《老舍小说全集》第二卷，长江文艺出版社，1993 年 11 月版，第 168 页。

各段单独看，都是可提另成章的短小故事，又被统摄于一个共同主题之下。虽说是明言要写其生日，生日也只是占了其中一个章节，并非绝对的核心，实际要写的却是更广泛的日常生活情态。

第一章起始写到小坡名字的来由，是就地取材，根据父亲店铺的位置变迁而定的。“哥哥是父亲在大坡开国货店时生的，所以叫作大坡。小坡自己呢，是父亲的铺子移到小坡后生的；他这个名字，虽没有哥哥的那个那么大方好听，可是一样的有来历，不发生什么疑问。”① 这里以人带事，虽然看不到详细新加坡街景的描绘，然则主人公本身的来源就是具有在地性，和新加坡无法分离的一种存在，也像是先天不能逃避的命运。命名在中国小说的传统中是具有隐喻象征的关键环节，为了不使得这种关联思考显得刻意和过分沉重，老舍紧随其后却又宕开一笔，继续追问下去：“可是，生妹妹的时候，国货店仍然是开在小坡，为什么她不也叫小坡？或是小小坡？或是二小坡等等？而偏偏的叫作仙坡呢？每逢叫妹妹的时候，便有点疑惑不清楚。据小坡在家庭与在学校左右邻近旅行的经验，和从各方面的探听，新加坡的街道确是没有叫仙坡的。你说这可怎么办！”② 归结起来一句话就是：“生在大坡叫大坡，生在小坡叫小坡，没有仙坡为何要叫仙坡？”这样有趣无理的联想，如同张大春在《聆听父亲》中记下的曾祖母关于饺子馅儿搭配的“口诀”一般：“猪肉馅儿要配韭菜，牛肉馅儿要配大葱，羊肉馅儿要配胡萝卜。”

民间俗谚因其琅琅上口而易于记诵，与其包含的文化记忆发生奇妙的化合作用。

虽然是基于新加坡的地名而起名（到仙坡是例外），兄妹三人的名字也仍是符合中国习惯的同辈顺位排布命名法，从这个意义上说，又有本土文化对异

---

① 老舍：《小坡的生日》，《老舍小说全集》第二卷，长江文艺出版社，1993 年 11 月版，第 263 页。

② 同上。

域文化的吸收和化解，以某种具有调侃戏谑色彩的方式将其收编已有，创造了文化混杂性。

老舍的外位视角下所展示出新加坡的扁平感，显得整个城市几乎没有真正的质感温度，却也因此意外地保持了观察的距离和可供反思的空间。便如在第二章陈述之“种族问题”，章的名称已开宗明义。倘若以今日的时新理论分析，是民族身份认同的讨论，在此却以小儿杂语的形式出之，显得朴素天真，作者的用心寓于看似戏言的荒谬结论之中。人种肤色的转换当然不是瞬息可以为之，但其差异并非绝对不可逾越的壁垒。只因世俗偏见的有意区隔，才造成了各种疏离与误解。这一轻巧的匡正之后蕴藏了意欲对之扭转的巨大能量和希冀。

王润华在其关于老舍《小坡的生日》之预言性的论文中写道：“今天的新加坡人，看了小说中花园的结构，一定会深深的佩服老舍的远见。在 1930 年，他心目中居然就有花园城市的蓝图，实在不简单。……所以现在新加坡被称为花园城市，完全实现了人民的愿望，而这个理想，三十多年以前，老舍就看到了。”①

实际情况究竟如何？老舍自己在关于这本小说的创作谈中所言，因没有钱到马来西亚内地详作考察，所以只买了到新加坡的船票，并在当地的华侨学校边教中文边从事对南洋的写作。而再度因时间和条件所限，他无法完成原计划中宏大的南洋华侨史书写，一再打折扣最终写成了这个“最小最小的南洋”。这种限制在今日返观，未尝不是更大的自由。大历史的叙述在逐渐瓦解，具有寓言和预言性质的书写因其内涵的深广存在得更为长久，意义也更为显著。

《吉陵春秋》中的吉陵镇是“山在虚无缥缈间”的城镇（刘绍铭语），显得更加扑朔迷离的存在。与童话化的花园城新加坡比起来，吉陵镇诡怪无所本，

① 王润华：《老舍在〈小坡的生日〉中对今日新加坡的预言》，《老舍小说新论》，学林出版社，1995 年 12 月版，第 40 页。

像是可以超越时空的小镇。它是成熟老到的，也是“罪恶的渊薮”，一座缩小集中的所多玛城。严格来说它非城非乡，其镇的名称虽有内文的实景书写填充撑场，但更像是一个镇的模型，仿制中国、马来，甚至台湾的小乡镇而造出来的，不是原生态本来如此的。余光中甚至做惊人语，认为这部小说的实际情境就是在大陆：“在空间上，《吉陵春秋》也似乎有意暧昧其词。就地理、气候、社会背景、人物对话等项而言，很难断言这小镇是在江南或是华北。对话里面虽有‘您’、‘挺’等字眼，交通工具虽然也有骡车，但是从第四页的‘正赶着南货大批北销，红椒行情，一日三涨’等语看来，却又似乎在讲江南。李永平生于东马的沙劳越，二十岁来台湾读台大外文系，毕业后留系担任助教，以迄留美，回台后一直在高雄中山大学教书。他对中国大陆的村镇，并无切身的体验，所以也不便经营乡土的写实。朱炎说吉陵镇是华南，台湾、南洋一二地的综合体，我大致上可以接受。但是书中从来不见马来人和椰树，而人物的对话也和闽南语无关，所以就从虚构的立场说来，这本小说只宜发生在中国大陆。”①

如细究《吉陵春秋》一书的故事主线：长笙遭辱自尽和刘老实手刃仇人的情节更为惊心动魄，但这个杀仇人的结局始终不是明确交代的。其闪躲腾挪的叙事方式虚实相生，在其世情小说的脉络之外又平添了一种颇具侦探推理的意味。此书中有些情节和其内部各个短篇之间，始终都是存在矛盾、模糊，无法严丝合缝对上榫头的状况。如果说，林徽因同样取材市井民情的名篇《九十九度中》是采取近伍尔芙小说（知名短章如《墙上的斑点》等）意识流写法，令作者意识自由流动，如随拍的摄影机顺时记录下所见的情景人事，写出了“人生如一根合抱不来的木料”的困境。在共时的某一当下将若干荒谬、突兀、理

---

① 余光中：《十二瓣的观音莲——我读〈吉陵春秋〉》，李永平：《吉陵春秋》，洪范出版社 1995 年 2 月版，第 7 页。

路相悖的境况并置其中，产生了令人印象深刻且震撼的艺术效果；那么《吉陵春秋》在作为短篇集的结构安排上，则是方枘圆凿的中国式玲珑棋局，如同孔明锁和九连环一样的玩具设置。

在整体昏暗低沉的底色其外，《好一片春雨》中小儿女嬉戏相昵的天真感情，是书中令人为之眼亮的暖色着墨。而《日头雨》罗小乐杀狗的一幕，是给人以强烈感官刺激的血腥场景，少年残忍天性的延伸和发展集中表现在这一富有张力的短章之中。或许《吉陵春秋》和《小坡的生日》这两部貌似迥异的小说，其内核可以相通的部分是：城与人的纠葛和情感皆绞缠一处，与其说其间是纯粹对城市的关注描写，莫若说是一个古老城国之子民在其外洋放逐的遭遇中，所保留的儿童天真与少年血气所延续的希望和可能。

在大陆以外的华文书写，接受现代文学传统影响且与《吉陵春秋》反向运行的，表现出温情美好的城乡想象的，可能是台湾小说家袁哲生的《罗汉池》。这个小中篇，是对于沈汪一脉清和恬美、“批判的抒情”（王德威语）传统的呼应和摹仿，其笔致更近于汪曾祺。从《边城》、《萧萧》直到《受戒》、《大淖记事》等作品，历经三度投射的变形，其实距离沈从文的故事原型和象寓之意渐行渐远。《罗汉池》的风格较汪曾祺的有所削弱，是更加柔和淡彩的爱情故事。人物面目模糊，感情愈发含蓄蕴藉，如在山色有无中。

《小坡的生日》与《吉陵春秋》在其虚设想象以陈辞陈情的层次上，亦能从中国现代文学传统里找到与其近似的创作品类。沈从文《阿丽思中国游记》、废名《莫须有先生坐飞机以后》都是这类具童话与小说杂合特征的作品，惟其政治讽喻与现实针对性更强，更指向当时的社会状况和政局变化。老舍则将视角移置邻邦的东南亚再做审视。中国的知识分子与小说家之所以在当时纷纷选择这种俏皮轻巧的文体，其思想渊源和取意究竟如何，也可再做进一步探究，乃至近于建立了某一种单独的书写类型。而现有的文学史多将老舍与张天翼等擅幽默讽刺笔调的作家归为一派，和沈从文、废名的恬淡牧歌显然风格大异。但在这种情况下，本来好似判然且成定论的写作类型之间，又产生了新的沟通和互相观照的可能。单就老舍个人的作品来看，一直要推到《猫城记》那样极端家国狂想的光谱之后，我们再将光度逐渐减弱，就能明白《小坡的生日》正堪为其先声。

从体量上看，《小坡的生日》被视为长篇有些言过其实。如果不受短篇集和中篇的表面名称之限，则《小》与《吉》的篇章构成都是攒花串珠式的。这种写法在当下的长篇中也极其常见，因为传统意义上以情节繁复、逻辑线条清晰、人物形象突出等特征见长的长篇写法似乎渐渐式微，取而代之的则是以片段、场景、心理感受为主的，情节和叙事都弱化的表达形式。这固然与今日生活形态、环境与叙事习惯的变迁都有所互动和连带，也遥遥通向主题贯穿式的汇集，如像乔伊斯《都柏林人》的写法，白先勇《台北人》的写法。以地域为中心或者以该地之人为中心，只是名目上的差异，都是意在当时当地的文化景观。关于这种文体的变化，不妨引录台湾文学评论家唐诺在为丰玮小说《九月里的三十年》所作序言中，对现代小说看法的一段话以为佐证："大概两年前，当时我自己才刚要写完《世间的名字》这本书，有回和小说家骆以军聊到，我们两人都同意，现代小说中的人物已实质都是无业之人了，不是小说家不给他笔下的人物某个身份某个职业，而是小说故事总是以某种下班后的方式发生(不管实际场景是在家、在办公室、在大街上在夜店里或随便哪里)，也就是说，人每天八小时十小时认真或被迫认真做着的事，这部分的成果、经历、视野，以及最重要的，看事情想事情的方法，完全隔绝于（小说所揭示的）人的基本生命处境之外，好像人回到生命现场和回到生命之初是同一件事，都得是赤裸裸的、重新来过的乃至于一切从零开始的。

其结果之一便是小说人物的实质趋同，小说的杂语特质消失，小说中不再有各种不同看待事物方式、不同思维途径的有趣交锋（如书中胡琴所说的，她就是喜欢同一事物的不同定义，不同说法、解释和期待），小说一路向着抒情言志倾斜，小说于是愈来愈像散文甚至是诗。”①

文体界限模糊的现象不是今日才出现的（虽然如今更为显著），如若再将眼光放到当代的中文书写世界，甚至再缩小至台港文学的范围，或许可找到某种能与这类后现代状况下人的自身状态危机及应变议题衔接的表达。譬如董启章最新的“自然史三部曲”第三部曲之上部《学习年代》，乃至回转去追溯其自然史三部曲的写作初衷：在倾斜的现实之外再造平行的另一世界，生命房子与小说房子的建造辩证。作者要努力建造一个多声部讲说下的精细复杂世界，来对抗现实的空洞与香港本身无有历史和城市面目暧昧的困境。不只是对文字本身的实验，在一而再再而三的扩容增值中测试其延展性和耐受力，将其推拉到一个极端；也是借此机会试炼香港究竟能承受怎样的文字冲力之构形，平行城市的想象于焉开展。

此一代中文书写者写出这类并非传统叙述讲故事手法而又卷帙浩繁的小说，其更认真的用心恐怕在于希求以竭力建构的知识结构和可能的新世界，来自我教养和教养读者，以弥补先天经验和教养的缺失。因为大历史叙述和旧日的家庭结构逐渐瓦解，所以其直接经历和写作经验都无从再由此汲取，只能寻找新的材料库与书写资源。伦理和亲族关系淡出之后，孤单的个人将如何出路，是否每一次书写都必然要回返自身，在与他者和世界的关系中重新艰难地自我定位呢？小说书写者还有无能力回到更为崇高的悲剧或喜剧意境，而不是插科打诨取消价值意义的闹剧？于是现今董启章论及阅读范围内对其影响最大的作家，总是会又再回到普鲁斯特，看来这并非是偶然的相遇。

另一位与董启章同年的台湾中生代小说家骆以军在其繁复华丽的文体中，

① 唐诺：《与时间有关？与眼睛有关》，丰玮《九月里的三十年》，印刻文学生活杂志出版有限公司，2011 年 9 月版，第 5 页。

通常对于爱欲、死亡和伤害都有精准的描摹，因而可谓是认真对待悲伤，奋力与之一搏的勇敢书写者。在关于其创作思考的访问中，他曾经述及《银翼杀手》中人造人与真实之人的情感关系对之造成的震颤：现代之人失去了爱的能力。由此再回到本文的讨论对象，新加坡对于老舍，马来西亚对于李永平，一是过客之地一掠而过，无暇对此做更详尽的开掘；一虽是生身于彼地，但其实缺乏足够的文化认同感。于是无论是乐观的寄托愿景，抑或是心怀谴责之意逐一检点其衰朽，都抱有爱恨交织的复杂情怀。突破文学史的以地域时间为限的外在框架，更注重考察作品文本肌质及其内在理路的话，则每一部作品都是一段生途纪历的界碑与存在物，行行重行行。毋庸置疑，其中不仅表达了作者在文学上的追求与野心，亦寄寓了写作当时他的个人情志。他们的寄托其实是无以寄望，新加坡和马来西亚两地真正的风物历史并不重要，在记忆与遗忘之间，真实与虚构之间所存留的花园城和吉陵镇，是对永恒失落南洋的遮挽，亦是文化漂泊者对文化中国的追寻和想象方式，并以文字存留的努力。

灵与童身之行旅：读李永平《大河尽头》*

仿佛也有些年头了，最早得以与李永平见字如晤的《吉陵春秋》犹原是一叠静默荒白的 A4 纸打印稿，私自装订的个人专利读物，以透明档案夹和长尾夹封缄，如同鸟喙咬定蝉翼存留蚁踪，寂寞中浮出苦寒的等待。这是每一个写作者都深深羡妒想要据为己有的梦寐短篇集，十二瓣的观音莲，捧在掌心，伫立久之，竟也成了《大河尽头》中鬼月里渐渐漂远的河灯，迎生送死，可一不可再。

而后来的“抢救海东青大作战”，虽然手头不曾有标配利器国语字典，却着实蹲踞图书馆内的海蓝色沙发之扇形一角，彼一年十月黄金周尽数赔付黄金之书，穷生平耐心一字字读将来；手头同时进行的小说练习亦不免追随作者大人一路跑偏歪斜下去，写成了彻底无可救药的赋体。

我想每一位李永平的书迷，必然有其各自刻骨铭心，不足以（在读书会上）宣之于口对外人道的海东青经验。刮骨不疗毒，原只为陷落愈深，要骨头里的花纹腐烂得更好看。（一位好友说，他是在读硕士时，无意间从校藏的台港图书室内借阅到此字册，狂喜如获天书。其后他购置的手头版本乃联合文学初版，书面海浪盘卷若云头的情状，自是风味不同。）

---

* 本文曾刊于台湾东华大学《华文文学与文化》第三期。

一晃若许年，作者不至，新作不出，读者们就只好继续沉溺在他起先营构的那则海东神话里：男孩负手趿拉皮鞋城中漫游，女孩都保留晶亮的眼睛永不长大。忽而流放者归来，不仅携两巨册新说部以为礼，且数声迢递，连唤“祖国读者”，掏心掏肺。见闻此情此景，祖国读者们又何尝不是涕泪满衣裳？“星星与人，见面要亿万年。”但到底是见着了呀！如果说麦田正体版《大河尽头》放置当代小说家书系II中可谓一则“迟来的封赏”，那么简体版在认知序列上就更加不得不沙漏倒执，由作者最新的著作一步步回溯而上，从头认识这位元婆罗洲之子的面貌。

我们心知肚明，这趟浪子的浩海归岸，便纵深情一顾，仍然做不得准，当不得真。借用另一位时时出海寻找金羊毛的优秀写作者言，那只因“书写的原罪是漫无目的的流徙”，奥德赛的永劫回归，十年生聚没有十年教训，随时逃跑不打招呼。然而这亦无碍于我们共同歆享此际的大河之旅。（译过奈波尔《大河湾》、《幽暗国度》的李永平，自然于此别有会心。）日之月之，七逃人的运命，七擒七逃，狡而不伏，人恒是漂浪。

“生命的尽头，永，那不就是一堆石头，交媾和死亡？”一切妄图找寻原点的努力必然归诸失望，可未必没有快意。这句经由英国爵士之口道破天机的话，何其露骨直白，一点也不雅驯。此之谓“生命中连修伯特都无言以对的时刻”，总有那么一刻，人须得直指本心，直面本命。这个石破天未惊的句子，教人思及一位和李永平同样贪痴爱水的书写者，在其为花莲之海之溪之湖做水经注，稀世温柔的《家离水边这么近》开头引录的诗句：“溪水涨时，诗涌流；溪水降时，我们堆石头。”如此引法，显见得是位可爱的解人。难怪日后他探讨《大河尽头》中自然环境与生物书写的论文，窃窃私语一般尽是手背擦过水皮的低缓凝视，而非强力抽干河水的锐利逼视。水流与石头似乎已简缩成生命原初之处的基本元素象征，会注意这类现象的人，无论在花莲还是婆罗洲，怎能不成就一段随兴出走，我爱疯癫的佳话。

然则大河尽头，再无水流。与《家离水边这么近》身心疗愈，自渡渡人分庭抗礼的在于，李永平津津乐道的，不就是末世极乐的狂欢图景，以抒发其“我来乃是要地上动刀兵”的大志。藉此观其来时之路，正也历历分明。

君不见形容词如“黑鳅鳅”者在《吉陵春秋》中早就惯用，今又袭用。《海东青》时代的赋体汹汹，古典说部熏染而成的老旧唐山味，杂糅河洛话与马来语，真个是成分来源复杂的华语语系书写。李永平已经发展出属于他个人的文体，处处落了李氏表记。在《吉陵春秋》之外，李永平一再讲述的无论是台北城客居故事，抑或可视作《大河尽头》前传的《雨雪霏霏：婆罗洲童年纪事》，他唯一忠实的听众，就只有鬼马精灵，小红雀般啁啾飞跳的八岁小女孩，朱鸰。她本是为听他的故事而生的，却被他巧腕反转，说成是他故事的先导者与领路人，大有“永恒女性引领人类飞升”之意。当故事起头，朱鸰就再度为李永平所召唤回。“水中月是幻中幻”，这个小女孩则像是月中雀影，不可掇拾。

当是时也，无地自由。台北这座首善之城居大不易，维持在华灯灿金不得其门而入的盘丝洞印象，十丈红尘岂是安身地？窗外的黑色奇莱山是阿美人的，棱线脉脉，前书后书，却都不是要他去写的。花东地区对台北人而言，已属非为事务或出游足迹罕至的险远之地。一般城里孩子对花莲的想象和触碰，无非行至七星潭，看看野柳的女王头，便又回返。整座花东纵谷白云蓬蓬，东之皇华，幢幢大学城，怕只有书桌上台灯下的光池才属于他。将子无死，尚复能来？于是朱鸰再临，陪他捉鱼，坐在窗台上双脚荡啊荡，听他讲一个新的故事。在李永平台北一花莲往来通勤，中途经过宜兰的山线火车移动书写旅程中，暗含的捷运淡水一新店一在线，有情意存焉。这是他作为书写世界对照的现实世界之日常动线，所勾勒的简图不无观光行脚人的审慎，仅以火车捷运线路标示，少了在地老江湖的熟稔，但也因此维持住了观看和省思的距离。在而不属于，暂栖而始终不可自安自处，于是他必须偿还（已讲完的童年九故事）

之后的少年身世，借此延展出去续上第二炉香：以中国历法游历南洋，讲述给台湾听的渡河日志，起自鬼月，终于月圆，是悠悠适足问的私密金缕曲。

朱鸰在侧，以灵相伴，亦作“伫聆”。少年几乎无能背负的庞大身世，嬗变衍化迅速膨胀即刻坍缩的瑰丽宇宙，全都如用焊枪一般钉在十五岁那年的生命节点上，产生出足以将童身毁灭之力，暴烈动能。它披了一张成长小说的画皮，将世故繁华倾泻到身轻骨弱的少年命途，使之在瞬息间瘫痪、失能，记忆永铭。叙述时间和真实时间急剧错落的时差，来不及开展的场域因时间垮塌的迫促感，必须要在空间上寻求开解与舒缓。台北街头的漫游者哲思步调已然不合时宜，李永平壮大为游牧者，开疆辟土，逐异象而居，勠力以赴这场生命盟约。魂兮归去，缦立远视；意随笔到，自然成文。毕毕剥剥爆裂开来，苦心孤诣的文字大拉练，臻其“王子吹笙鹅管长，呼龙耕烟种瑶草”的美丽异境，书写呈现井喷状态。

老屋长的仪式之舞，澳西手中开出的魔术奇花，都极尽明艳诡谲。书中的歌曲，并无一首是一咏三叹的柔美谣唱，短暂、急吼吼，带三分蓬头乱发与饮醉的泼辣，正好应和上其“快速而光亮的文字”。酒后兴起，以歌抒情。手之舞之，足之蹈之。相较于无名氏《无名书》中的集体狂欢场面，《大河尽头》中的聚会饮宴，虽亦为原始本能的欲力驱使，显然有所节制和过滤，乐而不淫，点到即止，似乎只是喝到茫就纵情恣意而已。毕竟婆罗洲未受文明之害，并非吉陵镇那般罪恶的渊薮之所在，反而是一群文明人在此的暂时解甲归田。李永平遥想母国的好处是正可不必为其礼法所约束。那些饱含暗示的淋漓隐喻，木瓜樱桃之属，其体物方式，得自古典说部的遗泽馈赠甚多，可以秽亵，可以深情。卡特琳娜之死由之不觉是酷烈虐杀，反近乎《日头雨》中的罗小乐杀狗，乃少年暴戾的必然发泄。

澳西对伊曼的侵犯，听在永耳中既凄哀又不可抑制的甜美共谋感，未尝不可看作是角色代入式的欲望餍足。永与朱鸰的情谊从来都只是神魂交会，净化且提升，为了缓解其难以抑制的内在焦虑，此处不得不由伊曼以身相代，遂成此劫。克丝婷姑姑与朱鸰的交错出现，在少年永的心中不啻海妖塞壬（Siren）与宁芙仙子（Nymph）的对冲。然惟有朱鸰才是那个陪伴始终，有头有尾听完他所有故事的人。即使与克丝婷的奇遇种种，因婆罗门鸢之加持，看来竟似南洋版的《神雕侠侣》故事，永内心对摄魂尤物（femme fatale）所怀的惧怖之意，仍难敌之于童女不能或已的精神依恋。

婆罗洲奇观也好，南洋风土也罢，与后殖民论述若合符节的人物关系场景设置，或许都是兼具资深学院出身的李永平毫不费力布下的障眼迷局，愈娴熟便愈可拆解，愈可做减法一路涂销而去之。他的用心从来都不在这些学术夹杠（jargon）上面，其切口黑话毋宁是絮絮叨叨，批注又批注讲上半天的马来语。这就是了，讲话的内容大抵无足轻重，讲述的姿态与物件则动静攸关。永真正想讲与朱鸰知的，不是他一路所遇的人事风物，而是婆罗洲本身，没有彼地，后来也不会有他这个讲故事的人。*Live for Telling Stories* 的意义正系乎此。卡布雅斯一条大河波浪宽，不去细细分教其两岸好风光，它永远都是深深埋藏的，被误解轻忽的蛮荒之地。只有说起这些，今日之永的眼睛里才真的有了遮不住的光彩，看似自贬之后埋藏的七分骄矜之情，试问这位自封的“南洋老浪子”，何曾不少年？大马的风光是什么？是乌暗暝，是土与火，是梦与猪与黎明。也是李永平甘心死在那里的南方，他好做逃回来报信证明自己确实去过无人之境的拉撒路。彼地曾令郁达夫不得生还，马共的英魂沉冤未雪，鱼骸白齿森森。与其克丝婷信誓旦旦说要用残破的子宫把他再生出来一次，不如说他自己要把生身之地再生一次。这一切都似是而非，含混暧昧，梦呓鬼话，拾骨不休。

岛屿的寂寞和悲伤。

台湾岛上反国光石化方罢，离岛兰屿的反核废呼声又起，马来西亚关丹反稀土，池塘生春草的蓬勃绿衫人随风窜长。陈翠梅导演不得不在她台湾的电影计划启动之前，先回到自己的家乡拍纪录片声援。年轻小说家携妻在画室举起他们所绘的“STOP LYNAS, SAVE MALAYSIA”之画幅，画中小女孩渺目烟视，云水苍茫。亦有在地书写者继续离散，作别马来西亚流徙到韩国，幻觉他留在母国的亲友学生都如同被扣押的人质。岛屿与岛屿之间，忽然生出更多命运牵连的意义。

那应是婆罗洲未遭侵染，新店溪水犹清的纯真年代（彼时淡水列车尚在行驶罢），老少年永，在一个岛屿怀想另一个岛屿，并悄然讲出要给小女孩朱鸰，和一切童心未泯之人听到的故事。由岛至岛一刻背。当年别再提起的私心密语，今已织就繁花锦绣的迷宫毯子。那是母墟，也是没有地图的世界。如同曾有过的情境：古老北方之城中，溽热的五月夜深，与友人二三，在一名为盒子的咖啡馆，马华文学这个议题随口脱出，像是泪滴一样滑过面颊的星粒，清莹冰凉。而你我听闻过爱过见过的这些那些，大马遗事，正跟从新一代的书写者之笔锋，自莽林跃出。

梦后楼台：浪漫·行动·离散

——陈志鸿小说风格嬗变脉络初探

一、“岛上节字缩句者”——《腿》所确立的文体与美学风格

陈志鸿的作品首次进入公众视野并得到关注，恐怕要追溯到二〇〇〇年短篇小说《昨日之岛》获得“第一届全球华文新纪元青年文学奖”小说组冠军之时。当年的几位评委纷纷给予佳评。白先勇在与几位青年获奖者交流后的评语是：“我很喜欢陈志鸿《昨日之岛》中的表现手法及其中细致的感情。”李黎也对此篇作品大为肯定。青年创作者陈志鸿由此崭露头角，对自己的小说写作也信心倍增。二〇〇五年，陈志鸿又以短篇小说《腿》夺得第二十七届联合报短篇小说首奖。其后相隔一年，他在台湾出版的同名短篇小说集《腿》中所收录诸篇，则正是围绕《昨日之岛》、《腿》的延伸与展开而产生的一组作品，有如水下的五分之四冰山缓缓现身，小说家的用心得以一窥全貌。虽然它们从表面看来并无统一的形式和主题，然而却都是隐含的同类项，被统摄于同一个副标题之下的“槟榔屿的故事”，亦即小说家近取诸身，对生身之地的人事所做的

观察捕捉。彼时，作为初试啼声的新生代写作者，陈志鸿算得上出手稳健，风格隐然已能见其雏形，且高出侪辈之人。

先后取得了香港地区和台湾地区文学奖项的肯定，并且在台湾出版第一本著作，陈志鸿的发表、获奖和出道经历也印证了马华文学创作者的出走与外放经验仍在延续。此前一部分马华文学书写者由于身处本国政治的夹缝之中，要从事文学创作并得到认可，还是不得不离散到台湾。有些创作者更是从求学、创作到工作生活，都选择在台湾完成了其重要的人生阶段。最初的“旅台”作者们有一部分渐渐“落地成家”（此处或可双关为结婚成家与成名成家），成为了“留台”之人。近年由黄锦树、张锦忠等学者发起，并一同编纂的《我们留台那些年》、《胶林深处》等文集都是他们所做的集体书写之生命记忆和见证。如今在台的马华文学创作者、研究者已经形成了老中青三代的阵容，彼此在志业和生活上的相互扶助、砥砺都是可贵的。从其联系与存在方式上看，他们很像是大马华人在台同乡会，因身份和族裔的联结而成一松散的联盟，也获得了集群所内含的精神凝聚力与情感支持。正如三位主要编者所言的：“航向台湾的慢船‘MH 大马轮’，一甲子后仍继续向北开往文学台湾。这支离散华语语系文学的异域孤军显然后继有人。”（张锦忠）“台湾特殊的历史境遇必然嵌入留台人的记忆，甚至作为触媒让他们反身思索自己的历史处境、滋养他们的写作。”（黄锦树）“我们要记载那些留台所走过的足迹，回溯与书写过去，以文字回到当年最纯粹的岁月，遇见还在眺望未来的自己。”（李宗舜）[①] 台湾作为一大可堪投奔与转生之地，无疑在为马华作者提供新的生活与创作场所方面，起到了不可忽视的重要作用。

但陈志鸿却显然并不属于上述此列，即使他“墙内开花墙外香”，却始终

---

① 黄锦树、张锦忠、李宗舜：《主编的话》，《我们留台那些年》，马来西亚：有人出版社，2014 年 7 月版。

没有像很多前辈一样，真正剑及履及地尝试去台湾或者香港寻求另一种可能，却是开创出了自己的一条另类路线。他先从马来西亚短暂移居新加坡，而后又远赴韩国，其间所依凭的，更多应属个人兴趣引导，而非追求世俗名利的驱动。这也是小说家独特的探索与得着。不因一时的成绩而将自己定于一隅，仍然在不断地寻找着新的突破和挑战，这是成就未来更高书写层次的必要前提，陈志鸿依照本性和好奇，且行且开拓，不因循守旧，而是尝试去找寻无法复制的独异路径：在内可以追溯到其早年教养和预备练习，在外则也能从其文字风格有所省察。

在接受访问的时候，陈志鸿曾悠悠道出自己过往的阅读积累和写作缘起：他从中学时代，十七岁起就开始尝试一些习作性质的创作，并得到了吕协珍老师的支持。当时陈志鸿所涉猎的文体还是以散文为主。在最初动笔为文，自信不足的年代，能有一位不断鼓励前行的师长作为精神后盾，至今陈志鸿都为此深深感念不已。“（他）所说的吕协珍老师，是志鸿在槟城美以美男校期间长期受教的中文科教师。……但最重要的是，自 17 岁那一年在高中的课后母语班开始师生的缘分之后，直到先修班始置入正课的四个年头里，正好就是让他自觉且几乎‘义无反顾’地投入文字创作世界的最初阶段了。十多个年头之后犹然在写作的道路上耕耘着，一旦要为这还在延续中的写作生命追本溯源的话，他还是得从中学的华文老师说开头的。”① 由此可见，吕老师的提携和鼓励对陈志鸿的人生选择起到了关键性的点拨影响，在决意投身华文创作之前，他从幼儿园起始已经习画多年，屡屡参赛得奖。而在其后的求学阶段中，陈志鸿也曾尝试将绘画与写作兼顾，甚至投考大学时的志愿还填写了美术系。只有在不得不二者择其一时，他才忍痛割爱，舍绘画而就文学。即便如此，陈志鸿个人并

---

① 杜忠全：《关于选择写作这回事——陈志鸿谈文学因缘》，《光华日报·新风版》，《作家心路专栏-27》，2006 年 12 月 12 日。

不认为他的道路就此定型定性，虽然总是要放弃一些选择，才会凸显出真正要履行的路向来，但他强调说，过去的绘画训练对他的写作也有一定的推动和助益，例如促进了书写的形象化：“比如在写作的时候，有时我会要求自己写出一段有画面的文字来——虽然用的不是画笔，但还是运用了绘画的布局与训练。”① 这种经由绘画技能而来的可视性与具象感，可以弥补文字有时空对空，描写抽象事物而令读者捉摸不透的缺憾。无论中外的文艺理论，其中都有过关于绘画与文学二者的相通互补之说，例如王维的“诗中有画，画中有诗”，叶芝的灵视论等。同时受过两种理路影响的陈志鸿，在文学创作中尝试实践绘画的技艺，亦可成为一种跨界的文艺实验了。陈志鸿将二者做了有机结合，也是对这种理论传统的实际执行，并将其在当代做了个人的创新。

受吕老师勉励而初履写作之路，其时陈志鸿尚居住在槟榔屿，近身生活的所见所闻，就成为他最初的写作素材库。“那是他的岛城岁月。自小家住乔治市的德顺街尾端，岛城的中心地带，就在他老家的箭步之遥了——老年代的港仔墘，以及后来矗立起来的光大广场，都在短短的脚程之内举目可及，他的人生与写作，也就在这岛城的中心开始的。”由此写作的原初场域和启动时间都被确定了下来，槟城成为陈志鸿一再书写、盘桓和归返的“小说原乡”。最初的塑形几乎奠定了他后来大部分作品的写作基础，以至于在移居吉隆坡近十年后，陈志鸿想要试写吉隆坡的故事，却迟迟无法动笔。或许是这并不算短的居住时间，仍然无法与生身之地的岛城相提并论，还不足以转化为笔下的书写对象。即使名声在外，陈志鸿心心念念的依然是自己的作品能够在家乡得到接受。《腿》中的数篇作品，不仅取材于早年的槟城生活，甚至大部分也有生活现实中的原型可循。即以同名代表作《腿》而言，主人公为某大学的美术系教

---

① 杜忠全：《关于选择写作这回事——陈志鸿谈文学因缘》，《光华日报·新风版》，《作家心路专栏-27》，2006年12月12日。

授，该大学究竟是哪所，坐落何方，久居槟城的人大致上都心中有数。而《母亲住在桃花盛开的小岛》也是陈志鸿偶然回望槟城之时，心有所感，出于想要纾解眷念之情才写下的。总之一手一眼，该集中的这些短篇小说，大都一一指向作者出生、成长并度过大部分青少年时期的槟城这一地理空间。陈志鸿通过文学手法的想象与再造，将之变成了书写对象。对此他解释说，他所写的并不是有关槟城的故事，而是“小说槟城”，亦即不是全然用写实手法一一记录槟城的人事地物，却要以自己的视角重新打造熔铸之。因此，他笔下和心中的“槟城”，已经不能再简单地与实际的槟城等同起来。这或许也是陈志鸿思虑再三，最终仍旧将“槟榔屿的故事”这一副标题抹去不表的缘由之一（另一个原因则是自觉这组故事还不能上比乔伊斯的《都柏林人》，因而不欲采取与之如出一辙的命名方式）。“不过，作者倒不妨玩拼图似的归类一下，也许还是有个岛影。太有系统的东西，除了论文，我其他时候都反对。”[①] 他将再诠释的权利放手交给了读者去完成，也是不好自辩，不为作品做过多解释，相信其自洽性，但心中已有定数的表现。

这就不免令人思及其大马前辈作家李永平的《吉陵春秋》中所状写之“吉陵”小镇，亦是“城在虚无缥缈间”，结构上也呈现为“十二瓣的观音莲”，难以以统一的逻辑拼合出完整的结构。这或许都体现了马华文学作者某种内在的书写焦虑，因对原乡的情迷与叛离之意几乎同等强烈，不得不以更加决裂的方式对之挞伐。陈志鸿虽然笔触温和，文风舒缓，但他也不免在文中埋下了反讽的伏笔，又因其较为隐晦，需要用心的读者自己去发掘这种笑谑所带来的能量。就像陈志鸿在谈到《腿》中的这类曲笔讽喻时所说的那样：“但是，我不是那么严肃地处理这个‘悲剧’的。大多数的评论者——包括文学奖的评审，都没有看到我在书写过程中穿插的嘲弄手法。好比小说一开始的场面，我故意夸大地描写

---

① 陈志鸿：《岛上节字缩句者——陈志鸿答编辑部问》，《腿》，台北：印刻文学出版公司2006年月版。

了不可能发生的细节，然后又写小男孩穿了一件‘开叉式的短裤’，这都是故意穿插的戏谑手法，现实里是不可能出现的！对我来说，与其说是悲剧，还不如说它根本就是闹剧。”[①]由于这样的戏谑手法并不体现在行文语气，而是悄然点状分布在细微之处，故而竟然为人所不察。这样一来，全文的端凝风格正与这些嘲弄性质的细节形成了内在的矛盾和张力，主人公的形象不仅可悲，更有咎由自取的可笑。过分浓重的悲剧反而有其难以取信之处，一正一反，笑中有泪。

由此看来，原本被称道的《腿》之结尾应该做重新的理解：“先生掉泪开车，为男孩开始毁坏自己而不自知深深惋惜着，泪是为对方掉的，对方又不清楚，老泪自然纷纷滚落。最后，一个人车停旧关仔角，走经售泡泡者，一天都是破灭；走经堤上一个个垂钓者，尽是面孔看不到的背影；走到 British Council 堤段无人处，坐石椅上面海记起了许多日子乃跟男孩在此无语坐上许久许久。先生双手捂住了自己庞大的脸孔，海风犹一阵阵透过指缝来袭，他想到了可怕的未来：男孩有一天果真懂得回味，再回头找他，那该怎么办？别来，千万别来，那时他自己会更老更老了，男孩也应该不再年少，回忆实在经不起再见的破坏。别来，别回来，先生要慢慢一个人独老下去，等敲钉声自外响起。”[②] 这段话看似写了“先生”的困顿老境与对男孩的怜惜之心，但颇为讽刺的前提是，他是那个先对男孩满怀欲念，并实际开展了“猎腿行动”（陈志鸿语）的存心不良之人。如果说对男孩有所怜惜，那更多的也是出于自怜自恋的投射，而男孩不过是他的欲望倾注对象罢了。于是这段自说自话式的内心独白，表面上像是对男孩的惋惜和留恋，甚至担心两人之间未来的情况生变等等，其实只是先生自己的敏感多思。男孩自始至终都是不知情者。在此这段话中本来温柔感伤的抒情语句，暗藏的却都是机锋处处的反讽。甚至是对先生这一人物的暗

---

① 陈志鸿：《岛上节字缩句者——陈志鸿答编辑部问》，《腿》，台北：印刻文学出版公司2006年月版。

② 陈志鸿：《腿》，《腿》，台北：印刻文学出版公司，2006年，第51－52页。

中贬抑，对他的言行都有所质疑：如果夸大的悲情只为了自我矫饰，那么这不是悲剧（因其本来可能具有的崇高意义已被消解殆尽），而是笑剧或闹剧了。只是“别来，千万别来”和“别来，别回来”的一再呼唤，实则也是反语，那种孤寂与挣扎之感依旧是有穿透力的，表现了先生的彷徨无措。也正因此，那最终的“独老”与敲钉声所带来的死亡威胁意象，无不化作一种有着预言性质的自我惩罚：意谓一个人就算想通过暂时榨取青春的肉身来满足一己私欲，也不能解决人生孤独的根本困境。这一短篇小说所使用的在当年看似耸动的题材，其实隐伏着更深刻的悲哀与无奈。

在《腿》这一时期，陈志鸿围绕故乡槟榔屿展开的小说书写，风格已经初步形成。他的笔触细腻、意象丰赡，有着沉稳内敛的叙述声腔。其小说美学含蓄而回味绵长，时时有在内文中加括号补充延伸文意的习惯。括号内外的文本由此被划分成不同层次，形成了对照与彼此间的张力。

二、幸福依然是可能的？——《幸福楼》之演进与辩证

陈志鸿的第二本小说集《幸福楼》与前作《腿》之间，相隔了长达九年之久的出版时间。其间的辗转顿挫，有一部分已由作者本人在后记《身后的追兵》里言明了。但实际写作过程中所遇到的种种复杂心路与阻碍，恐怕仍有太多不足为外人道者。陈志鸿曾如此写道：“如今，身后追赶我的来敌恐怕已经越来越分明了，是时间，那人人的公敌。变动不拘的人生还有夙愿可言的话，那就是远在开始提笔尝试写小说之前，便想着，其中一本小说集应该以爱情为素材，把爱情当做一头生物，细细观察它的生死、成长、转折，连皮肤上的细纹都写出来，那最好。”[①] 明知其不可而为之，时间的残酷性中，陈志鸿选择去

① 陈志鸿：《身后的追兵（后记）》，《幸福楼》，台北：印刻文学出版公司 2015 年 7 月版，第 213 页。

尝试描摹更为形态不可捉摸的人间情感，体现了小说家之于爱情书写的勇气和决心。他曾想过要将这本书名题为《爱有千万身》，直抒其意，考虑再三之后，还是定名为现在的《幸福楼》。他希望读者能够理解其中暗含的讽喻之意，而不是误以为他要书写的是真正的“现世安稳”之类的题材。自认人到中年的作者，觉得已经看过了起高楼、宴宾客直至楼塌了的全景全程，不会再盲目乐观地执着一念，也不相信所谓“几十年不变”的承诺。因此陈志鸿所书写的感情，乃至世相和众生相，在此便陡然有了客观的深度，并非不知所以的一往而深。

在其携眷离开家乡槟榔屿，前往移居吉隆坡的辗转生涯中，陈志鸿体会了更多的人间疾苦，他并不喜欢这座熙攘功利之城，直斥为“目前与家人生活在吉隆坡，那是楼往上建而生活素质往下掉的城市”[①]。现代都市的疾速发展总难免如此急功近利的弊端，迫于生计而不得不在并不喜欢的环境中居住，对心思敏感的小说家而言，不能不说是一种无奈的妥协。他除了写作以外，此时也兼任一些教职，甚至尝试写剧本等新的任务。这些杂事或许占据了他一定的时间和精力，让他暂时从文学创作的高度紧张和焦虑心境中得以解脱出来，却也提供给陈志鸿新鲜的经验和其他方面的文字实践机会，丰富了其社会阅历。这对小说家积累素材，准备下一阶段的写作，想来也是不无裨益之事。在《幸福楼》中，陈志鸿的文字风格逐渐脱离了初级习作者的静好自得，具备了更多反讽的深度与看透世相的凌厉之感。

与全书同名的《幸福楼》一篇中，陈志鸿细细辩证分析了情感从初萌、熟成、转淡乃至败坏的全过程。他对一般人性的弱点既有讽刺，又心怀一定的悲悯与同情之感。在其层层剥开式的描写之中，基本可以说实现了他对“爱有千万身”这一写作主题的预设和想象。在浮世男女相濡以沫的互相对待中，未必

① 陈志鸿:《幸福楼》，台北：印刻文学出版公司 2015 年 7 月版，书前折页作者简介部分。

没有一点真情实意，然而这样的情感维系又经不起更为深刻的要求和检视。“他终究不曾出口挽留，甚至还出语肯定她非走不可，只是下回归来之后，就别再走了。突然，他懂了。来到了此地，他越发懂了一点：自己根本不会挽留她——尽管他以为自己还有可能这么做!”[①] 在男子的内心自省和反思之中，见出了他并无更深的感情，只是虚应故事而已。始终没有出口挽留对方，说明他没有把对方当做真的值得挽留的对象，仍然最在乎的是一己的自尊。而一旦丧失了热情与忘我，情感的真挚程度也就很不可信了。有趣的是，这种步步为营的自知式内心独白，一直贯穿了《幸福楼》的全篇始终。对于情感的哀伤与追悼，始终没有比这种审慎自保的心情更胜一筹，于是男女主人公的关系只能止步于遗憾：“感情告一段落，都会找一块地，立一个碑。”[②] 与其说悼念的是对方或双方的感情，不如说是为那个怯懦保守的自我做了纪念。如此迁延拖沓下去的结果，无非是“女人无语；男人无声，就只望向那逆光黯然的窗前人影”[③]。最终不得不以双方的沉默淡然收场。“幸福楼”之象喻意义也暗示着感情的集聚与离散，建设和崩塌。陈志鸿深谙人性的限制连同弱点，可以看出作者有时不忍苛责笔下人物，却又尽量详实地展现他们在情感上的犹疑与举棋不定之意。其情感文本的内在波涛暗涌，即由有所冲突抵牾的作者意图构成。

而在“故事新编”的另一篇小说《伞与塔之间》中，陈志鸿则不辞冰雪，孜孜重写了传诵已久的白蛇传故事。正如贺淑芳堪做解人的评语：“异质性存于日常，如待阅谜语，陈志鸿的小说里起了谜，千万边缘处境折藏千万身之爱。其实并无所谓兴塌。那演化为书写，恰如雷峰塔下重写之依傍。”[④] 这段评析抓住了陈志鸿此篇对“日常生活中的异质性”之关注与提炼，而又不明白道

① 陈志鸿：《幸福楼》，《幸福楼》。台北：印刻文学出版公司 2015 年 7 月版，第 118 页。

② 陈志鸿：《幸福楼》，台北：印刻文学出版公司 2015 年 7 月版，第 112 页。

③ 同上书，第 137 页。

④ 同上书，封底推荐语部分。

出，将重重隐喻和暗示藏在人物情节设置与起伏之间。小说如同放置的谜面，真正的解谜则要仰仗读者个人的灵心蕙质去逐一拆解。因此有意无意之间，作者也为读者设下了重重考验，让阅读过程不是清可见底，而是需要拨云见日。“至于写坏了的那些零散的草稿，就趁冬日，和着檀木，拿来一起焚化，取一取暖吧。一千多年来，这样的日子没有例外，清冷中还有一些余火总是未熄，宛如断桥之上年年有残雪，也有我和许仙无从细究的传说在人世间流传、改编，上演。”① 小说采用了白素贞的第一人称自述，且让她对于自己和许仙的故事真相有了充分清醒和自觉的认识，以至于对人世流传的各种版本不以为意，又有着不无嘲弄的微讽之意。身为传说的女主角出来表明态度，本身就是颇有意趣的举动。到底是不同版本的白蛇传传说有其不可信成分，还是白素贞本身也有语焉不详的夸大嫌疑，这就又要交还给读者去甄别了。

《幸福楼》一集中其余诸篇，辗转腾挪都在从相异的角度探讨情感变化与人性局限的问题。具体的着眼点虽然不同，却都是注目于细微处，挖掘深层的人物内心。即如《挡路猫》、《佛向深山求》、《一把吉他的重量》诸篇，有的取材于常见的小事小物，有的则带有向神佛乞灵而不得的幽默嘲讽色彩。

结语

陈志鸿的小说风格初成于槟榔屿，蜕变在“椰脚街”。此中历经了九年时间，其文体和美学都有熟成而渐进的变化。足证世变所提供的新经验也注入了小说家的创作演进，为之提供了新的书写契机。作为一位尚在堪写之年的中生代创作者，陈志鸿未来可期，无论读者抑或研究者，都希望能看到他新一次的文体变化，与更多的佳作问世。

---

① 陈志鸿：《伞与塔之间》，《幸福楼》，台北：印刻文学出版公司 2015 年 7 月版，第 55 页。

在妈祖的庇佑下：女性家族史与民间信仰

——以陈玉慧的《海神家族》为中心*

绪言

李昂写于20世纪90年代的中篇小说《北港香炉人人插》中，各种摄人心魄的直笔描绘集结呈现为奇观化的狂欢书写，性与政治互证的隐喻充满辩证张力。“北港香炉”这一意象和女性身体隐秘发生关联之后，便将本来是虔敬的民间祭拜涂抹上了一层亵渎与反讽的色彩。原本用以形容民众迎妈祖的盛况，香火颇旺的场面扭转而出的当代镜像委实可惊，笔触辛辣。就叙述手法和文体风格而言，惯于说鬼的李昂，借海神妈祖之名写就的这篇小说，只是其《戴贞操带的魔鬼》系列（也是这本书的副标题）的四分之一而已。这样直指现实的政治影射小说，若以同类题材试作比并，实较朱天心的《佛灭》和《新党十九日》诸短篇更加惊悚，可谓出入神鬼之间。因而这部小说获得了如此评价：“未来，李昂显然仍会站在风口浪尖，继续她的风月冒险。但作为批评者，我是否还有勇气奉陪呢？我是否也会成为她笔下‘又一炉’呢？……白色恐怖已

---

* 本文曾刊于《华文文学》2017年第2期。

过，桃色恐怖将来……”[1] 然而妈祖崇拜作为闽台一带具有悠久历史的海上民间信仰，其在文学中的呈现容或有多种面貌。李昂的借名偷渡仅仅为此中一法而已。在其他台湾当代小说中，妈祖的形象又会是怎样的呢？本文所要讨论的《海神家族》与《北港香炉人人插》所采取的路径和角度大不相同，对妈祖及其所关联的民间信仰体系作了更细致的解释和阐述。

一、仪式的再认知：妈祖信仰在《海神家族》文本中的呈现

陈玉慧是兼具戏剧和新闻经验的多重身份写作者，曾经致力于舞台剧编导和媒体采访等工作。《海神家族》在 2005 年写成出版，并因获得香港浸会大学设立的华文世界长篇小说重要奖项——红楼梦奖的第一届决审团奖而受到关注。陈玉慧的其他作品或是异国情调十足（如近作散文集《巴黎踢踏踩》，撷取各种糅合中西文化的生活片段），或是像长篇小说《征婚启事》这样的畅销大众文学。而其德国夫婿明夏·柯内留斯也是小说家和文学评论家，明夏的评论恰恰与她的作品相映成趣：

“她的确在追寻永恒，在每一个作品中探索最纯粹和独特的形式，而阅读她的书使我感受到轻微的痛苦，因为那是孤独者的心穷，那是渴望爱的叫喊，那是向真理的绝对追寻。”（明夏·柯内留斯对《海神家族》的评论片段）[2]

从《海神家族》的叙述特征来看，这部小说所使用的文字清简易读，且故事情节跌宕起伏，传奇因素分布集中，因而仍然具有通俗文学的部分性质。其标题《海神家族》之名已蕴含传奇之味，也暗示了与妈祖信仰有关的线索会伴

---

① 王德威：《性、丑闻与美学政治——李昂的情欲小说》，李昂《北港香炉人人插》，麦田出版社 1997 年初版，第 40 页。

② 参见陈玉慧：《海神家族》，江苏人民出版社 2009 年初版，封底。

随整部家族史贯穿始终，与之密切联系。华人传统风习以西方现代小说体式出之，尝试将传统在现代中转生塑形。

而具体到有关神明祭拜和其他一些民间礼俗的解说部分（妈祖是其中之一），在此书中是以另文单列出来的方式存在于小说文本之中，冠以“拜祭须知”类的标目。这种重点标记的方法意在唤醒人们对于古老民俗的认知和已经失落的记忆：只有当人们对这些仪式性的东西的印象已经模糊湮远的时候，才会需要这样贴士般的小提醒来重温具体的执行步骤。人们对传统仪式的遵守和还原也表现了对神明的尊重。

现代文明社会里对于过去礼俗的隔膜，已经成为较普遍的现象。譬如澎湖依古法结婚，其程序复杂而时间漫长，小说家骆以军在亲身经历之后发出慨叹：“‘可是问题在于，没有人告诉我爸爸这代外省人老人家去世的时候应该注意哪些礼仪，过年的时候、结婚的时候、祭拜的时候要注意什么。我们什么都不知道，但是在台湾却非常讲究这些。结婚的时候我太太家要求一大堆古礼，我被弄晕了。’

骆以军的太太是台湾澎湖人，有着庞大的家族。结婚前骆以军到太太家提亲的时候，才发现原来那些家族里的称呼都是活生生的人，‘在这个空间里有这么多人，大家有细微的人情世故，看不见的线索，大家在互动着。而我是宅男，我没有办法去面对这些复杂的人际关系。’”① 台湾传统家庭的幽微细致人事关系，看在这位经验匮乏者（这里是就家族关系而言）且是外省女婿的眼中更可敬畏，不免心怀迷惑视之。

回头检视《海神家族》，与拜祭须知和仪式说明性质相近的小段其他文体，在这部小说中还体现为书信（如二叔公林秩男写给外婆三和绫子的信，多年后

---

① 王俊逸《骆以军：胖子、外省人、棋谱扮演者》，载（《生活周刊》第1381期（2011.8.30-9.05)。http://www.why.com.cn/epublish/node32682/node32804/userobject7ai282983.html

重见天日)、药方等等，这些次文本在小说本文中间隔点缀，交错穿插，使得叙事的内在空间更为广阔，层次多样。例如文中有如此一段引录：

> 白术　白芷　姜活　独活　黄芩　川芎　薄荷　厚朴　荆芥　木瓜　桑寄生　细辛
>
> 以上各二钱
>
> 杜仲　牛膝　续断　当归　威灵仙　钻地风　千年健　以上各一钱半
>
> 防风一钱二分　草乌一钱　五加皮一钱　秦九一钱　桂枝一钱　猪肋四两
>
> 用鸡一只重量一斤杀之拔毛　不可见水不要肠脏　用瓦锅同煎药　烧酒五斤同蒸　取鸡先食　酒早晚随饮①

这样一张药方开列出各类不同的入药原料，注明详细的剂量和熬煎方法，以及服用方法，恍然如回旧说部中。中药名的罗列本身就有鳞次栉比的词语所产生的字形、字音，由名称生发的一些谐音双关联想而造就的美感。在此相映成趣。

> 中国文化的基质是和平、和睦、和谐，女神能够更好与这种文化精神契合。充满风险的海洋生涯中，人们需要母亲的刚强、坚韧与深情，所以，清中叶以后，人们敬妈祖为“天上圣母”，远离故土的游子将妈祖作为故乡的神圣象征。②

---

① 陈玉慧：《海神家族》，江苏人民出版社 2009 年初版，第 278 页。

② 王宏刚：《妈祖——中国海洋开拓的精神旗帜》，立得出版社 2006 年 10 月初版，第 40 页。

妈祖身为女性神明所走过的“从民女到海神”的演变过程，与铸钟娘娘（汪曾祺曾据此取材写成短篇小说《黄心大师》）等民间传说中的神话逻辑相类同。她们原本都是具有高贵品德的普通人家女子，通过自我牺牲达到上升和完成。民众出于怀念之情而将其尊崇为神明，并且赋予了其庇佑、赐福等种种超人的神力。闽台民间以天公伯为最高位阶的神，而妈祖被称为天后，可见其地位之尊。妈祖从凡人到神明的升格变化过程中，新的神的身份的产生，是通过其道德教人感佩从而获得的，与人世本身的距离更为切近。她并非高高在上，难以怀想的神灵，而是实实在在存在于日常生活之中的。

在《妈祖绕境或进香须知》这一则中，详细开列了所用的一些祭祀物的尺寸大小，例如：“鸟母衣——2 寸乘 2 寸 5 分；九金——4 寸乘 2 寸 9 分；寿金——4 寸 9 分乘 4 寸 2 分；甲马——5 寸乘 2 寸 5 分；金白钱——5 寸 2 分乘 2 寸 1 分”[①]，如此等等，以翔实的数字做说明增加了真实感，并展示出了文体和小说叙事文体的区隔使得故事予人有所本之感，证明它确实是自历史民俗之中生长而出。

妈祖自陆迁台的历史也是移民/遗民们一部迁播漂移的离散史，由此才有了分合哀乐的家族故事们。小说中所涉的礼俗种种，其排列位次也是独运匠心的，依次是按照《拜天公须知》、《丧礼须知》、《拜地官须知》、《拜七娘妈须知》、《妈祖绕境或进香须知》、《婚礼须知》、《出生礼须知》的顺序间隔出现在小说各个章节的间隙之中。在这一系谱中，神界与人世相交错：神的部分从天地织女拜到妈祖，人的部分则是丧礼——婚礼——出生礼，由死亡到结合再到新生，生命循环流转的再造意味隐然可感。神与人的相关则隐喻了拜祭天地到爱情之神再到妈祖，其核心是对婚姻的祝福和保佑。小说末章写完主人公的婚

---

① 陈玉慧：《海神家族》，江苏人民出版社 2009 年初版，第 251 页。

礼，又写了她和母亲、阿姨一起将外婆、外公、二叔公三位长辈的历史遗物正式归于林家墓园，之后紧接着写了《出生礼须知》，在有意留白之后压缩时空，预示了主人公未来生活中的新生命降生事件，带来了新的希望。

在最关键的人生大事方面，妈祖一直都发挥其神力，保佑了主人公“我”的婚姻。直到“我”找到心如阿姨，听她讲述当年往事，与自己所知拼凑对接。妈祖在家中三代人之间的传承与勾连之脉络，才得以重新浮现。有一尊妈祖雕像原本为她的二叔公所雕刻，但后来却被弃之不顾，下落不明。家族中的男性角色对此颇为隔膜无感。“我”的父亲还曾经有数次都想要扔掉家中保留的妈祖部将雕像。

主人公虽然一直携带妈祖的两位部将千里眼和顺风耳的雕像周游欧洲列国，但始终没有见过妈祖本尊。妈祖和其部将的分离，其间还纠缠了母女两代人的情感，难解难分。

“我”带自己的德国男友一起去见心如阿姨，男友由此明白了他深怀好奇的雕像来历。这段台湾与异国的婚姻之缔结，也使得母亲静子和心如阿姨这对姐妹多年以后重修旧好。之前亲族中仳离和缺憾的数段情感关系，到此才有了弥补和完满的结局。与这尊雕像及其亲族相关的历史故事在倒叙和补充式的讲述中才逐渐被一点点复原。

在叔公的房间，主人公终于看到与之错失多年的妈祖本尊雕像，并和心如阿姨有一段对话。这段对话中提到的诸种线索表达了妈祖与不同人命运的奇妙关联：

> “这些都是你叔公的作品，这是你们一直想看的妈祖。”
>
> “妹妹呀，你妈妈以前坚持把千里眼和顺风耳带走，后来又不知道将他们两人丢到哪里，真是大不敬呀，让妈祖这些年活得这么孤单。”

“对不起，阿姨，千里眼与顺风耳不在我妈那里，是我带走它们。”

“只是你也未免过于大胆，将妈祖的部将带走，你不怕妈祖不高兴吗?”

“你不是说，你刚认识他时，他向你问起千里眼与顺风耳的故事，所以，所以啊，你们回会到台湾来，可说是妈祖冥冥中为你们安排，妈祖真的是你们的媒人嘛。”①

早在小说的开头部分，开宗明义，主人公自述说：

世界上只剩下两个人知道这两尊神像的典故。那两个人是我母亲和心如阿姨，虽然她们知道神像的故事，但她们并不知道神像的下落。她们不知道是我带走了它们，一个叫顺风耳，一个叫千里眼。它们来自一个叫台湾的岛，那也是我出生的岛。②

“我一直不明白，但我离开后才明白，台湾是一个很奇特的所在……

而我只是像有一个家，却并没有家。③

这种似是而非的犹豫和怔忡感，反映了主人公身份认同的迷惑难定。家国大哉问的无依之感在此颇为明显。乡关何处的存疑，是主人公四下流徙的最重要成因。故事于焉展开。

① 陈玉慧：《海神家族》，江苏人民出版社 2009 年初版，第 254 页。

② 陈玉慧：《海神家族》，江苏人民出版社 2009 年初版，第 3 页。

③ 同上。

二、要去问妈祖娘：无父空间中的女性家族史

这部小说中父族和母族的历史有分有合，既有交叉又有各自平行独立的脉络，时而汇合，时而分道前进。主人公在小说的起始以孤身往赴之姿出发寻找自我，追问情感和家族遗事，并记录下各位亲人的经历。时间轴线上，不同人物的遭际与台湾近现代史上的重大时期和事件若合符节，大时代的背景与风云下，常民生活的样态被烘托而出，像是日据时期太平洋战争爆发的志愿兵，学习马克思参与左派的地下活动，国民党当局迁台。而在空间上，则出入大小之间，既有广大地理空间上的异国、异地、异乡，也有个人私密意义上的空间“自己的房间”：《在外婆的房间》、《在母亲的房间》、《在父亲的房间》、《在叔公的房间》，乃至结尾处的《在林家墓园》，分别进入到各人的房间中来观察和倾听他们的心灵独白，是主人公返乡之旅中混合了记忆和重构的描述。

各位亲人在主人公开始讲述故事之时有的已经逝世，纵使还在世的其生活状态、情绪心境和房间布置也必然不同当年。主人公的再次探寻，恰好如同纽带联结起了过去和当下的时间，将不同亲人的人生事件分类归档整理。譬如外婆绫子和外公、二叔公之间的情感纠葛，外公林正男和二叔公林秩男各自的流徙小史，母亲静子同父亲二马（冯信文）的爱恨情仇，心如阿姨的情感经历及出家经过等种种前因后果。他们的经历都是通过主人公之眼事后追想的。全知观点与限制观点相结合，既有客观的审视距离之保持，又有具体到加诸每一人身上的同情和理解，并试图追问他们的内心，何以选择如此度过自己的人生？书封面有一句颇为耸人听闻的警语——“她们根本不用杀死父亲，因为她们根本没有父亲”。孤立的女性情境昭然若揭。心如阿姨面对的也是“父亲是父不详的”窘困境况。小说中的诸位女性长辈确乎从来不曾有过什么可堪冀望怀想的君父城邦，无论是父亲、丈夫、情人，都一次次令她们不断失望，最后落于

不得不被迫独立自强，而丝毫对男性不做倚靠的状态。她们成了女性主义理论所称的“没有男人的女人”（women without men）。

外公林正男是太平洋战争爆发后中的志愿兵，也在南洋做过佣兵，天生对飞机和飞行有异乎寻常的喜爱。他之于飞行的狂热兴趣则完全是理想主义者的。身为普通人家出身而非家财万贯的人，他努力考上飞行学校并说服家里帮他支付昂贵的学费，又勤奋学习技术知识，并先从做别人驾驶飞机时的乘客做起，后来也想方设法自己募集继续学习开飞机的费用。情不知所起一往而深的飞机痴给了他莫大的动力与能量，也使得他成为了那个时代少见的先锋。“林正男无法解释他为什么醉心飞行。飞行象征着自由和冒险，还有，飞行也是一种运动，他喜欢运动。大部分他认识的人都没看过飞机。对他们来说，开飞轮机哪有可能?!”[①]

即使外公在婚后逐渐过起了小家小户、开店和抚养妻儿的常人生活，并且遭到外婆的严重反对，他仍没有放弃自己的飞行梦想。“‘在天上做一条龙，不如在地上做一条踏实的虫。’当林提起飞行时，绫子有时会这么说。‘那么高呀，真令人担心。’”[②] 虽然他的飞行实践仅仅是得武藏之助（看出他对开飞机的强烈渴望之心）在非正式的场合下用训练机做了仅有的一次飞行，并因此被发现竟然受到了惩罚。这也毕竟是对自己念兹在兹的事情有所交代，不致长怀憾恨。

二叔公林秩男则是“革命加恋爱”的做派，始终不曾掩饰对外婆绫子的爱慕之情，还想劝说外婆和他一起离开，又收心如阿姨为他的干女儿。父亲二马（冯信文）心牵念留在中国大陆的结发妻子李冬青，但后来到台湾之后重新安家置业，又娶了主人公的母亲静子为妻。那也是彼一时代常见的特殊现象，两

① 陈玉慧:《海神家族》，江苏人民出版社 2009 年初版，第 77 页。
② 同上，第 76 页。

个家庭隔海相望，被外力强迫中断，一个人的生命和感情也就此两分。此外二马还有着同其他女人的情感纠葛。这些女子亦分别有一段故事。主人公对她们中有些人的艳丽样貌，依然是印象深刻的。

外公、二叔公和父亲作为与家族中女性一脉对应承接的他者链条，颇为可圈可点。这些男性长辈在政经事功上或许都是失败者、隐匿者和逃逸者，或有才华而不得施展，或迫于时局而逃亡他方。而他们弥足珍贵的是，在个人情感和爱好上则意志强烈，坚持不懈地追寻自己所热爱的人事，是个人主义色彩强烈的人。无论在多么艰难的外在条件之下，他们都保留了行事风格上的某一种浪漫情怀。他们各有自己的不得已，却在压力、夹缝和限制中仍然努力冲决网罗，做到我行我素。从整体而观，他们可谓是脱序的、不符合家国要求的男性，却与同样无父家庭的小说世界中，被张爱玲所厌弃的阴性扁平的男性有所区别，仍有鲜明可取之处。

男性人物和女性人物各自命运逻辑发展的自然断裂，更有情非得已的无奈和爱恨悠悠之感。

由于彼此的隔绝，这里所叙述的女性和男性，其隐秘的心灵空间都是孤独内省的。

面对这些萍踪浪迹，不可寄托的男性们，女性人物们的怨怼心理于是在所难免。现实中的身边人形同虚设，她们除了自强不息以外，也开始寻求新的精神寄托。妈祖适逢其时地出现，在艰难苦厄的关头给予她们重要的心灵安慰，起到了庇护的作用。在心中感觉最孤苦无依的时候，她们会将难以开解的事情去求问妈祖娘娘，以此来稍获开解，也相信妈祖一直与她们同在，可以和她们一起渡过眼下的难关。

如果说，家族中的男性被迫出走都是由于无地自由，不得不暂时离开心心念念的祖国、家乡或者家庭。那么与之相应的是，家族中的女性只好以回返内心来实现某种意义上的精神逃逸。性别与路向的错落交织构成了小说的主干部分，也是作者一直试图追问和求索的。

三、多情与无情：日常生活和情感结构

萧丽红的《千江有水千江月》，蔡素芬《盐田儿女》系列以及近年来陈淑瑶的《流水账》，这些作品都是从民间日常出发来写传统的生活风习、人情世故，有女性作家细腻慧心的淡静之美。而此中《千江有水千江月》有明显的感情线索之外，其余诸作并不着力于此，仍以地景世情本身作为重要的着眼点和出发角度，写出了从容的、非战争时期的生活景观。同出于女作家手笔，也一样有对民俗的关怀和日常生活的体察，《海神家族》的细语日常则因与动荡流离的大时代关系更近，如同危幕燕巢动摇不定，正是在时代事件掩映下的微微透光，即使历史和时世滔滔向前，并不曾因私人的爱恨而撼动分毫。罅隙中匆匆一瞥而得的人事种种，由此生活细节与历史事件的连接脉络和互相影响更为细致入微。其中不乏触动人心绪情感的描写，却处处小中见大，更具深意。

《千江有水千江月》写贞观与大信的感情，始于纯真而终于惘然，是小儿女天真无邪的情感形态，结合其散淡悠然的整体风格，如同哀而不伤的挽歌。《海神家族》中穿插交会的各条情感理路显然较之复杂得多，其哀痛与深挚之处也显得更为刻骨铭心。在一段段不如意，有缺憾的长辈感情叙写之后，主人公自己完满的婚姻对前面的叙述总算起到了净化和反拨的作用。

《千江有水千江月》的题眼取用佛教禅语，《流水账》、《盐田儿女》等则没有明确的旨归取意，顺从了生活本身的自然节奏和流向。《海神家族》的中心所系仍是妈祖。采取这样的组织结构和形式，实际也巧妙响应了这部小说开头提出的家国之惑的问题。因为这样的写法展开了一部以女性为主体的阴性历史。情感主导而非家国大业主导。如果小说中的男性角色有优点可取，亦是由于他们在个人情感上具有热情、执着等特质，并非浮浪敷衍之辈。情感和命运

的错落难以对位，增加了情节的跌宕起伏之感，也令人读来更加叹惋。《千江》等几部小说虽也写民间女性之柔美静好，但并无如此强烈的女性主体意识。从女性主体的最高位置到女性神明的主导，《海神家族》在一般层面和超越性层面上是互为呼应、一以贯之的。这也是诗意和历史感二者的彼此一致。因而在章节的安排上，《千江》这几部小说（尤其以《流水账》的特征更显著）都是较为随意，信手撷取，自然成文，不无散文化或曰笔记体的小标题划分。惟有《海神家族》的章节命名，是富于情节推进和悬疑特色的，常常是以疑问句形式来统领一章，概括了该章讲述的中心情节或者关键主旨，如“要买金针菇吗？//二叔公林秩男逃山的日子”，或如“台湾人是怎么过日子的？//父亲二马四十年后的返乡之旅”，颇具新意又有提示作用，望去一目了然。

《海神家族》在抒情手法方面是灵活多样的，配合其鲜明的台湾传统与民间意识，书中也有部分章句直接运用闽南语书写，以求原汁原味。绫子曾听一名抽签仔唱了一首常见的台湾民谣《一只鸟仔哮啾啾》，歌词直接引录，质朴而凄怆质感顿时浮现纸上：“嘿嘿嘿都什么人仔甲阮弄破这个巢呢被阮掠着不放伊干休呵嘿呵。”[①] 文字不能附带音效，不分行不断句一气唱到底的民歌小调，其风中摇颤的可怜情状，一咏三叹的本土风味都通过方言的表达来传送给读者。听在绫子这样的外国人，一位日本女子耳中，则营造了某种猎奇式的陌生化效果。但情感的共通力量是可以超越异国的语言文字的，那种孤苦无依的飘零感蕴含在声音情态之中，她仍旧能够从乞食仔的歌声中充分领略到其意图。

又譬如写到二叔公林秩男的心理活动，寥寥几句就将其纠缠复杂的心境道出：“他得空时又重新开始木雕。他试着雕刻青蛙或鸭、鹅，也继续未完成的

① 陈玉慧：《海神家族》，江苏人民出版社 2009 年初版，第 42 页。

绫子雕像。那是他心中命名的绫子雕像，事实上却谁也不像，一个抽象的头像。”①

总之，承继中国抒情传统，以情感人，手法多样也是《海神家族》的长处之一。

结论

《海神家族》这部小说巧妙地将妈祖信仰与家族史书写两相结合，对民间传统尝试进行了现代性转化。在此过程中，见微知著，将外在与心理、史实与诗性加以调和，铸造出了风格独具，故事性强的文体风格。作品对台湾历史的关切体现在以若干重要历史事件铺陈人物活动的场景舞台，使之更有艺术真实性。小说提供了家族史新写法的可能性，也对民间信仰的继承与弘扬有所贡献，是值得继续进行再解读的文本。

---

① 陈玉慧：《海神家族》，江苏人民出版社 2009 年初版，第 14 页。

月亮的谦逊：借光借影者之迻译历程

——石岱仑著述初探

一、从借光者到生光者：石岱仑的台湾文学外译因缘

“伊瓜沙有自己的光，那露沙借别人的光。”（节录自长篇小说《复眼人》）——石岱仑（Darryl Sterk）

2014 年于台湾举办的“译动国界”论坛上，有一个研讨环节是请与会的各位译者用一句话概括自己的翻译理念。彼时，石岱仑贡献的是以上这句话。这段文字里的“伊瓜沙”意谓“太阳”，“那露沙”则指“月亮”，是台湾小说家吴明益在其长篇《复眼人》中所虚构的“瓦悠瓦悠岛”上居住的岛民语言里对自然事物的指称方式。身为这部小说译者的石岱仑，敏锐地捕捉到了译者转化作者原意的职分，与月亮反射太阳的光这二者之间的相似性，从而以隐喻的形式将其连结起来。这当然也是极其谦冲的说法，其间不无译者应退隐于密，甘愿站在原作者身后之意。

及至 2015 年的同一论坛上，石岱仑却引用了法国著名学者、人文主义知

识分子乔治·斯坦纳（George Steiner）的句子：“The mirror that not only reflects but also generates light.”① 这是斯坦纳在谈及文学与翻译问题时所打的比方，亦即镜子不仅反射光，也产生光。译者绝不只是原作者的传声筒和代言人而已，仍然具备自己的创造力与能动性。两年前后的不同说法，似乎隐隐暗示了石岱仑在翻译总体观念上的认识层进。较之过去的尊重作者，以译文贴合原文，传达原意，他更注重翻译过程中的再创造，也就是所谓“创造性叛逆”的过程。

石岱仑1973年3月出生于加拿大埃德蒙顿一中产之家，双亲皆毕业于阿尔伯塔大学。母亲石珍积极参与社会政治活动，从2007年开始曾任绿党党领(2013年于卑诗省选失利后辞职)。石岱仑于1995年初至台湾，住过两年。他大学毕业后曾去到台湾教授英文，后又返回加拿大，在2009年取得多伦多大学的东亚研究博士学位，博士论文的题目是《台湾异族婚恋故事的文化意涵》，可以看出当时他对少数民族议题已具研究兴趣。之后又经过两年，他重返台湾。前后十几年中，石岱仑往来于台岛和故乡两地之间，在在印证了自己对这片土地的风景与语言、文学的无限眷念，自觉从未真正离开过台湾。石岱仑本来曾计划要与友人周游世界，却中途易辙，最终选择台湾为他的工作与栖居之地，并放眼世界、立足台湾，在此开展了他的教学、研究和翻译工作。石岱仑从2000年始开始做译者，初期所做的是读书计划、推荐信等应用文件的翻译；2001年起成为自由译者，当时所做的是科技翻译，协助企业中翻英一些军事、科技甚至是半导体领域的专业文件。2007年起，他开始将一些台湾的文学作品译成英文，并将译文成品刊登在《台湾文学英译丛刊》上，其中包括经典的知名作家如黄春明、王文兴等人的作品，也有当代新秀的即时创作。这种将不

---

① George Stein, *After Babel: Aspects of Language and Translation*, Oxford: Oxford University Press, 1976, p. 317.

同世代作者的文学创作两相结合去翻译，参差互补的做法，无疑对台湾文学外译的推进起到了有力且有效的助攻作用。换角度言之，从几代译者传承，以及会刊的几次名称和版式改变中，也看到了台湾文学外译事业中，老一辈的从业者积极吸取有能量的年轻一代通晓中文的外籍学者作为生力军，令其后继有人。

细察其学院生涯，石岱仑历任加拿大阿尔伯塔大学助理教授，台湾中正大学助理教授，从2012年起，先后担任台湾大学翻译学程助理教授、副教授，2017年8月又转任香港岭南大学翻译系助理教授。但由于他仍在做台湾少数民族相关研究，尤其是在学习赛德克语并取得中级证书（可以阅读但不会讲的程度）之后，开始从事中翻赛的工作，也积极推动赛德克语的使用，因此依旧时常来往于台港两地之间，为跨区域的文化交流与传播做出了贡献。

石岱仑对台湾的一往情深还体现在他成为了台湾女婿，妻子苏惠华成为了他翻译中的第一读者和审校人，亦是绝佳的讨论对象。这点在前辈汉学家如马悦然、马汉茂和艾朗诺身上也得到了印证，由生活中的情感牵系，到对异文化的好奇和逐渐接近，都是“跨语际实践”的奇异冒险旅程。石岱仑曾言初至台湾的第一个星期就遇到了现在的妻子，两度返回加拿大修读完硕、博士学位以后，这份因缘也是姻缘的牵引遂成为他回到台湾开始新生活的动力和目的之一。无独有偶，近年的一次黄春明小说翻译讨论会中，在座的四位外国译者，除了英文译者石岱仑以外，另两位男性法文译者和德文译者也都是与台湾女性喜结连理的。在他翻译吴明益《复眼人》时，两次的审校工作也都由妻子代为完成。如此“华洋结合”的工作搭档，确乎是华语文学外译的一大利器，中外互补，“含英咀华”，可以将译文修缮得更为完美。正是在这样的切磋琢磨之中，双方的母语和外文能力都得到了加强。

正如任教于加拿大雅博达大学的林镇山教授所描述的那样，石岱仑从其文学翻译的起点就出手不凡，表现出色。林教授一直致力于积极发掘加拿大的年轻翻译人才，并将他们向台湾推送，促进了两地间的知识人力资源的流动与补给。石岱仑得到了他的充分肯定："在诸多从事'翻译台湾'的枫叶王国学者中，最耀眼的后起之秀，非石岱仑教授莫属。他是雅博达大学毕业的优等生，在荣获多伦多大学博士之后，曾经回到母校雅博达大学的东亚研究学系任教，负责翻译课与现代文学课。2011 年 8 月起受中正大学台湾文学研究所礼聘，转赴嘉义任教。他在 2007 年，以英译龙应台的力作《城市文化——在紫藤庐和 Starbucks 之间》初登'翻译台湾'舞台"。之后，短短的 3、4 年间，已经累积有十四篇译作问世，并且长期为《台湾文学英译丛刊》翻译。目前石教授已经把张瀛太的专书《熊儿悄声对我说》（*Teddy Softly Said to Me*：*A Tale of a Bear and a Boy*）译就，即将付梓，形势看好。"[1] 既以"翻译台湾"名之，可以想见其体量，这当然是规模庞大、旷日持久的文化工程，绝非一人之力可以为之，亟需动员一切可能的有生力量勠力与共，才能将已有的成绩延续并扩大守备范围。如今的台湾文学外译相较于过往，已经体现出了其及时跟进，迅速转化，将此时当下最为真实迅捷的文学面貌与生态传向他方的趋势。

历经十几年的积淀，今日的石岱仑已经由当年备受期待的新秀，成长为可以独当一面的中生代优秀译者，并且较之过去的单篇作品翻译，他更多地开始涉足长篇小说的译介与外推。几年来，石岱仑翻译了台湾当代小说作者师琼瑜《秋天的婚礼》，吴明益的《复眼人》、《单车失窃记》，还有移居加拿大的华裔作者薛忆沩《白求恩的孩子们》等作品，逐渐确立了自己的翻译路向。

二、关乎蕃汉却不以之为限：石岱仑的台湾少数民族研究

石岱仑的博士论文即以蕃汉关系为题，可见在其学术生涯初期，即已将他

① 林镇山：《翻译台湾：枫叶篇》，台南：《台湾文学馆通讯》第 32 期，2011 年 9 月版，第 16 页。

对台湾少数民族的历史与他们的生存现况之研究兴趣表露无遗。他亦有数篇关于少数民族研究的单篇论文发表。其中也有取材于和电影研究相关的，还有的则是对少数民族习俗的考察和探究。由此看出他对这一议题的关怀兼具深度与广度。石岱仑曾经表示，他研究台湾少数民族的角度并非就台湾少数民族而论台湾少数民族，却是着眼于汉人视角下的少数民族生态，与两者之间的互动往来关系。他认为这样的切入角度有更为深刻的文化意义。

在《〈不一样的月光：寻找莎韵〉——首部台湾少数民族导演院线电影的教育意义》一文中，石岱仑讨论了一部名为《不一样的月光：寻找莎韵》的电影，及其在台湾的上映与传播过程中所反映出来的少数民族问题。他指出，这部电影的开创性意义正在于它是台湾少数民族（泰雅人）女性导演亲自执导的第一部院线电影。这样就以台湾少数民族电影工作者来从事本族的文化议题研究和影像化表现，更具有说服力和现实感，避免了过去以汉观“蕃”的汉族中心主义所内含的以上视下不平等权力关系，以及因隔膜和不深入了解带来的种种偏差。这部电影在台湾院线的上映，对于台湾一般民众更好地了解少数民族起到了先导作用。石岱仑认为，即使像《赛德克巴莱》这般成为一时观影热潮的大片，仍难逃商业运作的嫌疑，不过是用浓墨重彩的神话化手法讲述了“高贵野蛮人”的故事，而不是设身处地为少数民族着想的。因此石岱仑指出，关键还是由于：“这部电影最大的价值在于，它透过大众最能够欣赏的媒体——故事电影——让观众听到少数民族的声音，看到少数民族的观点。我们曾经在电影院看过的少数民族，通常是非少数民族导演眼中的少数民族。其实非少数民族处理少数民族议题，处理的大多是自己所关心的议题……要认识少数民族就要看少数民族自己的作品。”[①] 电影作为传播范围最广，最容易被大众接受的

① 石岱仑：《〈不一样的月光：寻找莎韵〉——首部原住民导演院线电影的教育意义》，台北：《原教界》第49期，2013年2月号，第37页。

媒体，潜移默化地扮演了族群平等教育的角色，发挥其动能。有时候，偏见、误解和歧视往往出于对某一对象的不够了解，而妄加猜度，强加定义。以往的研究中，有些表面看似对于少数民族议题的关怀，有时却常常也会出现消费他们，而不能真正体会其疾苦的问题。这都是身为研究者应该引起注意，切实纠偏的向度。故而外位视角的存在固然必要，在外界普遍对这一族群缺乏认知的现况下，还是需要少数民族现身说法，为自己的族群多多发声，才有促进沟通交流之可能。

在其他的研究中，石岱仑则去关注和讨论了少数民族问题的不同面向。《蕃汉婚恋的再现：跳出国家主义的镁光灯圈》一文以不同历史时期蕃汉婚恋的关系演变为经，各地区所出现的这类婚恋形式为纬，综合考察了形态和成因各异的蕃汉婚恋关系，为之描绘了基本图景。与此同时，他还将艺术作品（集中表现为电影）里所描述反映的蕃汉婚恋做了分析，从中归纳总结了其各种类型模式，尝试为其排列出谱系，以做存证。于文章开头，石岱仑便开门见山地表示："蕃汉婚恋的再现的意思就是用影像、歌曲、小说以及影片呈现少数民族与汉人的恋爱/联姻。使用'蕃'一词，完全没有歧视的意思，纯以押韵考虑而已。蕃汉联姻是台湾社会史的一部分……"[①]能够纯粹出于押韵的审美考量，而非两分对立的意识形态考虑选用"蕃汉"并称的说法，石岱仑可谓是独出机杼。从这点也可看出，他对于少数民族问题的思考有别于传统常见的观点，而有着自己特殊的路径与方法。到了正文中，石岱仑又注意到了在发掘蕃汉婚恋并将其再现和外化的过程中，官方起到的关键性倡导与执行作用。"第二次世界大战以后有很多蕃汉婚恋的实例，但像美国一样，在再现的过程当中，蕃汉婚恋就赋予象征的意义，这种隐喻潜能最早是由

---

① 石岱仑：《蕃汉婚恋的再现：跳出国家主义的镁光灯圈》，台北：《台湾"原住民"资讯中心电子报》第五期，2008年1月版。http: //www. tiprc. org. tw/ePaper/05/05 _ alan. html（开启日期：2018年8月27日）

‘政府’所发掘。‘政府’单位开始在五十年代制造蕃汉婚恋影片。”[①]可见掌权者的政治宣导和教化意味，让他们主导下制作的蕃汉婚恋影片也起到了宣传片的功能。

到了《投之以羊血，报之以水果：台湾文学猎人之礼做为个人、群体和生态的认同象征》一文中，石岱仑着重考察了台湾文学中对少数民族猎人及其“礼物”交换和赠送这一行为所包蕴的文化意涵。他认为，在台湾少数民族文学作品中，“礼物”多半是由猎人赠与，而大部分的猎人也是赠礼者。石岱仑将文学中的猎人之礼诠释为个人、群体和生态的认同象征。这样的诠释以人类学礼物理论为基础。人类学家认为猎人的礼物是其自尊与部落地位的基础，进而区分礼物与商品，前者建立“人际”关系以及人群与大自然的关系，也就是生态关系，而后者建立的是“物际”关系，即商品与商品之间的价值关系。以礼物为主的社会因此有群体化的趋势；以商品交易为主的群体会分裂，变得个人化。在石岱仑的设想中，他欲将这个诠释架构应用在当代台湾少数民族文学研究上。文学中的礼物是虚构的，当然不能视为简单的社会镜像。他把虚构的礼物视为作家用来探讨当代少数民族认同的象征。而为了要质疑独立个体的概念，他又把认同分为个人、群体和生态认同三个面相。结合这一理论架构，他具体讨论的作品是霍斯陆曼·伐伐的《猎人》、奥维尼·卡露斯的《永恒的归宿》、巴代的《姜路》及田雅各布的《最后的猎人》。这几部都是由少数民族作家执笔，书写少数民族的猎人和赠礼的小说。从《猎人》到《最后的猎人》，少数民族部落逐渐被纳入现代国际经济体系，因而变得个人化。少数民族作家面对这样的情况自然会思考、建构或重构变化中的少数民族认同。最后，石岱

---

① 石岱仑：《蕃汉婚恋的再现：跳出国家主义的镁光灯圈》，台北：《台湾“原住民”资讯中心电子报》第五期，2008年1月版。http://www.tiprc.org.tw/ePaper/05/05_alan.html（开启日期：2018年8月27日）

仑也试图做出方法论的自我批判，以利日后更进一步的跨界文化研究。[①]

三、不断精进的台湾文学外译实践：以《复眼人》的翻译过程为例

最初接触到台湾作家吴明益的《复眼人》，对石岱仑而言更像是无心插柳的机缘。本来版权代理方谭光磊想拜托吴敏嘉担任翻译工作，但她无暇分身，便将这个任务转推荐了其在台湾师大翻译研究所的学生石岱仑。石岱仑由此受命，开始从事长篇小说《复眼人》的翻译。

他为了能够实地体验到小说中所描写的海岛生活与人事风景，还曾为此特地到东海岸去居住了几个月，以便能更好地进入情境，也替翻译增加实感和亲身的一手体验。因为花莲台东一带的美丽风光最为接近小说里所取材的海岛生活原型，石岱仑便就此进行了一番实地考察。甚至文中出现的“H县”也可以颇为明显地联想到就是来自于“花莲”的拼音首字母缩写，作者几乎就是将花莲所面临的土地、风景与在地生活的切实问题搬字过纸。小说本身所包含的，显豁的社会关怀和讽世意义，也促进了石岱仑为翻译而展开类似田野调查的事先预备工作的兴趣与决心。

石岱仑仅仅用了六个月的时间，就完成了这部长篇小说的翻译，不可不说是很快手的译者了。在翻译过程中，他时而会遇到一些文化差异所带来的困惑。例如文中乌龟的名字，瓦悠瓦悠语对不同事物的称呼等，因此他也就这样的问题直接与原作者写邮件交流过。小说家吴明益的答复是不想凭借原作者的身份过多干扰和介入译者的工作，鼓励石岱仑按照自己的思路放手去译，希望

---

① 石岱仑：《投之以羊血，报之以水果：台湾文学猎人之礼做为个人、群体和生态的认同象征》，台北：《文化越界》第1卷第7号，2012年3月1日版，第121－146页。此处参考了该文的摘要部分。

译者能够拥有充分的再创作之自由。这就使得他获得了更多的空间去发挥，对原著有一定的延伸和二度加工，使之更为符合英语世界读者的理解和表达习惯。尽管原作所讨论的主要问题涉及全球环境恶化、自然保护和生死观念等种种普世性议题，但由于作者的笔触和关怀仍是以台湾的现实困境为立足点，要将其中的一些风土人情、习惯风俗都在英文中找到适切的表达方式，并完成转换并非易事。

石岱仑也在和小说家的来往问答中获得了对一些译法的启悟和灵感，例如在另一部小说《单车失窃记》的翻译中，他就想到，其中有个人物名为“满伯”的，口中所讲的却是与他名字正好反义互补的“空（empty）”。他觉得这种意思上的相映成趣，似乎也传达了人物自己的某种人生哲学。这可能是英语读者需要花时间去领会其中意趣的，却是对译文而言非常增光添彩的部分。每逢语言和文化的转换之际，往往能激荡出译者母语与外语之间丰富的联想能量，亦是很好的见证创造性的时刻。

对于《复眼人》的翻译，石岱仑因是第一次外译台湾长篇小说，感触深刻，还特地为此写下了一篇译者札记，以记录在翻译中的实际收获。此文题为《学而时译之：〈复眼人〉英译者的学习札记》[1]。从这个题目就又一次可以感受到他作为译者的谦逊好学。在正文中，石岱仑先是讲述了自己何以会接到这一翻译任务，而后较为详实地交代了他踏访台湾东海岸，实地见到各种建筑物、道路以及著名景点的历程和感受，甚至还巨细靡遗到他所新认识的植物和昆虫。正是由于有了这样一次难忘的考察之旅，石岱仑才得以完成将这部小说从中文世界向英语世界的挪移和转换。他也更深地领会了原作者吴明益在作品中传达的发展与生态之间的矛盾，人地关系的复杂性，在地居住者对于土地和岛

① 石岱仑：《学而时译之：〈复眼人〉英译者的学习札记》，《编译论丛》第 6 卷第 2 期，2013 年 9 月版，第 253 - 261 页。

屿的深厚情感之种种纠葛。石岱仑认为自己从原作者、小说文本和翻译过程中都获益良多，故而欣然提笔，写下了这篇札记作为见证与纪念，既是个人的珍藏，也是与读者的分享。

结语

石岱仑是华语文学研究和外译的中生代秀异者。他多年来一次次推进了个人的研译进程，迎接了不同领域的挑战，在少数民族文化与文学及华语文学外译方面取得了可观的成绩。未来他也是一位值得期待的研究者与译者，将会有更多更精彩的成果呈现。

未尽完美的雕像：刊物内外之短长

——试论《现代》杂志对穆时英的形塑

一、明月前身：小说家的崛起——《新文艺》塑造的“左翼尖子”

穆时英作为短篇小说家的身份，基本上是通过在《现代》杂志上发表的作品得以确立成形。而此间毁誉荣辱种种，都是与大力提携他的主编施蛰存有莫大干系的。作品的发表状况只是以刊物为场地，一种近似于静物形态的客观呈现。真正论到《现代》对穆时英的形象塑造和影响力，施蛰存的主观努力功不可没，起到了主导和奠基性的作用。极尽褒扬、积极推崇，这是施蛰存对穆时英作品的基本态度。但看实况，若说施对穆在《现代》上的肯定，那其实已是后话。为此，我们有必要追溯到其前身——《新文艺》时期的相关景况，那才是形塑的起点和源头。

早在昔日办刊生涯试练场之一的《新文艺》时期，施蛰存即惊叹于穆时英卓越的小说才能。彼时穆早期短篇《咱们的世界》、《黑旋风》等篇什，都被放在显赫的头条位置予以刊发。施自己的回忆是：“他还在光华大学读书时向

《新文艺》投稿，记得还是他自己送来的，那时候他只有十七岁。第一篇小说就使我非常惊异。这也是一位绝顶聪明的人，无论什么一学就会。”可见穆委实年少才高，其文其人，都留给施深刻而良好的第一印象。

水沫书店是施蛰存和刘呐鸥、戴望舒三人创办的第二个书店。《新文艺》则是其宣传刊物。“一个定期出版的文艺刊物，对编者来说，是为了自己及朋友们发表文章的方便。对出版家来说，是为其他出版物做广告。水沫书店需要每个月有一个宣传刊物，于是我们办起了一个《新文艺》月刊。”“《新文艺》每期的内容，创作与外国文学介绍各占一半。”① 可见此刊的宗旨与设置，已能让我们约略勾画出日后《现代》的雏形。

《新文艺》月刊本就带有左翼刊物性质，刊物初创之时，最需要像样的作品撑场面。穆时英的适时出现，于施蛰存不啻也有“若大旱之望云霓”的意味在。于是乎，一而再，再而三《我们的世界》（《新文艺》第一卷第六期）之后，穆时英的创作热情也被大大激发起来，随即《黑旋风》（第二卷第一期，《创作小说》栏目头条），《狱啸》（第二卷第二期，《小说》栏目头条）也陆续被采用。施蛰存同时又将《南北极》推荐给《小说月报》发表，此篇遂成为穆时英的成名作。这时穆时英的文坛形象，随着这类小说的连续发表和《新文艺》月刊的倾力标榜，已经俨然被塑造成优秀的左翼小说写手。

旧时惊艳，延续绵长。《新文艺》第一卷第六期排发《咱们的世界》的《编辑的话》，以后在《现代》杂志上重现，几乎无甚更易，只有开头语句略作改动。“我们特别要向读者推荐的是《咱们的世界》的作者穆时英先生（此句原后有“一个在读者是生疏的名字”），一个能使一般徒然负着虚名的壳子的‘老大作家’羞惭的新作家。《咱们的世界》在 Ideologie（意识形态）上固然是欠正确，但是在艺术上面是很成功的。这是一位我们可以加以最大希望的青年

① 施蛰存：《我们经营过三个书店》，《北山散文集（一）》，华东师范大学出版社，2001 年，第 316 页。

作者。”[①] 这段话在后来论及穆时英的文章里，一再被广泛引用，用意多在说明施蛰存的慧眼独具，充分肯定穆时英的艺术成就。

《现代》时期，施蛰存显然老练许多，他的语言策略——此时他并未将穆时英以“左翼小说家”的名号推出，而是曲折委婉地说成“《咱们的世界》的作者”，且还要追补“意识形态欠正确”便足可见之——以及种种斡旋和平衡，都是煞费苦心的。不过这种模糊暧昧的“障眼法”，固然未有引来国民党的查禁，却岂能在左翼诸君那里侥幸蒙混过关呢？穆时英很快就要为他初起的声名付出代价。

二、搞搞新意思：赞誉与负评——《现代》时期的华彩和批评空间的压力

穆时英在《新文艺》和《小说月报》上的数个短篇小说，很快引起了左翼作家和批评家们的积极回应。左联那时正在推进“文艺大众化”运动的开展与深化，穆时英小说的题材内容是讲述工人的思想、生活，语气声腔也都是模仿工人阶级的，自然格外受关注。大部分左翼作品的缺点往往在于理念大于形象，语言粗糙，以文字为宣传工具而丧失了文学性。穆时英却仿佛轻而易举地解决了这些问题，写出流畅优美的小说，于是备受瞩目。施蛰存信心十足地宣告说：“这种作品，在当时的左翼刊物，如《拓荒者》、《奔流》等，也没有见过”，“几乎被推为无产阶级文学的优秀作品”，“一时传诵，仿佛左翼作品中出了尖子”。

攻讦到底还是落到穆时英本人的身上。左联机关刊物《北斗》和《文艺新闻》陆续发表阳翰笙、钱杏邨等人的评论文字，“都是从文字技术方面，肯定

① 《现代》杂志第二卷第五期封二。据上海书店 1983 年影印本。

穆时英从旧小说中探求了新的比较大众化的简洁，明快，有力的形式，熟悉了无产者大众的独特为一般知识分子所不熟悉的语汇，但在思想上，都一致认为有着‘非常浓重的流氓无产阶级的意识’”。[①]

施蛰存在忆往文字中，结合自己创作尝试的失败，得出了以下结论：“从此，我明白过来，作为一个小资产阶级知识分子，他的政治思想可以倾向或接受马克思主义，但这种思想还不够作为他创作无产阶级文艺的基础。穆时英写的最初几篇小说，一时传诵，仿佛左翼作品中出了尖子。但是，到后来就看出来了，他连倾向马克思主义的思想基础也没有，更不用说无产阶级的生活体验。他之所以能写出那几篇比较好的描写上海工人的小说，只是依靠他一点灵敏的摹仿能力。他的小说，从内容到创作方法，都是摹仿，不过他能做到摹仿得没有痕迹。”[②] 从左翼作家们的角度出发，他们当然希望能够发掘文学新人，树立典型榜样发展文艺运动，但是仔细检查过后，穆时英的作品在阶级意识上严重与他们的期待和要求不符，“流氓无产者”显然是负面的，革命队伍中务必清除之而后快的形象，即使只是文学形象，也不能被容许。所以到了这个时候，穆时英本来的“普罗小说之白眉”的身份和形象受到了质疑。这种批评一直延续到《现代》时期。

自 1932 年 5 月 1 日的《现代》创刊号头条发表《公墓》，直到 1934 年 6 卷 1 期上的《玲子》，穆时英在《现代》杂志上一共发表了 11 个短篇小说。施蛰存任主编期间，几乎每期一篇。这个时期他的风格集中展现为“新感觉派小说圣手”这一形象，前期的几篇《偷面包的面包师》、《断了胳膊的人》仍延续“普罗”风，但在《南北极》结集以后，这种风格渐渐隐没，而具备鲜丽现代感与都市风的小说篇章开始在其笔底大行其道。施蛰存对穆时英的推动和塑

---

① 李今：《穆时英年谱简编》，《穆时英全集（三）》，北京十月文艺出版社，2008 年 1 月，第 547 页。

② 施蛰存：《我们经营过三个书店》，《北山散文集（一）》，华东师范大学出版社，2001 年，第 317 页。

造，也因有了《现代出版界》和《现代文艺画报》这两种配合《现代》杂志的附属性刊物，获得前所未有三位一体式的“聚光效果”。

身为《现代》杂志的主力小说家，穆时英的小说集也逐一交托现代书局出版。《现代》杂志同时配合出书刊登广告。南北极（改订本）的跨页广告之下，就开列了多家诸如施蛰存、杜衡、傅东华、《北斗》杂志等的评论文字，展示出一个不同声音的多元批评空间，一举两得，既表明了穆小说触发的广泛回应，显出其文学价值，也利用了某种“名人效应”，使这些评论兼具广告词的效果，无须另加撰写。而《白金女体的塑像》的广告词：“读过‘南北极’及‘公墓’的人，总会感到作者描写的手腕是明洁轻快，而其笔调是又细腻又泼辣的。这本‘白金的女体塑像’，是作者最近脱稿的八个短篇的结集。作者说‘为了纪念自己生活上的变迁，我把这八篇零落的东西汇印了。’因此，这集子是会使读者感受到更深刻的刺激的。”① 内中蕴含之期许，对其几本小说集的前后勾连引介，无不再度强化了穆时英在《现代》小说部分的“黄金八点档”地位。

《现代文艺画报》是《现代》杂志附带的重要“图像证史”栏目。施蛰存在办刊时，很注意图文结合，从每一卷刊物封面的更易流转直到内页配图，都很用心思。《现代文艺画报》收录了作家照片、手迹，报道重要事件（祝寿或者悼念）。穆时英的签名和照片在第二卷第一期上榜，下面的文字介绍是“上海的狐步舞之作者”。据说此图一出天下惊，仰慕小说家的女学生们纷纷去他常到的舞厅等候，希望一睹真人之风采。至此，穆时英的形象已浮出纸面，进入公共领域，他的小说家身份之上加了一道“明星”式的光泽，可能是一个icon。彭小妍用以指称“新感觉派”小说家诸子如刘呐鸥、穆时英的“浪荡子美学”，或者李欧梵说的“dandy”形象似乎这时都可以对号入座。然而这样的

---

①《现代》杂志第5卷第5期。

称呼是否真的恰当，此貌之下必有此心，还是“其心必异”呢？这点可以留待后文细细分较。

《现代出版界》则是配合《现代》杂志的书讯类刊物，穆时英有一些自述性的言及自己生活和创作感受短文刊布于此。这里是了解作者本人思想动态的另一处管道，也有部分文章近乎于对批评他的文字进行的自我辩护和解释。我们不难看到，《现代》开辟的批评空间不仅局限在刊上的“编辑座谈”或是“读编往来”之类的栏目，亦有变形和延伸。若说刊物本体和《现代文艺画报》对穆时英形象的塑造行为中，穆时英本人作为被召唤和命名的客体，静默无言；那么在此他则增加了更多的自觉性和主体意识，以言说和阐释来对他被赋予的形象有所自我修正和补充。这样的双向互动中，更为丰富生动的状态得以展现。

至此，我们经由以上两部分或许是以偏概全的梳理工作，认识了《新文艺》时期“普罗小说之白眉”和《现代》时期“新感觉派圣手”的穆时英，这种按照分期主导风格的形象塑造虽则清晰，却是否存在过分整饬与平滑的隐忧？亦即我们认识一个人越自以为清晰，实际上却在从反面日积月累了对其的不了解，甚至是误解？于是，在接下来的部分里，我企图发掘《现代》杂志对穆时英更“暗中”的一些塑造手段，视点放低回归到作家的交游、生活和自我剖析等微观领域，以及穆时英被隐蔽、淡化和不为人知的某些面向。

三、身逐升沉为去往：忘了我是谁——“潜在写作”和隐匿形塑

新感觉派小说家和颓废-唯美派诗人经常遭受同样的命运，就是极易被说成浪子和游手好闲者。在“海派”或“新感觉派”的脉络之中看其中任一个

体，便更易夸大这一印象。这个论断下得如此轻松，以至人们很少愿意再花气力回头重新揣度它恰当与否，也不乐意放弃这种言说过程中获得的某些道德优越感。共名笼罩过来，投影之下，穆时英自然不能免此一“劫”。诚然，现代派的诗人和小说家中有些人确实存在某种程度的遗憾，即因享乐戏世自误，而不能善用其才华。但若只停留在这样表层的印象上，其深刻的心理状态和真实的生命历程就此被掩藏、忽视。于是考察其生活细部总是必要的。注重个人心志和情感的书写，也使得其文本与生活的联系不绝如缕。此处我们不妨来观照穆时英生活世界的展开与自我的追寻，即其罗曼司、日记、私生活三者的互动扭结关系。为了参照方便，我们可通过施蛰存《上元灯》与穆时英《公墓》这两个短篇的“异曲同情”一窥究竟。

“文字不能完成欲望，只能铭刻欲望的失落”（王德威语）。那语句纵使再精致，充其量只是之于失落的欲望的腾挪与转移吧。《上元灯》和《公墓》都是回忆初恋情愫的短篇，伤逝意味浓重。这两个短篇对于施蛰存和穆时英来说，都未必是何等成熟出色的作品，却在“个人情感的记录表”中位置关键。它们都是同名短篇集的代表篇目，可以说没有这一篇的触发，就不会有整个集子的完成。

施蛰存认为《上元灯》改订本是他的第一本书，在这种不无李商隐意味的小说创作开展的同时，他也是显尼志勒的疯狂迷恋者，这类中西资源都是重心理和情绪的。而《公墓》显然开启了《南北极》之后穆时英的另一种风格，更加内转回到自身与本心。它们是起点，也是拐点。某些共感性的互为呼应和模糊不清的影响研究在此或许可以发挥一些它们的作用。《上元灯》在写作时间上早于《公墓》，小说集《上元灯》则是水沫书店 1929 年出品。穆时英完全有可能是受这个小说集的触动，而产生将自己“事如春梦了无痕”的初恋作一次彻底的清整和纪念之想法。虽然相对于这种揣想的不能落实，戴望舒的影子在穆时英小说里的投射更加清晰，但我们联想到施蛰存在刊发《公墓》时的叹赏，也可约略得知，至少从风格的近似性上，施蛰存对此作品的认同不能不说带有对相类已文的小说之喜爱——“我看见的你是我自己”。尽管他在后来的刊词中特地作过声明，希望投稿给《现代》杂志的人不要为求发表而刻意模仿其上已有过的作品风格，以致丧失文学创作探索的多种可能性。

在穆时英的小说中，《公墓》显然代表了那部分带有自叙传性质，抒情色彩浓郁的短篇。这类作品的真正题旨，也就是对个人情感生活的整理检视，对逝去的伊人和美好恋情的追怀叹惋。这类作品中的女性形象都被塑造得美好而理想。“玲姑娘”是古典气质的温婉女性，代表过去的时代。

实际上两种，甚至多种的迥异风格，始终存在于穆时英的写作过程中。据现在新发现他的一部长篇处女作《交流》（芳草书店1928年初版）和《狱啸》（此篇风格与《南北极》题材风格近似，然而仅在《现代》发表过，未收集内）基本写作时间相同这一现象来看，以后《南北极》和《公墓》集中小说的交错写出和发表也就不足为怪了。《交流》是想象性很强的“奇情”、“惨情”故事，其“主情”的写法很有几分鸳蝴风，人物和情节都有夸张不合逻辑之嫌，严家炎先生指出：“可见抒情的表达在穆时英的写作起点就成为其风格的重要部分，而那时他的文字语句也已颇为流丽畅达了。”这或许与穆时英并未经历过文白转换之际的痛苦挣扎有关，施蛰存说：“穆时英是光华大学学生，上钱基博先生的语言文学课，每学期都不及格。他的古典文学和文言文知识水平，低得有时还不如一个中学生，直到一九三二年，他的小说里还把‘先考’写成‘先妣’，原来‘考妣’二字他还分不清。”① 正是因文言方面的浅陋，穆时英下笔就没有文言句式和现代汉语句法夹缠混乱的顾虑，他的中文修养大概更大程度上来自外国文学的中译本，其实受的是译者之译笔的中文影响；因其当时读的是西洋文学系，自觉接受和阅读的，也都是外国小说。

---

① 施蛰存：《我们经营过三个书店》，《北山散文集（一）》，华东师范大学出版社，2001年，第317页。

以《公墓》为代表的这类主观性较强的感情书写，体现的是穆时英作为创作者的个体意识和审美追求。这种观照“她者”的行为其实是对自我身份的确认和建构，凭借自我的抒怀而展现出一己的观念认识来。送别了纤细唯美的初恋之情，也等于要和年少青涩的“昔日之我”彻底作别了。然而这种别离远远不够决绝，频频回首，即使在它成为另一种游戏于舞厅和回力球场中的情感遣散时，仍透出某种纯真的惆怅之情。当抒情主体在《南北极》和《公墓》这两类风格频道之间跳来跳去时候，其实显露了作者的游离与不确定心理。这本质上是一个现代抒情主体“情归何处”的问题。主体的无法统归为一造成了自身内部的分裂性。

如果说《南北极》那类描写下层人民生活的短篇，因作者并无切实的生活体验与思想基础，只是一种高明的舞蹈，善于摹仿造境，却来去无牵挂，本人丝毫不在其中。《公墓》毫无疑问是个自身沉陷其内的悲剧，却也是“无事的悲剧”，印证了美的徒然消逝。《上元灯》看似有了较为圆满的了局，然其“截断”性也省却前后事，三日之内小小波澜起伏仿佛自足自安。末尾低头视旧袍，复又叹息的细节，却暗示了以后的情况未容乐观。这里的悖论也就是，悲情的书写是为了使其得以升华和消解，但一再的追忆和描述，无疑又会加重渲染这种情绪。不经由如此痛苦，也无从认识自我内心的真实情状。追忆时，已惘然。穆时英伤感的真情一面，并未转化成为更具力度的社会历史性抒情主体，似乎仍停留在书写者初级阶段的青春忧愁之中。然而这种独立的存留，正是其意义所在。而其间的影响和投影，施蛰存恐怕是与之最有关联的了。

结语

本文试图从过去的暗角打扫整理出完全的穆时英形象，由《现代》对其的投射和塑形为主要维度。然而这一努力，在文成之后仍觉有种种不善不美之处，而由此引起的新的想法和思路如缕不绝。譬如说，穆时英从短篇自传性抒情书写向长篇史诗类小说的过渡和转移，是否可以有更深广的意义脉络继续展开？这类思考，或容在以后的续写和重整中得以完善。

薪传渡海：齐邦媛《巨流河》中的历史书写与文化想象*

《巨流河》面世之前，齐邦媛留诸世人的形象是学人、教师，谦畏礼义之长者。即使在评论集《千年之泪》和其编纂的台湾文学选集中，隐隐透露出其去国怀乡的幽微情思，仍并无任何预兆日后会有这样一册“本命书写”的自传出现。“六十年来，我沉迷于读书，教书，写评论文章为他人作品鼓掌打气，却几乎无一字一句写我心中念念不忘的当年事——它们是比个人生命更庞大的存在，我不能也不愿将它们切割成零星片段，挂在必朽的枯枝上。我必须倾全心之虔诚才配作此大叙述。”① 身世悠悠适足问，书写和涂销的行为都系乎历史与记忆。在后现代语境中“作者已死”，取消著者的权威，且将历史文本化，认为其既可虚构复可消解的汹汹之论下，年迈之人对其生途的自我撰述，更像是小说中的场景，不免成为文学隐喻式的存在。便如苏伟贞短篇《日历日历挂在墙壁》里的冯老太太每天在日历背面记录下似真亦幻的家族秘史，仍然能保持自外的旁观者角度，意外地以未必自觉的超然达到了与时间的对抗和反讽。然而齐邦媛这本记忆文学的书写方式却显得古典而温谨，文字并无藻饰，修辞亦不繁复，整体上采取了纵笔直书、实录其事的写法。向历史求证的赤诚之心

---

* 本文曾刊于《华文文学》2013 年第 3 期。

① 齐邦媛：《巨流河》，台北：天下远见出版公司 2009 年 7 月版，第 8 页。

固然充分自觉，于抒情上则隐忍克制，不因感慨激奋而大肆渲染，论及世变情迁都以平和叙述出之，使其得到熨帖的安置。于是，这种书写的姿态本身就与当下一些近似题材的表达形式构成了颇大的反差和对话的张力。大抵未亲历其事，依凭间接经验和二手材料重新营构昔时历史情境者，易有夸张之联想，虚浮之情感，往往择善固执，对其题材过分着力，反而无法还原真实感，失却可信度而沦为演绎传奇故事。

《巨流河》的缘起与前身是单德兴为考察英美文学与比较文学在台湾的发展而对齐先生做的一系列访谈，后来随着访问的推进，其议题又增加了谈女性处境等内容。这部分访谈因而兼具口述史的性质。其时齐先生因病住院，所以访谈的结果并不理想："由于思绪涣散，我已无法做访谈所需之资料准备，也无暇思考大纲与内容。所谈多是临时记忆，主题不断随记忆而转移，口语也嫌散漫，常不知所云。"① 对于当时"惨不忍睹"的几百页访谈稿，齐先生无时以忘，"试着将它改成通顺可读的文字"，然效果不佳，屡战屡败后一度产生了抵触和逃避的情绪。

"当我下定决心重写，拿出纸和笔时，一生思考的方式又回来了。"② 从无法整理的口述史记录稿到另起炉灶的自传书写，文体形式和写作目的都发生了巨大的改变。我手难以改我口，然我手力图写我心。原先的访谈已不足以容纳和承载作者想要表达的内容，需要寻找新的形式。口述与书写之间亦有断裂，于是唯有重新开始叙述，且是经由更为独立的书面写作来完成这种叙述。毕竟访谈这一形式中，受访者的思维会受提问者的暗示和牵引，也会被提问者的认知水平、设问角度等种种因素所限制，难免被动。由毕生职志思及自身的性别处境，进而回溯更为完整的人生经历与其背后依傍的庞大历史背景，大抵就是

① 齐邦媛：《巨流河》，台北：天下远见出版公司 2009 年 7 月版，第 9 页。
② 同上。

《巨流河》的成书因由和展开思路。所谓“本命书写”，是因就叙述者的身份及经历而论，颇多可与近代以来女性知识分子的奋斗历程两相接续和对比参看之处，其书写过程中由学养识见所熔铸成的视角情怀历历可见。若非此，应也不会有对历史的追问与自觉承担。文学因应历史，以新的文本形式对呈已不可全然信靠的，同样被文本化的历史，并试图从自身出发与之进行对话，这一过程就此具有了互文的性质，而所要处理的中心正是“记忆”问题。纪实与虚构，记忆与遗忘的机制如何实践和延展，亦是文学和历史交互之间连带到的问题。一切的回忆都是重构，而在记忆畛域之外要凭借史料构筑的不在场情境，以及重新发掘已习焉不察的某些经验更为艰难。“我记得”的宣示之后，只有赋予记忆充分的证据和意义方能将其落实。

本文考察《巨流河》的历史书写与文化想象，主要从东北与台湾的经验接驳，对父亲平生的记叙与大历史的连带关系，以及作者当时所涉的知识分子群体交往和所承教养这几方面入手试做描述和阐释。

一、区域观念下东北与台湾经验的接驳可能

此处特地拈出“区域”这一观念来用于论述东北与台湾，是为了对惯性认识有所匡正和突破。如今的文化文学语境中，城市书写和与之相关的城市研究大行其道。这是因为进入社会生活的现代情境以后，我们理所当然将“城市”作为一个现代人文地理单位来量度和观看当下我们所活动于其中的时空，且发展成精细完备的成套书写谱系与论述系统。城市之间的对照式城记也陆续出现，譬如上海-台北双城记、沪港双城记，亦有沪港台的三城鼎立对比。它们因是具有发达市场经济特征的国际化大都市，在发展阶段和形态上甚多可比之处，而又兼有传奇的历史和繁华的现在。

特别是一九四九年前后，从对岸的角度回望此岸，平行的怀旧场景会发生

投射作用，上海或南京经常变成台北的“影都”，尤以上海为甚。毕竟1911年以来至今的文学中，南京的存在较之上海，还是更加低频隐秘的。此中除了经济状况、历史文化沿革等因素造成这样的对照思路，不可忽略的重要线索还有此前在大陆中断的现代主义文学脉络，由纪弦等人在台湾“纵的继承”式延续下去，六十年代有了文学艺术领域全面的现代主义发展兴盛时期。上海和台北作为这一文学场域的前后两座中心城市，有着不可分割的联系。新感觉小说、象征主义诗歌及新电影被奉为圭臬，成为彼时台湾初兴的现代主义者们用以学习模仿的范例。新电影先驱如刘呐鸥，其台湾本省身份加之上海经历，更是以传奇人物的样貌串连起两座城市的联系。即使时移事往，六七十年代的台北在实际景观与文化生态上都与三十年代的上海大相径庭，这种勾连和汇通的努力却一直都不曾消歇。林文月《江湾路忆往》中回忆的幼时虹口居住经验，白先勇《台北人》里今不如昔的慨叹，之于旧时上海精致繁华场景的温情再现，皆已成为可供参考的经典文本。作为同样具有上海记忆的台湾作家，张系国则对当代台湾的“上海热”显得颇不以为然：“基本上我从幼年起，对海派并不认同，所以就会觉得上海热很奇怪，尤其所有的人都在迷上海，而这些人就不见得很懂上海”[①]，“不一样，这完全不一样，当然，海派最主要的一个特征，为什么说一个人很海派，就是说一个人的手气很大，……（台湾人）跟上海人的表现完全不一样，没有相似的地方”。[②]

在更大地域范围内进行城市对照书写的范例应是朱天心的《古都》，在小说中将台北和京都并举，写成了如影随形的姊妹城市。川端康成原作与此同名作之间扑朔迷离的互文关系亦多为评论者所称道。《古都》的写法更接近于萨义德帝国“对位书写”意义下的，带有殖民色彩的城市互看。我们若再放眼外

① 许秦蓁：《战后台北的上海记忆与上海经验》中之附录（一）《张系国访谈录》，台北：大安出版社2005年9月版，第272页。

② 同上。

观，在整个华文世界的城市文学中，书写者的知识构成、身份视角的影响对其书写形态弥足轻重。

譬如董启章比较文学出身，其城市题材的小说所涉及的内容，与城市研究理论就吻合度很高，虽然可能是反向的解构式的呼应，但学院教养（此处并非要贴“学院派”之标签）在其中所起的作用不可小觑。但城市的概念过分被凸显，无形中亦对研究视野构成了限制。以至于当代的人类学研究也受其影响往往窄化为社区研究，缩减到城市内部更微观的度量单位。城市书写与城市研究皆已因其略显泛滥，而在研讨的有效性和新意上大打折扣。

故而“区域作为方法”的引入，在对城市已成的叙述和研究惯性上有望进行突破。此处所使用的“区域”，随语境流转见义，故当是多重含义的概念。甚至也不能完全脱离与原本城市研究中的部分相关概念。在这里的讨论中，它至少包括了侧重行政区划意义的区域（area），重在强调所坐落之地和相对位置关系的地点（location）以及兼有人文自然双重意蕴的地景（landscape）。后两个概念仍是从城市研究中对空间的指称延伸而出的。

固然上海、台北、香港这些城市屡屡被相提并论，关于它们的论述亦大有陈陈相因之势，在其真实的联结关系上未必情理熨帖，毕竟从地理亲缘上说，尚都隶属于泛化意义上的“南方中国”这样的地域区块。而东北和台湾看来因地缘上的相隔甚远，要放在一起似乎张力更大。然而意义的产生也常在于彼此的落差和异质性，在《巨流河》文本的具体语境中，这两地之所以会有关联，乃由于它们分别属于作者身经的这场大离散所造成的起/止之地，在时间的序列和站位上各据一端，成为需要两边参照借鉴的经验来源。

以区域面貌出现的东北，无论对于其参照地台湾，还是书写者齐邦媛，都不是某种单一意义上的所在。区域更有其丰富面向及其内部复杂性：相对台湾而言，东北不止于是与之有过深厚纠葛的殖民地；亦非作者“原省籍”或生身之地意义上的单纯故乡。东北在近现代史上的名声与重要性泰半来自其战争边关的位置，历经伪满洲国、东北易帜、抗战中首先沦陷的重重浩劫之地，因而其在政经事功方面的形象鲜明，其他方面的特色往往被遮蔽隐没。《巨流河》中至少为我们揭示了两方面不囿于此前单一固化印象的东北："文教东北"与"自然东北"。前者的命名来源于书中对于东北流亡学生的战时流徙生涯和《时与潮》杂志创办的若干事宜等之叙述；后者则基于对风光景物的描绘，都发掘了东北在惯常印象之外包蕴的其他因素。前者或许可以与大陆文学史常载的三十年代东北流亡作家群的创作活动联合起来观照。后者则具体表现为以一种物质性的、日常生活的景观书写来呈现奇丽的风光，猝然展示了东北白山黑水的冷峻印象之外妩媚的特质，揭开女性视角所带出的更温情的浪漫化想象，也是与生命息息相关的议题。"铁石芍药的故乡"之印象绵延良久："我记得祖母把我采回的一大把花，插在大花瓶里，放在大饭桌上，整个屋子都好像亮起来了。祖坟松柏随着故园摧毁，那瓣瓣晶莹的芍药花却永远是我故乡之花。"①

在关于东北论述的部分中，东北中山中学作为流亡学生群体的主要来源应该也是值得提及的一笔。《巨流河》本文中与此相关的人物张大飞，是在战乱年代中失去家庭和亲人，几度易名、命运多舛的学生代表之一。《巨流河》成书后，很多"读者反应批评"将其看作是战火中难得的浪漫爱情传奇，但作者本人其实无意渲染于此。张以生命的代价给少女时代和后来的作者兄长式的关爱、伴护与交流。作者重访南京故都恰逢张的悼念仪式，几成近似宗教经验的启悟，而与张大飞的情谊和他带来的影响也是引导作者走向基督信仰的起始。

如果以区域的概念重新审视东北经验与台湾经验的接驳过程和方式，当可

---

① 齐邦媛：《巨流河》，台北：天下远见出版公司 2009 年 7 月版，第 566 页。

使度量单位扩大，着眼于更为宏观的状况。离散经验中的流寓和迁移也与作为区域形成动力的流动性彼此呼应，甚至是将两种论述叠加运用来看区域与离散之间的关系。虽然区域形成动力的流动性更倾向于其内部的因素变动，与外在其他地方的区隔含义大于交融；而离散则是异地之间发生的变迁移动，实际涉及的场所会比区域更为开阔。但两者有重合亦有交集。恰如夏多布里昂《意大利之旅》所言："每一个人身上都拖着一个世界，由他所见过、爱过的一切所组成的世界，即使他看起来是在另外一个不同的世界里旅行、生活，他仍然不停地回到他身上所拖带着的那个世界去。"东北和台湾就是齐先生和那一代有过两地流离经验之人的两个世界。

二、从"迷宫中的将军"到"没人写信给上校"——父亲的憾恨

《巨流河》的一个潜在文本是作者父亲齐世英将军的戎马平生。如前文所提及的，齐世英将军创办的《时与潮杂志》及其相关的副刊、月刊乃至后来增设《时与潮文艺杂志》形成了一个独立的刊物系统，是抗战当时难得的坚持己见，而又卓有风格的刊物，在及时报道时局政事和推进文艺方面都颇有成绩。然而关于这个刊物的研究成果至今寥寥，基本还只是停留在最基本的刊物研究做法对其分解式的描述，尚未与其他问题发生勾连。在《巨流河》中它则意外成为当时身为中学女生的齐邦媛参加学校的知识竞赛时的阅读宝库和后备资源。在政府的有紧有收的文艺政策和禁书制度下，后期的《时与潮》并未如《自由中国》那般贾祸至牵连主要人员遭受牢狱之灾，但其中的主创者也确是多与蒋有异见者。齐世英、王镜仁、梁肃戎等人作为昔日高级将领、"国大"代表等军政要员，随国民党为局迁台之后多半是挂闲职，不再掌握实权，但他们摒除与蒋的私怨，仍然坚持自己的政治信仰和为历史作证的决心值得钦敬。

从他们的晚年回忆和前半生的重要经历观之，其观点和经验都提供了对于抗战、内战中若干关键的历史时刻的再认识，也是对现代中国史的重新考察。

“渡不过的巨流河”，尚在郭松龄麾下时，此一役功败垂成，成为齐世英将军无时以忘的深心隐痛。这种创伤体验亦重现于去台之后的日子。精诚忠义之人的结局是被革除党籍，晚景凄凉。这般遭际几乎复写于白先勇之父白崇禧将军身上。因而，当两位多年交好的文坛前辈，于现实中再现白氏名篇《冬夜》场景，对坐谈文学、话人生之际，都不由得思及两位父亲来台后，一起在田埂上漫步谈心的情景。东北四平街战役之失守，是他们共同的憾恨。白先勇近年来致力于《仰不愧天——白崇禧将军传》的写作，用意也在于藉父亲的传记为落点，书写相对客观的现代中国信史。史料浩繁，爬梳不易，遂五六年来仅写得三分之一，已在两岸同时刊行的章节之一《广西精神》，惊人地揭示给我们当年秘而不宣的“斯巴达式”训练制度下，军民合一，练兵与生产并重的“广西新政”。使人不禁揣想这套方法若得以扩大且持续执行，会否给其时制造意外变局。

历史的草蛇灰线伏笔千里，不就一时一地而论，重被发掘的某些电光石火般的潜在因素，也可为后人开启新视景。白先勇曾说：“我父亲去台湾不带一兵一卒，他去是为了对历史有个交代”[①]，又说：“来台湾后，齐世英先生在办当时言论最自由的《时与潮》杂志”[②]。父辈的悲愿和未竟之业，传到齐先生和白先生手上，换了以字立骨、求信于史的方式去承续。《巨流河》是“忧患之书”，沿袭了现代知识分子感时忧国之传统。而其情切切，又以忍情出之，温柔敦厚，实乃合乎儒家情教的“惆怅之书”。这亦是一本“偿还之书”：作为女儿还诸父亲（齐先生自己也讶异说，她本想这样的著述之事应由其兄长来完

---

① 《联合报》2007年8月7日《名人相对论》之白先勇VS齐邦媛：《没守住东北，两家父亲的大憾》。

② 同上。

成)；作为写作者还诸世界（以自身经验建构纸上城国)；作为属灵者还诸信仰(那是生命中至关重要之人的遗泽馈赠)。

因之齐邦媛和白先勇以传记为中国现代史之书写实践，同质异构。齐先生谈到白先勇早慧杰作《台北人》时说，这本书“五十岁、六十岁、八十岁时看，都不一样”[①]。扉页上引用的《乌衣巷》并那句题词：“纪念先父母以及他们那个忧患重重的时代”深意恒在。张大春曾在《小说稗类》里提点：“白先勇在张爱玲‘竟以小道而不语’的‘乡愁中国’这题目上既不‘荒诞’，也不‘滑稽’，反倒‘精巧’地点染出感时怀旧的温情。”[②]

在这一角度的观看下，齐先生很似是《台北人》谱系中缺位的人物。内中人物“罔不因势象形，各具情态”，却唯独没有如齐先生这般身家历练的，新旧过渡，两岸流离的知识女性。到了《纽约客》中 *Tea For Two* 安弟的妈妈叶吟秋（Yvonne）女士似是个最有可能发展成这一类型人物的影子角色，其人落墨不多，其开明同理之态度（对其子的同性爱人理解包容，且将儿子像托付给兄长般交托其手），优雅淡然之气质，却暗示读者她必是有故事之人，惜乎未再多写。

幸好为小说所“不容”的齐先生日后现身说法，写下《巨流河》，除了向历史求证，亦要替女性求学、治学之不易做一可贵的笔录。古典女性向外寻求自身价值意义，惯常以“情”为重要驱力，那还是略浅的层次。身为现代知识女性，齐先生求索的动力来源于广博的中西文化传统，更可能是中国古典抒情言志的文人传统。超越政治的文学书写，来对抗时代暴虐与历史无常。只有在君父城邦訇然坍塌，倾情以之的爱人殉国永诀之后，文脉薪传方成了惟一可堪寄身的所在。无论是父亲那一诺千金的烽火家书“……吾儿随学校行动可保安

---

① 《联合报》2007 年 8 月 7 日《名人相对论》之白先勇 VS 齐邦媛：《知交 35 年：白先勇齐邦媛文学不了情》。

② 张大春：《小说稗类》，桂林：广西师范大学出版社 2010 年 10 月版，第 103 页。

全，无论战局如何变化，我在有生之年必能找到你”[1]，还是张大飞哀婉沉郁的绝笔信：“这八年来，我写的信是唯一可以寄的家书，她的信是我最大的安慰。……以我这必死之身，我怎能对她说‘我爱你’呢？……请你委婉劝邦媛忘了我罢，我生前死后只盼望她一生幸福”[2] 都已灰飞烟灭，留在记忆中成为时代劫毁之见证。然而武大外文系时期，朱光潜先生英诗课上的随堂笔记，却伴随齐先生一直穿行半个多世纪，仍完好无损，得以同后人分享克难岁月中的不灭诗魂。那是“三大本最好的嘉乐纸笔记本，从里到外都是梦幻般的浅蓝，在昏暗灯光下抄得满满的诗句和老师的指引。一年欣喜学习的笔迹仍在一触即碎的纸上，随我至今。”[3] 此处除了对知识的渴求以外，关于物质本身的喜悦也是令人颇为神往的，事实上这也正是壮烈凄怆的行文中，偶尔闪过的轻巧灵光。从父亲年少时以长衫衣襟兜回的一抱樱桃，到大西洋彼岸一闲宽敞明亮的“自己的书房”，齐先生落笔触物尽皆有情，将“花果飘零”重新翻转出离乱之中更为宝贵的正面意义：纵使身若浮萍，亦不忘对受用的好物好景时时发热情的咏叹，并以文字持之永恒。飘零之中，依然花灿花色，果溢果香。许是出于女性天生对物的敏感爱惜，更是好奇顽强，对生命的热爱和不弃。

三、交往与教养：姊妹星团中知识女性的情谊和师承

由殷张兰熙、林海音、林文月和齐邦媛所组成的女性知识分子团体。如以五四以来的知识女性成长史观之，或许可称之为近似卢隐《海滨故人》版的情

---

① 齐邦媛：《巨流河》，台北：天下远见出版公司2009年7月版，第197页。

② 同上书，第212页。

③ 同上书，第183页。

谊再现。当然，齐邦媛等人所形成的这个小团体从成熟度和内聚力上都比卢小说中的文艺少女集合要高明得多，或许更接近苏雪林和袁昌英式强强联合的阵型。四人在创作、教学、研究、翻译方面各有所长，皆成名家。其可贵之处也在于才女之间往往以才相嫉为多，鲜有如她们般彼此讨论学问，互益互助而又形成规模且具有很长的持久性。虽然林海音和林文月并未直接介入《季刊》的编辑工作，但在交流和友情上都支持甚多。英文版季刊创刊时，殷张兰熙为主编，后交棒给齐邦媛，得以延续进行。其间辛苦为继的历程，可谓友谊与道义互见。在这些成绩斐然的文情文谊背后，包蕴的竟是无穷渡海怅望的家国心事。彼一代优异的知识女性，休戚与共、得以结盟的潜在因素，恐怕同其相似的记忆和经历难脱干系，由此才能维系维系这一小规模的文化共同体，于教书、创作之外，林文月撰述《青山青史——连雅堂传》，林海音纯稚低婉的北平城南旧事书写（台湾女孩成长于北平后又返岛的弹力球人生），殷张兰熙筚路蓝缕创办《笔会季刊》推手台湾文学外译各自有其值得圈点称奇之处，并在在昭示了“过去”与“未来”在她们腕底经营出的当下印痕，烙于文学活动之上的历史感。当然林文月的日本文学翻译，林海音创制《纯文学杂志》及纯文学出版社之功，早就世所公认。

齐先生曾在《联合报》访问中如是说：“一九七二年很有意思，笔会英文季刊开始，我编《中国现代文学选集》、《书评书目》创刊、林文月翻译《源氏物语》都在那年。”①

《巨流河》将四人的交谊职志，头一次认真付诸书写，也正在此书中。“科学是我，艺术是我们”。齐先生如此追忆这段珍稀友谊的缘起：“出版期刊是个日催月迫的事，那二十多年闲，兰熙和我这顾问之间的热线电话从来没有停

---

①《联合报》2007 年 8 月 7 日《名人相对论》之白先勇 VS 齐邦媛：《知交 35 年：白先勇齐邦媛文学不了情》。

过……一九七八年底，林文月和我参加教授访韩团期间，结成谈心的朋友，回台后也常参加我和兰熙的小聚，不久林海音也常来。”① 因缘际会，遂成惯例：“十余年闲，每月或隔月聚会，每聚都兴高采烈地说最近写了什么，译了什么，颇有各言尔志的舒坦和快乐。”②

后来“文月离开台北后，海音也卧病，客厅的灯也熄了。”③ 淡笔带过，却是“人散后，一钩新月天似水”的凄清，好友终至星散。未几，殷张兰熙失忆，无法再从事她钟爱多年的翻译工作，齐先生接棒，临危受命主持《笔会季刊》的编务，《笔会季刊》在推动台湾文学外译方面，功莫大焉。由翻译所呈现出来的台湾文学面貌，推及国际也是台湾形象的塑造。考察季刊所选译的台湾文学作品，也可看出编译者当时的心思与用意，在试图展现怎样的台湾文学景观。而这又恰可与大陆的《中国文学》刊物形成对比，梳理两岸当时在文学文化领域中外现的形象和分殊。

及至《巨流河》初刊，林文月在美国“花了一个礼拜读完，书里夹满各种颜色的条子，非常感动”④，她笑说：“一般人以为女人聚在一起，就是唱高调、女性主义什么的，但回头看殷张兰熙、齐邦媛，为台湾文学界做了许多有意义的事，但都是默默地做，从不标榜什么。”⑤

在与其有过密切交往的这些女性知识分子以外，齐道不孤，另一位与之同庚，同样名满天下的叶嘉莹先生，与齐先生的人生轨迹颇可对照，她们皆具旧式的温婉和顺，与新式的独立不倚。二人离陆渡海，随夫而行，负笈外洋，中年苦学，终成一代大家的“行路难”流程何其相似。对人间烟火和诗书高华的

---

① 齐邦媛：《巨流河》，台北：天下远见出版公司2009年7月版，第504页。

② 同上。

③ 同上书，第506页。

④ 林欣谊：《林文月典雅如昔，新书谈文说艺》，台北：《中国时报》2009年10月24日报道。

⑤ 同上。

取舍挣扎，更是见彼如见已。顾随先生曾在 1948 年 12 月 4 日的日记里写下："得叶嘉莹君自台湾左营来信，报告近况，自言看孩子，烧饭，打杂，殊不惯，不禁为之发造物忌才之叹。"① 而齐先生讲起台中一中的教书岁月，亦有："那段日子其实满伤心的，我觉得自己应该做点什么，却因为四年里生了三个孩子，就一直在家里带孩子。我永远记得一天，我怀着孕，穿一双雨鞋和大一号的母亲的旧衣服，提个篮子去台中市场买菜。走到菜场中间，太阳从中间窗子照下来。我在那站着，心里突然觉得：'朱光潜老师要是现在看到我，他会怎么想?'当时只想大哭一场：'我怎么变成这个样子?'……从前朱老师常常跟同学说：'有问题就去问齐邦媛'，朱老师那么期许我，现在我就那个德性：衣着松垮，提个篮子，穿双雨鞋，在菜场里跑。"②

时穷节乃见，好在失意仅只彼一时，世人传颂的齐先生和叶先生，都是长年坚持站立授课，即使到了耄耋之龄也不例外，在讲台上意兴飞扬，引领听众去到古典诗词或英诗高妙世界的永恒女性。齐先生为《巨流河》写下序言之末句，已是七月艳阳中的华灿光景："我由故乡的追忆迤逦而下，一笔一画写到最后一章，印证一生，将自己的一生画成一个完整的圆环"③。依奚密之说，诗歌形式如呈现环形，正是合于古典诗人的天人合一理想之佳构。由巨流河到哑口海，本应音灭声消，此时也如《圣经》所载的"当使哑巴开口"，濡染笔墨气韵，重又得以发声。

台大自 1949 年以后由傅斯年长校始，所形成的优秀文教传统自不待言，齐邦媛先生赴台后在外文系任教，延续和光大了这一传统，由此遂有"永远的齐老师"之美誉。她在大陆之时已受教于朱光潜等名师，到台之后又有四位与

① 赵林涛、顾之京编：《顾随与叶嘉莹》，河北教育出版社 2009 年 11 月版，第 19 页。

② 齐邦媛特辑中之陈芳明所做访谈《多少年前的钟声》（汤舒雯整理），台北：《印刻文学生活志》2009 年 7 月号，第 116 页。

③ 齐邦媛：《巨流河》，台北：天下远见出版公司 2009 年 7 月版，第 15 页。

之有过交集的老一辈著名学人。对于形成一个学者、作家的知识体系、阅读眼光和文化教养至关重要的师承在此得以彰显。而大陆赴台的老一辈学人应对世变之心史及其在岛上的薪传沿革，大可考究。他们的存在具体证之不同的记忆个体，大致都是一种松散、似有关联而不成聚落的存在。每一位后辈与他们的接触方式亦多非传统之有系统的师承，而是零星缘分。

在之后“外省第二代”作家的小说书写中，对于这种流亡知识人团体的描述不约而同地聚合为一种集中的关注，而且绝大部分都是近年的长篇新作：苏伟贞的《时光队伍》写到以庄严为首护送故宫文物去台的“国宝流浪队伍”，张大春的《城邦暴力团》开篇所写台静农、欧阳中石、贾似曾等七位在成长过程中谊兼师友的前辈，朱天文的《巫言》对乃师胡兰成、乃父朱西宁致以极高的礼敬与回忆。及至再下一世代的创作者，对师辈的敬仰怀念已转变为对经验匮乏和教养缺失的焦虑。骆以军《西夏旅馆》之副册《经验匮乏者笔记》的标题鲜明地点破了新一代写作者在失去庞大家族背景和系统的知识教养以后，对于书写如何继续的困惑。而在香港，董启章的《学习年代》则采取了“教育成长小说”的形式，加入大量对经典作品和理论的直接研讨学习，也寄托了作者兴灭继绝的苦心。纵观这几代人之于其身受的教养不同的处理方式，可以见出由尊师重道、尚得亲炙到渐去渐远，乃至自己要代身为师的艰辛。在旧有一代知识群体的由兴而衰，师承与道统逐渐解体的过程中，愈发显得薪传之可贵。

结语

适逢辛亥百年，回顾历史的传记和回忆录性质的书籍纷纷涌现，而民国史的相关资料也再度成为研究热点。综观《巨流河》，基本思路是以人带事法，举凡抗战、内战、国民党当局 1949 年之后渡海迁台，作者赴台以后在台大和其他文教领域所从事的工作都有所叙述，既串联了现代史上的重要关节点，也将一九四九之后台湾文学的发展建设与外译介绍的情况讲述得较为完足。由此可见，《巨流河》的历史书写不是单一脉络的。由于一九四九这一年份所做的切割，以时间划分空间，大陆时段和台湾时段两部分各自偏重了不同的区域特征，从篇幅上几乎均等。究其笔法，并未因书写历史而过分历史化和“国族”寓言化，历史作为背景出现，在处理上仍以个体经验和直接感受为本，用温和从容的文学笔触描摹出人对大时代大环境具体而微的反应。作者感时忧国，回应历史的姿态含蓄蕴藉，是兴发感动式的传统抒情。而作者从流亡学生成长为一代学人的历程中，近取诸身的熏陶教养和知识经验时时在侧，都为其后的文化实践作了先在的准备与铺垫。无论是历史书写抑或是文化想象，其根源性的实现可能其实都是作者的身份所致，既体现其知识分子的关怀，又有出自女性视角的温婉细腻，历史意识的传达亦是渗透性的。生命本身的律动实比任何大哉斯言的企图和论述都来得更真实有质感。作者以其知识女性的本分与持守，对历史做出了自己的判断，并凭借其在文化事业上的作为曲折幽微地与其互动，在当代华文文学史与学术史上都创造了独异的价值。

第三辑　世界无穷愿无尽：当代华文文学与文化现象综论

异想域外：试论当代台湾小说书写中的异域现形

——以《乱迷》《我不可告人的乡愁》《睡眠的航线》《杀鬼》为中心

前言

一九八七“解严”以后，台湾小说书写的大体路向可概括为两脉：一支为本土作家的大河小说书写，溯源台湾的被殖民史及先民开疆辟土的历史；另一支则是以外省作家为主要创作主体的家族史书写，讲述上一代离散、流亡，落岛营生的经历及其对大陆的怀思之种种。这一书写潮流的分野与其时族群政治的激化有关，身份认同与建构和历史记忆的省思上升为当务之急。然而世变情迁，文学本身的追寻往往会脉动过速于意识形态之纷争，具有预言和先导的意义。如今九十年代的“新小说”又走过了新世纪第一个十年，我们当可发现，这样的书写脉络暗中流变，若干不甘心被囿于简单的套路框架和历史经验局限的作者，开始探索新的表达可能，且尝试发挥出文学自体的能量来与历史对话，不一味为其本事所牵拖。想象历史，响应当下的努力从不同方向汇聚，呈现出杂花纷呈的多重面貌，亦使得当代的台湾小说书写持续成为整个华语语系文学中最值得关注和研究的领域之一。其间对历史的厚重感和当下的真实感如何敷衍营造，遂成考验小说家技巧、笔力乃至慧心的关键所在。

在上述前提下，本文所选择讨论的四部长篇小说文本舞鹤（1950—）的《乱迷》、林俊颖（1960—）的《我不可告人的乡愁》、吴明益（1971—）的《睡眠的航线》、甘耀明（1972—）的《杀鬼》固然各有其秀异之处，然则在处理历史议题的方法上都有其不辞冰雪，呵手试温的共通性，亦即寻求曲折幽微的另类历史想象与回应。其中不限于一时一地的域外经验与后续文化影响的引进，也是这几部小说都涉及的。作为和“本地”相对应，且能彼此对照参看的概念范畴，“域外”的介入，无疑会带来很多新的因素，譬如游学、行旅、异国情调、文化转译等等，在无论器物景观、日常生活风习，乃至更为宏大的制度层面都产生具体而微的变化可能。而依照其在各个文本内部不同的呈现形态，又再可细做分教。《乱迷》与《我不可告人的乡愁》中，这类域外经验的表述略显零碎而模糊，时间上限也拖曳得更为绵长，追至二十世纪三十年代甚至更早，下限就是活泼鲜辣的后现代当下景观。相形之下，《睡眠的航线》和《杀鬼》所指向的历史时段与域外经验范畴要更为明晰：前者挖掘至今甚少有人关注的太平洋战争期间台湾派往日本制造军械（主要是飞机）的少年工生活史；后者则从日据时期往后贯穿起国民政府光复时期和二二八事件等。由此就将“域外”的范围主要限定于日本。

为了便于论述域外经验在这四部小说中的现形，本文计划做至少以下四个方面的观察：

一、语言的铸造：即以《乱迷》小说语言的布砂洒金并举之法为例，不加标点如诗的长句动摇了一切有区隔的概念和事物的外在界限，在声韵字句的自然流动下令其再做组织，找到新的落点与位置。若以“语言决定论”的观点来看，正是从语言的变革出发带来了其自形式产生内容的创新意图。林俊颖的文字炼金术，吴明益的诗意传达，甘耀明的杂糅多种方言外语成分的用语亦各有可观之处。这些语言的形成和运用过程本身就包含了中外交流和文体风格的渗透交互。它们怎样建立起独特的审美特质，又是如何表述域外经验的？吴、甘由于外语能力所限，并未能直接阅读与小说题材密切相关的日文史料，其隐喻性和牵连的其他问题亦大可玩味。

二、结构的安排：四部小说的篇章分割方式均为以小标题隔断，略有不同的是《睡眠的航线》只有数字序号，而无具体的文字标目。再做进一步划分，则《乱迷》和《杀鬼》都是串珠式的连缀结构，而《睡眠的航线》、《我不可告人的乡愁》皆有世代对比的双重线索。这样的标题区隔和混同的相异处置，以及叙事线索的明晰或模糊化，又与其域外经验的叙述之间有何联系？其中“本地”和“域外”的书写比重做了怎样的斟酌取舍？都是本文企图厘清的问题。

三、少年叙事者：《乱迷》中不断从现今中年倒带回放到青少年时期的“我”，《我不可告人的乡愁》中的“少年陈嘉哉”，《睡眠的航线》中的“少年三郎”（或许也可加上青年的“我”）以及《杀鬼》中的少年“帕”这些人物集合到一起，简直组成了生气勃勃的青春团队。少年叙事者频频出现提示我们，此中可能蕴含了成长小说的因子，却将主人公置于游历历史的险境之中，因而又在文体上嫁接了传奇故事（甚至是史诗）的成分；当然吴、甘二位作者的少年主人公亦有受日本动漫文化影响的投影与痕迹。少年通常所象征的活力、希望等或许还只是最浅层的表征，在少年视角下所见的域外景观与各个时代的情境，对于观看历史带来的新发现，才是应该着力关注的重点。其好奇、柔弱、纤敏的视野之于历史景观的更新不可小觑。

四、人地关系：除却《睡眠的航线》作者吴明益长期致力于自然书写和相关领域的研究，亦将其对生态环境和人地关系的关怀带入此部小说之外。其余三部作品中人物与历史的关系亦多少都有悄然转换成人与环境（或地景）关系的趋势，或者与之并存。因一旦进入历史的政经事功讨论，人总归不免为其庞大的暴力机制所挟裹宰制。《乱迷》中对台湾溪流实地踏察的有情描绘，佐以作者的摄影，历历可见。《我不可告人的乡愁》中亦不乏对环境问题的反思和对东螺溪风景的叙述。《杀鬼》的乡野气氛中更是土地情深。乍看这些似乎是乡土文学的本分，且与异域干系不大。但向本乡本土的哀婉一顾，见出其殷殷心意，惟恐故地旧景流失于此时，恰恰反证了异国风景诱引一定意义上的无效性（即使其代表更先进或实景更美丽），和全球化格局下同质化对在地景观的改变、破坏与挤压（更不要说战争与灾难的摧毁）。这些风景大半都是在想象中重构的，或实地勘察记录的结果。景观本身的故乡他乡之分就见出辩证，小说家们的态度亦广纳包容。故而这也是个颇具研讨空间的维度。

以上的归纳尚只是初步的粗疏整理，不一而足，在行文具体展开后，还不应忽略每一部小说在作者各自书写系统中的位置：作者的取径、手法相对于之前的书写来说都具有某种程度上的自反意味，当然也延存了更早创作中的题材内容等兴趣持续关注的部分伏线。这些线索被再度拈出并发展时，已与从前的面貌大异其趣。这种思考的变动下演化成的如今的作品，其原先较为单一倾斜的角度更为整全，完成度与包容力的提高反映了当代台湾小说在纵向时间轴上的共同进步之群相。

一、寻章摘句老雕虫：《乱迷》与《我不可告人的乡愁》之语言策略

2007年春天，舞鹤新作长篇小说《乱迷》甫一面世，即引发了各方的讨论和关注。此书虽然标注第一卷却看来并无后续其他卷数之意。作者之前的作品或许已成其后文，而未来尚待写出的小说则可能变为其前传。如果我们不孤立看待某个作者的单一作品，而是将其放进他个人的写作系谱，一个较为完整的文本系统探究其前后关联，就不难发现这种变奏的形式，可能贯串起了这位作者不同时期的写作。不囿于单独的一部小说，将有延展性的理念分散到几部

作品之中，再综而观之才能明白作者的存心用意。

这种情况亦见于其他作家，如《乱迷》至今仅得第一卷的形制，与张大春写作《聆听父亲》相类，此书同样名之以“第一卷”却未见下文。但在时序上分别写于其前后的《城邦暴力团》和《认得几个字》二书，则在无论是家国流徙，抑或文化传承的意义上都与之有内在呼应。有些前传性的文字在《城邦》中借半虚拟的第一人称主人公“张大春”之口有所交代，而《认得几个字》则在写父亲之后续写子女，由幼承庭训到教养后代，诗书继世的意味由此自然成文。究竟孰先孰后的次序则已不再重要。一种完整的意义被小心分拆之后，布局在不同的文本中，就此有了需要重新拼合和复原的召唤性结构。

《乱迷》大胆实践，行行更远所做的迷乱语言实验，其根本目的，就是在于解放文体形式，放任字句之流按照自然节律找到它们自己的出路，由形式来产生内容。在具体选用的词句上，作者却并不深文周纳，故意用生冷字汇，却恰恰相反，将各种口语俗谚、方言新词都熔于一炉，甚至也不试加调和，干脆大剌剌任其并置，各自见棱见角，营造出不无波俏尖新，甚或滑稽突梯的繁复风格。

舞鹤的乱迷书写，在文学系谱上近则承接七等生和王文兴的“破中文”，以小儿麻痹症一脚深一脚浅的傲行步法，横征暴敛，是狠敲读者头壳以示警，但不指明阅读路径的强势创作。如《在岛屿写作》一书中《背海的人》章节之导演手记所叙述：在王文兴的创作过程中，他用力敲击桌面，撕碎纸张，折断铅笔的内在能量与暴力迸发，并非夸张展演，而是如钢琴演奏家力凝指端，不得不发的必然动作。近年王文兴的文学兴趣则有颇为明显的向诗歌转向的倾向，无论是《书和影》中创作的《孔雀》，亦或《小说墨余》中采纳多个英译本之后再重新组织译写而成的波德莱尔《暮色》，都表现了他对意象和节奏的揣摩，以及诗歌中重章复沓写作手法的尝试。

对于舞鹤而言，这也是灵感至酣畅处，字句的爆炸与自燃皆形之于外的表现。远则遥应乔伊斯《尤利西斯》之不加句读的连篇累牍大段意识流；对于作者的个人书写而言，则不啻是向其成大凤凰树文学奖时期《诗小说》的创作源头之回归。较为早期所写的《舞鹤淡水》虽亦有其不羁之处，但其文字段落的甜漾之美，以及浪荡山水之间的抒情表意方式与之相比，竟然是略显古典拘谨的。这种审美不脱沈从文式怀悼的牧歌传统，即使主人公已由田园诗人升格为冒险浪子，文体风格毕竟大致工稳，颠倒句法和自造的词序偶尔出现，亦能迅速辨识出其真身本貌。陌生化的程度不深，在作者一一对其进行“矫正”的理解过程中，获得了拼字游戏一样的阅读快感，较之《乱迷》予人的冲击显然所来更小。

无论是其野调无腔也好，不服收管也罢，舞鹤在其小说中企图用诗来对抗历史，并试图对其做不同前人的叙述和演绎，一切坚固的东西在此都烟消云散了。这一点其实在《乱迷》的起始之处早已开宗明义：“家族史已如风中之絮”，本来辛苦积攒欲写成家族史的准备材料，如今零落为蛀虫口中的纸屑。整体的意义被时间的侵蚀消解为碎纸残篇，无法复原成可以解读的完好结构。时间的齿牙无声蛀空了内里，外在可能的坚实庞然结构也不得不被随而抛弃，务必去之而后快。

如朱天心所言，《乱迷》书中数处排山倒海不加标点的连写部分，要用抄读法先誊写下来，才能理清其语句逻辑，明了语意。“朱天心（以下简称朱）：《乱迷》三章，两个月来读了又读，一口气读的少则五次，几成强迫症。其中某次再读因惊恐发现有一句行前次读时闪神了，便用誊抄法读（读那连续三页未见标点符号的），确实，每一个字都不可拿掉或调动。它当然要比王文兴对读者更横征暴敛得多了。”① 由此舞鹤为文学、历史和读者营构了难得一见的杂

① 朱天心：《朱天心对谈舞鹤》，载于 http：//blog. roodo. com/wuheh/archives/702783. html 2005 年 11 月 10 日（原文见印刻文学生活志第七期）。

语场域，一个真正众声喧哗的小说世界。文体界限的消弭和语言符号的大肆解放呈现出前所未见的狂欢和迷幻场面。

依稀可辨的日常生活场景，其实多有相似于《红楼梦》、《金瓶梅》中的市井生活与世情之境。如仙查侍奉婆婆洗浴，乡绅们穿戴整齐参加老友的葬仪等等。白描手法寥寥几笔，人物的神情意态，动作行为都侧锋勾勒而出。跳接式不连贯的画面又有蒙太奇剪辑的痕迹，虽然所写的是旧时的人事，却并无陈腐和隔膜之感。仙查的娇憨美丽与细腻心理，如在目前。这时也会有某些惹眼的句子破空飞来："要你别忘了戴上特意为你选购的欧风淑女帽免得这个亚热带小岛的毒阳晒伤你的肌肤免得你岛生的土肌烫伤了那欧带荫的阳毒免得"① 外来西式文化与生活风习在岛屿之上悄然渗透。在本土生活处处情意殷切的语境中，异域之物的突入颇为触目。不折不扣的古典情节，却以叉手叉脚、横冲直撞的异形文字为之塑形，在在令人咋舌称奇。语言文字的使用、破坏与新生得到了练习和展示。舞鹤将文字本身的物质性、身体性发挥到淋漓尽致，字即肉身，肉身证道。

杨凯麟以德勒兹的语言哲学，深入险远对舞鹤语言文字所作的分析可谓敲骨吸髓，探究其里的文字皱褶和欲望的曲折内卷折迭。

《我不可告人的乡愁》中网上奇人与主人公在网络异度空间里展开对话交流，以铯卡丝（Circus）为名，仿佛经由异色金属元素搬演的荒谬马戏团。两人的絮语杂言涉及身边琐事、形而上学等种种。如此这般在赛博空间中展开的沟通、依赖却又是疏离、生冷的现代孤独个人情境跃然纸上。往前回溯，稍前几年作者亦曾写下同类题材，描绘现代资本笼罩下白领职场（而且是矛盾表现甚为集中的房地产业）的杀伐挣扎生涯之作《玫瑰阿修罗》。在《乡愁》一书中的城市故事线索内，彼时华丽繁缛的文字障之感已经消失，取而代之的是一

---

① 舞鹤：《乱迷》（第一卷），台北麦田出版社 2007 年初版，第 11 页。

种更加紧致密实，经得起考验品读的语言，与其内在隐含对资本主义大生产制度及其后遗的辩证与批判相应得恰到好处。此书所下的更深厚功夫是在斗镇故事线中，尝试将闽南语的古雅书面部分与现代口语中的生动鲜活，至今使用的说法两相结合，形成一种具有复合性的小说语言，其质感既有诗歌般的节律，又具备简洁明丽的形象之美，且朗朗上口，宜于诵读。

二、乡野传奇和书场传统：《睡眠的航线》与《杀鬼》之文体

“我们的身世是被说出来的”，讲述和书写是小说故事创造生成的两种路径。口传心授的讲故事和书场传统，很多离奇的情节其实是经不同人口耳相传，才得以变本加厉，从而渲染、夸张、扩大，尽其踵事增华之能事。《杀鬼》在相关研究和评论中，大半被认为是奇幻的台湾史书写。在人鬼相杂，并不太平的世间，身怀异能并不显得太过突兀。帕仍是在历史脉络中披荆斩棘，穿越若干个苦难深重的忧患时代而存在的。

以甘耀明和吴明益早年的创作经历观之，他们在路向上有过交集，都曾被认为是新乡土的脉络中颇有成就的青年作家。但他们其后的发展则皆未止步于此，不约而同地自辟延长线，追求比乡土文学本分更为繁丰复杂的写作技艺，同时保留了对土地的深挚之爱。《睡眠的航线》和《杀鬼》之重情节性，叙事奔流而下，并不同于时下习见的带有浓厚现代主义色彩，侧重心理刻画，情节人物并不分明的小说路数。在《杀鬼》与《睡眠的航线》之后，甘耀明和吴明益各自的短篇小说集《葬礼上的故事》和《天桥上的魔术师》都回到了先经过口头讲述，之后才整理成书面文字的写作程序。与其说是写故事，不如说是回到讲故事。而这两部短篇集中的故事对现实无不做了变形，带有似幻亦真的魔幻写实色彩。生死与魔术，各据其一方天地。

而在写作《杀鬼》之先，甘耀明“伯公系列”的短篇小说，面貌尽皆清新可喜，有满天花雨之感。人与土地相悦相见，欢乐洋溢，不可抑制。《水鬼妈妈和失去学校的水獭》则是想象奇丽的幻异童话，幽暗中有闪光，草木动物各有生命灵魂，形成一生动活泼的林间世界。这些小说都有很充沛的文字能量，也为《杀鬼》的创作预先作了一定的铺垫和准备。“写作《水鬼妈妈和失去学校的水獭》提供我练笔之处，没有这本书，《杀鬼》难以成形。和《水鬼学校》比较起来，我认为，《杀鬼》的语言比较保守，也较质朴，更适合阅读。如果这样也算刻意形成的风格，也说得通。”①

吴明益首本小说集《本日公休》与其后的《虎爷》，集中各篇作品尚是较为循规蹈矩，沿乡土文学理路而试写的早年习作，基本取材于乡民、市民的寻常生活，乃至于自己军中服役的经历，又有如《虎爷》这样对民间信仰及其物象的书写。

“可以讲出的故事”和“可以写下的故事”之间的区隔和关联在最终形成的小说作品中被融通统一。前者所存在的文无定本，前后疏漏，甚至怎么将故事继续下去维持完整的逻辑，都是对讲故事人的重重考验。这些可能存在的故事漏洞要到书写记录之时才能有机会一一填充修补。这些被遗忘的父辈历史在讲述和整理中汩汩而出时，其被讲出的方式也是之于整体横植自西方的现代小说传统和全套书写技艺的反拨和挑战，这种讲述方式之所以在今天会格外引人注目，也是之前依照西法而成“马派昆腔”的现代小说数量众多之故，西方腔调浓重，遂使得小说创作的方式显得如此理所当然，因而变得习焉不察。在今天让小说复活和还原成好听也好看的故事，发挥其“谎言和真理的技艺”，才能重现召集一众小说读者（听众）的魔术时刻。

---

① 甘耀明：《杀鬼》，中国友谊出版公司 2010 年 5 月初版，第 418 - 419 页。

三、双螺旋的脉络密码：《我不可告人的乡愁》与《睡眠的航线》之结构

《我不可告人的乡愁》中，古早风味十足的斗镇和现代资本主义城市缠绕的双线并行；《睡眠的航线》则以两代人的亲身经历与历史观感为不同线索铺展。他们分别以空间和时间为不同的主要衡量标的，在实际文本中，这两种因素的各自主次相生又有着不同的排布和表现，成为其显著的写作特色。《我不可告人的乡愁》中偷渡了作者的个人经历，早先故乡斗镇与后来工作生活的台北，是对比强烈的场域，其生活方式、经济形态和地形地貌都大不相同。

《睡眠的航线》悄然引入睡眠实验之科学知识与人地关系的环境议题，使得文本层次愈加复杂。其意识流动的过程是伴同叙事者之间的叙述线索转换而行，其界限有时显得恍惚迷离，并不是判然两分的。颇似白先勇《游园惊梦》中钱夫人酒醉而偷渡半生前后两度平行场景的意识流流转手法。这一书写方式与睡眠自身具备的疗愈和抚慰作用也可谓若合一契。即作为子代的“我”由于睡眠紊乱感到了时间摇撼，其历史意识连同历史创伤也在此缓慢荡漾开，其展现的形式显得柔和低缓。这是具有身体感的，个人以实际感应的途径所追寻探索的历史，其变形和净化随主人公睡眠与醒觉的交替节奏而产生再消失，有如人体器官运行的循环，同时也暗示了其中记忆和遗忘的机制：“我”在渴睡之时的意识也随之弱化，很难对周遭的情况变化做出及时正确的反应。历史记忆的真实精准与否，与见证者本身的状况之连接和影响关系亦可由此见出。

书中叙事者努力重回历史现场并因之所生的徒然之感，并没有黄锦树《鱼骸》中拾骨情节那么震撼和惊骇，行至日本白鸟之森中的踏察，则有着漫游的不经心和随意。“我”自述不喜与人共进早餐这类细节点染，就在一定程度上消解了其庄严和宏大，这次探访似乎注定只能是微型的奥德赛和小型的壮游。

由是叙事者与上一世代的隔阂感，不只是语言文字上的，也是历史和经验上的缺失与匮乏。在《当我伏案书写，正如仰望繁星》一文中，吴明益写道，黄春明曾言，如果你这一代的人日文能和父辈一样好，对写作必有更多裨益。日文及其所关联的另一个文化系统的资源支持，其传统在近代以来与台湾文学的融合交汇中已经形成。

甘与吴在写《杀鬼》和《睡眠的航线》时，都是没有直接阅读日文史料，所以与曾经可能更近接触的历史遗迹，又隔了一层文化理解上的纱幕。《睡眠的航线》不是一以贯之地要去重建一座恢宏的纪念碑或者是神殿，反而是细大不捐就自己所能把捉的部分入手：作者亲近历史的方式毋宁是微观着眼细部入手的精心耕作，并非大开大阖的拓疆辟土。在写父辈和原生家庭大段关于中华商场的生活场景与故事时，和全书的主题对比看似游离的离题和闲笔，甚至有喧宾夺主的危险，但其实或许是想说曾经罹患过战争之疾，背负伤痛的人们，在琐细的经济生活中仿佛完全将过去的这部分记忆和痕迹隐藏。一旦再被揭示或指出，也如同是另世生涯，有了间离与生疏的回望和观照距离。

不仅因为中华商场可写之处足以构成单独的题材，其离题才有撑持得起的体量。

战争毕竟是例外状态，生活的常态即使是沉滞的，使人难以昂扬向上的，毕竟是它构成了一个人生命的主体部分，使之得以稳固和上轨道。对于升斗小民而言，其安身立命的谋生方式全部在此。看似枯燥却有了宛然动人的意义。商家邻里之间的人情世故，小奸小坏，也都是维持此一共同体运转延续的不可或缺的法则，就连更细部父子冲突的部分，也写得极有实感。所谓“个人比国家大”的意义就在此彰显。一个人所经历过的历史事件纵然惊心动魄，对于他个人的心灵铭刻却未必有多么深远的影响，反是持久、固化，与其近身生活休戚相关的营生之道最为重要，上升至值得关切的地位。子代的好奇召唤与父辈所历所感的事情可能并不对位，历史和记忆的修正痕与其间“再来一次”的修正与想象就折射出了莫衷一是的多重变貌，绝不是简单直线式的结论可以概纳的。

《睡眠的航线》的写作最初始的出发点之一，乃是作者在现实中发现父亲当年所遗下的在太平洋战争时期，曾赴日做少年工，为日本军队制造军械时所摄的照片和相关的部分文字证明与记录，就此触动了要重寻当年的好奇与兴趣。

这一点与骆以军《月球姓氏》书末的父亲日记差相仿佛，珍贵之处正在于，它们不是被文学创作者伪造仿写而成的，却是曾确乎存在过于某一个大时代中的常民（非文学人口）的文字记录，这样的文本具有朴素独特的史料价值，传达了个体经验。最真实朴素的小说发端之因由莫过于此。“他的文学，是因为看见真实，终于不能不求诸文字纪录。他的梦，比历史的真实还真实。在平静的文字背后，是高度的同情；在梦的尽头，是深情的疗伤。”①

四、爱神与邪魔并存：《乱迷》与《杀鬼》之审美特质

不只《乱迷》、《杀鬼》，《我不可告人的乡愁》和《睡眠的航线》中少年身影亦历历可见。《睡眠的航线》中，不仅讲述的“我”作为年轻一辈的子代，就连父亲那条线索的叙述者也是当年的少年人身份和口吻。少年心怀的希望和其清新勃发固然令人颇为神往，但他们的柔弱之肩所要承载的一切同样使人为之担忧。《乱迷》即使是从中年忆往的时间点上出发，回顾中青少年的身形仍是不住闪现，譬如春风十里，与姐姐一起背书包上学堂的小五生形象。《杀鬼》的少年帕几乎无能背负的庞大身世其道不孤，类似于李永平《大河尽头》中的

① 陈芳明：《历史如梦——序吴明益〈睡眠的航线〉》，台北二鱼文化事业有限公司 2007 年 5 月初版，第 10 页。

少年永，他们个人在短暂时间内所经历的奇遇丕变，已经远远超过了若干常人一生都无法想象和承担的总和，时空过度集中，而在此内爆继而坍缩。帕具有的超乎一般的能力，永尚不具备。毕竟他们所面对的具体情境和人生道路大为迥异，但这种被迫接受自己所难以承受的任务（奇遇）之命运结构则极其相似，他们离奇与松散的故事往往发展不由自主，事件本身的强大力量携带和导引人物向不可知的方向行去。

《我不可告人的乡愁》中，陈嘉哉和毛断阿姑的少年情愫心清如水，并无太多言语修饰，脉脉凝望。东螺溪水的清澈柔和，其之为母亲河源的乡情依依非常动人。吾乡吾土琼花开，人面的清秀与之相互掩映，遂成一深刻铭记的场景印痕。陈嘉哉离乡去追寻现代文明和西方先进之道的行为，实际也意味着要与其故乡和这样的珍贵情感做一不可避免的割舍，是有所割舍的成长。作者对现代都市所经营的资本主义生活方式之持续性的关注和批判，贯穿了过去几本著作，《玫瑰阿修罗》是对地产文案生涯经历中亲眼所见的商战场景的夸张与复现，《善女人》集中的《美少女梦工厂》等篇目仍指向这样的主题，《镜花园》的讨论方式则转为松缓不少，以散文化的短章将其冲淡化处理。而其近来的中国时报专栏《三少四壮集》中，也延续了《玫瑰阿修罗》的题材，并且为之书写和复原了存在生活实况中的“本事”部分，专栏散文的形式较之起初的小说更加精短、直露，逼问本相。这同一个题材的回旋、重复、衍生的美学于焉得到了完整的展现。《是谁在唱歌》和《善女人》中分别收录的《琼花一瞬》和《母语》等，已是多年前作者对闽南民间风习和语言的实验书写。从《琼花一瞬》到《琼花开》，时间漫漫，而这一实践时至《乡愁》书成，才真正成熟起来。

结论

台湾小说书写于乡土文学/现代主义之间的摇摆争执，以及究竟何去何从，曾在台湾文学史上构成过论争。如今看来，这两路未必是需要非此即彼，不可共存，而是在书写实践中有并置、交错和缠绕的各种呈现。本文将所例举的这四部小说作为同一类型的代表性文本，或许可以对这一议题有所佐证，来展示不同的表达方式。处理异域的问题必然涉及本土经验的重新认识和梳理，对乡土情深的依恋低回，正可从反向说明当下西化和过去日据的影响和侵蚀印痕对之的影响，心灵地貌的复杂岩层由是而生。本文所做的概述还尚显粗略，内外之辨，本土异域之别等问题在文学中的体现，都期待着更为细致的探究。

世界文学与文学世界共和国：方言写作及其他

——当代华语文学书写与翻译中的若干现象片论

一、理论的先导："世界文学"与"文学世界"之辩

就一个概念的再出新意而言，比较文学学者戴维·丹穆若什在重新阐释歌德著名的"世界文学"定义时曾经指出："我用世界文学来包容所有在其原来的文化之外流通的文学作品。他们或者凭借翻译，或者凭借原先的语言而进入流通。在最宽泛的意义上，世界文学可以包括任何影响力超出本土的文学作品。这些作品源自千差万别的社会，各有不同历史文化的引证框架和诗学传统……借用西方批评理论的学术性尝试也可能问题重重。"[①] 到了做结论时，他则又赋予"世界文学"一词以几重新的内涵：即世界文学是民族文学间的椭圆形折射；世界文学是从翻译中获益的文学；世界文学并非指固定僵化的一套经典文本，而是指一种开阔视野、拓展思路的阅读方式——亦即一种以超然的态度进入与我们自身时空不同的世界的形式。如果说这个仍时刻在变动中的描述

---

① 大卫·丹穆若什：《导论：歌德创造了一个新词》，《什么是世界文学?》，北京：北京大学出版社，2015 年 5 月版，第 5 页。

性定义，同时寄托了丹穆若什对世界文学的愿景，那么世界文学也就由这一定义获得了某些共通的特性，表面上形态各异，来自不同国家和地区的文学，因此有了融汇一处、共同得到讨论的可能。

而“文学世界共和国”则是法国当代批评家帕斯卡尔·卡萨诺瓦所提出的概念。她独辟蹊径，将对“世界文学”的考虑转换为对“文学世界”的勘察，也就是将“世界文学”看成是一个整一的、在时间中流变发展着的文学空间，拥有自己的“首都”与“边疆”、“中心”与“边缘”。这些“中心”与“边缘”并不总是与世界政治版图相吻合。在“文学共和国”中存在着复杂的统治与被统治关系，激起文学自身的斗争、反抗和竞争。“文学世界共和国”像一块波斯地毯，看似纷乱，但若找到正确视角，便可看出图案色彩之间相互依存、相互作用的“共和”整体关系，进而理解每个图形。[①]

无论是丹穆若什对“世界文学”的再赋新义，抑或是卡萨诺瓦将“世界文学”改装重组为“文学世界”，提出“文学世界共和国”的倡议，其目的都在于激发世界文学的新能量，使其成为一个更富活力与挑战意味的动态系统，也增加其更多涵容的可能；同时强调了文学自身的独立运行，不必全然遵循政经发展之轨迹。这对传统比较文学研究中“全球性”与“在地性”的对立，以及“少数文学”和“边缘”的弱势地位等惯常认识，都构成了一定的冲击，迫使人们必须对之做出新的思量和解释。

就本文所关注的具体议题来说，虽然以“世界文学”与“文学世界”之间的思辨作为基本的思考视域和背景，但更多地还是定位在“华语语系文学”、“华语比较文学”和“东亚文学”这几个彼此关联的概念范畴上。然而，若在此际引入“华语比较文学”的概念来对之进行在地性的区域缩小与适用性修正

① 周启超：《总序》，［法］帕斯卡尔·卡萨诺瓦《文学世界共和国》，北京：北京大学出版社 2015 年 7 月版，第 4 页。

的话，要面临的新问题也就显而易见了。“华语比较文学”的一般定义是：“综上所述，我们可以给华语比较文学下个定义：即是指在华语语系文学内部的比较。它同样也是立足世界性的背景，对所有华语书写的文学，包括离散书写进行不同层次和角度的比较。”① 而实际中的状况是有时这种比较并不止于华语地区的文学书写内部，或曰“华语语系”系统之中，而势必涉及到它们隐隐与之对话着的（或许亦不无对抗之意）中国大陆的中文文学，其连带的必然程度显而易见。这时往往缺乏一个有效而具备统摄力的名称，来指称这种比较。当然，“华语比较文学”或“华语语系文学”本就是相对于中国大陆的中文文学而产生的区分性的概念，但它们并不是，也不应该成为一个排斥性的概念。于是涉及到中国文学与“华语比较文学”之间的比较问题时，就会出现不同层次和意涵的提法，譬如两岸文学、海峡两岸暨香港（有时扩大至暨港澳）文学等称谓，而又最终将矛盾集中在各地间的各种政治、历史、文化纠葛之上。

“华语比较文学”或曰“华语语系文学”应运而生的初衷，本是要与所谓“中州正韵”（王德威语）的中国文学分庭抗礼，甚至一争高下。然则不无吊诡意味的是，这种称“华”而避“中”的做法本身又包含了自我放逐、心远地偏的边缘感，似乎只能以外围的散点分布状态而存在，本质仍不脱中心-边缘的二元论，在逻辑上也有陷自身于不利境地之虞。一“华”覆盖之下，起到的整合作用其实有限，反而使其中所被包括的各地区文学面目模糊，各自的个性暂时被抑制了。

换言之，“华语比较文学”将重要的对照对象，亦即中国大陆的中文文学“包括在外”的做法未免心生嫌隙，不够大器。何妨“无处非中”，不惮其“少”，不避其“小”，不自抱其短，而是平和中正地看待自身与他者，并将包括中国文学在内的每一地使用中文/华语书写的文学通通置于一处比较和讨论，

① 朱崇科：《华语比较文学：超越主流支流的迷思》，《文学评论》2007 年第 6 期，第 172 页。

它们分别都可自成一个中心。这样就拆除了“华语比较文学”原本有内外之别的区隔壁垒，将局面转化为各个中心与中心的彼此博弈。与其担心这种做法会滑入多元相对主义的泥淖，不如乐观地相信此中亦有“物齐无大小”的淡定从容，使得如此的比较能够更加足够整全而有效。正如卡萨诺瓦所指出的那样：“作者认为，应将文学空间作为一个总体现实来理解。世界文学这个概念本身说明事实上已经出现了一个跨民族的空间，在这个空间中要讨论文学的跨文化性。正是文学的跨文化性在建构‘文学世界共和国’。文学世界之现实运行有自己的机制，对经济空间、政治空间而言具备相对的独立性。”① 假使世界文学都在向尽量跨民族、跨文化的方向努力，那么作为其分支的“中文/华语文学”也应该尝试消除历史孑遗与当下人为因素所带来的种种隔阂，以求更为健康开阔的发展。

二、转生·重构·拆解：一组小说文本的观察——《我不可告人的乡愁》、《繁花》、《烈佬传》

本文首先想要提出的一组小说文本的比较与观察，是林俊颖《我不可告人的乡愁》（台湾，2011）、金宇澄《繁花》（上海，2012）、黄碧云《烈佬传》（香港，2012）三部分别出现于台湾、上海和香港的长篇小说。或许事非偶然，它们的出版年份恰好都落在新世纪第一个十年之后的初期，即第二个十年起始的一两年内，且都是积累有年，到了不得不发时最后出手之作。因其蓄存的能量之大，水平之高，可谓远远在同期乃至前后一个较长时段所出版的侪辈之作之上，并超前不止一个马身的距离。也正缘于此，这三部长篇小说在甫出版不

① 周启超：《总序》，［法］帕斯卡尔·卡萨诺瓦《文学世界共和国》，北京：北京大学出版社 2015 年 7 月版，第 5 页。

久，就以颇高的辨识度，分别获得当时当地的若干文学奖项之肯定。《我不可告人的乡愁》获中国时报开卷十大好书奖、台北书展大奖和台湾金鼎奖等，《繁花》获茅盾文学奖等，《烈佬传》获红楼梦文学奖。至于《繁花》更是热潮不退，在出版后至今的几年内都屡屡被搬到各种讨论会上，还被改编为其他形式的剧目如话剧上演。可见愁困已久的文坛，难得对这几部优秀的长篇小说如此达成一致的共识。“小说从作为商品到作为诗学价值体系升华的过程，在整整两个世纪里经历了不同的阶段，但现在似乎已经没有升值的空间了。”（卡尔维诺语）

且从出版流通的角度来看，《我不可告人的乡愁》有台湾大陆双版，《繁花》也有大陆台湾双版，而《烈佬传》则有香港台湾双版，都在大陆和港台地区中各自有了其中两地的不同版本，且在其最初出版的一两年之内就有了其他地方的另一版。这就不仅是其文学价值得到了肯定的表征，在纸质出版日益运行艰难的当下，能迅速在不止一地获得出版的机会，还说明了这三部小说所具有的商业价值亦是颇高的，其中也有一部分是文学奖所带来的短时曝光效应，但总的来说，其发行率要高于同时期出版的其他长篇作品。

倘若再从大众传播的角度拉回到文化流通的层面观之，当可发现在异地版本的出版刊行过程中，一些由于彼此间文化差异和语言文字使用习惯不同，所造成的谬误是很有趣的。例如在《我不可告人的乡愁》中，“‘一口井？’一志唱那首中古番石榴歌，‘你从来不问我有多么深，你从来不问我有多么冷。那不是我能够居留，也不是我能够忍受。’”[①] 这里的“中古番石榴歌”之谓乍见之下，可能让读者一时之间感到摸不着头脑，其实在原来的版本中应做“中古芭乐歌”。“芭乐歌”是指闽南语中所谓极其通俗、广为人知的歌曲，其通常用法就像歌星伍佰在某次演唱会上说：“我们今天来唱一首很芭乐的歌。”（按：

① 林俊颖：《我不可告人的乡愁》，上海：新经典文化出版有限公司2013年3月版，第29页。

歌曲即《世界第一等》，是几乎人人会唱的闽南语流行曲）“芭乐”固然是台湾地区对番石榴的俗称，读音如“拔辣”，但“芭乐歌”的说法，以及用“芭乐”名词当形容词用来指称通俗流行事物时，都成了特殊的固定搭配与用法，取的是芭乐作为水果，常见而价廉，易于取得的意思。这时是不能将之转换为简体或曰书面语境中的水果学名“番石榴”的。方言特定语汇凝铸为固定语汇，在一般的标准语语境中是既不能被溶解，也不可被“翻译”转换的。因此在简体版本中，应该做的不是将之替换改词成“中古番石榴歌”这样不知所云的新词，而是保留“中古芭乐歌”的原初用法，并适当加以注释说明。从文化翻译的角度出发，可见“翻译的不可通约性”之原则又在此发挥了作用，并且决定这里出现的谬误最关键因素是有差异的文化语境和日常语言习惯。由上述例证我们不难发现，这类情形不止存在于中文与外语翻译的过程中，即使同使用中文/华语的不同地区，或语言习俗相差较大的方言区之间，都会或多或少出现这样那样的语意理解偏差问题。不单是“芭乐”与“番石榴”之辨，也有过将“凤梨田”误转换为“菠萝田”的实例，同样令人啼笑皆非。又如台湾少数民族的领袖有其专有称谓“头目”，在有些引进书籍的简体版中，却可能由于“头目”在一般语境中所含有的负面含义，将其替换成了比较中性感的“首领”，这也是想当然的改错的例子。再试举一中英翻译中易造成误解的例证，以为对照：即如“beef corn”一词不能看字面望文生义，直译成“牛肉玉米”，而是指状如玉米的牛肉颗粒，即 corned beef 之意。可见水果、食物等用词，也就是对某一日常习见事物的命名和称呼，往往是最能凝聚一地方言精华和民众智慧之所在，这一部分在翻译的过程中是无法被善为转化的，唯有保留其原型以为表记和致敬。

具体到这次作为一组文本进行研讨的这三部长篇小说，由于涉及到中国大陆的作品，显然“华语比较文学”的概念又无法彻底覆盖全部的讨论对象。而当论及大陆和台湾文学比较、大陆和港台地区文学关系时，使用“两岸文学”、

“海峡两岸暨香港（暨港澳）文学”等说法，都分别指涉了不同的层次与范畴。念及这次所涉的城市（地区）可以限缩在上海、台北和香港三地，则要对之选用一个有总体概括性的名称似乎又变得稍微轻松起来。因此前沪港台“三城记”的说法已经有过：上海文艺出版社曾以此为丛书名称，前后出版过两辑精选这三个城市短篇小说的集子。而北京三联书店也曾取“三地葵”之名，刊行过以大陆和港台地区名家为收录对象的作品集，其中包括了长篇小说、散文集和诗集等各种文体。故而本次讨论打算沿用“三城记”的提法，以求规避开华语语系文学与中国文学之间的扞格，及二者无法合为一体之问题，也是使讨论的边界更为明晰。运用不同形态的中文/华语进行书写之时，在这三城文学之中所体现的和而不同，犹如文学血统上的“生殖隔离”，由此孕育和产生出了面貌迥异的物种来。

这种差异是由小及大的，即以台港两地而言，它们所使用的繁体汉字在有些字形上是各表一枝的，对很多物品的名称和说法也全然两样。香港小说家董启章在台湾出版的《体育时期》书后——为了照顾台湾读者的阅读感受，扫清文字障碍——特地附录上了台港用词对照表，方便有心者一一查检。而同在使用简体汉字的中国文学和马华文学，其用字亦有参差分化。若是稍稍扩大边界到东亚的“汉字圈”，则当觉察，日语里所使用的汉字又是另一番风景；“和制汉语”的存在，反过来又让原有的中文语境得到了补给。且不论日据时期的台湾文学作者，其文章体式、语言风格乃至遣词造句难免受日语习惯的浸泡熏染；就算是延伸到当下世代，有过日本留学经验，通晓日文的当代小说家如赖香吟、吴继文等人，其字里行间的和风亦氤氲满纸。赖香吟的短篇小说《时手纸》从标题到内容，都与日本近现代文学名作互文联动，寄托了一位虔诚痴心的文学爱好者与写作者，一心只想去到海边的文学馆持守终生的心愿。吴继文名作《天河撩乱》中，简洁圆融、留白甚多的日式行文很是风格明朗，诸如“行方不明”（中文意思即下落不明）般的日文汉字词汇直接写入文内的做法，亦历历可见。这些都是中文/华语/汉文所表现出的各种分化与融合的形态，大为可观。

这种文学风格异地分化的景况，近年来亦见于台湾的台积电文学赏，从第二届（2013 年）和第三届（2015 年）的决审评审记录中，多少可窥得一些端倪。有些在台湾和香港评委眼中看来新奇可喜的参赛作品，却被熟门熟路的大陆评委提醒，这是在大陆常见的题材和写法，并不是该作者的独门秘技。足见各地文学，特别是小说书写的“小传统”之间确实存在着有迹可循的“生殖隔离”现象。海峡两岸暨香港互通的程度虽然与日俱深，但各地独有的出版品流通起来毕竟还要受到各种因素的阻隔与制约，看不见的屏障和壁垒始终存在，因此它们并非第一时间在海峡两岸暨香港同步面世。就算是训练有素的专业读者，也未必能一时间遍览同期不同地的出版物。这里就出现了阅读和接受上的时差，而这种时差究其原由，又是因空间区隔而造成的后果。

之所以将这三部长篇小说归为一组，除了前述它们的秀异卓越集当代同类作品之大成以外，更重要的是从它们的写作意图、书写策略乃至题旨方面都能研读出一些相通之处来。将它们作为相对独立的个案，以及彼此关联的参照系，都能从其现象中分析归纳出一定的共性与规律。这些或许亦显露出某种当下的文学生长趋向。此中最为显豁的一点是，三部小说不约而同地在语言方面精工细磨，并选择使用了当地的方言来描摹情境，塑形人物。在全球化大势汹汹、语言平板化模式化，网络语言和各种不规范的口头语冲击着日常口头与书面语境的大前提下，三城的这三位优秀小说作者向方言书写的回归至少可以揣摩出若干层含义来：譬如对语言本身的考究与耽溺；对早就已经不以此语言形态呈现的彼一古早世界的眷念和怀恋；向重新经由再度锻造过的语言建构起的这一理想世界模型正式告别。此中回望的眼光与怀旧之感兴的成分甚重。或许就像《怀旧的未来》一书中所阐述的那样：“怀旧式的爱只能够存在距离遥远的关系之中。怀旧的电影形象是双重的曝光，或者两个形象的某种重叠——家园与在外漂泊，过去与现在，梦境与日常生活的双重形象。……怀旧本身具有某些乌托邦的维度，只不过不再是指向未来。有时候，怀旧也不是指向过去，而是指向侧面。怀旧者感觉到被窒息在时间和空间的常规界限之中。……过去变得比未来更为难以预测。而怀旧就取决于这样奇异的不可预测的特质。……初看上去，怀旧是对某一个地方的怀想，但实际上是对一个不同时代的怀想——我们的童年时代，我们的梦幻中更为缓慢的节奏。从更广泛的意义上看，怀旧是对于现代的时间概念，历史和进步的时间概念的叛逆。怀旧意欲抹掉历史，把历史变成私人的或者集体的神话，像访问空间那样访问时间，拒绝屈服于折磨着人类境遇的时间之不可逆转性。”① 小说家以文学对话历史，与不可逆的时间之流对抗，希望能藉由语言上的精进重塑时空，赋予它们崭新的形式。由于在创作之际，于生理年龄上他们起码都过了不惑之年，因而有理由去相信，这是有野心的作者在中年成熟期的自我挑战和语言实践。之所以称之为实践而不是实验，乃是因为“实验”仍有颇多的不确定因素，而“实践”则可看成是高手开笔之先就已大致稳操胜券，基本能够保证出手不凡，铸造逸品。从三部长篇小说稳健平和的叙事声腔来看，也一再反应了书写者心中的笃定与自信之意。

充分的自信总是来源于实力，三位作者在正式动笔写作之前，都做了大量的准备工作。林俊颖在小说出版之际的对谈中被问及这次新作写了多久，他做出了如下的回答：“真要夸张追溯，第一次读到我那表姑丈的自传而播下想写的种子是八十年代中期。这当个玩笑，听听就好。真正动员筹备，大约是三五年前。二〇〇九年四月，我用这计划申请到‘国艺会’的补助，去年十二月完成初稿，再来是或全面或局部的增删修改。”②

---

①《导言：忌讳怀旧吗?》，斯维特兰娜·博伊姆：《怀旧的未来》，南京：译林出版社 2010 年 10 月版，第 5 页。

②《附录：灵魂深处的声音——赖香吟、林俊颖对谈小说美学》，林俊颖：《我不可告人的乡愁》，新星出版社，第 318 页。

金宇澄则动用了他多年任职《上海文学》编辑部，阅稿无数的资深编辑鉴赏和评断眼光，以及早年做过知青所积累的种种社会经验，来为上海做一次精细的浮世绘。黄碧云更是在香港社工团体的协助下，实地走访了不止一位具有吸毒经历的人，才把握得到“烈佬”的生命脉络与讲述方式；她与故事原型人物志荣的访谈时间更是前后加起来长达七年之久。这些都是功夫在诗外的调动和筹备工作。又如论者揭示的那样，《烈佬传》在使用粤语方言杂糅进小说叙述中的企图，并不止于再兴粤语那么简单和表面，而是以语言赋予叙述者发声的可能，孜孜建构起其身份、位置和尊严的考虑。“《烈佬传》以一个‘古惑仔’的自述，将一群‘黑暗的孩子’的生存空间，转化为边缘人物毒海生涯的时间和命运，是将都市的（湾仔）地方志转换为小说，香港六十年沧桑变迁的许多历史大事件毫不起眼地隐伏其中……这部小说的匠心独运，是将粤语口语提炼为平实、结实、表现力内敛的文学语言，从叙事层面赋予‘不识字的口述者’以主体身份和尊严。”① 虽则如此，粤语重新在小说里交织成有机的表述因素，亦为《烈佬传》提供了外在难以磨灭的形象印记，果真不负本土本港的正宗“佬味”。但黄碧云微微露出破绽的一点是，主人公名叫“周未难”，其妹则名曰“周未满”，他们的身世设定是原籍为上海。这带有末世颓败意味的“黄氏命名法”沿袭了黄碧云小说人物的姓名谱系，却不大像是精刮聪明、世俗热闹的上海人会取的名字。当然也可以将其解释成主人公兄妹在离散中已然处处被化归，无所谓原初的身世名姓如何。烈佬凄清，一世飘荡，小说家在此以之所昭昭标示的，正好是独一无二的命名权利。②

---

① 吴美筠：《阴性书写与小说的暴与烈》，转引自黄峪：《无火之烈，有语之言——论黄碧云〈烈佬传〉》，《第五届红楼梦奖评论集：黄碧云〈烈佬传〉》，香港：天地图书出版有限公司 2016 年 7 月版，第 62 页。此文原载于《本土、边缘与他者——香港文学评论选集》，香港：天地图书出版有限公司 2016 年版。

② 前注中的黄峪一文中有对周未难之名含义的一种阐释，有兴趣者可以参看。

黄碧云且自承，方言书写绝非她唯一的志向，她甚至认为这部小说沉静无话，获奖实在出乎本人的意料。她用意并不在语言，而在其题材：“《烈佬传》我决定用第一人称，因为作者必须与讲故事的人，几乎等一。我不可以以第三身的距离去呈现一个奇异观景，像港产片所做的一样，观众看这班人有几英雄几折堕几衰格几残忍，连几无助几凄惨都不可。……烈佬很普通，这是我要写的。他不需要廉价同情心。他有他的尊严。难度是，怎样写一个普通人?”① 她且言要在此写出一位卑微的人所经历并记得的历史，所以才耗时甚久，以求去了解他的生存处境、状态和语言。

无独有偶，金宇澄和林俊颖两位小说家在访问中也提及，毕竟自己不是语言学家，方言的使用也不是小说的最大旨归，是手段而非目的。倘若将其过分夸大，那就有违了他们的本意。金宇澄的表达是：“沪语专家也跟我提过，这句话不对，那句话不对。但我明白，我不是做一个方言的范本，没有这个目标，没有传播方言的义务，我不是方言主义者。我做文学，保留方言句式，去除阅读障碍，表露人和生活的场景，我是这个意思。”② 金宇澄细细打磨他的用词和字面形式，去除了太特殊只有上海人能解其意的一些表述，希望这部小说能让非沪语区的读者也能基本没有阅读障碍，领略上海话的韵味和妙趣。“初稿的上海话，其实是一种先粗后细的效果，越往后写，我越是小心，是从表面到内里的一种要求。写到后来，我心里越会注意重非沪语读者的感受，看他们是否能懂，对只有上海人能懂的一些词，比如‘推版’（差劲）、‘弄松’（捉弄）、‘焐心’（高兴）等等，词不达意的，都自动筛选出局，既保持语境，也做严格的选择置换，选用通达的字眼来替代。一个沪语词，或者一句上海话，其实都可以换十种词来装配的。我的目标，跟上海这些网友的兴趣完全不

---

① 黄碧云：《“言语无用　沉默可伤”：红楼梦奖得奖感言》，《明报》（世纪版）2014 年 7 月 22 日。

② 金宇澄、严彬：《金宇澄文学访谈录：上帝无言，细看繁花》，http：//book. ifeng. com/zuojia/detail _ 2014 _ 09/09/123853 _ 1. shtml，凤凰读书 2014 年 9 月 9 日。

同——我是在普及和打通，让更多读者了解上海。”[①] 在口语中的一些词语如何写到书面上也具美感，他为此煞费心思，寻求最优解。很多时候口语词汇并无严格的书名写法，只是用汉字记音，例如上海话中的“邪（读如侠）气”是程度副词，表“非常、极其”之意，像“邪气好，交关好”就是“非常好”（“交关”也是上海话特有词汇，同样是程度副词，与“邪气”连用就是重复强调的用法）。金宇澄尝试将之写成“霞气”，这样这个词的情感色彩也偏向了褒义与正面，还有优美风景之联想。（按：在实际运用中，见过有人曾将此词极不讲究地写作“瞎起”，令人惊愕。）又如上海话的“众牲”是骂人话，畜生之意，有人据沪语读音兼顾其义写成“宗桑”者，倒别有意趣，字面上看来像是加入了日文音译“桑”的“宗先生”，略带嘲讽。类似这样的例证在《繁花》中几乎俯拾皆是，不胜枚举。金宇澄在揣摩选字的过程中，其实自觉不自觉地在决定着他将以怎样的字砖句瓦来构筑一个专属他有的上海世界。就算他本意不在“方言挂帅”，其对语言的敏感和虔诚依旧表露无遗，这点从其《跋》中的若干语句中可约略得知一二：“在国民通晓北方语的今日，用《繁花》的内涵与样式，通融一种微弱的文字信息，会是怎样。”[②] 这似是弱祈使和推测语气，又如喃喃自语（即如他最早在网络论坛连载此小说的雏形时，所使用的网名是“独上高楼”）。“我希望《繁花》带给读者的，是小说里的人生，也是语言的活力，虽我借助了陈旧故事与语言本身，但它们是新的，与其他方式不同。”[③] 这点与黄碧云的陈词含义不谋而合，即小说的人生主旨在先，语言只是实践的手段之一种。若论及形而上的追求，《繁花》中引录过的穆旦诗句最能自明心智：“静静地，我们拥抱在用言语所能照明的世界里，而那未成形的黑暗是可怕的，

① 金宇澄、严彬：《金宇澄文学访谈录：上帝无言，细看繁花》，http://book.ifeng.com/zuojia/detail_2014_09/09/123853_1.shtml，凤凰读书2014年9月9日。

② 《跋》，金宇澄《繁花》，上海：上海文艺出版社，第444页。

③ 同上。

那可能和不可能的使我们沉迷。那窒息着我们的是甜蜜的未生即死的言语，它底幽灵笼罩，使我们游离，游进混乱的爱底自由和美丽。”“用言语所能照明的世界”和“未生即死的言语”展现了金宇澄对原句中有别于众人语言的个人言语要如何打造，并保证其成功的浓厚兴趣。

林俊颖则是如此解说他小说里对于“古雅闽南语文”的重新精炼，打破了一般人对于闽南语是口头的，随意且俚俗的刻板印象。“闽南语是我的母语，高中开始尝试写小说，我就发觉了口语转为书写的困难。那时想的还只是写实的基本问题。大学念中文系，唯一认真的一门课就是文字学，才开始了解闽南语保存了诸多汉语的古音古字。很惭愧，做一个‘小学’学者不是我的志向，然而知道那源头，将它如同引水灌溉化在小说里，却是可以成立的。”[①] “化在小说里”的说法正好解释了语言的精炼不是为了其本身，“为艺术而艺术”，而是为了小说服务的举措：“闽南语的语境大体上是前现代的，农业社会的，甚至更久远，因此更有助于我建构那个小说化的家乡小镇。”[②] 由前所述，无论林俊颖、金宇澄还是黄碧云，他们对于闽南语、沪语和粤语在小说文本中的运用，若非以之为构建一己小说世界的最合适素材，就是人物开口的最适宜声腔，都是“不得不用”，这样才能激发出各自方言的最大效能，而非炫技式的概念先行，为了要写所谓的“方言文学”而刻意为之。这样也就解释了为何在《繁花》风行一时之后，出现了若干效颦式的“方言小说”无一不是失败的，有的甚至还摹仿《繁花》的叙事声腔而不自知这种低阶的仿效行为实际无益于创作。对此金宇澄也有所觉知，并略有微词：“《繁花》长时期在一个语境里徘徊，也使部分读者，长久陷入这个氛围中。有一个朋友说，看书看报纸，‘也

---

① 《附录：灵魂深处的声音——赖香吟、林俊颖对谈小说美学》，林俊颖：《我不可告人的乡愁》，新星出版社，第 315 页。

② 《跋》，金宇澄《繁花》，上海：上海文艺出版社，第 444 页。

用《繁花》的口气去读，真受不了’。”[①] 只是一味重复他人的声腔，不仅对于独创毫无裨益，还可能有邯郸学步之虞，逐渐丧失了自己开口发声的可能。这其实是在高度标举一部当代优秀作品的同时，无论其他创作者还是读者都应该警惕的一种负面效应。“某某体”的大面积仿效充其量只能是一时之噱头，退潮后不会留下任何有价值的东西。寻找并建立属于自己的叙述声腔，应该成为每一个有志创作者最基本的追求。

何况“方言文学”的成立条件并不是毫无门槛，绝非择某一种方言，以之为主体敷衍成文就有了所谓的“方言文学”。有些地区的方言并不适合转化成书面语，它们在口语里保留了更多的活力与能量，譬如东北话、天津话和河南话等，更宜于二人转、相声和豫剧这些民间曲艺类的表演形式。口头为语，书面为文，如果这样简单区分的二分法尚且言之有效的话——因为它们还停留在“话”的口语阶段，勉强搬字过纸会有风险。这里还旁枝斜逸出一个问题：那就是乡音浓厚的译者，其翻译文体不可避免地受其方言习惯影响，是否会损害译文的审美风格和质量？例如老一辈翻译家傅东华先生所译的《飘》，内中诸多措辞都表现出深刻的东北方言影响，可能会令非东北方言区的读者略感困惑。因此能成立，且不会造成太大问题的“方言书写”，至少应该满足以下几项条件：一、有一定的使用历史和雅化的积累，这里的使用历史可以是单纯口头上的，但时间长度要足以形成较为丰富的语料库。雅化是指其措辞有转换到书面的文字之可能，不仅仅停留在口头的程度。俚雅之别往往决定和影响了一种方言的适合存在领域，是地方曲艺还是进入文学。二、有书面书写的历史，并有典范作品构成了文学小传统。这是承继前述的第一点而言，是说书面化之后的语言向文字和文学的层面挺进，要有足够数量的先行文学文本以为支持。《繁花》、《我不可告人的乡愁》以及《烈佬传》所涉沪语、闽南语和粤语都能

① 《跋》，金宇澄《繁花》，上海：上海文艺出版社，第 444 页。

够符合这一条件。三、有当地方言以外的外来成分介入，并构成了显著的影响。上海之“洋泾浜”现象，日据时期日语成分向闽南语的窜入（也有荷据时期的一些孑遗），香港的粤英交混状态。这并非是取其殖民性的成分，而是纯就语言的形成和发展而言，外来语的交互混杂让原语言增添了更多有表现力和特殊文化意涵的词语，并凝铸成内在于它的一部分。如沪语中的“混腔势”之“腔势”其实是英语“chance”，沿用下来以后已音义兼备地被纳入其中。

这就可以比较了然，为何这三部长篇小说可以被放在一组中进行研讨，即使它们的本意都非要为方言而方言，但却都满足了甚至超越并溢出了一般“方言文学”书写成立的条件。至于它们意不在此的最终旨归，只要察看一下它们分别的结尾就可明白了。小说家是如何将其用文字精细建筑的新世界毫不留情地拆解殆尽。《繁花》的结尾处是：“阿宝挂了电话。夜风凉爽。两人闷头走路，听见一家超市里，传来黄安悠扬的歌声：看似个鸳鸯蝴蝶/不应该的年代/可是谁又能摆脱人世间的悲哀/花花世界/鸳鸯蝴蝶/在人间已是癫/何苦要上青天/不如温柔同眠。”①《我不可告人的乡愁》结尾段是：“天空，彼处，仿佛确实有一座借着紫外线过量的日光伪装与无形无色的空中堡城悠悠转动却寂然如涅槃。”②《烈佬传》则是：“我醒来。巴士已经到终站。都过去了，无所谓了。职员再打电话来，给我下个月的更表，我可以告诉他，再下次可以编我去湾仔，没所谓，我也想去看看，湾仔现在好靓，也不是我以前的湾仔了。”③ 方生方死，无忧无喜，三部小说的结尾中，人物不约而同地都进入了一种脱离情绪，忘却自身的升华与“凝动”状态：仿佛凝伫在那一个时空点之上，而又若有着流动性无限，个人和历史，当下与过去，语言与意志都悄然融合重叠了。这个关键性的时刻也就是创造性大显身手的时刻，或可归结为文学与历史相视

① 金宇澄：《繁花》，上海：上海文艺出版社 2013 年 3 月版，第 442 页。

② 林俊颖：《我不可告人的乡愁》，上海：新经典文化出版公司 2013 年版，第 308 页。

③ 黄碧云：《烈佬传》，香港：天地图书有限公司 2018 年 2 月第五版，第 197 页。

而笑、莫逆于心的神奇时刻，几乎能拿来作为衡量小说成败得失与主题完成度的一个指标，即是写出了这样的时刻与否。（朱天文《巫言》的每一章结尾亦具此感。）

更可玩味的是，这三部小说在不同意义上都可谓三位作家的“第一次”书写。黄碧云第一次通过长期访谈，采写真人真事的方式架构长篇，大大有别于此前她已定型的小说美学风格；金宇澄第一次写长篇小说，且是由网络连载到整理成书出版，经历了时新和传统媒介的双重考验（类似成书过程的应还有台湾小说家张万康的《道济群生录》）；林俊颖也是自己认可的真正第一次长篇书写（早年虽有《焚烧创世纪》这个长篇，却被作家视作青年时期的失败之作而不予计数）。这三位“第一次写长篇小说就上手”的当然不是新人，而是早熟却晚成的老手，此前的商量培养功夫都以几年甚至几十年计，在一切速生速朽、文学失色失温的当下时世中，犹能不惮不畏，亲手缓慢地培植小说令其自然自在地生长，这亦是不可多得的了。

三、一点余论：书写与翻译的悖反——以日本当代小说家黑川博行和小野正嗣为例，兼及其他

如果把前述三部长篇小说的语言精研、书写风格及最终旨归不看作是孤例或孤立的存在，那么往旁侧张望一下，当可发现当代日本文学中竟然也存在着与之相通的小说路径。近年来的直木赏作品中，有一部是黑川博行的“疫病神”系列之第五卷《破门》。虽然这是推理小说体裁，隶属于大众文学的分类，但它及其系列作的其他几卷，应可视为比通常所言的大众文学略高层次的作品（就文学技艺达到的程度而言），介乎严肃文学（或曰纯文学）与通俗文学（大众文学）之间。黑川这系列小说的一大特色即大量使用了关西方言，具体来说就是大阪话入小说，尤其置放于两位主人公，黑道干部桑原保彦和建设顾问二

宫启之口中，令他们的对话颇似在讲“漫才”。小说中显著的“纯文学性”还有在人物四下游荡或逃亡的路线中，时刻不忘写明他们是走了哪条具体的在地高速公路，又是由何地去往何地的。看似不经意中，作者对大阪的在地生活境况和城市的通勤动线都描摹得精细入微，制造出浓郁的地元氛围。这本是大众文学可以略过不表，只专注于情节快进即可的“附加”成分。试看“疫病神”系列的第一卷《疫病神》的开头，即将小说的这个特点体现得淋漓尽致：“在中央区西心斋桥，他点燃一支香烟走出了青海楼，把夹克衫搭在肩上。7 月 10 日，星期一，太阳像火一样地烤着。从周防町到三角公园，在美洲村狭窄的柏油路上，乱哄哄地行走着许多年轻人，有的穿 T 恤衫配牛仔裤，有的穿坎肩配短裤，被太阳晒黑的皮肤显示出人的本色。穿过阪神高速公路的高架桥，在拐角的小卖店买了两盒七星牌香烟，他返回了儿岛楼。信箱里放着一张销售进口车的宣传广告。设在这种破烂不堪的办公楼里的会社，是不可能买得起奔驰、宝马之类的新车的。单击电梯按钮，电梯却停在上面不下来。六楼商场可能正在卸货。无奈，他只好边看着那张新车广告边走上四楼，然后推开一扇与这脏兮兮的走廊极不相称的柠檬绿的房门。”[①] 从时间、地点、天气情况，到人物的行动、心理和居住环境、经济状况，都有所描写和交代，主人公二宫启之的生活背景跃然纸上。因此黑川博行的推理小说并不属于日本常态的“本格推理”之列，这有可能是他的作品较晚才被辨识和肯定，获得直木赏的原因之一。“疫病神”系列第一卷《疫病神》写成出版于 1996 年，按照日本大众文学常与影视联动改编的惯例，也有被搬上过银幕的经历，但在当时没有什么反响。2014 年这一系列的第五卷《破门》获直木赏后，借助得奖后的再版热潮，小说在 2015 年又一次被改编为连续剧《破门》（内容叠加了第一卷《疫病神》和第五卷《破门》的内容）上演，且在次年有续集《蝼蛄》问世（也是疫病神系

---

① 黑川博行：《瘟神义友》，南京：译林出版社 2000 年 3 月版，第 1 页。

列中的另一卷)。此后又有电影版的《破门》出现。在获得直木赏之前，“疫病神”系列总共有《疫病神》、《国境》、《暗礁》、《蝼蛄》和《破门》五卷，写作时间从1996年延续到2014年，将近二十年的跨度。在获奖之后，作者又乘胜追击，继续写出了后面新的两卷《喧哗》和《泥泞》，分别于2016年和2018年在日本出版。《破门》和《蝼蛄》剧集上映后的大获好评，也是反向推动这一系列的著作继续书写的动力之一。在《破门》上映期间，作者黑川博行本人也和主要演员一起参加了宣传期间的节目访谈；及至《蝼蛄》上映时，他本人还在最后一集将近尾声时，客串了意大利面店店主的角色，为两位主角端上美餐（《破门》的电影版中，他也出演了一个葬礼上的亲戚角色)。这都算得是大众小说原著和原作者与当代影视媒介的良性互动。黑川博行的推理小说在其文学性之外，还会加入颇为专业的知识，将之变成小说有机的构成部分，如黑道暴力团的运行状况，其表面企业和建设顾问的合作，以及一些有关疾病和艺术史等的专业解释（这源于作者本人的艺术大学雕刻系出身，以及曾经在企业做过医生，对医学和艺术都有知识储备)，这也是他独有的风格和美学。虽然专业知识对于大众小说的一般读者来说，可能会造成一定的阅读障碍，但相较于有些格调不高的通俗文学，一味就下迎合读者的做法，黑川博行仍坚持自己的追求，有所为有所不为。

另一个例子是同在近年获得芥川赏的日本当代小说家小野正嗣，其获奖作《九年前的祈祷》以叙写和追忆亡兄为主要线索，描画了作者家乡大分县的风土人情，及当地被称之为“浦”的特殊地理景观。在获奖作之前的《狮子渡り鼻》一书中，小野已经开始书写这样的题材。在接受电视节目采访时，他曾谈及“浦”的生活及其美学，是触动他将之写成小说的重要因素，小说里也使用了相当成分的大分方言来塑造当地景象。小野正嗣兼有学者和作家身份，现任立教大学副教授，此前曾留学法国，有比较文学的学养背景。在《群像》杂志所刊载小野与艺人稻垣吾郎的对谈中，被问及获奖作《九年前的祈祷》如何构思成形，即最初浮现在脑海中的场景时，他谈到了创作时的一些感想：“是乡下的奶奶旅行时，在国外的教堂里祈祷的场景。然后就是母亲与儿子乘船的场景。有时脑内出现的不是画面而是声音。比如前作《狮子渡り鼻》这部小说，我最初是听到‘いーんじゃか、いーじゃんか’这把声音，这是大分的方言，指‘没问题，没问题’，之后文字才从这把声音中蜂拥而出。”① 以口头方言的声音为先导和提醒，而后才转化为文字书写，小野的这一思路过程几近“标准化”地示范了前述的“方言文学”何所从来之一端。他且说相比较“写什么”，更会去考虑“怎么写”。小野不会事先确定小说的整体结构，而是采用由有所触动点被带动，跟着文字一起跑出故事的写作方式。他是在留法八年之后，远离故乡时感觉到了故乡作为生身之地这一对自己影响塑造极大的存在，从而选择了这一“场所”来做小说的培养皿，故而有了后续的创作。

值得一提的是，黑川博行的小说“疫病神”系列第一卷《疫病神》此前有过大陆简体译本，名为《瘟神义友》；其余的作品都是直木赏获得后相继有了大陆和台湾的译本，获奖效益的推动力作用明显。小野正嗣的作品至今未见中译，此中缘由恐怕不无市场的考虑，也有纯文学翻译的难度影响。事实上，当代日本文学被引介到中文/华语地区的，通常都以好懂易读者为大宗，有些颇难译的作家作品乏人问津，也少见提及。这样的接受状况容易使不谙原文的读者（无论是专业读者还是一般读者）对实际的文学发展状况有所误解，也常会有所遗珠。如当代日本纯文学中坚力量的星野智幸、堀江敏幸、松浦理英子等作家的作品要么就很少译介，要么就索性没有译本。② 而因文字风格华丽繁缛

① 小野正嗣、稲垣吾郎对谈「本を読もう。話をしよう。」（笔者将之自译为《读读书，说说话》），《群像》杂志 2015 年 7 月号。内文的翻译则见网友“inagaki 欧”（新浪微博 ID）的翻译：http://majintplus.lofter.com/post/1cd2e7df_79bdaf0（开启时间：2018 年 7 月 15 日）。

② 至本书出版时，堀江敏幸《法镜般的神眼之下》已有译介，武汉大学出版社，2020 年 9 月，译者陆求实。

不易翻译，较少翻译的作家金井美惠子的作品，也是中文阅读和接受领域的遗漏对象之一。

与之相对的是中文/华语地区的一些“走出去”式外译活动的日益繁荣，相较于传统的仅有少数名家的作品慢慢得以被翻译介绍到其他国家地区，今日的版权售卖方式虽则有效地外推了作品，但作品本身的水平和是否达及经典化，亦即值得做这样的推介与否却常差强人意。甚至有年轻创作者在写好了中文版的作品集之后，随即就自译或请友人协力，在出版时就推出了双语版的。这样的现象是否太急于求成，或敝帚自珍呢？还是应该将之平视为后现代文化与文学传播的常态景观，不必大惊小怪？答案未必是统一的。且传播方式对文学书写的作用并不一定是正向的，可能会有对历史理解娱乐化、影视化的低仿问题，即如近年台湾所出现的若干历史题材的长篇小说，有很多作者都采取了“历史事件的大串讲”或“给历史书贴小黄签”式的写作方式。这样虽然方便操作，却是历史与文学尽失，暴露了作者本人对历史的认识不足，充其量达到ACG游戏背景介绍的水平，且对小说的理解有误，以为堆砌史料就可以通向文学。而在台湾文学、香港文学和马华文学创作中，亦不乏主题先行式的“关键词写作”，连小说题目都取得像是某一理论的概念名称，或者迎合视角的自我殖民化，用东方主义的眼光去编制一个奇情故事等。凡此种种，皆不足为训。其文学价值必然因在追求之处的动机不纯而有所减损，但可以回收利用之的则是，若将其作为文化现象来看待和分析，能否为“下一个太平盛世”提供有实际指导意义的文学备忘录呢？这或许仍是可期的景观。

附录：只翻一页书

古都寄物柜——小论朱天心《三十三年梦》

——“风起的时候，我总是口齿不清。”

三十三年梦。犹如那与之互涉的《三十三年落花梦》，猛志固常在，恒具其淋漓泼洒之处，决计不会只是昏乱或轻倩大梦一场而已。“让我们各自攻城略地十年吧。”二十二岁之后的作者如此撂狠话，杀伐之气十足。一生负气成今日，乃有此后三十三年。也许值得补注的是，在“梦华录”似乎已成启用古体的长篇新形制之时，隐然与之回文谐音对倒的“落花梦”大堪同其分庭抗礼，自行岔出一枝新造，以此指认写实与重构的两般路径。尤其，这是一则台湾落花梦。书写的时间轴线上，最切近关联者前瞻有《南都一望》，后顾则为《南国岁时录》，纪实散文于小说的夹心处境中无可避免逼问出内嵌的南方，及随行也随形的南渡情感结构（避秦之意，作者延续了《古都》时期已有的《桃花源记》文句之穿插藏闪）。此三十三年之下，亦别有南天胜景。

更早的不脱干系者当然非《古都》不可，平行时空中双生的城国姊妹。彼一雕弓满月的盛年之作，凝集了情感力度迸发于一点，作者固然困惑繁重，仍能将其整合完熟成块，欣有所托地找到最恰切的寄放形式。那也就是“在愁烦心事，在想着自己进行中的小说的三十出头那时，以为自己好老，人生已走到尽头，到现在看去多么年轻的自己”所思之念之有年，而后成就的罢。相形之下，多边而具毛刺的倒是《三十三年梦》，散文的赋体自由无疑给了它更多野放的驰骋可能。

这便又难逃一问：当年《古都》中那故意与我城相逢不识的台北“伪观光客”，可已翻转为今日《三十三年梦》的京都“伪在地人”吗？逐年累积，化生为熟，城与真。高频密集的往复动线牵拉拖曳之间，台北-京都的双向飞针动态缝合自然展平开一片织物，原本无形可感，如今以文字为材质。如《今生今世》中所言，我想你将来就是到我这里来来去去亦可以。一种松散信然的盟约，由是京都遂成生命第二现场。那可就不只局限于锁住过《古都》进行中手稿旧敦南SOGO的寄物柜，也不单是距离放远，大阪梅田駅某寄物柜，亟想暂存生活什物以备下次再访，爽性扩而大之到整座古都都是私人寄物柜，可堪存储收纳经年累月的人事风物，特别是要借放片刻的此时当下台湾心事。一整个长久拖带愈积愈沉的世界遂得以暂时分流卸货。

浪打千年心事违，记忆繁丰到一种程度，反客为主，就对作者此次刮除藤壶，保证船体轻灵前行的书写初衷其实不无背反之意——这显然是小说家“小说中心”的存念使然。以退为进，转向写之，避开迫于记忆的重负，庞杂不能清理，与小说“离心力带你飞起到窗外”的两下悖谬掩掣。《剧照会说话》——藤壶会说话？反求诸己，重新挂挡采取“个人比国家大”的写法：这是我青春漫游的时代，我所见所爱的世界，以我为大，南都一望进退两难的卡关不得舒展随之破解。那需要敷衍从未来回望现在，以求把现在替换成过去而大肆拆装改造的时间结构，不必再勉为其难，如某些当代装置艺术，稍不留神便落乔张作致不尽不实之下乘。幻术消止，时间一一归位而还原，不管因人成事抑或以事带人，每一时间位格内，单次计量的京都之旅都饱满厚实。于是这自成一册的藤壶物语，开拓了原出海计划之外的新航道。

其间台北和京都的两相推扯之势，双声道混杂，有时交缠得难分难解，需要作者主动惊觉，话头一收重回当下，强行把画面切换到仍在进行中的这一次京都之旅。是故由单城而论京都，这不是寻常游记；由双城而观台北-京都，这更非我们习以为常的台北-上海双城记联结之属。其独异性和参差感于焉见出。在行脚疾疾的京都演播室，作者常一不小心就讲了太多台北的人事因缘，难免身心离合手眼不一。我来，我行，我记得——不行不到，行行更远。

故此做读者的有福了，不必再胆大心细拨草寻蛇，从作者过往文字中去费神分剥离析京都的雨丝风片。尽管那稀世绝美“细节的真实”往往如囊中之锥，会不待召唤，便突破周遭的文本语境独个穿刺而出，光芒耀目。是的，我们从此不必过度仰赖因风吹落帽，所见脚边废墟里亭亭那朵雪青色蒲公英，那一道漆白的落字木门，甚至同乘电车去看紫阳花，稚龄女儿与野良猫盘桓嬉戏……之散落在不同年代体裁中的京都鳞爪种种——真个是小生哪一处不寻到——相反还获得了与这些偶然过境电光一粲式细节本来血肉相连的事实记叙。

毕竟日子总“曳着先浓后淡的彩线”，成书之后的《三十三年梦》，通观其全貌，会比连载阅读时有整体小于部分之感。单独截取的片段如水润新茶，似有无限鲜丽活泼的延展与未知。字册既成，瓶妖还巢，反而限定了时段篇幅，有起有止。大半生采撷四海之花，三十三年份的酿造在此。

作者自身的想象始终是那海滨面包店的黑袍女孩，带只黑猫头绑蝴蝶结骑扫帚自由来去，此后一趟趟的领团牵引，与知交友人分享其所知所感的京都一切，犹如在逐年增删人事档案布置一座加加减减的娃娃屋。记忆川流的匀速与均质，激流为倒影造像的柔缓与疾驰并存。水击中流，石像不避缺损。刀从常见小诗，诗从亦插小刀。朋辈的冤亲情孽与今昔变貌，师和父的从生命中相继感伤退位，流年暗换的慨叹，女儿的身高发长动态纪录……也不乏逃逸线上的延颈企望，“简直不想回台湾了”。

同样想那《城邦暴力团》犹是半本孙小六演义双拼半本张大春自传，到了“当散文看吧”的《聆听父亲》终于不必再继续秉持其“离奇而松散”，畅快直书本事。而那也是个父辈追花落河，自身溯回从之的故事。记忆的组织形式无论之前如何隐匿，终有其不得不然的开口冲决机缘。一切有其所本的真实顺从其事件场景的原貌从容舒展。同一作者的小说-散文文本系统中，相互交映而出的原型与影像都有比并参看之意义。

三十三年梦的起源乃在于应胡师之约前往，甚至是带几分无感和不情愿的，而直接的写作缘起则在 2013 年初探班女儿归来之后有此发想。一被动，一主动事件分据绳结的两头，前可封顶，后不封底，下延写到最切近此时当下的 2015 年。

2014 年 2 月印刻文学生活志刊载《三十三年梦》首章，求得作者题词的友人得到两句是：如花美眷，似水流年。1979 年生的彼人其时已过三十三岁，仿佛以身验证时间岩壁上的凿井得一人。三十三年樱吹雪，花开花落之际，足够无中生有，一个大活人直直从零岁长至前中年。一百八十在贝叶，三十三天长雨花。四方八城，所余惟一。那多出来且除之不尽的，也就是记忆要牢牢把捉，并不懈与之抗辩的。

而作者用以回应那“后四十回”的，或许首先正是“惟恐誓盟惊海岳，且分忧喜为衣粮”的处处留情措意。册页间几欲流溢而出那鲜美丰腴的萤乌贼、白鱼卵，印在心版之上的京都野果地图（就是《尽头》中所言记忆仿佛在地小浆果甘美多汁，最怕运输的磕碰损折吗）……眼耳鼻舌身意在先，而后才是声香味色触法。

鸭川之水从人游，行道尚未地下化之时，锦市场犹是在地人日常取材炊爨之所，每次必定到访的某一家店，或父承子业或竟归于寂灭……作者所叙之点上的迁易流变残酷大于延存，令人怅然久之。

同行者所见证的，亦有步出好远，猛回头去寻小儿遗下之裳，独见爱宕野上一件童衣蒙住佛脸，似是梦寐，似有无限安慰之意。

在每一回京都行之初，作者孜孜记下日期、节令、同行人，乃至更为细致绵密的温度季候。书到收梢，则先有充分自觉的“怎的便急管繁弦似有曲终意了？我还是循前例走至眼前脚下走至最后一个字罢”，之后结尾了两次，一是青金石天色下的抒情进行曲吟唱铿锵而终章，另一则是分化层叠而出的追加尾声，有题无字，随行者精简到仅得身畔俦侣（曾是灰黑羽衣久立窗下的雁鹅?）与爱猫，那成撮集聚，爱惜保存的金红色毛发，连同书末一纸留白中自然产生了某种轻盈上升的力量。

作者出于时间敏感症与无法解惑的慨叹追问，一如其数度提及，今又再次写到的班雅明笔下克利画作中贯穿已久的历史新天使之困境，齐格蒙·鲍曼《此非日记》（这本书的写作时间跨度是2011—2012年，正好是三十三年的收尾两年，恰也是某种自传散文的私文体）里的一段话似乎提供了一种回应和诠释（未必是答案）。这睿智且耐心的老波兰人，他在这流动不居，来如水兮去如风的液态现代世界一次次弘慈写信给世人，要大家免着惊——“如果我们要为今天所发生的一切找一个贴切的比喻，那么我们需要放下独一无二的历史的天使，而用一群‘传记天使’来取代他。我们要承认自己是一群孤独者，被我们所背对的未来推动着，而在我们面前的废墟（是我们破碎的希望、受挫的期待和失去的机会）堆如天高……现在是轮到我们为所有人都面临的困境寻找个体性出路的时候了（或者，说得更详细一点，就是在个人生命史中幻想那些过去被认为属于集体历史的东西）。”

“我觉得要是不先廓清个人的生命经历，这个长篇便迟滞无法顺利进行。所以率先用了这个形式，将极个人的三十三年用比较轻松的方式来料理，说回忆录未免还太早了。”作者在《联合文学》关于如何定义这本书之间时如此作答，这与鲍曼的抚慰之语暗暗相合。故而作者终竟以其求索实践自问自答，初步找到了解惑的可能。

鲍曼且说：“……而班雅明相信，我们不是被光明的未来所推动，而是在过去的黑暗恐怖的逼迫下，被强迫着，推着在奔跑。班雅明最重要的发现就是

'进步'不是一种行进（movement to），而一直并将继续是一种逃离（escape from）……"

"但是，请注意班雅明/克利的历史天使，跟将他吹向未来的狂风一样，都是哑然无声的。班雅明/克利寓言所表征的并不是词语，而是发生的事；不是人类，即那些不由自主的历史代理人和受害者，为他们继续活下去所找的理由，而是那些正发生在他们身上的事情。"

"那些正发生在他们身上的事情"可不也就是作者"我在台湾的这五十年"吗？"你说你，想要逃，可是偏偏要落脚"，无奈与顺应之间的记忆所系之地伴随种种记忆与偿还，遗忘与见证。惟愿记忆暂时出清之后，追梦人的脚步更健旺，目光更明亮。

使徒之心：浅论赖香吟及其《时手纸》*

在她密密连缀的文字针脚间，我们当可窥得又一位时间不感症者的敏感与隐忧。若非在当时将某部分神经完全杀死，日后亦无从打往昔荒山里细细分拨出心茎叶脉。救亡图存之事，先从自身做起，急冻是为了保留延存翻转的可能。

2012 年 5 月，《其后》的小型宣传海报张挂满台北的各大书店，同期并置的尚有曹丽娟《童女之舞》经典重版。清丽女书，有如秽土转生，淡静的藕合烟灰书衣，望之有哀感。书中人五月可会乘风归来？掩卷独坐，却发现今日的台大活动中心，似乎仍与首章所绘形貌出入不大。一茬茬往来女生内，应也潜伏着某某与某某，悄然缔结为此世知心人罢。那天行坐走停，并未一鼓作气读至终章，却在鹿鸣堂前的木凳下，偷偷藏了半罐没饮完的梅子茶。当日栾树道中，秋色支离，连同舌底所余的甘沁，便构成了对此书的不完全初读印象。

再早两年，五月间，则是在一大型商场的地下茶座，捧读五月的日记，读到悲不能抑。只因那稚气犹存的儿童手写幼圆体，一行行天真所书的，都是未来畅想和自我规约，满纸饱涨到要泼洒出来的生之意志啊。但，会这样认真条列下来，是自知做不到罢。何其相近地，《静止在：最初和最终》里，袁哲生

* 本文曾以《漂浮时间船舱里的瓶中信》为题发表于《小说月报》2018 年第 1 期。

也曾有类似的篇章，口吻尽是自嘲犹豫。他们一反风相星座千里不留行的洒落常态，这般纸上拉扯，几乎可以直见挣扎之际的颈中勒痕。

同代同道同志，唯憾同条生不同条死。日本电影的常见措辞：会连你的那份一起活下去。然而这话一句双解：究竟是无聊赖侵占了他人的生命长度而不自知；还是一身两命，真的让逝者的意志作为当下生计的助燃剂，且烧之不尽呢？无论是《遣悲怀》里的放大变形，抑或是陈耀成重拍鳄鱼小姐纪录片（从岛至岛的移植吗），都不免有过曝以后反而辨认不清人形的错愕。当然，《其后》里亦不乏各种形式的借位、转义、语焉不详……这或许是为了自壮行色，甚至要借债到夏目那边去，与先行者互文，就像有了依偎之感，不再孤身行路。即使如此，她行文语气中，依然有难得的憨直不避。与其说《其后》和《蒙马特遗书》二者互文，不如言其是连通生死的交换日记更为恰切。一在故友身后追记，另一在己身远行前留言。小咏的温柔与五月的暴烈，抑或对倒？因不想成为五月的影子、从属者和未亡人，小咏遂选择了尽其所能还原五月的常态。平静的日常凝视之下，一切精细而真实。如同持镜对写，她们为彼此存真、留形，做了最好的命名。

“仿似日月静待，莫论愁与哀。”

故而眼前这一封《时手纸》，也成了不意外的应有之物。赖香吟珍惜爱护其学养和私嗜，敷衍满纸同日本近代文豪的隔岸答问。东京喧嚣，蒲郡静远，作者借地逃遁的意图太过显豁。不止是由于台湾地区与日本的文化亲缘，目睹彼方对文学和文学者的虔敬，心生艳羡，恐怕还有面对时局的伤败失语。遂将己身化入海边文学馆中，潜隐下来成为长年驻守的馆员。道不行，远游匿于馆。其核心情节“翻译”与“守护”的故事，使得《时手纸》成为漂浮时间船舱里内嵌的瓶中信。作者在意的是绵延不绝的翻译行为，与精纯译者之心，而非最终的转译结果。一如《翻译者》发皇心曲所言的：“我们全部都生活在一个翻译的过程里，不只是语言，连行为，连价值，连理想，我们都无法真确说出自己的心意。”

赖香吟早岁即获联合文学小说新人奖，居于侪辈之前列，而后书写不辍，举凡《岛》、《散步到他方》、《史前生活》、《雾中风景》，此时彼地两相融合，时空糊化状态中，道来情思悠悠。《翻译者》一书新旧作并蓄，却因有部分篇章旧约未解，陷入版权纠纷。重版出来之际，未久下架，初版即成绝版，宛然象征了某些诉求与言说的多舛命运。她却淡淡言此书不成之后，短中长篇都有在写，仍抱持虔敬的文学使徒之心。从文青之死到翻译者，她显见也经历了理想信念的磨损之殇。九十年代流金不再，静好如胶彩画，俯仰之间，陈迹里都是用心的印记。守到末了关灯锁门之人，总是最后得到自由。

赖氏小说里若有人来的幽微情境，内含的常常是一种声音渐悄的独语：静谧、羞涩、缓慢。五年级文学世代，烈的烈，浓的浓，有人行脚疾疾，有人殿后押队。一旦堂倾圮成庙，花盛放反常，就有了门外野风开白莲的凄怆。“用心如日月”，对呈友人与时代，她从未离开。

代后记：衣故人之衣

——东走西顾话现代

原本是打算为这本小册子分别写序论与后记各一篇，以做到瞻前顾后，有始有终。后来想到作者本不应该从文本背后擅自跃出，大言炎炎，令人生厌。无论研究还是创作，一旦完成之后，打缀上最后一枚标点起算，它们就拥有了独立的声音和生命，即使对于最初的创造者而言，也只是被其经过。一如光透过三棱镜而折射出七彩，三棱镜本身仅仅起到了介质的作用而已。不该有的多言徒然成为蛇足式的自辩，未免有害无益。既然文本们已经打包回收进入它们的再生界，此际作者最该做的是：过站不停，尽快开始下一趟漫看、拾荒和读写的嬉游航程。大家分头上路，各自好去。但考虑到终究要文责自负的问题，以及收入此卷中的各篇，时间标记相异，空间亦有迁移，分属于个人生命中不同的岩层，似乎仍有稍作说明的必要。于是姑且先以新诗代序，又以漫谈代后记，为之各撰一文，非为照花前后镜的自我顾盼，却是从分体式到 one piece 的一揽子生意。

这本集子内所收录的诸篇文章，上可追溯至 2007 年和 2008 年的上海研究生时代，即有关穆时英和林俊颖（即《灵影鉴微》）的两篇。撰写穆时英论文当时，魔都宿舍的湿寒，以及坐在床上拥着被子背靠墙壁将笔电放在腿上打字成文的情景仿佛又重新感受在身。彼时《穆时英文集》甫出版未久，天时地利俱佳，正好借着图书馆中八大卷《现代》杂志复刻合订本，将新感觉派诸君的生平行事、作品逸闻又过了一遍。林俊颖《镜花园》中的短篇解读则是研一第一次专业大课“文化研究与现代性”所缴交的课程报告，也是第一次较为认真正式的林俊颖作品研读成果。以今视昔，这两篇习作所牵涉的问题到现在当然还有延展与变幻的其他可能。而其余几篇文章，则从2010年起算，一直贯穿了读博的整个阶段，及其后的博后两年，并下延至今，有如探进水中的海岬，共浮沫荒嬉之间，亦处于“未完”之列。

此中各篇，所关注的具体作者作品虽然较为分散，乍看零乱，但实则它们像是共萼之花，有意无意都可凝聚或是回转到“现代”这个核心词汇上来。当然这里的“现代”既是指“现当代”之“现代”，亦复为“现代性”之“现代”，当然也是最重要的，都是“现代主义”之“现代”。即使涉及的作家来自中国大陆地区、台湾地区、香港地区和马来西亚这些不同的华语书写地区，他们的努力却有着相通的追求。华语文学世界的现代主义，向来被目为未完成的书写方案。无论是在中国现代文学的三四十年代，抑或是台港文学的六七十年代，虽然有过堪称黄金时代的发展阶段，但均未臻至境，尚有可为的空间。实际上由于内外种种原因，这一线路在两岸均未能得到后续发展，在其各自的巅峰以后或者后劲不足，或者慢慢解散分化。因此在时潮消退的今日，如何将现代主义一脉的文学遗产重新检视，并开创出新局面，无疑是在研究和创作两方面都需勠力为之的。这当然要有赖于不畏折损，勇于实践的现代主义精神支持。因此，对于现代主义的文学实践而言，必然要求从业者是言行合一的，大概就是亲力亲为，铸钟铸剑的做法吧。因此，笔者无意在此重将余下诸篇文章的“雕虫纪历”细数从头，这仍是仅仅关乎一己心志之事。我更愿以未来为定点的时间坐标，躬耕有年之后再以之反观过去，或许会感受更深。此际不能忘记的可能有“我有大愿未了，不可以老，不可以披发入山”，以及“奇技犹在，神龙何存?”。即使在一个只剩下巨蜥的世界上，我们仍应该相信：倚天万里须长剑。

俯仰之间，皆成陈迹。这些文章写作时的辗转甘苦，得失存心知。感谢朱崇科老师玉成中山大学中文系（珠海）学术丛书之事，并令拙作得以忝列第一辑六种之一，由此感受到自身与年轻有活力的系一起成长的勃勃生机。犹记本科大三那年，高恒文老师曾推荐我们阅读其时甫出不久的朱老师著作《张力与狂欢》，此书正是由上海三联书店初版。有趣的是，过往当下在此对接，仿佛亲眼见证了一段出版因缘的前段与后来，而那2006年的初版本现在亦很好囤积居奇了。感谢上海三联书店对拙著的支持。感谢从本科至博士后阶段分别指导和影响过我的高恒文教授、曹庆鸿教授、孙晓忠教授、黎湘萍研究员和季进教授这几位老师。若没有你们的悉心教导，就不会有学生在某些生命转折的重要阶段所做出的取舍去留之决定，也无从在较为宽松自由的环境下对自己真正有兴趣和心得的课题持续研究并书写成文。感谢父母自我识字以来，不计忧患，多年始终如一在读书与学业上的无私精神支持与物质后援，向来尊重我的独立思考与完整人格，从来没有任何强加的希望和要求。也由衷感谢在个人生活与治学中相随相伴的其他师友亲朋们，恕不一一。

最后，谨伴以心香泪酒，如本书扉页献词所写的那样，将这本小册子献给我的外婆韩扶霙女士，以此忆念共同度过的三十一年（1984—2015）岁月，连同个人生命最初阶段的完璧世界。“我不能忘记你，和你在一起的那段记忆，现在不断地冲上天空，总有一天它会变成雨，再次地回到这世界上。我会一直等待着与你相逢的日子，我会永远等待着你，现在我们只是短暂地分开。”

有召即重来，若亡而实在。

2019年4月记

图书在版编目（CIP）数据

未竟的现代：华语文学研究论稿/杨君宁著. —上海：上海三联书店，2021.8
ISBN 978-7-5426-6948-3

Ⅰ.①未… Ⅱ.①杨… Ⅲ.①华文文学-文学研究-世界 Ⅳ.①I106

中国版本图书馆 CIP 数据核字（2020）第 004956 号

本书获 2018 年度中山大学人文社会科学青年教师桐山基金项目资助

未竟的现代：华语文学研究论稿

著　　者 / 杨君宁

责任编辑 / 徐建新
装帧设计 / 一本好书
监　　制 / 姚　军
责任校对 / 王凌霄　林志鸿

出版发行 / 上海三联书店
　　　　　(200030) 中国上海市漕溪北路 331 号 A 座 6 楼
邮购电话 / 021-22895540
印　　刷 / 上海惠敦印务科技有限公司

版　　次 / 2021 年 8 月第 1 版
印　　次 / 2021 年 8 月第 1 次印刷
开　　本 / 710 mm × 1000 mm　1/16
字　　数 / 300 千字
印　　张 / 22
书　　号 / ISBN 978-7-5426-6948-3/I・1596
定　　价 / 70.00 元

敬启读者，如发现本书有印装质量问题，请与印刷厂联系 021-63779028